有爱的青春陪伴者

图书在版编目（CIP）数据

请星星捎个信 / 阮栖著 . -- 成都：四川文艺出版社，2023.11
ISBN 978-7-5411-6684-6

Ⅰ.①请… Ⅱ.①阮… Ⅲ.①长篇小说 - 中国 - 当代 Ⅳ.① I247.5

中国国家版本馆 CIP 数据核字 (2023) 第 192198 号

QINGXINGXINGSHAOGEXIN
请星星捎个信
阮栖 著

出 品 人	谭清洁
责任编辑	范菱薇
特约编辑	娄 薇
装帧设计	Insect　孙欣瑞
责任校对	段 敏
出版发行	四川文艺出版社（成都市锦江区三色路 238 号）
网　　址	www.scwys.com
电　　话	0731-89743446（发行部）　028-86361781（编辑部）
排　　版	长沙大鱼文化传媒有限公司
印　　刷	长沙鸿发印务实业有限公司
成品尺寸	145mm×210mm　开 本　32 开
印　　张	10　字 数　370 千字
版　　次	2023 年 11 月第一版　印 次　2023 年 11 月第一次印刷
书　　号	ISBN 978-7-5411-6684-6
定　　价	42.80 元

版权所有・侵权必究。如有质量问题，请与大鱼文化联系更换。0731-89743446

目录 / Content

第一章 / 001
有的人出现像礼物

第二章 / 029
你笑起来比较好看

第三章 / 052
请宋同学看个雪

第四章 / 078
梦开始不甜

第五章 / 102
直到靠近那颗星星

第六章 / 127
他叫唐识，是我的星星

第七章 / 151
你是不是对我有企图？

第八章 / 176
终于窥见了天光

第九章 / 202
除了你，我谁的手都不想牵

第十章 / 228
穿过逆境，抵达繁星

番外一 / 281
和我谈一场双向奔赴的恋爱吧

番外二 / 303
没有办法停止我的爱

番外三 / 309
我余生的每一个黄昏，都只属于你

目录

第一章
有的人出现像礼物

　　树影在墙上摇摇晃晃，窗外时不时传来夏虫的鸣叫声，清冷的月光铺天盖地地落下来，风从半开的窗户灌进房间。
　　宋初刚洗完澡，深夜的凉风让她忍不住打了个寒噤。
　　路上晚归的人开车经过，一声短促而突兀的鸣笛之后，宋初看到车灯光混合着月光，透过窗户照进来，没一会儿也消失了。

　　现在已经凌晨两点。
　　宋初刚爬上床，就收到一条消息——暴雨黄色预警。
　　南川持续了两周的高温，即将迎来一次较大幅度的降温。
　　宋初锁了屏，给手机充上电，准备睡觉。
　　这次她没有像往常一样设定闹钟。
　　宋初在奶茶店打零工。明天是她打工的最后一天，老板说她明天上午可以好好休息，中午的时候再去替班。不出意外，宋初明天是能睡个好觉的——在这个快要结束的暑假里，第一个可以睡到自然醒的觉。

　　意外还是发生了。
　　第二天早上七点钟不到，她就被床头的手机吵醒。
　　宋初迷迷糊糊地摸到手机，凭着感觉滑动了接听键。
　　大概是踢被子的毛病又犯了，她受了凉，嗓子有些哑："有话快放！"
　　宋初有很严重的起床气，在这样的情况下被吵醒，语气自然好不到哪儿去。
　　对方很有礼貌："您好，南川派出所。请问宋茂实是您什么人？"

听到"派出所"几个字，宋初立刻被吓醒了，起床气也瞬间收敛："您好，宋茂实是我父亲。"

本来可以睡个好觉的宋初，因为宋茂实而不得不着急忙慌地往派出所赶。

宋初家附近不太好打车，所幸派出所离家不算很远，跑着过去也就二十分钟的路程——可以省下一笔打车费了。

宋初觉得讽刺，在派出所里的人是自己的父亲，她的第一反应居然是省钱。

宋初出门才几分钟，大雨就猝不及防砸下来。

跑到半路，雨越来越大，虽然没到"黄色预警"的程度，但是这雨势也不小。

宋初跑过一片泥泞地时，没注意脚下，被水洼里的石头狠狠地绊倒在地上。

她的膝盖和手肘都被地上的碎石给戳伤，火辣辣地疼。

她刚撑着地准备站起来，一只手就伸到了她面前。

是一只很好看的手，骨节分明，手指修长，指甲修剪得整齐又圆润，干净得有些过分。

宋初的第一反应是，这么干净好看的手，还是不要弄脏了。

于是，宋初自己站了起来。

手的主人看起来十七八岁。

少年白衣黑裤，浅棕色的眸子上方是微微皱起的眉头，好像不太高兴的样子。可即使他不笑，嘴角也带了些许天然的弧度。身上的衬衫被大雨打湿了些，头发短而利落，整个人给人的感觉跟他的手一样——一样干净。

看到手主人脸的时候，宋初愣了愣——原来，他的脸生得也这样好看……

少年嗓音清润："伞给你吧。"

宋初回神，抬眼看了看少年，提醒了一个事实："你只有一把伞。"

少年伸出手指了指她身后不远处的地方，她回头便看到一辆宝马五系停在路边。

"我有车来接。或者……你要去哪里，我可以带你一程。"

宋初想了想，她不可能上一个陌生人的车。

权衡了几秒，她便没再矫情，毕竟比起淋雨感冒而花钱治病，她倒是宁愿欠一个微不足道的人情："谢了。"

可能很多人不太愿意欠人情，但钱对她来说太重要了。
宋初从少年手里接过伞，再次奔跑起来。

到了派出所，宋初大概了解了事情的始末。
宋茂实这人好喝好赌，麻将馆倒更像是他的家——他在麻将馆待的时间，比待在家里的时间更长。
他昨天半夜本来是打算回家的，但刚起身就又被隔壁三缺一的麻将桌给留下了，这一留就留了一个通宵。
早上六点的时候，宋茂实跟同桌打麻将的一个脸上有刀疤的男人发生了争执。
宋茂实为人软弱，本不应该和别人起这样的争执。但在乌烟瘴气的麻将馆里，有一群看热闹不嫌事大的人。在酒精的作用下，禁不住起哄的宋茂实跟刀疤男打了起来。
麻将馆的老板拉不住人，直接报了警。
动手的宋茂实和刀疤男，还有挑事儿的人全都被带走了。
因为没人受伤，当事人也都愿意和平处理，所以这事儿处理得还算顺利和快速。
宋初最担心的赔偿事宜，最后也顺利解决——闹事儿的都是麻将馆的熟客了，宋茂实和刀疤脸虽然打得凶，但麻将馆里的设施没有实质性的损坏。老板也不愿意扯皮，就没有追责。

从派出所出来后，父女俩回了家。
宋茂实一回到家里，就开始无能狂怒——踢凳子，摔杯子，问候刀疤脸的祖宗十八代。
可能是发泄需要一个具体的对象，宋茂实一双污浊的眼看向宋初："你能不能有点出息？你满身脏兮兮的怎么回事？真是跟你妈一样，没劲！"
宋茂实对骂人的内容和词汇，有一种莫名其妙的忠诚——骂她骂了这么多年了，内容都大差不差。
他的词汇匮乏到有时候宋初都想教教他。
宋初知道，宋茂实这人在发脾气的时候，你越不顺着他，他就越来劲。
虽然不搭理他，他也来劲。但来劲程度终归是不一样的。
宋初没搭理他，沉默地接收着他这些难听的话。
见宋初这副模样，宋茂实顺手抄起手边的玻璃杯，往宋初的方向砸。
宋初来不及躲，额头硬生生接住了这一击。
然后，宋初听到宋茂实对她万年不变的嫌弃："你妈怎么这么没出息？

要是当初生的是个儿子就好了！如果是儿子，今天我这委屈肯定不白受，我儿子肯定直接就替我把那刀疤脸打得满地找牙了！生个女儿就是没用，还浪费钱……说来说去，就怪你妈肚子不争气！"

一听他提起妈妈，宋初冷笑了一声："没文化还真是可怕。生儿子生女儿是你的染色体决定的。怪我妈，你怪得着吗？"

宋茂实一听这话更来气，抄起一根木棍就往宋初身上招呼，力道比以往任何时候都要大。

宋初想，宋茂实可能是把在刀疤脸那儿受的窝囊气也一并撒在她身上了。

他下手越重，宋初就越想说："我妈为什么离开，你心里没点数？你怕不怕有一天我妈回来，把以前你打在她身上的账都算回来？"

宋茂实下手更重了。

因为长期喝酒，宋茂实身体不太好，没一会儿就打累了："给老子滚出去！老子不想看见你！滚！"

最后这个"滚"字似乎用尽了他全部的力气，他吼完之后，一口气没提上来，立刻陷在沙发里开始咳嗽——剧烈咳嗽。

相比宋茂实，宋初就显得异常平静："真巧，也就是这种时候，咱们父女俩还有点默契。我也一秒钟都不想见到你。"

说完，宋初直接转身出了门。

宋初看了看时间，正想给奶茶店老板打电话请假。刚拿起手机，奶茶店老板的电话就进来了："小初，我们给你订了蛋糕哦，还买了很多小零食，你来了没？"

宋初低头看了看自己，她没来得及处理身上的任何伤口，甚至没来得及换一套干净的衣服，于是说："我就不去……"

奶茶店老板是一个刚大学毕业的女孩子，叫陈邻。因为年龄差不多，所以她跟奶茶店的员工都处得跟朋友似的："你不能拒绝啊。明天你就开学了，今天是你最后一天在我这儿上班。这时候再拒绝我，你良心不会痛吗？呜呜呜。"

陈邻丝毫不给宋初开口说话的机会："我们大家都等着你呢，你抓紧过来，我这儿还有点事，先挂了啊。"

宋初听着"嘟"音，叹了口气。

宋初到奶茶店的时候，陈邻没忍住骂了句脏话："初初，你这……来的路上被人按在泥地里揍了？"

陈邻把宋初拉到自己的休息间，给宋初找了一套衣服："我新买的，还没穿过,你先洗个澡换上。"

宋初道了声谢,拿着衣服走进浴室。

宋初洗完澡出来,陈邻担心道:"你不是真被抢劫了吧?还有没有伤到哪儿,要不要去医院看看?"

宋初摇头:"我就是不小心摔了一跤,没被抢劫,也没有被人揍……就这点伤,擦破皮而已,没那么娇气,不用去医院。"

确实没必要去医院,从小到大,宋茂实打她也不是一次两次了,她早就习惯了。

更何况,这种忍一忍就能好的伤,她才舍不得把这个暑假兼职辛辛苦苦赚的钱花在这儿。

宋初顿了顿,转移了话题:"不是说买了蛋糕吗?我看看。"

陈邻知道宋初很缺钱,也知道宋初这个暑假除了在她奶茶店的打零工,还有两份工。

但这是人家私事,陈邻也不好多问,便顺着她的话说:"小洁她们去拿了,晚上十点关店,然后好好给你办个欢送会。"

宋初笑:"谢谢。"

刚好店里来了客人,宋初走到制作台,穿上工作服,开始帮客人点单。

外面的雨还没停,大概过了十分钟的样子,宋初听到有人说:"一杯柠檬水,不加冰,谢谢。"

宋初觉得声音熟悉,抬头。

是今早给她伞的少年。

雨突然停了,太阳光线从少年身后的玻璃门折射进来,轻轻铺洒在一方小小的天地里。少年逆着光,身边有柔和的光轻盈地散开。

宋初觉得,他像是长了翅膀。

宋初做好了柠檬水,放在吧台上:"这杯我请你。"

少年"嗯"了声。

宋初:"谢礼。"

看着少年一脸蒙的样子,宋初就知道,他应该是不记得自己了,便说:"今天早上,你借了我一把伞。"

宋初不喜欢欠别人,欠的任何债都是要还的,或早或晚的区别罢了。既然在这儿遇上了,宋初想着,赶紧把今天的"借伞之恩"给报了。

听宋初这么说,少年也没坚持付钱,像是懒得在这种人情世故上纠缠。

虽然是她给的谢礼,他还是礼貌地说了声"谢谢"。

二十分钟后，少年走出了奶茶店。
看着男生的背影，宋初脑海里突然冒出刚才少年逆光而立的模样。
大概是很少遇到这么好看的人，直到他消失在视线里宋初都忘了把目光收回来。

欢送会结束，已经是晚上十一点了。
宋初回到家，宋茂实没在，肯定又出去打麻将了。
家里还是她离开时乱糟糟的样子。
大概是今天收到了一把伞，她心情还不错。
在收拾房间这一片狼藉的时候，宋初甚至哼起了小调。
打扫完房间，宋初洗了个澡。
她在自己那张老旧的小书桌前坐下，从上了锁的抽屉里拿出日记本。
宋初有写日记的习惯——因为宋茂实为人不太行，总遭人诟病，小区里的家长们，把对宋茂实的意见也转移到了宋初身上，觉得宋初也不是什么好人，不让他们的孩子跟宋初一起玩。
人都有分享欲，那些少女的小烦恼没有人听，她就全都写在了日记本里。
想起奶茶店的欢送会，想起今早大雨滂沱里的伞，她落笔：
上帝真的留了一扇窗，温暖照了进来。

第二天，宋初醒得很早，天蒙蒙亮的时候她就已经完全没了睡意。
今天得早点去看看分班情况。
宋初到了学校就直奔公告栏，看完分班之后，往高二（1）班的方向走。
按照南川一中的惯例，高二分了文理科之后，一班二班就是理科实验班。
宋初作为年级大榜上的前五常驻居民，分在一班也是意料之中的事。
宋初到了班级，找了后排的位置坐下。

一班班主任潘修永踩着早读课的上课铃进了教室，没几分钟就把新班级的班委全给指定了。
潘修永是班主任也是物理老师，四十岁了。
据说，潘修永是个笑面虎，骂人十分钟起步，甚至可以骂一个小时不带重样的。
这些都是宋初高一的时候听说的，但因为她在学校犯错的时候都没被潘修永抓到过，所以没体会过那种被骂到怀疑人生的感觉，以至于宋初以前一直觉得，骂人一个小时不重样的说法肯定是夸张了。
宋初没想到，这一点都不夸张。

最让宋初心梗的是，她成了新学期第一个被潘修永"请"进办公室喝茶的人。

今天中午班长领着大家大扫除完，宋初直接奔食堂去了。只是才走了没几步路，她就被人叫住了。

叫住她的人是高她一届的学长，叫庞宇杰。

庞宇杰在宋初面前刷了小半年的存在感，学校里长得好看的女生庞宇杰基本都送过小礼物。

但庞宇杰这人做事儿三分钟热度，通常是对方几次都没回应后，他就识趣地转换目标了。

宋初算是一个例外。

他能坚持在宋初面前刷存在感这么久，倒不是因为宋初有多优秀，而是因为男孩子的面子。

宋初终归跟别的同龄女孩子不太一样——同龄人整天想着学习或者打扮，宋初整天想的都是赚钱。

一门心思扑在赚钱上的宋初，连正眼看庞宇杰的时间都没舍得腾出来。宋初高冷又傲慢的女神人设，从此在庞宇杰心里立下了。

庞宇杰觉得，能获得宋初的好感比较有挑战性。属于青春少年的、莫名其妙的胜负欲就这么被激起。

一开学，庞宇杰就从高三教学楼那边跑过来找宋初了。

宋初听到他的声音，脚步不自觉地加快。

她发誓，她绝对是一个有教养懂礼貌的社会主义好青年。要不是庞宇杰太过死缠烂打，她一定冲他绽放一个和太阳一样灿烂的微笑。

宋初终究是没逃得过，庞宇杰身高腿长，没几秒钟就追上了她，和他一起来的还有他的死党。

宋初笑得勉强："有事吗？"

庞宇杰一向没个正形："一整个暑假没见了，甚是想念。"

"……"

庞宇杰知道宋初没什么耐心，直接进入正题："你不是说喜欢狗吗，这只泰迪送你。"

宋初这才注意到，庞宇杰怀里抱着一只小狗。

宋初回忆了下，终于想起她说喜欢狗是在什么情况下说的——

那会儿庞宇杰总在她面前晃悠，她实在不堪其扰，便直白地告诉他："我不打算早恋，您要不……换个目标？"

庞宇杰才懒得管宋初说了什么："我有哪儿不好你说出来，我改。"

宋初盯着他的脸想了会儿，胡说了一句："我……我不喜欢人，我喜欢狗。你看，你这也没办法跨物种了，所以你还是死了这条心吧。"
……

泰迪叫了声，宋初回神，看着庞宇杰怀里的泰迪，表情有点一言难尽："我对狗过敏。"

庞宇杰立刻把泰迪塞给身边的兄弟，瞎话张口就来："真有缘分，我也过敏。"

"……"

宋初懒得跟庞宇杰周旋，绕过他就要下楼。庞宇杰跨了一步将她拦住："你看我可爱吗？看在人家这么可爱的份上，答应我好不好？"

宋初抬头看着庞宇杰前两秒刚戴在头上的狗耳朵发箍，无语了一阵儿，正要说话，就听见身后传来冷冷的一句："你看我可爱吗？"

宋初回头，看到潘修永一脸严肃地站在距离她一米处的办公室门口，眼睛里嗖嗖嗖地放着冷箭。

宋初愣住了。

因为潘修永身后，站着昨天借了她一把伞的少年。

宋初没来得及多想，就和庞宇杰一起被潘修永带进了办公室。

一起进办公室的，还有那位少年。

潘修永手往桌子上使劲儿一拍，弄出不小的声响："胆子肥了是吧？打情骂俏都到我办公室门口来了！等我处理完事情就收拾你们！"

潘修永说完，看着站在宋初身边的少年说："唐识，一班就在隔壁，你自己去找班长，然后把课本领了。领完课本让班长带你去学生中心领校服……还有耳机，明天上课我不希望看到你什么都没准备好。"

男生说了声"谢谢"，出了办公室。

宋初余光瞥见他走了出去。

原来是转学生啊……

虽然不知道是哪个"tang"哪个"shi"，宋初还是在心里把他的名字默念了一下。

宋初想着"tang shi"应该能凭借一己之力，拉动一中男生颜值的平均分。

唐识出去后，潘修永的目光在两人之间来回扫视："我的学习委员还真是好样的，就连早恋都要起个带头作用。你觉得我为了感谢你有没有必要给你鞠个躬？怎么，想在高中早个恋，然后学人大学生六十分万岁？"

潘修永根本没给两人说话的机会："你是觉得你前途一片大好，考了年级第一就高枕无忧了是吧？回溯一下历史，我教书这么多年，早恋害了多少好孩子！本来他们前途一片大好，就因为早恋……早恋害人啊！

"还有你，学校明令禁止不准带宠物，你还把它带到我办公室门口！怎么，觉得高中的日子过于平淡，想给生活找点刺激？想挑战挑战我这个前教导主任的权威？我这个学期不当教导主任了，你觉得可以为所欲为不怕我了是吧？你上个学期，翻墙去网吧的事儿我还没跟你算……"

潘修永说得起劲，宋初低头看着鞋尖，心说哪天宋茂实要是实在找不到词骂她了，可以来"老潘骂人小课堂"旁听一下。

潘修永就这么不带喘气地骂了半个小时之后，被物理组的一个老师叫走了。

宋初有理由怀疑，要不是有人来，老潘没准真能疯狂输出一个多小时。

回到教室，宋初刚坐下，班长曾雁就带着唐识过来了："宋初，你等会儿有时间没？"

宋初的目光不动声色地落在曾雁旁边的唐识身上，点了点头。

曾雁："那麻烦你带新同学去领一下课本和校服。我这学期申请了住宿，等会儿我爸妈给我送铺盖和生活用品过来，我得去接一下他们。"

宋初答应下来，曾雁才转身对唐识说："她叫宋初，是我们班学委。你等下就跟她一起吧。"

唐识点头："谢谢。"

宋初带唐识去了学生服务中心。

领课本和校服都要填申请表。

宋初站在唐识侧后方，就算光明正大地观察他，他也察觉不到。

唐识填申请表的时候，脊背微弯，左手轻轻按压着纸张。少年手指看起来修长有力，十指的比例很好，像是一件精美的艺术品。

他左手圆润的尺骨突出。如果看得仔细一些，他左手圆润突出的尺骨左下方，还有一颗浅色小痣，纯净里又掺杂了一点……不羁。

少年左手手腕上还戴了一个细红绳，恰到好处的红色，使他看上去又更俊美了一些。

但他浑身从骨子里透出的书生气，和肉眼可见的温柔，又是跟"不羁"完全相反的气质。

……

开学第一天，一整天的课都是班主任的。

下午第一节课，潘修永让每个人挨个自我介绍。

宋初一直都心不在焉的。

陈邻前几天答应帮她找找课余打工的活儿，到现在都没信。

唐识站起来，语调温柔，听起来带了柔和的笑意："大家好，我叫唐识，唐朝的唐，不打不相识的识。"

宋初手肘撑在桌上，另一只手放在桌面一下一下乱画着，在心里默默把这个名字又念了一遍。

下午没什么事，全班同学自我介绍花了一节课。这事儿一完，潘修永就让大家自行安排时间了。

老潘一走出教室，宋初就感觉到了手机振动。

她从衣兜里拿出手机，点开微信，手指在键盘上敲得飞快。

宋初的同桌是一个戴着五百度近视眼镜的女孩子，叫赵宁。

赵宁是个很典型的好学生，属于每天多休息十分钟都觉得自己很罪恶的类型。所以，见宋初上课时间敢玩手机，她惊讶了一下："你不怕被老师抓到吗？"

宋初耸耸肩："这会儿肯定全都去开会了。"

宋初也想像他们一样心无旁骛地学习，或者怀着忐忑却快乐的心情不遵守班规班纪。

但她不能。

她没资格。

陈邻答应了宋初替她留意一下合适的活儿，一有消息就给宋初发了微信：【我有朋友的便利店需要一个收银员，便利店离你家不算远。但工作时间是从晚上六点到凌晨一点。你要不要先找找其他的？】

宋初：【不找了，挺好的。】

陈邻：【那我把她微信推给你。】

宋初：【谢谢邻姐。】

有工作就已经是谢天谢地了，宋初哪里还敢挑。她也不是没有自己找过兼职，但都因为她是学生，老板怕时间调不过来都把她婉拒了。

便利店收银的工作，比起那些街边摊的洗碗工不知道要幸福多少。至少在没有生意的时候，她还能抽空自习。

宋初跟便利店的老板约了晚上六点钟见。

约好了时间，宋初拿出纸，准备把老潘要求的一千字检讨给写完。

宋初越写越烦躁，不过想起庞宇杰的检讨是五千字，她就平衡不少。

下午一放学，宋初拎上书包很快就跑没影了。

宋初乘坐公交车到了便利店。
便利店叫"24客"，宋初走进去，只看到一个中年女人。
宋初走过去："您好，我是宋初。"
这女人是这家店的老板，陈邻叫她"云姐"，她的微信头像用的就是自己的照片。
女人听见宋初的声音，抬头："来了啊。我听阿邻说你很缺钱？"
宋初没有回避这个话题，大方承认："很缺。"
云姐笑小姑娘的坦然："学生还是以学习为主，钱嘛，赚不完的。"
宋初笑笑，没有接话。
云姐迅速转了话题，两人谈好工资之后，云姐就开始交代宋初收银的工作。
因为是第一天，云姐一直到下班都在店里，宋初还把店里的商品价格大致看了看。
云姐很满意她的认真："不用什么都记，机器扫的时候都能扫出来。但是那些按斤卖的东西得知道……"

宋初下班回到家洗完澡，已经是凌晨一点半。
她看了看课表，把明天早上要上的课大概预习了一下，不知不觉已经三点钟了。
宋初预习完，拿出日记本：
2016/8/22 晴
他说他叫唐识，不打不相识的识。
这名字还挺有意思的。
要跟他交朋友，是不是得先跟他打一架？

窗外不知什么时候下起了雨，雨轻轻打在玻璃窗上，在深夜里平添了一份安心。
宋初躺在床上，思绪随着雨声，飘到了第一次遇见唐识那天。
那天她是第一天在奶茶店上班。

那天奶茶店生意不是很好。宋初百无聊赖地站在奶茶店门口，在阵阵清脆的风铃声中发起了呆。
也不知道愣了多久，她看到奶茶店正对面不远的一条斜坡上，少年迎着光,永不落俗的白衬衫乘着风,从斜坡上飞驰而下。

清澈通透的阳光光线里,轻卷着细细的微尘,阳光透过路边的树,被筛选得只剩下温柔至极的模样,细细碎碎地在少年身上摊开。

伴随着微尘,被微风卷起的,还有街边干净的、被阳光晒暖的小餐馆里传来的阵阵沉静又古老的香气。

夏天的风吹过,将少年干净的白衬衫吹得鼓起,衣角卷得有些张扬,肆意又嚣张,满满的青春少年气。

视线慢慢往上,是少年线条利落流畅的侧脸。

一侧足以惊艳。

……

南川一中一向追求效率,才刚开学两天,就已经开始组织开学考试了,题目难度系数也大——目的是给那些假期把学习不当回事的学生,敲一个警钟。

因为分了文理科,所以理科一共就考四科——语数英,还有理综。

这四科全部安排在一天考了,所以最后一科如果正常交卷,也得下午六点半了。

因为还得去便利店,宋初提前交了卷,五点半的时候就跑出了考场。

跟她一个考场的唐识,在宋初走出教室没多久,也交了卷。

宋初在公交车站等车,没过几分钟,余光瞥见唐识朝这边走来。

在唐识走到宋初身边之前的十几秒里,宋初脑子里已经纠结了无数次——要不要打招呼?如果要的话,以什么样的方式?什么样的开场白比较合适?

宋初无力地叹了口气。果然,她不太适合和陌生人打交道。

还没等她纠结好,唐识已经很自然地开了口:"初哥。"

宋初反应了几秒,才意识到唐识的这声"初哥"是在叫她。

宋初一愣。

唐识和宋初分在一个考场。

今天的考试,每一科开始前,唐识都能听到有人说类似于"初哥,等会儿记得照顾照顾啊""初哥,等下就靠你了啊"的话。

两人不熟,所以简单地打了招呼以后,就没话说了。

所幸这种没话说的尴尬并没有持续太久,宋初等的公交车来了。

宋初上了车,发现唐识也上来了。

这会儿正是下班放学的高峰,车上本来就很挤,两人被人群挤得距离越来越近。

男生身上有很淡的洗衣液味道,脖子侧边的耳机线在宋初眼前摆啊摆,他身后是粉紫相间的晚霞,盛大而灿烂。

车到了某一个站,司机刹车的时候,由于惯性,唐识没站稳,往宋初的位置又靠了靠。

宋初也因为惯性差点摔倒,唐识下意识扶了她一下。

宋初轻声道了谢,然后她看到唐识对她笑,跟此时被温柔的粉紫色渲染的天空一样晃眼。

宋初把目光移开,把头埋得更低了些。

她觉得脸在发烫。

过了一会儿,少年慢悠悠的声音,落进宋初的耳朵里:"宋同学,你很热吗?"

宋初"啊?"了声,抬头看他,便撞进盛满笑意的一双眸子里。

唐识被她的反应逗笑:"耳朵红了。"

听到这句话,本来要回答"不太热"的宋初,立刻抬起手装模作样地扇了起来:"是有点热。"

为了增加可信度,宋初还加了句:"南川就是一大火炉,都快九月了,气温还这么高。"

大概是男生神经大条,对她的话深信不疑。

令宋初意外的是,唐识跟她在同一个站下了车。

两人下了车之后,唐识先打破了沉默:"别误会啊,我不是故意要跟着你的,我家住这附近。"

宋初笑,一时不知道要怎么和他交谈,便学着他的句式:"你也别误会啊,我也不是故意要跟着你的,我在附近……有事。"

唐识也笑。

两人在一个路口分开。

唐识才回南川不久,对于这片不熟。他家确实住在这附近,但还得再过去两个站。

唐识本来准备打个车回去的,想了想,就当熟悉一下以后的生活环境。他准备在这附近转一转,看哪个餐馆比较顺眼,顺便把晚饭也给解决了。

唐识在这一片转了十来分钟,也没有特别想进去的餐馆。几分钟后,他看到一家叫"24客"的便利店。

唐识透过便利店的玻璃门，看到站在收银台位置的宋初，抬脚走了进去。

这会儿店里没什么人，宋初就站着解数学题。

一道压轴题解完，店里就进来了一个人。

是跟她分开不到半个小时的唐识。

唐识在货架间来来去去转了几圈，最终拿了桶泡椒味的泡面和两根火腿肠，然后过来结账。

宋初觉得自己手脚都有些不太自在。

结完账，唐识问她："有热水吗？"

宋初的思绪早已不知道飘到哪里去了，听到唐识的声音，她才回神："有的。"

宋初指了指热水处："就是可能得等一会儿。"

唐识笑了笑："没关系，我等它烧好。"

男生走到便利店的长木桌前坐下，戴着耳机听歌。

白色的耳机线隐没在少年的白衬衫里，夏天傍晚的斜阳透过那一面玻璃墙，轻轻斜斜地落在他身上。充满青春气息的脸，一半坦然地暴露在宋初的眼睛里，另一半藏匿在光影里。

不知道为什么，平时生意还算不错的便利店，今天没什么人。

从唐识进来之后，只来了四个人。

店里很快就又只剩下宋初和唐识。

等水差不多烧好了，唐识撕开调料包往泡面桶里放，问道："你吃饭了吗？"

宋初摇头。

她不吃晚饭，这样一来又能省下一笔钱。

唐识没再说什么，低头很快把泡面吃完了。

收拾完垃圾后，唐识往收银台的方向看了眼。

便利店柔和的灯光微微铺落在女孩身上，打出一圈浅淡的光晕。女孩神情认真，笔尖时不时在她面前的试卷上写两笔。

唐识没打扰她，悄然走出了便利店。

成绩在第二天中午就出来了，宋初打开老潘在班群里发的成绩表，一眼就看到了自己的名字。

宋初下意识目光下移，唐识的名字就在她的名字下面。

新来的转学生还是个学霸，宋初能感受到各科老师上课的时候，嘴角差点都咧到后脑勺了——最大的原因是，他们趁机了解了下，唐识对竞赛还很感兴趣，拿过不少有重量的奖。

学生时期，要在学校成为话题中心很简单，要么足够优秀，要么足够恶劣——唐识属于前者。

成绩出来之后，宋初总能有意无意地听见女生们凑在一堆讨论唐识。

"他爸爸是咱们市有名的脑科专家，妈妈是多次登上过国际舞台的舞蹈家……别人都说条条大路通罗马，人家这是生来就在罗马啊！"

"关键不仅长得帅，人家还优秀，听说他从前参加英语竞赛和生物竞赛就没有空手而归的时候。"

"听说他之前一直生活在北川，最近才被接回南川……"

与此同时。

唐识也在有意无意之间，听到了很多关于宋初的议论。

"简直是学神啊，看着整天都迷迷瞪瞪的，课间还总看她在睡觉。果然学习还是要靠天赋的。"

"也不是吧，我听说宋初学习挺认真的，学习还是得脚踏实地。人家在我们看不到的地方，不知道付出了多少努力。"

"谁说人丑就要多读书，宋初和唐识，谁敢说丑我跟他急！"

"总是睡不够，估计就是我跟学神唯一的相同点了吧。"

唐识听到这些话的时候，正从食堂出来。

回到教室，唐识往宋初的位置瞥了眼。

宋初吃完饭就回教室了，这会儿正捧着一本英语作文看。

但她看上去确实……迷迷瞪瞪的，有点像《疯狂动物城》里的树懒。

想到这个形容，唐识唇边渐渐泛起笑意。

距离上课还有二十分钟，宋初趴在桌上睡着了。

第一节是英语课。

英语老师高一的时候就带宋初所在的班级，宋初是她的课代表。她看到宋初还趴着，想了想，她这节课是讲试卷，就没打算把宋初叫醒。

坐在宋初后面的唐识，见几分钟过去了，他前桌还没有要醒来的迹象，而她的同桌似乎没打算叫她。

于是，少年身体前倾，干净得过分的手轻轻在宋初肩膀上拍了拍。

宋初突然被吓醒，迷茫地往身后瞥了一眼。

唐识指了指讲台："上课了。"

宋初呼之欲出的起床气，在看清唐识的一瞬间消散。

"谢谢。"

英语老师见宋初醒来，笑道："这么缺觉啊，我怀孕的时候都没你这么嗜睡。"

宋初笑笑："熬夜学英语学的。"

"……"

这笑话真冷。

下课后，同桌赵宁跟她聊天："初初，我真的感觉你永远都睡不醒。"

赵宁和宋初，高一的时候就是一个班的，但不是同桌。

宋初趴在课桌上："没办法，要兼职。"

赵宁知道宋初在兼职，但没想过，她会累到需要每个课间都补觉的地步："你不要太累了。"

宋初打了个哈欠，头埋进手臂圈起来的小空间里。

忽然像是想起了什么，她冲赵宁说："上课喊我一声。"

"好。"

下午放学，宋初照常冲出教室。

最近的公交车站离一中有五十米远。她还没跑到站，大雨就毫无征兆地砸下来。

宋初跑到站台后的一家服装店，跑近了才发现，服装店根本没开门。

但好在有屋檐，能避避雨。

宋初把书包背到前面，正要拉开拉链拿伞，就感受到有人停在身边。她下意识看了眼，拿伞的动作就停在了拉拉链的部分。

唐识也没带伞吗？

眼前是来来往往的学生和行色匆匆的行人，十分钟之后，刚才一派喧嚣的街道，归于安静。

耳边只剩下大雨砸在地上的声音。

因为今天气温很高，所以下雨的时候看起来像是在一个蒸笼里，冒着腾腾的雾气。

唐识打完招呼后，就倚在旁边的石柱上，懒洋洋地划拉着手机屏幕。

唐识时不时看着手机屏幕笑一下，也不知道是在跟谁发消息，还是看了什么好笑的笑话。

百无聊赖的宋初，一会儿抬头看看天上雨落下来的样子，一会儿低头看着大雨在地上砸出水花。大概是因为对新同学存有好奇，宋初也会时不时看向唐识。

又过了十分钟，雨还是没有停下的征兆。

宋初看了看时间，就算现在赶去便利店也已经迟到了，宋初干脆给换班的小姐姐发了消息，请她再多看会儿店。

小姐姐人很好，答应得很爽快。

站得久了，宋初腿有点酸，她找了个地方，虚倚上去。

不知道从什么时候起，雨势渐渐变小，太阳光已经混合着小雨滴照亮世界。

一阵风吹过来，带来青草混合着泥土的香气，少年安静地站在她的斜前方。

耳机里恰巧传来周杰伦略哑的声音。

最美的不是下雨天 / 是曾与你躲过雨的屋檐。

后来宋初才知道，这首歌唱的，大概是后面那句。

回忆的画面 / 在荡着秋千 / 梦开始不甜

因为有了"最美的下雨天"和"最美的屋檐"，从今天下午和唐识分开后，宋初的耳机里就单曲循环了《不能说的秘密》。

宋初下班之后，到进小区门，都一直哼着这首歌的调子。

江南小区是老旧的小区，各类设施不是很完善。

从小区门口到单元楼的那一段路，路灯都坏了好几盏。

宋初家在五楼，没有电梯，楼道间的灯早就坏了，也一直没人来修。

这小区里人很多很杂，宋初每次走的时候，都胆战心惊的。

宋初几乎是跑着到了家门口。

出乎意料，这个点宋茂实居然在家。

宋初刚开门进去，就听见宋茂实骂骂咧咧的。

只是有些含含糊糊的，听不清到底在骂些什么。

见宋初回来，宋茂实哼哼唧唧了一会儿："去给我煮碗姜汤，顺便做点吃的。"

宋初把书包放下，换了鞋后，立刻去了厨房。

她挺不想管宋茂实的，但她骨子里流着他的血，也不能真的不管他。

宋初很快煮好了面："你先吃，姜汤还得等一会儿。"

宋茂实搅拌着面，嘴上也没休息："你也就这点用处了，煮点面什么的就是你最大的价值了。但是,我想吃面可以直接去外面餐馆吃,姜汤其实也没必要,我可以直接买感冒药……所以啊,还是儿子好。"

宋初想不通,这些事跟儿子和女儿有什么必然的联系。

但她没跟宋茂实呛,早就习惯他这样了。

宋茂实吃完面,宋初把姜汤端到他面前。

宋初收拾桌子的时候,碗和桌面磕碰出了声音。宋茂实冷着脸把手里的姜汤放下:"你生下来不就是干这些事的?你摆脸色给谁看,砸碗给谁看?看来他们说得没错,女儿就一赔钱货……"

宋初生气的时候,喜欢在心里默背社会主义核心价值观,在默背了几遍之后,把心里蹿起的小火苗压了下去。

她一言不发的样子让宋茂实更生气,在他的观念里,孩子是活泼且开朗的,绝对不是宋初这样沉默温暾,说什么都不理不睬的样子。

本来宋初在性别上已经没救了,现在性格还这样,宋茂实心里一阵不爽。

宋茂实喝了酒,神志不太清楚,只知道心里有气就撒,抬起那碗滚烫的姜汤就往宋初那边扔。

宋初虽然往旁边躲了,但姜汤还是溅在了她身上,因为下意识抬手,尺骨的位置被烫红了一圈。

宋茂实大概是意识到自己有错,没再继续骂她,瞥了她一眼,走进了自己的卧室。

宋初跑进厨房冲了冷水,然后艰难地消了毒,只是疼痛感依旧很明显。

她自己没办法包扎,叹了口气,想着要不要明天去诊所,或者学校医务室看看。

只是这样一来,她又得花钱了。

宋初看了看烫伤处,还是决定不去了。现在她的学费是自己支付,生活费也得自己挣,能省下一笔是一笔。幸好这烫伤不算严重。

她对宋茂实唯一的感谢,可能就是,宋茂实赌钱从来都是量力而行,每次都玩得很小,输完了就走人。等到有机会做些钟点工,他赚到了钱再继续去赌。

别人赌钱是为了赢,为了发横财。

宋茂实不是。

他只是为了开心。

更因为他根本无事可做,权当是打发时间了。

一中每周六都会对高二高三的学生进行周测。

每个班的老师自己根据本班学生的学习情况出试卷，各科老师自己监考本科目。

考试难度和考试时间，都由各班班主任和科任老师协商安排。

最后一科考的是英语。

因为周考英语不考听力，所以考完才下午三点。

试卷交齐之后，陶瑜叫住宋初："我的课代表留一下，帮忙批改试卷。"

陶瑜顿了下："新同学也留一下。"

到了办公室，陶瑜指了指她办公桌旁边的桌子："我把答案发你，你先把阅读理解和七选一改了吧。"

宋初点头，之后安静地批改着试卷。

陶瑜找唐识，也无非是了解一下他的学习情况，问他有没有适应这边的学习模式……

陶瑜跟唐识聊天的过程中，宋初悄悄翻出了唐识的试卷。

等宋初把唐识的试卷批改完，陶瑜的谈话也结束了："你等会儿忙吗？不忙的话，试卷也帮忙改一下。"

唐识摇摇头："不忙。"

完形填空和语法填空的部分，就落在了唐识身上。

唐识到宋初对面坐下，宋初不敢把他的试卷给他。

他肯定知道他的试卷不是第一张，而她目前为止只改了这张。她要是就这么把试卷给出去，怎么都觉得有点尴尬。

宋初很快又批改了几份试卷递给唐识，唐识接过试卷之后，目光落到她握着红笔的左手上。

她刚才做试卷都是用被烫伤的右手，现在对手的要求不高，她就换了左手。

唐识的视线往旁边移，宋初把手藏在桌子底下，冲他笑了笑，低头批卷子。

他们速度还挺快，加上试卷少，所以改完试卷也才四点不到。

陶瑜还要留下来把剩下的部分改完，让两人先走。

刚才有事做，而且还有第三个人在场，宋初还算自在。但这会儿出来了，只剩下她和唐识，那种不自在感就冒出来了。

两人并肩往前走，步伐都放得很慢，也不知道是谁将就了谁。

地上是两人的影子，交错又分开，再交错再分开，像是风的恶作剧。

走到学校大环形路的时候，两人之间的沉默忽然被打破。

开口的是唐识:"宋同学,你要不要去医务室看看?"

盯着影子走神的宋初,显然没有听清他的话,茫然地"啊?"了声。

唐识也不恼,嘴角微微扬起一个弧度,眼里是懒洋洋的笑意:"你的手看起来……需要去看看。"

宋初思考了会儿,点头。

唐识陪着宋初去了校医室,医生看了看伤,不算严重,没有严重到需要包扎的地步,给她开了两盒药膏,又嘱咐了几句。

从医务室出来,唐识跟宋初一起到了公交车站。

这小半个月来都是这样,放学后唐识会跟她一起到公交车站,然后在同一个站下车,和她一起去便利店。每天唐识的晚饭都是在便利店解决的,吃的都是泡面加火腿肠,偶尔会再买个面包。

到了便利店,唐识这次没有第一时间去货架上拿泡面,而是在收银台处站定:"你要不要先涂药?"

宋初拿出药膏,一共两盒,拿出之后却停下了一切动作。

刚才宋初脑子里一直在天马行空地想别的事情,根本不记得医生说了什么。

唐识见宋初没动,想了想:"店里有棉签吗?"

宋初摇头。

"我看那边有家药店,应该有。"唐识往门外看了眼,"我去买。手上都是细菌,先不要用手涂。"

宋初还没反应过来,男生已经走出便利店。

没几分钟,唐识回来,把棉签给她:"红色装的现在涂,绿色装的是早上涂。"

宋初毕竟是女孩子,而且跟他认识也才不久。

怕女孩子尴尬,唐识也就没给她涂药。

宋初接过棉签:"谢谢。"

唐识转身去了货架拿了泡面,接了热水之后回到收银台。

唐识性格是比较外向的,泡泡面的空隙,唐识主动开启了话题:"其实你已经很瘦了,没必要减肥的。"

宋初一愣,过了几秒才反应过来,唐识说的应该是她不吃晚饭的事。

女孩声音很轻,跟她"初哥"的称号一点都不沾边:"也不全是为了减肥。"

还因为要省钱。

只是这个年纪的孩子，再怎么早当家，自尊心也还是有的。
所以宋初话没说全。
唐识教养极好，也没把话往深了问。

宋初想起，这连续两周，唐识都在便利店里吃泡面，便问："你晚饭都吃泡面吗？"
听传闻，他家境很好，父母也很幸福。
他没道理不回家吃晚饭。
少年轮廓分明的脸逆在光影里："家里就我一个人，我不会做饭。"
可能是人到一个陌生的环境，身边总要有点什么熟悉的东西或者人，才能安心。
刚好新同学宋初在这家便利店，他也就用泡面将就了。

宋初盯着唐识买的两盒药看了会儿："那个……唐识。"
这是她这么久以来，第一次叫他名字。
唐识看着她。宋初连忙躲避视线："要加个微信吗？我把药膏的钱转给你。"
唐识见她这副样子，想起刚开学的时候，她在办公室前，拒绝别人的那股子蛮劲。
这种反差让他没忍住笑了下："加微信可以，没多少钱，不用转我。"

宋初就这样加上了唐识的微信。
这半个月以来，两人话一直都不多，今天聊了这么几句，店里又恢复了安静。
窗外有由近及远的鸣笛声，这一片的小孩子们吵吵闹闹着走近又走远，店里断断续续来了几个人……
唐识吃完泡面就会走，宋初每次都会在他起身的时候，盯着他的背影，直到他消失在视野里。
宋初低头看着收银台上的两盒药膏，想起刚才唐识跟她说，有些疤留下很难去掉，女孩子要好好保护自己。
尽管只是礼貌的关心，宋初还是感受到了温暖。
有些人在生命中出现，就像是礼物一样，像是命运给你磨难后的馈赠。
唐识之于她，便是礼物一般的存在，只是这份礼物太过美好，她不知道自己有没有资格拆。
甚至连靠近都带着忐忑。

她很清楚，两人无论是家境还是别的方面，都相差太远。
这样的两个人，成为朋友的可能性很小。

宋初下班前十分钟，店里来了个女人。
女人买了一箱牛奶，结完账问她："你是不是要下班了？"
宋初不认识她，微微点头之后没再回应。
女人也没再问下去，提着牛奶出了门。
没多久，来接替宋初班的人来了，宋初收拾好书包下班。

从便利店回家，要穿过一条马路，然后再穿过一条不长不短的小巷，再穿过马路才到家。
而且小巷这段路，很黑。
宋初总觉得后面有人跟着自己。
脚步声忽近忽远，跟着宋初的脚步忽慢忽快。
在深夜安静的街道里显得尤其瘆人。
宋初没有往小巷的方向走，而是尽量往最宽阔的马路边跑。
宋初知道肯定指望不上宋茂实，但还是拨了他的电话。
宋茂实没接电话在意料之中。
宋初心里的害怕和不安又增加了几分，除了宋茂实，她的通讯录里没有一个可以麻烦的人。
宋初正要报警，还没来得及把电话拨出去，握着手机的那只手，被一道力量轻轻扯了一下。
宋初闭着眼凭着感觉踢了一脚。
随后，她听到因痛苦而发出的闷哼声，然后下一秒，就听见一声很低的笑："小姑娘这么瘦，力气怎么这么大？"
是唐识的声音。

宋初放下心来，睁开眼就看到唐识。
他微弓着背，手捂在被宋初踢到的小腿上。
宋初想到自己踢人的力道，有些愧疚："……对不起，我以为……"
唐识直起身，身后不远处是几盏明暗不一的灯，头顶是漫天繁星。
他的影子被灯光拉长，不太明亮的灯光将少年整个轮廓勾勒出来。星光像是被打碎了，铺洒在他身上，落进他的眸子里。
少年身姿挺拔，双眸含笑，像是只出现在漫画扉页里的光景。

为了确定跟着自己的人还在不在,宋初往身后看了眼。

确定身后没人了之后,宋初松了口气:"这个点你怎么……"

唐识伸手指了指不远处的网吧:"跟他们来打游戏。"

唐识说的"他们",是一班的同学。

他为人谦逊温和,涵养都是刻在骨子里的,优秀又不张扬的人在哪里都很受欢迎。

所以唐识在新环境里很快有了能玩在一起的好朋友。

宋初想到这儿,不禁又自卑了些,他和她,无论从哪个方面看都是云泥之别。

唐识是云,她是泥。

一个高高在上,一个低如尘埃。

唐识从网吧出来就看到宋初了,慌慌张张的,像是在躲什么人。他说:"我送你回去吧。"

宋初后怕,虽然不想麻烦他,出于某种自尊心也不想让他看到她住的地方。

但安全起见,宋初还是轻轻点了下头。

宋初步子放得很慢很慢,她从来没有哪一次,希望这条路能再长一些。

她不想回去面对宋茂实,面对那个残破又残缺的家。

唐识送她到单元楼门口:"你住几楼?"

"五楼。"

"我就在楼下,看着你开灯我再走。"

宋初知道唐识是怕送她上去,被邻居看见落下话柄:"谢谢。"

立秋已经过了挺久了,九月初的深夜,只穿了一件白色短袖的唐识轻轻环抱着双手,一抬头,刚好看见五楼有灯亮起。

女孩脑袋从窗户里伸出来,虽然只能看到一个模糊的轮廓,她还是笑了笑。

唐识举起手挥了挥,跟她道了别。

唐识回到家,没想到家里的灯是开着的。

他才刚换完拖鞋,朱莺韵就从厨房出来:"回来了,我在煮夜宵,要吃点吗?"

朱莺韵有个巡回表演,唐识想了一下,好像九月有一场就是在南川。

难怪老妈在家。

唐识有点饿了:"行啊。我先上楼洗个澡。"

洗完澡出来，老妈的面条也煮好了。

因为朱莺韵和唐至廷都很忙，所以从小唐识就在外婆身边长大。两人给唐识的陪伴很少。

少到不知道要怎么和唐识相处。

朱莺韵煮面的时候，只在冰箱里找到一个鸡蛋。

唐识把自己碗里的煎蛋夹给她："这次回来待几天？"

"没确定，看舞团那边怎么安排。"

"嗯。"

沉默的气氛有些尴尬。

吃完，唐识起身收拾。

朱莺韵简单问了唐识几句在南川适不适应，唐识话也不多，没话找话更加尴尬。

她一生都奉献给了舞蹈事业，对于处理这种情况，实在没什么经验。

唐识看出她的局促："朱女士，不用这么紧张。"

"我这次在家应该要待一个星期，刚刚我看冰箱里什么都没有，明天等你放学一起去逛个超市吧。"朱莺韵努力让自己放松，找了个话题。

唐识看着她，脸上是一副哭笑不得的表情："朱女士，明天周末。"

唐识把碗擦干："明天几点出发？"

"早上八点？"

"行。"

唐识和朱莺韵相处的时候，心态比她好不到哪儿去。

他们都想有多一点时间能够陪伴对方，但是因为长时间没一起相处，总觉得哪里怪怪的。

气氛尴尬又别扭。

唐识这一晚上都没睡着，第二天更是天还没亮就已经洗漱好了。

朱莺韵大概也是跟他一样的状况，因为她眼底也是藏都藏不住的黑眼圈。

两人见面的时候，相视一笑。

毕竟是母子，有些东西不用说就懂了。

两人吃了早餐就直奔超市。

唐识推着购物车，朱莺韵走在他前面挑选着商品，时不时回头问问他的意见。

和外婆在北川生活的时候，他也没少逛超市。

但每次看到别人一家三口的样子，唐识表面没什么，心里还是会觉得缺了一块。

朱莺韵走到牛奶区，在两款牛奶之间有点纠结。

她回头，就看到唐识盯着她在傻笑："怎么了？"

唐识随便指了白色包装那一款牛奶："选这个吧。就是想起，我们上次一起逛超市，还是我十岁的时候。"

朱莺韵愧疚："等这次巡演结束，我休个长假，好好陪陪你。"

唐识习以为常，也没怎么抱期待。

每次老妈都这么说，但每次舞团一有事儿，她还是会毫不犹豫丢下他一个人。

老妈今天能好好陪他，他都觉得是不是天上掉馅饼了。

但天上是不会掉馅饼的。

从超市出来，才刚把东西放进后备厢，老妈就被一个电话叫走了。

把装在后备厢的东西拿出来，朱莺韵给家里的司机老刘打了个电话。

唐识就一个人守着一堆东西，在商场的地下车库等了半个小时。

老刘算是从小看着唐识长大的，在他父母缺席的日子里，都是老刘代替他们出席。

老刘接到唐识之后，看着他失落的样子，想安慰却又无从开口。

唐识倒是先开了口："刘叔，我没事。"

老刘烧得一手好菜，看了看今天他们买的东西，说："中午给你做个糖醋里脊。"

才上车没多久，唐识感觉到手机振动了一下。

是宋初发过来的消息：【转账。】

宋初：【药膏的钱，你收了吧。】

唐识知道她是不愿意欠人情，但还是把转账退了回去。

唐识：【那请我吃午饭吧。】

看到唐识消息的时候，宋初以为自己看错了。

她从加上唐识开始，两人就没怎么聊过天。

她总点开和他的聊天框，但总没有开口的由头。

就连转账，都是她纠结了好久，才敢发。

宋初：【我在店里，邻姐叫我来帮忙。】

唐识：【没关系，我离便利店还有一段距离。】

两人约在了离便利店不远的一家牛肉面馆。

约好之后，宋初不太习惯让别人等自己，所以每隔两分钟就会看一下时间。

十分钟而已，总觉得像是过了一个世纪。

这是宋初这么久以来，第一次对下班有了期待感。因为下班之后，等着她的，不再是冰冷的家和总对她动手的宋茂实。

距离下班还有五分钟的时候，唐识给宋初发消息。
唐识：【我到了，你要吃什么，我现在点着，你过来就能吃。】
宋初：【牛肉面吧。】
唐识：【有什么忌口没？】
宋初：【我不吃酱油。】
两人的聊天到这里结束，宋初把那几句话看了又看。

好不容易等到下班，宋初去牛肉面馆的路上几乎是跑着的。
只是，快到牛肉面馆的时候，宋初慢了下来。
她调整着心率，对着牛肉面馆的玻璃门反复练习了几遍，直到确信自己看起来没那么慌张。
宋初在最靠窗的位置看到唐识。
唐识已经点好了，宋初在他对面坐下。
他递给她一双筷子："没放酱油。"
"谢谢。"

从牛肉面馆出来，唐识从兜里掏出了几颗糖，是刚才在超市结账的时候拿的。
他摊开手掌，伸到宋初面前："吃吗？"
宋初拿糖的动作很小心，唐识笑了声："你怎么很怕我的样子。"
宋初连忙否认："没有。"
唐识眼底的笑意更甚："那总低着头干什么？"
宋初不知道怎么回答，幸好唐识没抓着她不放。
唐识问她："回便利店？"
宋初点头。
唐识手机屏幕亮了一下，瞥了一眼消息。
是朋友约他去打游戏。
他收起手机："今天还是夜班？"

"嗯，基本都是夜班。"
"知道了。"

宋初自己回了便利店，唐识有约，离开了。
快要下班的时候，一群人闹哄哄的到了"24客"。
十几个人，浩浩荡荡的。
宋初一眼就看到了其中的唐识。
里面的人大多数是一班的同学，他们看到宋初，都很热情地打招呼。
等他们所有人都拿完东西去了店里的长桌边，唐识过来结账。
宋初看了眼金额，虽然人挺多的，但大家都没真把唐识往死里宰。
十几个人吃完泡面和零食，又浩浩荡荡地走了。
店里很快又只剩下了宋初一个人。

一群人走到马路边，唐识一个一个把人送上车之后，又返回了便利店。
宋初看到他的时候，微愣了下。
宋初那一瞬间突然冒出一个想法，唐识是回来等她的。
但很快被自己否决。
以她和唐识的关系，这种想法实在荒谬。
唐识去货架拿了一箱牛奶，结账的时候，指了指宋初头顶的钟："结完账好像就可以下班了。"
这句话说完，接宋初班的人刚好推门进来。

这个时间，住宅区这边多少有点冷清，街道上安静得有些过分。
一辆摩托车打破氛围，像一根箭似的从宋初身边飞过去。
在车险些撞上宋初之前，唐识握着宋初的手腕，及时将人拉到一边。
九月初，还是穿短袖的季节。
男生掌心干燥，触感温热。
宋初呼吸一滞，她觉得自己整个人都变得轻飘飘的。
回过神，宋初赶紧把手抽了出来："谢谢。"
宋初能感觉到，自己说话的声音都有些颤。

她感谢昏暗的路灯，掩饰了她此时烫得发红的脸。
在宋初不知道说点什么的时候，远处来了一辆车。
车子停在了她和唐识旁边。
这辆车她见过，宝马五系。

驾驶室的车窗落下来,宋初看见一张很美的脸。

那是一张一看就很知性的脸,女人气质温柔,笑起来让人如沐春风。

她给宋初的感觉和唐识一样,一眼就能看出来他们和她这种市井小民不一样。

女人看向宋初:"小姑娘你好,是小识的同学吗?"

唐识说:"我妈。"

唐识又朝朱莺韵介绍了宋初:"同学。"

宋初乖巧说了声:"阿姨好。"

朱莺韵:"上车吧,阿姨送你回家。"

宋初下意识地拒绝:"不用了,谢谢阿姨。我家就在前面,快到了。"

宋初看了一眼唐识。

前面再走几步路就到江南小区了,唐识也就没勉强她。

车子很快开远,宋初看着不远处破旧的小区,那一瞬间,自卑感翻涌。

唐识家和她家离得很近,只隔了一条街。

只是,南苑小区和江南小区,是完全不一样的环境。

第二章
你笑起来比较好看

回到家的宋初，洗完澡出来才看到唐识发过来的消息：【到家了吗？】
宋初：【到了。】
唐识：【那就好。】
宋初：【晚安。】
宋初情绪不太好，她不太想和唐识说话。
涂了药，药膏覆在手上，冰凉的感觉和刚才唐识手掌的温度对比明显。
关了灯，躺在床上，宋初望着天花板的眼神有些空。
她翻来覆去没睡着，伸手拿了床头的手机打开。
宋初还没看过唐识的朋友圈。
她不敢。

她和唐识之间，差距是显而易见的，总觉得不看的话，就可以欺骗自己，这些差距不存在。
但今天遇到了朱莺韵，她有点忍不住了。
唐识是她的置顶，加上的第一天，宋初就设置了。
她点开唐识的头像，进了他的朋友圈。
唐识不太爱发朋友圈，宋初数了数，总共十条。
那十条朋友圈里的照片，宋初一张一张点了保存，每一张都看了又看。
从朋友圈里，宋初能大概知道，唐识喜欢玩卡丁车，生日是在十月十八号，喜欢听什么歌。除了这三条，剩下七条都是关于车。
宋初不太懂车，她上网搜了一下。
他最喜欢的奔驰大G，价格是她不敢想的。

宋茂实不知道从哪家打完麻将回来了。

宋初听着从客厅传来的骂声，更加心烦意乱。

到家之后，朱莺韵问："刚才那个小姑娘叫什么？"

"宋初。宋朝的宋，初心的初。"

朱莺韵想起宋初乖巧的样子，笑了笑："和你还真有缘分。"

唐识一脸疑惑地看向她。

朱莺韵说："初识你名，久居我心。"

"……"

唐识无奈，可能是老妈觉得从小没怎么在他身边，觉得亏欠。

大概是觉得他身边的人，都替她陪伴了自己，所以每次见面，看到他身边有女孩子，老妈都会跟他开这种玩笑。

唐识有些头疼："普通同学。"

大概是猜到老妈会说什么，唐识赶紧解释道："她在便利店兼职，昨天我回来的时候，她好像遇到危险了。她一小姑娘，大半夜的一个人回家不太好。"

朱莺韵想起刚才儿子手里的牛奶，瞬间明了："今天逛超市都买了挺多了，难怪还要特意去便利店买。"

唐识看着老妈八卦的眼神，觉得怎么解释都没用。老妈有分寸，不会真到人家女孩子面前说什么，唐识也就懒得再说了。

朱莺韵给唐识热了杯牛奶："那小姑娘住哪儿？"

"江南小区。"

"那地方确实不太安全，你以后能帮衬就多帮衬点。"朱莺韵在这儿住了很多年，虽然常年在外地工作，但对周围的环境还是了解的。

"嗯。"

第二天下午放学的时候，宋初在学校门口，又看到了那辆熟悉的宝马五系。

昨天和唐识的妈妈遇见，是一个意外。宋初以为至少很长一段时间都没机会再见了。

宋初还没出学校门就看到车了，车窗半开着。朱莺韵气质太出众了，在人群里，是不用细看也能一瞬间捕捉别人目光的人。

不知道为什么，宋初站在原地，始终没有迈出步子。

她知道人家不一定看见她，也知道就算看见了，甚至可能对她一点印象都没有。

但宋初不知道自己在怕什么，就是在那一瞬间，没有了往前的勇气。

或许是自尊心在作祟。

发愣间，朱莺韵不知道什么时候，已经走到宋初身边了。

她对宋初有印象："宋初同学，我是唐识的妈妈呀，记得我吗？"

对于朱莺韵知道自己名字，宋初有点惊讶："阿姨好。"

话音刚落，一道清冽的声音从宋初身后传来："怎么过来了？"

宋初回头，看到单肩挎着书包的唐识，校服穿得规规矩矩，整个人却显得张扬。

宋初只是匆匆一瞥，便迅速转过了头。

朱莺韵嗔了唐识一眼："好不容易有时间，来看看我儿子的新学校不行啊？"

唐识笑："行。"

朱莺韵知道宋初住江南小区，看向她："初初，我来接唐识，一起吧？"

宋初有些窘迫。

她从来没有怨过命运，也从来没觉得宋茂实这样的人，有什么可让她自卑的。

但因为唐识，她第一次觉得，好像有些东西是怎么努力都没有办法达到的。

他们之间，每一处细节都在提醒她。

他像是童话里的王子，闪闪发光，永远站在人群最显眼的地方。

她永远是路人甲乙丙丁，对谁都无足轻重。

宋初今天不用去便利店。

跟她交班的小姐姐明天有事，两人换了一下。

宋初没法推托朱莺韵的热情，跟着唐识上了车。

朱莺韵开车，宋初和唐识坐在后座。

可能是宋初的拘谨太明显，朱莺韵从副驾驶的位置拿了巧克力，递给宋初："阿姨不吃人的，不用这么紧张。"

宋初不太好意思，看了眼唐识。

朱莺韵从车内后视镜看到宋初的样子："是舞团一个小朋友送我的零食，吃吧。"

宋初接过巧克力，乖巧道了声谢。

唐识大概是看出宋初的拘谨，说："高热量的东西你自己不碰，羡慕人家小姑娘比你瘦,想把人喂胖啊?"

朱莺韵配合着唐识:"小姑娘太瘦了,胖点好看。"

宋初听到这话,才放下心来。

阿姨是不吃巧克力的。

宋初把巧克力分给了唐识,唐识看了她一眼,眼里满是笑意:"我又不是小姑娘。"

"……"

猝不及防地,朱莺韵猛地打了一下方向盘。

有人恶意别车,开得挺狠。朱莺韵来不及反应,差点就撞上了前面的车。

有惊无险,前面的车及时避开了。

只是这突然一下,宋初没坐稳,整个人往唐识那边撞。

唐识伸手扶了一下,一只手抓着宋初的手腕,另一只手护着宋初的头。

在那一瞬间,宋初觉得自己全身的热量都集中在脸上了。不用看她都知道,现在她脸肯定红得像灯笼。

唐识不知道她在想什么,看她的样子,以为她被吓到了。

唐识腾出一只手,在她后背轻轻拍着。温声细语的,像是很细很小的雪花,落在很厚的雪层上。

"没事了,我在呢。"

车窗开了一个口,风灌进来。

宋初闻到唐识身上的柠檬香,很淡,若有若无的那种淡。

很好闻。

见宋初半天没反应,唐识又耐心说了好多话。

宋初眨了眨眼,终于开口:"谢谢,我没事。"

朱莺韵找了个地方停车,语气里是显而易见的着急:"没事儿吧?有没有碰到哪儿?吓着了?"

宋初嘴角扬了扬:"阿姨我没事。"

朱莺韵盯着她看了几秒,似乎在确定她说的是不是真的。

确定宋初真没事儿之后,她才又重新发动了车子。

快到江南小区的时候,唐识电话响了一下。

他很快拿出手机。

宋初瞥见,来电地址是北川。

唐识滑动接听,也没说话。

电话那端声音很大，宋初想不听见都难——

"狗东西谱还挺大啊，去南川那么久，都没想着打个电话过来？

"宝，你都没有心的吗！你不知道人家在想你吗！你怎么忍心把人家一个人扔在北川……

"没有你的日子，人家好空虚，好……"

……

唐识在接到电话的第一时间，就把手机举着远离耳朵了。

电话那边的人这句话说到一半，唐识轻咳了声："注意点说话。"

"你居然敢吼我，你现在都敢吼我了……"

"我妈在。"唐识言简意赅。

电话那端瞬间消音。

两秒之后，电话被挂断了。

没几秒钟，唐识电话又响了。

唐识这次很给面子地"喂"了声。

电话那断的声音和语调比之前都正常多了："阿姨好。我是陈晋啊，刚不知道我哪个朋友，您别介意啊。"

唐识没忍住，笑出了声。

宋初也笑了。

因为很明显就能听出来是同一个人。

唐识："有事？"

陈晋又数落了唐识了几句："你不仁我们可不能不义，这不国庆要到了，校校和小琬还有我，准备去看看你这个抛弃朋友回南川的叛徒。"

唐识笑："行，过来好好招待你们。"

两人又随便聊了几句，宋初下车的时候，两人正聊完。

宋初看着车消失在转角处，才转身走进小区。

宋初刚走到楼道，就听见宋茂实骂骂咧咧的声音。

她习以为常，在台阶上坐下，写完了英语作业才起身进屋。

宋茂实看到宋初，翻了个白眼："癞蛤蟆想吃天鹅肉。"

宋初没搭理他，放下书包转身进了厨房。

宋茂实大概是在外面受了气，也想给宋初不痛快："你和刚送你回来那小子，我都见过你们俩一起好几回了。

"人家一看就不是普通人，不是你能高攀得上的。那女人我在电视上看到过，是跳舞的对吧？

"不愧是你妈生的啊，这才多大就学着她那一套了？"

宋茂实说唐识的话，字字句句都精准无比地打在宋初心上。

宋茂实这人口无遮拦。
陈如馨为什么要离开他们，宋茂实比谁都清楚。
只是他没想到那么软弱的妻子，真的会狠下心离开，心里觉得不甘，才一遍又一遍地说，她是为了钱才从这个家走的。
宋初在洗锅，动静越来越大。
但宋茂实就要跟她较劲，声音也越来越大，最后甚至还直接跑到厨房里动手了。
宋初被他打也是家常便饭。
以前陈如馨还在的时候，宋茂实就经常动手。男女力气有别，陈如馨根本反抗不了。

年幼的宋初，每次看到妈妈被打，都会被吓哭。
就这样过了好几次，宋茂实被宋初哭烦了，宋初越哭他打陈如馨就越起劲。
等宋初再长大点，宋茂实干脆动手连宋初一起打了。
所以后来宋初就不敢哭了。
宋初手滑，碰到了昨天放在台子上没来得及洗的碗，摔碎了。
宋初蹲下，把碎碴子捡进垃圾桶。
手碰到一块比较大的碎片的时候，被划了一下。
大概是宋初故意，所以伤口比不小心划到的要深一些。
血很快从伤口渗出来。
宋茂实看到，一脸嫌弃："晦气。"
他等会儿有牌局，见了血，觉得挡财运。

宋初赶紧打扫剩下的碎片，拎着垃圾袋下了楼。
她觉得太窒息了，想下楼透透气。
可出来之后，她又觉得无处可去。
宋初沿着马路漫无目的地走。
她走得很慢。不知道走了多久，她觉得有些累了，就随便在路边找了个地方坐下。
地上还挺凉的，冰得她肚子有点痛。

刚还星星点点的天空，不知道什么时候黑成一片。宋初看到远处的闪电，紧接着一声很响亮的雷声钻进耳朵里，大雨很快砸了下来。

宋初赶紧起身往家的方向跑。

雨在一瞬间变大，宋初干脆跑进了旁边的一个凉亭里。

风也很大，雨被吹偏，飞了进来。

这雨不知道什么时候能停，宋初后悔了，她不应该就这么置气跑出来的。

刚手被划破的时候没觉得痛，这会儿情绪安定下来，宋初感觉到伤口泛着一阵阵的疼。

她在凉亭的角落蹲着，忽然觉得自己好可怜。

今天发生的事情在她脑子里交替出现。

唐识的妈妈因为担心她被吓着，所以在路边停了车，着急地问她是不是还好。

一个毫无关系的人尚且如此，而宋茂实就算看到她流血了，都无动于衷，甚至觉得她晦气。

宋初把头埋进膝盖，肩膀轻颤。

宋茂实打妈妈，她哭，宋茂实就打得越狠。后来宋茂实在她哭的时候，会连她一起打。再后来她就不敢哭了，逼自己忍住。

可是现在她忍不住了。

但就算现在周围没人，只有雨声和风声，她也只敢小声啜泣。

被抛弃的孩子，怎么敢大声宣泄情绪？

雨停了。

也不知道下了多久，但宋初觉得下了挺久的。

她整理好情绪，往家走。

刚出来得急，她忘了带钥匙。

她敲了半天门都没人答应，宋茂实没在家，又去打牌了。

宋初也没带手机，宋茂实不知道什么时候能回来。但她总不能在外面待一夜，她只能去麻将馆找宋茂实拿钥匙。

从南苑小区旁边的一条道穿过，再走十来分钟就到了麻将馆。

宋初知道麻将馆都是些什么人，现在她这个样子，短袖湿了一大块，实在没法进去。

她在门口等了好久，终于等到麻将馆老板的女儿出来。

她不确定会不会等到，但她运气还不错。

她拦住麻将馆老板的女儿："你好，我有急事找宋茂实，你可以帮忙去你家麻将馆看一下吗？"

麻将馆老板的女儿跟宋初年纪差不多大，上下看了她几眼："我帮你问问。"

宋初："你就说宋初找她拿钥匙就行。谢谢了。"

没一会儿，麻将馆老板的女儿出来了。

她说宋茂实没在。

他们打牌的地点不固定，除了麻将馆，也经常约着去某一家。

宋初借了手机给宋茂实打电话，没人接。

她没办法只能回家去，只能祈祷今晚宋茂实能回家。

宋初没想到，半路会遇到唐识。

唐识是下来送朱莺韵的，她舞团那边这段时间很忙，指不定什么时候就被一个电话叫走了。

唐识本来在家玩游戏的，朱女士为了弥补亏欠，硬要和儿子一起玩。

只是刚打开游戏，电话就进来了。

唐识送完朱莺韵，打算去买点吃的，没想到能遇到宋初。

小姑娘看起来被雨淋得挺惨，刘海湿成一绺一绺，衣服看上去也湿了不少。

两人相对而立。

唐识走到宋初面前，把外套脱给她："怎么这么可怜？"

当委屈忽然有了落点的时候，似乎会被瞬间放大。宋初说话的声音夹杂着掩饰不住的哽咽："我回不去家了。"

宋初拿着外套，不知道该作何反应。

唐识从她手里又把外套拿了回来，给她披上之后，又把外套的帽子给她套头上了。

唐识带宋初回了家。

宋初跟在他身后，他刚才看到小姑娘鞋也湿了，从玄关处的鞋柜拿了一双干净的拖鞋放在地上："换上舒服点。"

宋初脚不自觉地动了动，她刚踩过了泥泞，袜子挺脏的。

宋初不是个矫情的人，换作任何一个人，宋初一定毫不犹豫换鞋。

但现在这个人是唐识。

从来没有一个人能让她像现在这样自卑过，也很少有人能够看到她现在这样狼狈的样子。

唐识见宋初没有换鞋的意思："要不就不换了，你怎么舒服怎么来。"

宋初听到这话，赶紧把鞋换了。

进屋之后，唐识把空调温度调高了几度。

他去房间找了一套新的衣服给宋初："先去洗个澡？"

宋初接过衣服，衣服被她攥起褶皱，她却始终没动。

唐识看出宋初的防备，淡着嗓子问："晚饭吃了吗？"

唐识的语气很平常。这无异于是能让人安心的。

宋初摇摇头。

唐识说："我出去给你买晚饭，这里没别人了，你洗个热水澡，免得感冒。浴室穿过这个走廊左转就是。"

说完，唐识就出了门。

过了几分钟，宋初才磨磨蹭蹭起身往浴室走去。

宋初才洗完出来，唐识放在沙发上的手机响了。

宋初看了一眼，没有显示来电人，是个陌生号码。

后来电话又响了两次，同一个号码，但因为不是自己的手机，宋初没接，等时间到了自动挂断。

最后，唐识干脆发了个消息在自己手机上。

【我是唐识，你处理好了没？】

宋初知道，唐识这是怕她没有安全感，所以回自己家都要先问问她。

唐识的手机没密码，宋初回了他。

大概过了十分钟，唐识回来了。

他带了两碗牛肉粉，除此之外，手里还有几个袋子。

他把袋子放在沙发上，牛肉粉放在茶几上："我去给你拿吹风机。"

宋初吹完头发，唐识已经把牛肉粉的包装拆开了："没放酱油。"

"谢谢。"

宋初没什么胃口，牛肉粉只吃了几口。

唐识收拾完，捞起刚才他放在沙发上的袋子，拿一个递给了宋初："刚在商场买的，不知道你喜欢什么款式，所以就随便拿了一套。"

宋初打开看，里面有上衣、裤子、还有一双鞋，还有一次性的内衣裤。

他路过商店的时候，想起她说她回不去家。他想着她要是今天晚上都没法回去，明天总不能穿着他的衣服去学校。

看宋初表情有点不对劲，唐识也想起了，连忙解释："那个是请遇到的一个女生买的，买完她连袋子一起给我的。"

唐识:"尺码我也不太清楚,但你应该能穿。"
宋初:"谢谢。"
从认识到现在,她已经跟唐识说过无数次谢谢了。
宋初:"多少钱,明天我回家拿到手机,立刻转给你。"
认识也快一个月了,唐识了解宋初。
她不太喜欢欠别人的,如果他说不用转,她肯定又要想方设法把这钱还给他。
他说:"转我两百吧。"
"好。"

唐识起身走到电视柜前,拉开了最左边的抽屉,拿出了医疗箱。
他回到宋初身边坐下,拿出了生理盐水:"手伸出来。"
宋初乖乖伸手。
唐识用生理盐水帮她清理了伤口,然后找出碘伏消毒:"平时要多注意一下,伤口不要碰到水。结痂的时候会痒,但是要忍住别抓。"
宋初机械地点头:"知道了。"
唐识本来想带宋初去客房,但宋初想先回家看看。
她身上穿的衣服不太合适,去换了唐识刚买的那套。
唐识不放心她一个人,跟她一起出了门。

宋茂实还是没回家。
现在这个时间,开锁公司早就关了门。
小区的物业不管事,住这里的人都是穷得没办法了,没有谁是他们得罪不起的。
所以,这会儿宋初也不能指望物业给她开门。
唐识看向宋初。
灯光有些昏暗的楼道里,唐识那双眼睛特别亮,像是在黑暗里无声吸引人的光。
宋初眼睛微眨,几秒后,她听见唐识说:"要在这儿等还是回去?"
宋初还没来得及回答,唐识想起刚才上楼的时候,遇到的几个小混混,又补了句。
"要在这儿等的话,我陪你一起。"
宋茂实打麻将经常通宵,宋初不确定他回不回来:"回去吧。"

刚到唐识家换上拖鞋,宋初就听见朱莺韵的声音了。

"小识，你回来……"

朱莺韵走出来，看到宋初，话停在嘴边。

"阿姨好。"宋初问好。

朱莺韵看了看宋初，又看了看唐识。

宋初生怕给朱莺韵留下不好的印象，赶忙解释："阿姨，我把钥匙忘家里了，回不去。"

唐识怕老妈多想，也赶紧开了口："刚送你出去的时候遇到的，她被雨淋湿了，就带她上来处理了一下。刚陪她回家看了眼，她家里还是没人。"

朱莺韵点点头："快进来。"

宋初坐在客厅，脚踩在地上。

唐识家客厅里的地毯是白色的，很软。

她低着头，盯着脚尖发呆。

朱莺韵在厨房忙活了半天，端着一碗姜汤走了出来。

宋初听到动静，赶紧从沙发上站起来。

这动静将唐识和朱莺韵都吓了一跳。

唐识笑，笑声很低："妈，这是乖小孩。"

宋初没看唐识，都能想象他说这话的时候是什么表情。

带点懒洋洋的幸灾乐祸，嘴角弧度清浅。

朱莺韵被宋初无措的模样逗笑了："阿姨不吃小孩，不用每次都绷这么紧。"

朱莺韵示意宋初坐，然后在她身边坐下，把手里的姜汤递给了她："快喝了去去寒，感冒了挺难受的。"

唐识在客厅的沙发上窝着，和陈晋他们打游戏。

朱莺韵带宋初去了客房："你今天晚上就睡这里，有什么不习惯的，就跟阿姨说，跟唐识说也可以。床单被套都是新换上的，你饿不饿，要不要吃点东西？"

宋初一一回答了朱莺韵的问题。

两人回了客厅，唐识还窝在沙发上打游戏。

朱莺韵问："初初，你打游戏吗？"

宋初刚想回答不会，朱莺韵就已经叫了唐识："小识，你带初初一起玩。"

唐识戴着耳机，朱莺韵说完，他起身摘下耳机，对宋初说："我去给你拿个手机。"

说完，唐识往他卧室的方向走了。

他说了句:"先别开,拉个朋友一起。"

没一会儿,唐识拿着手机出来,递给了宋初。

宋初没玩过游戏,除了学习就是兼职,她没时间玩。

但现在这个情况,她也就没那么多可推托的了。

他们在玩游戏。

宋初从来没玩过,得创建个游戏名。

她盯着屏幕想了想,偷偷瞥了眼旁边的唐识,在框里输入了"star"。

星星。

宋初的眼睛不太能适应游戏界面是3D,刚开始的时候绕得她头有点晕。

宋初很菜,连让游戏角色往前走都要磨蹭半天。

她也不会换枪,开局的时候捡了一把P18C,哪怕后面遇到更好的枪,她也能视而不见。

菜得十分傲娇。

这样玩了两局之后,陈晋心态崩了。

因为宋初角色创建的时候性别是男,那边的陈晋没忍住吐槽:"兄弟,你不行啊。为了保护你我都掉了多少分了。"

宋初麦开了,但玩游戏的时候因为太紧张,所以一直没说话。

被陈晋这么一说,宋初说了句:"不好意思。"

陈晋一听,是个小姑娘,听这语气,认错态度也挺诚恳的,便说:"没事没事,分嘛,掉了就掉了,哈哈哈哈。"

陈晋刚一说完,又被宋初连累了。

两人这局落地成盒。

"……"

两个人观战唐识。

陈晋是个闲不住的,像是想起了什么事,问道:"狗哥,你刚不是说你在家吗?"

唐识没说话。

陈晋:"所以那个星星……现在在你家?"

陈晋不认识宋初,她的游戏ID又叫star,他脱口而出的就是"那个星星"。

唐识现在战况有点胶着,周围都是人,小地图上脚步就没断过。

他不耐烦地"嗯"了声。

陈晋又戏精附体了。

"你才过去多久啊,就带人回家留宿了?你这样对得起我吗?"

"国庆我过去,我才不要睡酒店,我就要赖在你家!"

"……"

陈晋和唐识虽然关系铁,但是因为两家住得近,所以两人根本不存在谁要在谁家留宿的问题。

陈晋也不是真的在意唐识带人回家,只是平时嘴仗打惯了,戏瘾上来了没忍住。

唐识没什么洁癖,没想让陈晋他们过来的时候去住酒店。

不过他配合着陈晋:"放心,不会让你住酒店的。"

陈晋感动得泪流满面:"我就说我狗哥对我这么……"

"好"字还没说出口,唐识就出声打断了:"我们小区公园还不错。"

"……"

"到时候给你物色几个VIP位置,随你挑。"

"呵呵!"

说话间,唐识被剩下的一队人给狙没了,游戏界面变成灰色。

这游戏不熟悉的人会觉得无聊。

唐识知道宋初不想玩了,便对手机那头说:"明天早起上学呢,不玩了。"

退出游戏,宋初把手机还给唐识。

唐识接过,顿了会儿,忽然说了句:"我给你讲个笑话。"

宋初一愣。

唐识似乎不是一个习惯讲笑话的人,酝酿了几分钟,宋初才听到他的声音。

"从前有一只小鸭子,它有一天跟妈妈上街。逛商店的时候,它看到一个心形的抱枕,非要缠着妈妈给它买。你知道为什么吗?"

宋初没听过这个故事,有点蒙。

她眨了两下眼睛,思考了会儿:"不知道。"

唐识半挑着眉看着宋初,舌尖轻舔一下唇。

"因为,它——"他半弯着腰,头也低下来,直视着宋初的眼睛,"要开心鸭。"

"……"

宋初笑了,而且没怎么收住。

倒不是因为唐识这个笑话有多好笑,只是他不擅长讲笑话还要给她讲的样子,真的让宋初觉得很开心。

见宋初笑了,唐识倒有些不好意思了:"起先觉得这笑话还怪冷的,以为还要再讲一个呢。"

其实,今天见到唐识的时候,她的不开心已经消散了大半。

听完这个冷笑话,她已经觉得很感激。

在她把世界里的灯暂时关起来的时候,有一颗星星出现了。

唐识从兜里摸出一颗糖给她:"你笑起来比较好看。"

时间很快滑到了九月底。

九月的最后两天是月考。

考试的前一天下午,班长曾雁安排了几个人把课桌椅调整成学校要求的样子,又安排了几个人贴考场和考号。

他们效率很高,别的班还在吵吵闹闹偷懒的时候,他们花了二十分钟就把事儿给办好了。

距离下课还有差不多半个小时,曾雁走上讲台:"明后天考完试就直接放国庆假了。老潘他们去开会去了,让我给大家开个班会哈。"

班会主要讲两个事。

一是老生常谈的,国庆出游期间注意安全。

二是要开始准备十一月中旬的校运会。

安全问题已经讲过很多遍了,就算不开班会,老潘平时上课也会讲。

曾雁拿出了老潘上午给她的报名表:"大家安静一下。因为考完试就放假了,秋季校运会的报名得赶紧弄好,然后多一点准备的时间。请大家踊跃报名,积极参加。"

"想参加的同学,来我这里领一下报名表。"

一班的综合素质不错,不是那种死读书的人。

没一会儿,曾雁手里的报名表就被领光了。

宋初运动细胞不太发达,所以去年运动会她是后勤部的,负责给本班的运动员加油,也负责在场地边给本班的运动员,准备好水和葡萄糖。

每年的校运会,学校每个班级都会认真准备。

潘修永带的班级更甚,每一届学生他都会要求,运动员每个周末都要一起到学校训练半天。

宋初想了想,起身去领了一张报名表。

赵宁和宋初去年运动会的时候就是一起的,以为今年也一样,所以看到宋初上去领报名表的时候，赵宁惊讶了一下。

赵宁问："你怎么突然想参加了？"

宋初拿起笔开始填报名表，写完基本信息之后，在"女子800米"后打了个钩。

"你确定报800米？"

赵宁记得，高一的时候体测，宋初跑完800米就跟要了她半条命似的。

宋初点点头，然后起身交报名表去了。

唐识和宋初分到了一个考场，她坐在唐识后面。

宋初一般都是第一个到教室。

早上八点半开始考第一科，宋初七点钟的时候就来了。

第一科考的是语文。

宋初简单复习了一下古诗词，就趴课桌上睡着了。

宋初是被吵醒的。

她迷迷糊糊睁开眼睛，看了眼时间，她才睡了十分钟。

唐识的位置旁边站了一个女生。

宋初认识这女生，是高一的新生代表，林厘。

考场外看唐识的女生不少，但真正敢过来说话的几乎没有。

林厘算个例外。

林厘才刚进南川一中，就已经成为风云人物了。

就连宋初这个不怎么了解学校八卦的人都知道她。

林厘那张脸明媚得实在让人难忘，见过一面就没办法从脑子里抹去的那种。

林厘啪地把一个信封拍到唐识课桌上："给你的。"

唐识没说话，林厘丝毫不受影响："你拆开看看嘛。"

唐识沉默地看着眼前的信封，被吵醒的宋初也有意无意地关注着这边的动态。

过了好几秒，唐识真拆开了信封。

这段时间，唐识不是没有收到各种各样的小礼物，信也收了不少。

但唐识从来没有拆开过，宋初每次都看见唐识很有礼貌地把收到的信还给女孩子。

耀眼的人，是容易被耀眼的人吸引的。

唐识和林厘都是耀眼的人。

唐识打开里面的信，看完之后又把信折好装了回去。

他把信封还给了林厘："厘厘，你告诉许未，我才是他爸爸。"

"……"

信纸上只有一句话，是许未写的"我是唐识爸爸"。

一班和二班是实验班。

二班的许未，宋初也认识，他们在年级大榜上名字挨得很近，是一个很强的竞争对手。

林厘把信封拿回去："好嘞，保证完成任务！"说完，她就一蹦一跳走出了考场。

不是告白信吗？

不过……看样子，他们都认识，好像还挺熟的样子。

宋初没来得及多想，考试的预备铃响了。

广播里念了快五分钟的考试注意事项，监考老师才慢悠悠地走进教室。

考完试，一班分到隔壁考场的、和唐识关系好的人过来找唐识："狗哥，走了，吃饭！"

唐识走到教室门口的时候，回头看了一眼宋初。

"宋同学，一起去吗？"

宋初收拾好书包："不了，你们去吧。"

宋初在班级里也没有受到排斥，但她好像和谁的交情都只能点到为止，客客气气的，跟谁都算不上关系亲近。

而从认识唐识以来，在宋初的记忆里，除了他刚转来那几天是一个人，他身边一直都热热闹闹的，好像他跟谁都能玩到一起去。

是那种青春电影里才有的热闹。

相比之下，宋初的青春就无趣冷清多了。

同龄人闭上眼睛，会看见春光灿烂，听见夏风习习，触碰到明亮的梦想。

宋初一闭上眼睛，就得抓紧时间短暂补眠，然后立刻一头扎进学习和兼职里。

很多年后的宋初，回忆起高中时期的他们，对身边的丈夫说：

"我的青春不灿烂，但是唐识，你出现了。

"你成了我闭上眼睛就能看见的，唯一的，闪闪发光的梦想。"

最后一科考完，宋初看到许未来了。

他是来找唐识的。

许未:"明天中午一起吃个饭?"

唐识挑眉:"你是在约我?"

许未"呵"了一声:"我不安好心,实话告诉你,每一道菜我都会放耗子药。"

沉默了会儿,许未说:"有些人不会不敢吧?"

唐识也给许未回了声极其不屑的"呵":"我有什么不敢的?"

许未:"明天早上十一点,我家。晚来一秒钟,饭渣子都不给你留。"

"行。"

唐识和宋初一起去了公交车站。

因为考试结束得比较早,所以这会儿并不是挤公交车的高峰期。

公交车上空位还挺多的。

宋初是易晕车体质,所以坐车都喜欢靠窗边坐。

她走到离公交车后门最近的位置坐下,唐识就顺势坐在她身边了。

熟悉的柠檬清香又飘进鼻腔。

宋初尽量让自己离唐识远点,宋初觉得自己已经很贴车壁了,但这点空间根本无关痛痒。

女生的往外挪小心思唐识没发现,他只是问道:"陈晋他们国庆过来玩,宋同学要不要一起?"

宋初尽量让自己忽略两人之间这么近的距离,努力让自己看起来状态自然:"好啊。"

宋初受不了这种沉默,找了个话题:"你认识许未和林厘他们啊?"

唐识点头:"我妈妈还有他们两个的妈妈,大学的时候是室友,关系比较好。我们从小就在一块玩,一直到我七岁那年去了北川。"

他们的相处模式一直这样,一天不互怼就浑身难受。

10月2日。

天气不错,出了太阳。

前一天晚上和唐识确定好时间之后,宋初就没怎么睡着。

天蒙蒙亮的时候,宋初就已经洗漱好了。

她开了灯,打开衣柜。

她站在衣柜前看了好一会儿,才发现她没什么衣服可穿。

衣柜里只有一条裙子,裙子还是妈妈的。

妈妈走的时候没带上,宋茂实后来收拾房间的时候看到,本来已经丢在了垃圾桶里,被宋初偷偷捡了回来。

这条裙子放在现在也并不过时，但宋初最终还是选择了她平时的衣服。

对一直穿休闲装的宋初来说，忽然之间穿裙子，绝对算是特意打扮过。

她把身上的裙子脱了下来，换上了平时的衣服。

白色的圆领卫衣加浅灰色的运动裤，还搭了一顶黑色鸭舌帽。

她还是特地打扮了一下的，尽管不太看得出来。

宋初有耳洞。只是她都忘记，自己有多久没戴过耳钉了。

她从柜子里翻出耳钉戴上。

耳钉是很简单的镂空圆圈，很素。

宋初头发长度齐肩，把头发散下来挡住耳朵，根本就看不见两只细小的耳钉。

九点，宋初出了门。

到了约好的地点，唐识他们还没过来。

大概等了几分钟，宋初看到了唐识。

他身边还有三个人，一个男生，是陈晋。

还有两个女生。

陈晋是唐识很好的朋友。唐识被送到北川外婆家没多久，两人就很快认识了。

于婉、林校和陈晋从小一起长大，都住在一个院里，跟唐识的关系自然不差。

陈晋相对两个女生来说很热情，要不是宋初是当事人，她肯定会觉得陈晋和自己也认识很久了。

于婉和林校都不是能自来熟的女生，两人气质很像，偏温柔。

和他们一起的，还有一班的几个同学，平时和唐识关系都比较好。

简单地打了招呼之后，一行人打了车，目的地是游乐园。

开学以来，于婉就没怎么有娱乐时间，整天不是学校就是补习机构。

现在好不容易有了时间，鬼屋一定是在假期计划里的第一项。

到了游乐园，于婉先下了车。

她等唐识下车才推着唐识往前跑。

其他人被留在了他们身后。

陈晋看着宋初笑："初初，我跟你说，于婉这个女人，只要有唐识在，我和校校永远都是被抛弃的。"

唐识和于婉先去买了鬼屋的票。

宋初其实很怕鬼，平时连鬼片都不敢看。

她很少来游乐园，但每次都绝对不会去鬼屋。

排队的时候，林校就站在她旁边。

林校看着她："你害怕啊？"

宋初很诚实："有点。"

和唐识排在前面的于琬，听到这句话转过身："没事，我保护你。"

这一群人，除了宋初，每个人对于进鬼屋这件事，都感觉很兴奋。

有好几个人，听到于琬对宋初说"我保护你"，目光都集中在了宋初身上。

宋初有些不好意思："我其实还行，没那么怕。"

赵宁也来了，她听到于琬的话之后，赶紧窜到了宋初身边。

往鬼屋走的时候，赵宁牵着宋初的手："初初，你看起来还挺淡定的，我还以为你不怕呢。"

宋初想起高一的时候，有一次停电，赵宁还被吓哭了："我还以为你会怕。"

赵宁反驳："这有什么好怕的。"

进了鬼屋五分钟，宋初才发现，自己还真没低估赵宁的胆量。

她是怕，但她是胆战心惊，一路沉默。

赵宁是一直在她耳边碎碎念。

宋初和赵宁的手越握越紧，旁边黑漆漆的，除了彼此，都不知道周围的人是谁。

走到一道门的时候，忽然冲出来一堆"鬼"，赵宁和宋初被冲散了。

等那一堆"鬼"散去，宋初发现就剩自己一个人了。

宋初呆在原地，她不知道要往哪个方向走，也不敢乱动。

宋初不知道自己在原地站了多久。

幽暗的环境和高度紧张的神经，让她什么都没想起来做。

宋初终于想起有手机，正想给赵宁打个电话的时候，手腕忽地被人握住了。

一道清冽的嗓音落进宋初耳郭："我，唐识。"

"我知道。"

宋初在唐识握住她之后，闻到了他身上的味道。

很浅很淡的，只属于他的柠檬香。

唐识在握住她的时候，感觉到她一直在发抖。

他出声安抚："有我在，没事的。"

宋初回过神，条件反射似的把手从唐识手里抽了出来。

唐识问:"不怕?"
宋初嘴硬:"不怕。"
她自己都没察觉,说话的时候,声音都在发颤。

空气安静了几秒钟,唐识说:"害怕的话,拽着我的袖子。"
宋初没再逞强,右手大拇指和食指捏住了唐识的帽衫袖子。
后来力道越来越重,像是在跟自己做什么无声的抗衡。
唐识感受到袖子被扯了一下,宋初却又什么话都没说。
到后来,唐识觉得自己的袖子被拽得更紧了。
唐识垂眸,步子下意识放慢。
宋初毫无意识地跟着唐识走,自然也没意识到唐识的动作。
唐识带着她一步一步往前走,担心她害怕,唐识还时不时说会儿话。
唐识声音很好听,和他的形象很搭。
很温柔。
说话的时候,感觉就像是,冬天的阳光,温柔细致地铺在了山间的一方幽深的水域。

两人好不容易走到了出口,外面的太阳光线晃得宋初眯了下眼睛。
其他人已经出来一会儿了。
赵宁看到宋初,赶紧跑上来:"初初你没事吧?"
宋初摇摇头,给她递了一个安抚的眼神。
结束了鬼屋之行,一行人又浩浩荡荡玩了其他项目。
于琬选的项目都是相对来说比较刺激的。
这下宋初知道了,于琬只是看起来比较温柔,骨子里是个爱冒险的女孩子。
宋初不敢玩过山车,光站在下面看就已经面色铁青了。
赵宁从鬼屋出来之后,立志要和宋初一直黏在一起。
于琬玩的那些项目,陈晋曾经参与过,给玩吐了。
所以,赵宁、陈晋和宋初三个人,就成了佛系小分队,什么项目温和就玩什么项目。
光旋转木马,三个人就来来回回玩了四次。
等于琬玩尽兴,已经是中午了。

从游乐园出来,一行人随便找了个餐馆吃饭。
因为人比较多,老板带着他们到了一个大包厢,一个大圆桌刚刚好。

于琬和唐识自始至终都是离彼此最近的。

点菜的时候，唐识把菜单递给旁边的人："你们先点。"

菜单兜了一圈回来，于琬看都没看，直接递给了唐识："你帮我点吧，老样子。我去下洗手间。"

宋初离他们远，在他们对面坐着。

于琬刚出去，一班的同学们就开起了玩笑。

"狗哥，这是有喜欢的人了啊。"

"就是就是，和刚出去那位，看起来关系不一般啊。"

……

陈晋也是个看热闹不嫌事大的："我们家小识和小琬青梅竹马，两小无猜，金童玉女……"

林校调侃："知道的词汇也就这几个了吧？"

语文从来没有及格过的陈晋被噎住，想了半天，陈晋终于憋出了另外两个成语："天作之合，两情相悦。"

陈晋说完，还十分嘚瑟地看向林校，那眼神仿佛是在说"谁说小爷词汇量少"。

唐识没和陈晋客气，直接抓起桌子上的一个橘子扔他，怒斥道："别乱说话。"

陈晋精准地接住橘子："知道了，知道了。"

于琬正好回来："知道什么了？"

唐识虽然待人有礼，但大家也知道，他不喜欢开的玩笑就不能随便开。所以于琬问的时候，谁都没再往刚才那个话题上引。

吃完饭，大家就散了。

宋初平时没什么娱乐活动，回到家之后，她拿出了习题册。

只是那一页检测基础的习题，过去了半个小时她还只写了一个选择题。

不知不觉，已经晚上八点了。

宋茂实从昨天中午出门，到现在还没回来。

宋初自己随便煮了点东西吃，接着到自己的小书桌前坐着。

平时她只用十分钟就能做完的习题，好几个小时过去了，还没写完。

宋初第无数次拿起手机，第无数次点开和唐识的对话框。

她点开键盘，停了半天却不知道要发什么过去。

这也是她第无数次，不知道要用什么话题作为开端。

她烦躁地关掉手机，屏幕熄掉的那一瞬间，她手机振动了一下。

大概是从小生活的环境造成她现在无论和谁聊天，都得斟酌半天。

她赶紧又把手机解锁。

目光第一时间落在了聊天列表置顶的位置。

她想多了，唐识的头像安安静静的，并没有未读消息。

赵宁给她发了一道物理题：【初初，快帮我看看这道题。】

宋初扫了一眼：【等等嗷。】

这题不难，中间加一个公式的转换就可以。

赵宁可以不费力拿到语文作文接近满分，也可以轻而易举拿到书法比赛的奖项，但在物理方面的天赋实在不忍直视。

宋初就把详细的解题步骤，写在了草稿纸上，还把容易踩坑的地方用红笔给她标出来了。

和赵宁聊完，宋初点开和唐识的聊天框。

宋初：【你有时间吗？】

唐识秒回：【怎么了？】

宋初：【有个题想请你帮忙看一下。】

唐识：【发过来。】

宋初把刚才赵宁发给她的那道题，发给了唐识。

她觉得自己握着手机的手都有点抖，毕竟她在做"亏心事"，她不是真的不会。

没一会儿，唐识就发了一个公式过来。

唐识给她讲题，不像她给赵宁讲得那么详细。

唐识知道她能看懂。

宋初：【谢谢。】

宋初没等到唐识回消息，鼓起勇气又发了一条：【做得这么快，你回家了啊？】

唐识发了语音过来："到家挺久了。你作业写完了？"

宋初把这条语音又放在耳边听了一遍。

宋初：【嗯。】

宋初觉得这一个字显得太冷漠了：【写完了。】

唐识：【要一起玩会儿吗？游戏。】

宋初：【好啊。】

林校和于琬都不打游戏，所以队伍就是唐识、宋初还有陈晋。

陈晋又拉了一个朋友。

游戏开始，四个人就兵分两路。

唐识："二号跟着我。"

宋初过了好一会儿才反应过来自己是二号。

旁边有枪声，宋初跟着唐识跑进了旁边的房子里。

唐识丢了一把M4和一些子弹在地上："捡一下。"

宋初才刚把枪捡起来，就有个人从楼梯口冲上来了。

唐识直接秒了："二号去捡盒子。"

这局打完，宋初看到手机屏幕上，陈晋和唐识麦的位置，有小话筒。

然后，她听到了于琬的声音："你们在干吗呢？"

陈晋："打游戏啊，要不要一起？"

于琬："不要。"

陈晋笑了两声："初初和你一样菜，你不会自卑的。"

于琬语气明显变冷："别玩了，不许玩。"

唐识赶紧把队伍麦关闭了，但已经来不及，陈晋的麦没关，宋初已经听见了。

于琬说："你们不要跟她玩，我不喜欢她。"

宋初知道于琬为什么不喜欢她。

于琬是个真性情的小姑娘，一看就是被家里保护得很好的那种，而且对朋友的占有欲也挺强，唐识才从北川来南川没多久，就交了别的朋友，她心里难免不高兴。

游戏就这么结束。

唐识给宋初发了消息：【不好意思，小琬有点任性。】

宋初回得很快：【没事的。】

第三章
请宋同学看个雪

宋初放了两天假,第三天回便利店上班。
白天唐识一次都没来过。
之前唐识总会来吃泡面,自从朱莺韵回来之后,唐识没买过泡面了,但每天都会过来买一点零食。
今天一直到晚上宋初快下班了,唐识都没来。

宋初从来不是自作多情的人,她从来不觉得唐识每天都来是为了她,怕她有危险。
只是,突然不来了,难免有些不习惯。
在距离下班还有五分钟的时候,唐识来了。
他照常去货架挑了几样东西,结完账,宋初也该下班了。
从便利店出来,唐识说:"小琬说话不太好听,但是人挺好的。"
宋初手抓着衣摆:"真的没关系,我知道的。"
唐识送她到了老地方:"上去吧,晚安。"
宋初笑:"注意安全,晚安。"
宋初走进单元楼,在唐识看不见的地方一路小跑。
她跑到二楼楼道,那儿有扇窗户,可以一直目送唐识穿过马路。

唐识在原地站了会儿才走。
他身后有来来往往的车辆,再往后是最能代表这座城市的繁荣灯火。灯光明明暗暗,风将他的衣角轻卷起来,发丝也被吹得微微摆动。
等彻底看不见唐识,宋初才揣着笑意慢慢上楼。

他一定不知道。

他一句漫不经心的晚安，像是星星不小心跌入了十七岁少女的小小世界。

潘修永让一班的同学们过了一个高兴的国庆假期。

国庆结束，第一天上课时，潘修永就把九月月考成绩打印出来放到班级了。

这张成绩表很详细，宋初这次是年级第五。

许未是年级第一，唐识是年级第三。

全年级前十，一班就占了七个。

但潘修永还是发了脾气。

一班的总体平均分，落后二班将近五分。

潘修永花了一节课来总结这次月考。

他总结的时候，话里有话："有些同学，既然占了一班这么好的资源，就要好好珍惜。你们既然通过某些关系，来到了这个班，你们就是这个班的一分子。"

潘修永喝了一口茶，缓了会儿继续说："所以不存在拖不拖后腿，只是你们要对得起自己，对得起你们所托的关系。"

潘修永说的，是月考之前才走后门进来的两个男生。

是一对双胞胎，一个叫韦天森，一个叫韦天林。

潘修永了解过，这两兄弟不光学习不好，也不太听话，更不太努力。

中学生守则违反了三分之二，但是都是一些不至于被开除的小错。

潘修永虽然嘴毒，但从来不搞学生歧视这一套。

末了，潘修永让每个人都自己写一份反思和一份接下来的学习规划，下午放学之前交到他办公室。

收反思和学习计划的事，就落在了宋初身上。

一班的学生非常自觉，还没等宋初催，早上大课间结束之后，就已经交齐了。

除了韦天森和韦天林。

宋初也没催，只是一直等到下午第三节下课，两人似乎都没有要交的意思。

宋初走到两人座位旁："两位同学，潘老师说下午放学之前交反思和计划，别忘记了。"

韦天森斜了她一眼，没理。

宋初没在意，只要他们放学之前交就好了。

最后一节是体育课,体育老师临时有事,让大家自行安排。

男生几乎都跑出去打篮球了,女生有一部分留在了教室自习。

宋初时间紧,就留在了教室。

快要下课的时候,宋初起身,打算去找韦天森和韦天林。

宋初还没来得及走出教室,两人就回来了。

宋初拦住他们:"你们的反思和计划。"

两人根本就没写,见宋初拦着他们,心里不爽。

"我不交能怎么样?"

宋初当然不能把他们怎么样:"不交的话,名字我就报给潘老师了。"

两人根本就不怕:"随便你。"

因为宋初是站在课桌之间的过道,挡着路了。

还没等宋初让路,两人恶作剧般地撞了宋初一下。

猝不及防的力道袭来,宋初没站稳,整个人往前倒去。

就在宋初以为自己的脸要和地面亲密接触的时候,她闻到了熟悉的柠檬味。

唐识左手拿着球,右手稳稳地扶住了宋初。

宋初抬头,看到男生流畅的下颌线,还有脖颈上没干的汗珠。

等宋初站稳,唐识直接把手里的球扔了出去。

韦天森被砸个正着,因为没有防备,还由于惯性往前倒,差点儿跪地上去。

韦天森回头,眼神有些狠。

唐识迎着他的目光:"别欺负女生,跌份。"

韦天森正要上前,教室里的人你一言我一语开始了——

"就是,我们都没怪他们拖我们班后腿,现在还欺负女生。"

"老潘还说让我们不要排外。从人家推初初这件事看,人家根本就没拿自己当一班的人啊。"

……

韦天森受了气,本来打算回来拿书包的他,直接走了。

韦天林拿上韦天森的书包:"这么看来,你们不也嫌弃我们学习不好,没把我们当成一班的人吗?"

说完,他就追了出去。

宋初没那个闲工夫管闲事,不交就不交吧,反正她责任尽到了。

她自己都还没办法对自己负责,现在别人的事她是真的没什么精力管。

只是,看到老潘的时候,她还是替他们找了借口:"潘老师,他们是新同学,还不太适应我们班的节奏。我问过他们了,反思和计划他们不知道怎么写,我教教他们,明天大课间之前会交给您。"

这个年纪的小孩在想什么,潘修永一眼就能看出来。

但是既然他们自己都有集体意识,就让他们这样发展下去又有何不可。

潘修永表面还是很严肃:"我的作业从来就没有后面补的。但他们这种情况……明天大课间不交我连你一块处理了。"

宋初笑得明亮:"好嘞!"

经过这段时间的了解和相处,宋初发现,潘修永凶是凶了点,但对学生是真的殚精竭虑。

凶只是因为他不太知道要用什么方式来跟他们相处。

第二天一早,还在补眠的韦天森和韦天林被宋初喊醒。

两人一脸不耐烦。

"有事?"

宋初拿了两张纸分别在他们面前摊开:"我和老潘说过了,你们俩的今天交,现在写。"

"……"

宋初直接在韦天森课桌上拿了支笔,把笔帽摘了:"不写的话,老潘连我一块处理。"

韦天森盯着宋初看了几秒,抱怨了句:"烦死了。"

说完,韦天森把笔抢过来。

韦天林见状,也拿了支笔。

一分钟过去,两分钟过去……

韦天森抬头:"不是说要教我?"

宋初觉得这傻大个突然有点可爱:"先居中写'月考反思'几个字。反思的点从以下几个方面写……"

能看出来,两兄弟是真的不擅长写这些东西。

但终于还是写出来了。

宋初正要去办公室找潘修永,他就来了。

潘修永手里拿了几张纸,径直走到韦天森和韦天林身边:"校运会报名今天结束,你们抓紧填一下报名表。"

宋初等他把事处理完,把手里的纸也递给了他:"潘老师,这是他们的作业。"

宋初昨天晚上做了小点心,在学校的时候,没什么机会给唐识。

下午放学，宋初在等公交车的时候，终于把手里的点心送了出去。

"昨天……谢谢。"

她昨天还特意买了包装纸，想尽量让这些点心看起来更精致一些。

唐识撕开包装，里面是一些五角星形状的点心，味道还不错："你在哪儿买的？"

宋初愣了下："我自己做的。"

唐识看着点心盒里剩下的糕点："原来小学霸还是个大厨。"

宋初不太习惯接受别人的夸赞，沉默了会儿才开口回应："好吃就好。"

除了国庆，校运会算是本学期的最后一个假期了，所以学生们都格外珍惜。

校运会前一天，学生已经像疯了一样。

校运会一共三天，宋初的比赛安排在了第一天。

唐识参加的项目是男子1500米，在第二天。

宋初这段时间的训练，没有什么明显的效果，只是耐力比之前提高了一些。但作用也不大，跑800米还是像要她的命一样。

宋初其实还挺紧张的，但是自己选的，怎么都要上跑道。

赵宁看起来比她还紧张："初初，咱友谊第一比赛第二，跑不动就别逞强，慢慢走，我们都不会怪你的。"

曾雁："就是，咱们自己的身体最重要。跑不动就慢慢走，咱到终点就行。"

体育委员："一班永远支持你！不拿奖也没事，咱努力过了就行，别硬跑啊！"

宋初有些无奈，同时又觉得心里有些暖。

周末训练的时候，一班的大部分同学，都会特意来学校陪着运动员，自然也知道宋初跑800米很吃力。

这会儿你一言我一语的，生怕宋初逞强。

主持人拿着话筒，广播里播报着女子800米的比赛事项，之后便是通知运动员到检录处检录。

曾雁陪着宋初到了检录处，唐识跟在他们身后。

曾雁是班长，比较忙，跟个大家长似的，所有人的心都要操。

操心完宋初，她又要去操心别人，没一会儿就跑没影了。

宋初拿着号码牌，看了好一会儿都没看到曾雁。

唐识从她手里把号码牌抽走:"转身。"

宋初乖乖转过去。

唐识给她戴号码牌的时候,隔着衣服布料,少年指尖温度传来。

宋初听见唐识的声音从头顶传来:"不舒服?"

宋初摇头:"没有。"

唐识不信,盯着她看了半天。

她耳朵很红,脸也很红。

唐识抬头,手背贴着宋初额头试了试温度:"真没事?"

宋初反应过来了,急忙往后退了一步,拉开了和唐识之间的距离。

"我去检录了。"宋初说完转身就跑。

宋初头发简单绾成了丸子。

唐识伸手抓住了那一小团头发,把人叫了回来:"跑反了。"

"……"

宋初听见唐识的声音:"加油。"

夹杂着温和的笑意。

宋初比赛,没想着讲究策略,她能坚持跑下来就不错了。

所以一开始的时候,她跑得比较猛。

尽管如此,她和别的选手也没有拉开多大的距离。

宋初跑了一会儿就后劲不足了,看着人一个一个从自己身边超过去。

喉咙里有很强烈的铁锈味涌上来,宋初差点就吐了。

宋初没有选择停下来,哪怕她已经被倒数第二名甩开了很多,她还是想再努力一下。

她想跑着到终点,不想走着到。

宋初觉得自己要晕过去的时候,耳边传来熟悉的声音:"加油,马上就还剩一圈了。"

宋初快疯了,她都觉得自己要跑废了,怎么连一圈都没跑完?

她微微侧头就能看到唐识,少年奔跑在阳光下,身上的黑白球衣被风吹得往后鼓,发丝飞扬在风里。

阳光从他侧面照过来,那一瞬间,干净的少年像是神。

唐识将就着宋初的速度:"调整呼吸,别想着还有多远。"

才跑了十几米远,一班好多同学都跑到了唐识身边,在警戒线外陪着宋初一起跑,加油的声音越来越大。

那阵仗非常吓人,不知道的还以为一班拿了第一名。

没法配合宋初一起跑的,就在终点等着宋初,给她准备好水。一班还特意写了很多加油词，送到升旗台给主持人广播。

好不容易跑到了终点，宋初觉得整个人都虚脱了，眼神都是飘的。

她直接瘫坐在了地上，完全不想动。

唐识把她拽起来："等会儿再坐。站不住的话，扶着我。"

宋初喘着气，手屈着肘搭在了唐识肩膀上。

两人四目相对，宋初忽然看着唐识笑了。

尽管唐识不明所以，但也跟着她笑了。

可能他们俩感染力太强，周围一班的同学也跟着笑起来。这一笑就有些收不住了。

所有人都洋溢着一张笑脸，虽然没有发生什么大事，但十六七岁的少年要笑，似乎也不需要什么理由，想笑便笑了。

旁边其他班的同学不明所以道："颁奖确定是颁给正数的第一二三名吧？"

"我本来很确定的，但看他们班这么开心，又有点不确定了。"

一班的听到这个对话，笑得更厉害了。

韦天森和韦天林报的是接力赛，安排在了下午。

他们互相给自己加油打气。

尽管一班的人没有孤立他们，但他们毕竟是后来者，想尽快融入这个班级也不容易。

看到大家给宋初加油，他们还挺羡慕的。

下午，轮到两人比赛。

同学们看起来都没什么兴趣，两人微微失落。

等到开始准备检录，韦天森和韦天林互相戴上了号码牌。

比赛开始，刚才还困到蔫儿的同学们，立刻跑到了他们身边。

加油声震耳欲聋。

宋初看起来最激动，韦天森没忍住笑了。

因为是接力，所以一班的同学就分开了。一群人站在起点，一群人站在中间，一群人站在终点。

韦天森和韦天林交棒的时候，出了点意外。

韦天林被看比赛的一个男生绊了一跤，整个人倒在地上，由于惯性还冲出去好远。

膝盖处传来剧烈的疼痛感，手心被磨破皮，韦天林的表情让人看着都替他疼。

一班的人瞬间激动,要不是自己的教养拦着,他们现在已经冲出了警戒线,但还是有好几个人没忍住,脏话一句一句往外蹦。

"三班那孙子一看就故意的,跑不过玩阴的是吧!"

"还要不要脸了!"

……

大家没时间和三班的对骂,韦天林在第一时间爬了起来,一刻没停地往前冲,跟不要命了一样。

一班的人瞬间聚拢:"一班牛!韦天林加油!"

一句接一句的"韦天林加油",喊得整整齐齐又振奋人心。

韦天林冲线那一瞬间,大家全部围上去,庆祝一班的第一个冠军。

男生都抱在一起,这种情绪,有点像国足过线的时候,球迷抱在一起的那种激动。

青春便是这样张扬,混着一群少年少女的泪水和汗水,夹杂着一声声不服输的呐喊。

比赛完,一班几个男生围上去。

一班的人不能白白受了委屈,这账得算回来。

三班就算有错,但看到本班的同学被欺负,也一个个站了出来。

吵到后面,也不管男生女生,全都像要打架一样。

宋初被挤在人群里,身上或多或少挨了打。

倏地,她被扯出了人群,远离了这场闹剧。

唐识眉头皱着,语气不悦:"被打了不会躲吗?"

宋初正要说话,就被一道声音打断:"都给我住手!"

是教导主任的声音。

吵闹的动静太大,引来了几个老师。

参与的人全都被叫进了教导主任的办公室。老潘本来在物理组办公室喝着茶,被教导主任一个电话叫过来了。

潘修永表情严肃,不怒自威。

他眼睛掠过站成一排的一班同学:"你们这帮小兔崽子挺有本事。我的学习委员和班长也在呢。"

紧接着,潘修永的语气阴阳怪气的:"我的班干好像都在,你们还挺有组织。"

潘修永一进来就说话,教导主任一直沉默着。带实验班的教师,哪个都豪横得上天,连校长都怕他们,他一个教导主任就更卑微了。

他还是今年新上任的,去年的教导主任还是潘修永。

等潘修永说完,教导主任才开了口:"潘老师,你们班学生和三班学生起了争执。"

教导主任把事情的前因后果说了一遍。

潘修永听完,看向三班班主任:"林老师,你说怎么处理?"

老林没说话,毕竟理亏。

潘修永气定神闲地喝了口茶:"你们班学生呢,不讲武德,也不怪我们班这群小孩。确实是你们班有错在先,这样,让你们班把人绊倒的同学,给韦天林同学道个歉,这事儿在我这儿算过了。"

老林脸色不太好看,潘修永补充道:"至于你那边要怎么才算过,你说了算。"

一班的同学们面面相觑,这样护着他们的老潘,是他们没想到的。

按照他们的预想,一顿骂肯定是少不了的,没准儿还会被请家长。

现在这个情况,属实是给他们整不会了。

最后的处理方法是,绊人的同学在办公室给韦天林道了歉。

韦天林也不是小气的人,两人表面上算是握手言和了。

三班本就理亏,所以三班班主任也没敢说什么。

三班的同学全部出了办公室,散得挺快。

这事儿解决完,潘修永把保温杯盖子拧上了。

看着眼前跟站军姿似的一群小崽子,他非常满意:"还知道规矩,看来没有被打架冲昏头脑。"

一班一向很有纪律,在这种情况下,老潘不发话,大家是断然不可能解散的。

潘修永冷哼了一声:"都给我回教室,当着外人就不教训你们了。"

教导主任听得面色尴尬:"潘老师慢走。"

最后,是一班全班都被罚三千字检讨。

刚才老潘护犊子,不代表老潘觉得他们做得对。

滋事挑衅打群架,无论理由是什么,错了就是错了。

所以这次三千字检讨,他们认,认得心甘情愿。

老潘走出教室之后,韦天森和韦天林走上讲台:"对不住大家,连累你们了。"

平时班上比较调皮的立刻接话:"就是,连累我们了!"

还没等韦天森和韦天林有什么反应,他赶紧又接了一句:"所以等会儿写完检讨,能不能请我们吃点零食啊?"
韦天森和韦天林反应过来,立刻点头答应:"每人一罐可乐!"
其他同学也开始聊起来。
"就算你们没拿名次,我们也会为你们出头的。"
"就是就是,咱们是一个班的,是一个集体,名誉固然重要,'我们'才更重要。"
宋初看着讲台上的两人笑道:"你们这次,不会晚交了吧?"
两人也笑:"放心,配合班委一切工作!"

唐识走到韦天森面前,伸出手:"对不起。"
他指的是用篮球砸韦天森那件事。
唐识温柔也坦荡,有错就认,有隔阂能解开就主动。
十六七岁的少年,满身光芒,勇敢大方。
唐识的主动,让韦天森觉得不好意思。
那件事也是他有错在先。
他伸手与唐识回握:"欺负女孩子也确实不对。"
潘修永其实没走,他站在教室门外听到了一切,满脸欣慰。
不愧是他带的小兔崽子们。

校运会结束,就再没有什么假期了。
十一月底的月考一眨眼就来了,过了月考,紧接着就是十二月的全市联考。
全市联考一结束,又要抓紧复习迎接期末考试。
就连元旦的三天假期,都不敢有所懈怠。
接下来的日子,几乎每天都是在上新课、复习、做试卷中度过的。
还没来得及数数日子,期末考试就已经考完了。
从考场出来的时候,宋初还恍惚了一下。
抬头一看,头顶已经是冬天的太阳了。
所有人的脸上都是如释重负的表情,考完试,总算是能短暂地休息一下了。
一路上,宋初都听到周围人在互道假期快乐。
公交车站台旁,站了好多人。
宋初和唐识眼看着一批又一批的学生搭乘公交车离开。

车来了。

宋初投了币:"这次我请你。"
两人走到经常坐的位置坐下。
宋初看起来很高兴,眉梢间都挂着喜悦。
唐识被她感染:"什么事这么开心?"
宋初:"当然开心呀,放假了。可以好好兼职啦!"
她还得赶紧赚下个学期的学费和生活费呢。
宋初换了个话题:"你假期什么安排?"
唐识像是忽然想起了什么,他从书包里拿出一张票递给宋初。
朱莺韵所在的舞团有巡回表演,最后一站就是南川。
时间是十天后,1月20日。
宋初将票小心翼翼地收好。
唐识回答了宋初的问题:"看完朱女士巡演,然后去北川陪外婆过年。"

1月20日那天,宋初和唐识约好了在便利店见。
碰面之后,两人去了花店。
唐识买了一束康乃馨,毕竟这是朱女士最后一次以舞者的身份站上舞台了。作为儿子的他,总要表示表示。
宋初麻烦店员挑了一些,包了花束。
舞团演出地点在南川文化中心大剧院。
他们从花店打了车,还没到剧院门口,唐识的手机都响了好几次了。
于琬在十分钟之内,给唐识打了十个电话。
宋初知道于琬他们会过来,她一直在给自己做心理建设。

于琬看到宋初也在,白眼都快翻上天了。
宋初也没想到,演出的票,在一班只有她一个人有。
对于唐识在这边的同学,朱莺韵就和宋初比较能说得上话,所以就让唐识给她带了一张票。
于琬拽着唐识就走:"快点快点,演出开始前我们还可以去后台看看阿姨。"
林校就站在宋初旁边,在两人跑进剧院之后,她对宋初温柔一笑:"上次小琬的话,是无意的,希望你不要介意。"
宋初能感觉到,她是很真诚地在道歉,不存在为了护着于琬就有任何阴阳怪气。
宋初也报以礼貌一笑:"真的没关系。"
林校和宋初没有去后台,直接去剧场里找了位置坐下。

在距离演出还剩十分钟的时候,唐识和于琬才过来。

朱莺韵的舞台压轴。
剧场的灯全部暗了下来,大约过了三秒钟,一道聚光灯打在朱莺韵身上。
舞台上就她一个人,那束光追着她,像观众的目光一样炙热。
这支舞是朱莺韵的亲自编舞,这半年来她就是为了这支舞,忙得昼夜颠倒。
这次演出,是《落》的首演,也是最后一次演出。

宋初不懂舞,却也能从朱莺韵的表演中,体会到故事里主人公的绝望。
像是掉进了无边无际的深渊,找不到活路,也没办法尽快下坠到最底下。
一舞毕,全场静默。
良久,剧场里都静得夸张。
一直到朱莺韵含着泪谢幕的那一刻,宋初才明白,这样的静默,是对《落》最高的敬意。

演出结束后,朱莺韵开车把宋初送到了江南小区门口。
他们今天下午五点的飞机飞北川,于琬和林校已经先去机场了,朱莺韵和唐识回来拿了行李就直接走。
宋初:"谢谢阿姨,提前祝您新年快乐。"
宋初又看了一眼唐识:"一路平安。"

晚上九点的时候,唐识朋友圈更新了,配文——思念到站。
是少年和一位年迈老人散步的背影。
其实他朋友圈更新的第一时间宋初就看到了,但她等了好几分钟,看到这条朋友圈底下有好几个共同好友点了赞之后,她才敢戳点赞的爱心图标。

以前的宋初,对时间最敏感却也最不敏感。
敏感的是,她需要把每一分钟都计算好、规划好。
不敏感的是,她每天都被各种各样的事情填满,往往还没来得及感受到时间的流逝,它就已经消失不见了。
她和唐识不怎么聊天,偶尔她会找几个题,假装自己不会做。
这样,他们就会有简短的对话。
但或许是以为有人可以听自己的分享了,这些偶尔的、简短的对话,就够宋初开心好几天。

好像，因为唐识的出现，以前那种孤孤单单的生活，已经慢慢淡出了她的世界。

除夕这天早上，宋初一醒来就很高兴。
今天她可以给唐识发一句"新年快乐"。
今天她在便利店上白班，起来简单地洗漱之后就出了门。
刚到便利店门口，宋初的手机振动了一下。
她没有抱希望唐识能主动找她，所以看到屏幕上弹出唐识的名字时，她还不可置信了一下。
随即，小姑娘眼睛弯弯。
新年到了，她也收获了新的快乐。

宋初站在收银台处，给唐识拍了一张便利店的照片发过去。
她打在对话框里的文字删了又删，总觉得情绪表达得不太对。
纠结了十几秒，宋初回了十分高冷的、看不出任何情绪的一行字：【今天是努力搬砖的打工人。】
唐识：【这么努力呢。】
还没等宋初回，唐识的消息又进来了：【南川下雪了吗？】
宋初：【没。】
南川是南方城市，年平均气温二十五摄氏度。属于下雪值得上一个热搜的地方。
唐识发来一张图片。
唐识：【请努力的宋同学看个雪。】
北川已经下了两天的雪，整座城都被笼罩在一片雪白里。
回了一句"好看"，宋初点开唐识发过来的图片，保存。
唐识跟她聊天的心情，一定比她轻松。
他肯定不用像她一样，就连发个表情包都要斟酌半天。
两人的性格真是天差地别。

宋初从来没有看见过这么大的雪。
她初二那年见过一次，那是记忆里南川下过最大的雪了，可也没有这么大。
但唐识给她发图片的时候，感觉也没有多雀跃。
宋初盯着面前的货架，眼神逐渐变得有些空。
无论看见雪是什么样的心情，唐识都有可以分享的朋友。

而那些朋友的排序，一定是在她前面的。
而她能分享的朋友，屈指可数。
想到这里，宋初有些难过。
像是心被打开了一个口，忽然又被堵上了。

宋初扭头看向窗外——她每天都会看好多次，明知道唐识现在人在北川，不会出现在店门口，她还是忍不住。
便利店侧面的玻璃门站着一个人，宋初转头看到的时候，那人就转过去了。
南方湿冷，就算冬天不下雪，人们出门穿得都很厚实。
宋初没太在意，今天都除夕了，便利店门口来来往往的人挺多。
那人站在门口也没什么奇怪。

今天日子特殊，宋初下午五点就可以下班，锁上门走人。
宋初下班后先去了一趟菜市场。
尽管她和宋茂实平常一见面就吵，但终归是一家人。
除夕夜，一家人是要坐下来和和气气吃饭的。
可能是沾了除夕的光，宋初回家的时候，宋茂实已经在家了。
见宋初回来，宋茂实说话难得没有夹枪带棒。
"老子今天买了条鱼。"
宋茂实话就说了一半，宋初问："要清蒸还是红烧？"
宋茂实看了宋初一眼，说话语气有些别扭："平时不是挺有主意的？自己决定。"
"哦。"
宋初的手艺做一些家常菜还行，但鱼她才第二次做。
第一次做是去年除夕，她做得还挺失败的。

宋初上网搜了教程，做了功课。
还差料酒，宋初走出厨房："我出去买瓶料酒，一会儿回来。"
宋茂实没回答，宋初也没指望他能说点什么，直接出了门。
宋初总有种感觉，有人在跟着自己，但回头又没人。
这天也快黑了，宋初加快脚步，怕自己成为第二天的新闻。
宋初去了最近的一个超市，拿了料酒，付钱的时候，从反光玻璃上看到确实有人在跟着自己。
她看着那身形有点眼熟，像白天的时候，在便利店看到的那个。

今天白天没注意看，现在看来，这好像是前段时间，她下班前来问了一句"你是不是要下班了"的女人。

宋初感到害怕，正要给宋茂实打电话，就看到走进超市的韦天森。
韦天森看到宋初，立刻打了招呼："初哥，这么巧啊。"
韦天森家不在附近，他是跟朋友来这附近玩，去电玩城的时候路过超市，就看到宋初了。
虽然经常有人叫她初哥，但她总是习惯不了这个称呼。
宋初笑："好巧，新年快乐。"
"新年快乐！"他就是特意来跟宋初打个招呼，"我朋友还在等我，先走了。"
宋初感觉宋茂实不太可靠，就算今天宋茂实接了电话，也不一定会因为担心她而过来。
宋初喊住韦天森："你能不能送我回家？"
这请求有点奇怪和突兀，宋初急忙解释："我总感觉有人跟着我……我家没多远，几分钟就能到，不会耽误你时间的。"
韦天森答应下来："我出去跟他们打声招呼，你先结账。"

没多久，宋初结完账，看到韦天森那帮朋友也没走。
韦天森天生嗓门有点大："我们一队骑士，护送公主回家。"
"谢谢。"
宋初没想到会麻烦到其他人。
她把买的糖分给大家："新年快乐。"
一群人都是男生，一路上闹哄哄的。
宋初有些不太适应，所以都是在听他们说话。
到了宋初家楼下，她跟他们道别。
看着他们走远了，宋初正准备上楼，才刚转身，就被猝不及防地撞了一下。
力道有些大，宋初被撞得后退了好几步。
还没站稳，好几个男人骂骂咧咧地冲出来，宋初下意识站远了些，然后看清了撞自己的那个人。
宋茂实。

一群人把宋茂实围着，也没动手，看起来宋茂实已经被打过了。
其中一个男人抬脚踢了下宋茂实，力道没想着控制，宋茂实痛得叫了一声。

　　几分钟后,宋初听清楚了。

　　宋茂实欠了钱,欠了五万。

　　但至于怎么欠的,宋初不知道。

　　宋茂实赌得都不大,没有欠过账。这次一欠就是五万,肯定是着了别人的道。

　　以前宋初去过几次麻将馆找宋茂实,那一群人里有人认出了她:"父债子偿嘛,他女儿不是在这儿呢?"

　　那群人扭头看着宋初,向宋初走来。

　　宋茂实久违地很爷们儿,从地上爬起来跑到宋初面前。

　　宋茂实肯定不是他们的对手,宋初不能眼看着宋茂实被打,拉着宋茂实想跑。

　　混乱中,不知道谁喊了声"警察来了",一群人慌乱地散开。拉扯间,宋初被推了一下。

　　摔倒之前,宋初被一道力量扶住了。

　　扶住她的,是今天跟着她的女人。

　　那天半夜在便利店的时候,应该是她和眼前这个女人的第一次见面。

　　但那天她只当女人是一个再寻常不过的顾客。

　　今天这样近距离地看,宋初越发觉得这女人眼熟。

　　总觉得,自己应该是见过她的。

　　没等宋初回忆起来,女人已经开了口:"初初,我是你妈妈的朋友。"

　　女人叫李云清,和宋初的妈妈是初中同学。

　　两人关系很好,就算后来分开了也保持着联系。

　　难怪宋初觉得熟悉,小时候和妈妈一起翻看相册时,她见过李云清年轻时候的样子。

　　宋茂实一听李云清说是陈如馨的朋友,拽着宋初就走进了单元楼,完全没有要搭理李云清的意思。

　　李云清快步上前拦住:"你打算让她们母女一辈子不见面吗?你拦得住吗?"

　　宋茂实下意识地反驳:"你让那个女人有多远滚多远,要是敢出现在我眼前,老子腿给她打断!"

　　跟宋茂实比起来,李云清显得冷静多了:"她想和你聊聊。"

　　宋茂实本来没正眼看李云清的,听她这么一说,蒙蒙地看向她:"她真回来了？见面聊什么？"他指着宋初，"回来教教她的好女儿，怎么勾搭……"

"爸！"宋茂实还想说什么，被宋初打断，只能闭嘴。

宋初看向李云清："李阿姨，她应该也在南川吧，今天能让她来家里吃个饭吗？"

李云清当着宋初的面给陈如馨打了个电话。半个小时后，陈如馨出现在了宋茂实家里。

宋初看到陈如馨的时候，鼻尖泛酸，眼泪却生生忍住了。

李云清和宋茂实在客厅里，陈如馨在厨房和宋初忙活。

刚开始的十分钟，谁都没说话。

厨房里时不时有锅碗瓢盆碰撞的声音。

终于，在宋初开口的同时，陈如馨也开口了。

宋初："这些年过得怎么样？"

陈如馨："初初，妈妈来接你，你愿意跟妈妈走吗？"

宋初沉默。

陈如馨是在她上初一的时候离开的，到现在四年了。

这四年里，她无数次幻想过妈妈回来，牵着她的手对她说：初初，妈妈来接你了。

只是这一天真摆在眼前了，她还有些反应不过来。

宋初岔开话题："做糖醋排骨要放盐吗？"

……

四个人和平地吃完了年夜饭。

才刚收拾完饭桌，陈如馨就开门见山地说了今天来的目的："我过来，就是想带初初走。"

宋茂实没有预想中的暴怒，而是平静地看向宋初。

"平时自己不是挺有主意的？"

他的语气和宋初出门买料酒的时候一样平淡。

陈如馨毕竟和宋茂实生活了很多年，对他也算了解。

他这意思是，只要宋初愿意走，他绝对不拦着。

陈如馨想起刚才宋初在厨房的反应，心里有些没底。

她怕宋初怪她怨她，说话的时候声音微颤："当初妈妈离开实在是逼不得已，初初，你不要怪妈妈。你对妈妈来说，也绝对不是想扔掉就扔掉，想捡回就捡回的物品。"

宋初一直低着头没反应，陈如馨不知道该怎么往下说了。

正当陈如馨想再说点什么的时候，宋初说了一个字："走。"

宋初终于抬起头，看向陈如馨："一起走。"

陈如馨愣了两秒，能想起来的反应就只剩下点头："好，妈妈给你去收拾行李。"

宋茂实一直坐在沙发上没什么反应，直到宋初和陈如馨推着行李箱从房间出来。

他手里的烟已经燃尽："赶紧滚，滚远点，五万块钱老子不要你们还。"

陈如馨和李云清交换了一个眼神，最终也没说什么。

她们不知道宋茂实为什么欠钱，但宋茂实既然不要，她们也没必要硬把钱塞给他。

她们的钱也不是大风刮来的。

陈如馨这些年，生活状况也没好到哪里去。

唐识自从去了南川，外婆只有打视频的时候才能见到宝贝外孙，和之前朝夕相处的日子不太一样。

唐识一回来，老人家就拉着唐识到处跑。

老人家身体不太好，指不定哪天就没了。她想趁她现在还能动，趁唐识在北川，多留点回忆。

朱莺韵从小就活得独立，很少和她亲近，后来有了自己的事业，陪老人说话的次数就更少了。

再后来，朱莺韵有了自己的家庭，能陪她的时间就更少了。

唐识很小的时候就被唐至庭和朱莺韵送到她身边，祖孙俩相伴相依了很多年。唐识这么突然离开，老人家肯定舍不得。

老人家身体不太好，稍微受点风就会感冒，何况北川城这么冷的天。

但老人家性子倔，唐识劝不动，也只能陪着。

唐识觉得外婆话比以前多了不少，除了担心他在南川适不适应，担心他在那边有没有被新同学欺负，还操心起了他的终身大事。

他明明才高二，外婆总念叨他什么时候才能带个孙媳妇给她看。

……

陈如馨和李云清在宋初学校附近合租了房子。

房间的布置很温馨，和宋茂实家是完全相反的感觉。

陈如馨把行李箱放好，说："行李明天再收拾，快去洗个热水澡，然后睡觉。"

宋初洗完澡出来已经零点了。

窗外是此起彼伏的烟花声，手机振动。

很多朋友卡着点发来了新年祝福。

宋初举起手机，对着窗外拍了张烟花照，发了个朋友圈。

仅唐识可见。

配文：新年快乐。

宋初点开聊天列表，按照顺序回了消息。

刚才来的路上，宋初大概了解了陈如馨的四年。

这四年陈如馨没在南川，去了临安市找李云清。

李云清是个不婚主义者，两人这四年来一直都单着。

两人合伙在临安市开了一个小餐馆，虽然苦点累点，也算有了积蓄。

半年前，两人就来了南川，但陈如馨一直没敢找宋初。

所以，自从那天半夜偶然和李云清在便利店有了一次交谈开始，宋初就总感觉有人跟着自己。

宋初翻来覆去睡不着，穿了拖鞋走出卧室。

陈如馨和李云清还没睡。

宋初走到陈如馨身边坐下："妈妈，新年快乐。"

李云清笑："妈妈新年快乐，李阿姨新年就不快乐了？"

宋初钻到陈如馨怀里："李阿姨，新年快乐。"

陈如馨原本打算带着宋初去临安，但考虑到宋初现在高二，正是关键时期，转学需要花时间适应新环境。陈如馨就和李云清商量着，把餐馆搬到宋初学校附近。

但其实最重要的，是陈如馨自身的原因。

餐馆的事，在年前已经办了大半了。

过完年，她们又花了小半个月，餐馆正式落成。

陈如馨租的房子有两层，第一层是餐馆，第二层是居室。

宋初从年后开始，就跟着忙活餐馆的事，一眨眼就到了开学。

开学前一天，潘修永在班级群里通知，明天开个家长会。

自从陈如馨走后，每次家长会宋初都没有家长参加。

刚开始她还会跟宋茂实说，但宋茂实一次都没去过，要是刚好宋茂实输了钱，她还会被骂。

几次之后，宋初干脆就不告诉宋茂实了。

宋初把通知给陈如馨看，跟陈如馨说的时候，宋初显然很开心。

陈如馨笑，别人都是哼哼着不想开学，她女儿倒好，开学还挺开心。

陈如馨问："这么开心啊？"

宋初点头。

当然开心，明天的家长会，她的位置再也不会空着了。

家长会是早上八点开始，陈如馨早上六点就起床了。

宋初是由于生物钟，六点的时候也醒来了。

她们吃完早餐也才六点半，到学校的时候还不到七点。

时间还早，宋初带着陈如馨逛了逛南川一中。

走到三号教学楼的时候，她们遇到了唐识。

唐识和朱莺韵也来得很早。

今天一大早，唐识就被老妈喊醒。

朱莺韵激动的心情，大概和陈如馨差不多。

宋初打招呼："朱阿姨。"

宋初介绍："这是我妈妈。"

唐识："阿姨好。"

潘修永讲究效率，开完家长会不过用了半个小时。

送走家长，潘修永通知一班的人，今天剩下的时间都拿来考试，就考语数外。

别的班级还在开家长会的时候，一班已经做完了两套试卷了。

因为是开学第一天，所以下午得大扫除。

唐识知道宋初要兼职，若是留下来大扫除，肯定会迟到，便说："你分的任务我帮你做了，你要不先走？"

正在拧抹布的宋初回头，看向他的眼里尽是茫然。

她不明白唐识为什么让她先走。

女孩表情有点呆，刚才去打水的时候，头发被风吹得有些乱。

唐识笑："今天不去便利店吗？"

宋初明白过来："以后都不用去便利店啦。"

陈如馨回来了，就没再让宋初去兼职。

唐识"嗯"了一声，没再问别的。

他一向温柔有礼。

下午放学，两人往公交车站的方向走。

今天宋初不用像平常一样急着赶往便利店，唐识也不习惯人挤人，两人就在站台处看着要等的车，一辆接一辆开走。

等人少了，唐识准备上车，走到车门旁，发现宋初还站在原地。

宋初笑着跟他道别："我搬家啦，以后就不坐204路了。"

不兼职了，也搬了家。

唐识回想，从认识宋初以来，就很少听到她提爸爸妈妈，而且她身上隔三岔五就会有伤。

相处的这段时间，宋初一直待人有礼，但似乎很少有笑是发自真心的。

今天宋初似乎真的很开心，唐识能感觉到。

所以，他大概也能猜出来是为什么。

第二天，宋初在学校门口遇到唐识，他不是坐公交车来的。

唐识其实习惯骑车上学，在北川的时候，就和陈晋他们一起骑车上学，转学到南川之后，刚开始是想着坐公交车熟悉一下周围环境。

后来就遇到了宋初，他想着有个伴。

再后来，宋初半夜被人跟踪，他担心她再遇到什么危险，骑车上学这件事也就被一放再放。

宋初正要打招呼，就听到有人喊了唐识一声。

声音很大，宋初循着声音望去，是昨天家长会出尽了风头的人。

宋初不知道女生叫什么，尽管从昨天之后，女生身上的话题就没断过。

宋初知道女生是高二（13）班的。

高二（13）班是让学校所有老师都头痛的班级，里面的人全都是已经确定了不参加高考的。

他们每天的生活就是来学校睡觉，顺便校内校外闹点事，让家长和老师都头疼。

十三班那群人和普通的学生完全不一样。

他们觉得青春就应该随心所欲、肆意张扬，而不是像一班二班那群人一样，被试卷捆绑。

他们觉得，好好学习天天向上这件事，是家长和学校对他们的约束。

正因如此，他们尤其瞧不上一班二班那群人。

眼前这个女孩，打扮得很有个性。

这样的装扮很难驾驭，但在她身上一点都不显得违和。

昨天一班开家长会的时候，她也是这一身装扮，跑到了一班教室门口，还做了一个手幅。

上面是唐识的名字。

她举着手幅,在一班门口高喊:"唐识,要跟我做朋友吗?"

后来她被处分了,可今天也丝毫不见收敛。

她还是拿着昨天那张手幅,喊的还是那句话。

"我是十三班的林芸,唐识,要跟我做朋友吗?"

路上的学生目光都聚集在这儿,林芸并没有给唐识拒绝自己的机会:"我知道你不会答应,所以我每天都会来问一次。"

林芸说完,直接跑了。

唐识想说点什么,却又无可奈何。

宋初的目光始终落在林芸身上,直到林芸消失,宋初都还愣在原地。

也不知道她在想什么,唐识叫了她好几声都没听见。

唐识抬手在她眼前打了个响指:"想什么呢?走了。"

宋初眨眨眼,回神:"我也想骑车上学。"

唐识推着车,两人往高二教学楼的方向走,说:"骑车确实比坐公交车方便。"

宋初叹了口气,骑车上学这理由本就是她胡诌的:"算了,我不会骑。"

"我可以教你,很简单的,半天就能学会。"

宋初没说话,以为他就是说说罢了。

到了周末,唐识联系了宋初。

唐识:【宋同学,要学骑车吗?】

宋初:【可是,我没有自行车。】

唐识:【没关系,我的借你。】

宋初收拾了下出门了。

距离学校一公里远就有一个公园,两人约了公园门口见。

宋初没学过自行车,就连坐在自行车上都是很久以前的事情了。

宋初很紧张,握着车柄的手有些泛疼。

她控制不了平衡,一直觉得稳着后座的唐识是安全感的来源。

宋初学了一个早上,成效甚微。

现在是二月,天气还没完全转暖,路上的行人也一个个裹得严严实实。

宋初学了两个小时,有些热了。

她尚且如此,何况帮她稳了好久车的唐识。

唐识把棉服外套脱了,搭在了旁边的木椅上。

他内搭是一件白色卫衣，袖子被卷了上去，露出一截有力的小臂。

中午，宋初接到了陈如馨打来的电话，叫她回家吃饭。
宋初邀请了唐识一起。
陈如馨看到唐识和宋初一起回来的，笑说："我还说一大早去哪儿了呢。"
宋初怕唐识误会什么，急忙开口："他教我骑车来着。"
陈如馨把菜放在餐桌上："骑车是比坐公交车方便，吃完饭带你去买一辆。"
陈如馨招呼唐识坐下："尝尝阿姨手艺。"
唐识夸赞道："好吃。"
陈如馨被夸得开心："喜欢就好，以后随时来吃饭，阿姨不收你钱。"

吃完饭，陈如馨带宋初去买自行车。
她们都不太懂车，所以唐识也跟着去了。
店员以为他们是一家人："您福气真好，儿女都生得这样好看。"
陈如馨笑着解释，店员也没觉得尴尬，继续给他们介绍自行车。
宋初对车的要求不高，不丑，高度合适，能骑就行。
所以买得还挺顺利的。
回去的路上，唐识接到了潘修永的电话。
大概是说生物竞赛的事，好像是要交什么材料，唐识在一个红绿灯路口和宋初她们道了别。
唐识走后，陈如馨感叹他的优秀。
宋初点头："听说他在北川的时候，就经常参加竞赛，总拿奖呢。"
陈如馨摸着女儿的头："我们初初也很优秀呢。"

南川一中传统，每年五月有一次文艺会演。
南川一中作为南川市重点高中，对于学生的培养绝对不是只会读书。
每年五月，是南川的文化艺术节。
艺术节一般是两天，第一天展示学生的作品，一般美术绘画作品和书法作品居多，也有一些创意小发明。第二天是每个班学生的舞台表演。
南川一中有一个很大的室内体育场，有两个标准足球场的规格。
这个场地允许把所有学生的作品都展示出来，所以无论你的作品是好是坏，只要你交了就能被展示出来。
这大概是学习高压下的南川一中，最人性化的地方。

学生作品按照自己意愿提交，学校不做强求。但是文艺会演的舞台节目，每个班至少有一个，最多三个。

潘修永说到文艺会演节目报名的时候，一班难得在他面前放肆喧闹。
没一会儿，就已经报名了很多个节目。
这些节目被潘修永写在黑板上，由大家民主投票选出三个节目。
唐识的钢琴独奏，高票领先。
投完票刚好下课，潘修永从来不拖堂。
赵宁问宋初："初初，你要交什么作品没？"
宋初看着黑板上"唐识，钢琴独奏"的字发愣。
她好像什么都不会，和他比起来，她黯淡无光。
宋初听到赵宁的话，摇头："不交吧。对了，你毛笔字写好了？"
赵宁从小就写得一手好字，宋初的字很娟秀，但和赵宁的字比起来，不太够看。
赵宁调皮一笑："已经写好了，到时候直接带来交就行。"

5月1日一大早，宋初和赵宁就跑去体育馆了。
在体育馆绕了一大圈，宋初都没看到特别喜欢的作品。
平日里学校规定是不让带智能手机的，但今天和明天算是例外。
赵宁看到好多喜欢的书法作品，都让宋初给她拍了照。
第二天文艺会演开始的时间是下午三点。
宋初其实对节目兴趣不高，高一参加的时候，她会带一本英语单词速记，还有两张数学试卷。
今天她什么都没带。

表演顺序是抽签决定的，唐识第一个抽，表演顺序却是最后一个。
今年的节目和去年的相比，没有多大变化。
唯一变的大概就是服装不一样了。
看到第四个节目的时候，宋初就已经觉得有些无聊了。
宋初有些昏昏欲睡的时候，电话铃声响起。
不过舞台上的街舞表演足够热闹，她的手机铃声不算突兀。
是陈如馨打来的电话。
宋初摁下接听："您好，请问是陈如馨女士的家属……"
宋初接完电话就跑出了观众席，赵宁叫了她好几声，宋初都没搭理。
赵宁有些担心宋初，起身追了出去。

宋初打了车，赵宁在出租车门关上的瞬间叫住了她。

两人到了市医院，宋初跑到护士站问了陈如馨所在的病房。

宋初方向感不行，加上着急，她问了好几个人都没能找到。

幸好有赵宁跟着她过来。

刚到病房门口，她们就看到了从病房里出来的李云清。

宋初跑过去："李阿姨……"

李云清没等她问出口，就说："放心，你妈妈没事。"

宋初走到病床前坐下，陈如馨还没醒。

她抬头看向李云清，似乎在无声控诉——这叫没事？

李云清补充道："放心，医生说好好休息一下就没事了。"

说话间，陈如馨醒了。

陈如馨是去菜市场的时候晕倒的，送她来医院的是一个卖蔬菜的摊主。

陈如馨醒来的时候，刚好摊主也缴完费过来了。

李云清把费用都还给了摊主。

陈如馨知道，今天宋初学校有文艺会演，便催着她赶紧回去。

宋初不放心陈如馨，就让赵宁自己先回去了。

从医院回来已经是晚上十点了。

等陈如馨休息了，宋初才有时间看看手机。

班群里空前热闹，群消息多得看着都瘆人。

宋初点开，里面几乎被唐识弹钢琴的舞台视频和照片刷屏了。

但由于一班观众席的位置有点偏，所以角度不太好，照片都比较糊。

视频里面的人声比钢琴声还大。

尽管照片很糊，宋初还是能想象唐识在舞台上闪闪发光的样子。

这些照片，无论角度和清晰度如何，宋初都一一保存。

唐识也给宋初发了消息，时间是下午六点。

那会儿唐识刚表演结束。

唐识：【听赵宁说阿姨住院了，没事吧？】

宋初：【没事了，已经回家躺下了。】

唐识说改天来看看，聊天消息就此定格。

陈如馨的餐馆和送她去医院的摊主秦荣，有过几次生意上的往来，彼此之间算不上多熟络，但也远远超过了陌生人的程度。

宋初放暑假的时候，秦荣和陈如馨宣布在一起了。

这本来是一件好事,他们宣布在一起的那天,宋初还很高兴地请唐识吃了糖。

宋初从来没想过,她会因为这件事,失去家。

第四章
梦开始不甜

今年中秋和国庆假期撞在一起了，所以今年的假期比往年要长一点。

假期第一天，宋初和赵宁还有几个平时关系比较好的同学，约了一起骑车环城一圈。

宋初学自行车的过程不算顺利，唐识教了她小半个月才学会。

和赵宁他们会合的时候，赵宁调侃："大学霸学骑车花的时间怎么比我都长。"

宋初也玩笑道："上帝给我开了学习这么大一扇门，总要允许他关上一扇小小的窗。"

一行人沿着路骑行。

宋初位置处在中间，身后不知道是谁感叹了一句："我就想知道上天给唐识关上了哪扇窗？"

宋初的嘴角，被迎面吹来的风吹起了一个弧度。

他好像真的无所不能，会弹琴，会打球，竞赛不会空手而归，写得一手好字。

待人温柔有礼，身上的白衬衫永不落俗，眉眼间全是源于骨子里的骄傲。

似乎他永远都意气风发，不可战胜。

唐识在一个红绿灯路口等他们。

大概十分钟之后，唐识和大部队会合。

今天天气很好，阳光不烈，微风不燥。

于是，一群人放弃了骑车环城的计划，临时决定去郊外野餐。

大家分好了任务，要带工具的就回家拿，要去购买野餐用品的，就去商场。

宋初家离这儿比较近，而且家里食材比较多，所以宋初和唐识还有赵宁三个人就去了宋初家。

郊外现在人不少，那边有一个待开发的公园，人大多聚集在那儿。

他们找了一块平地，铺开一块方形格子布，其中一个女生还十分有心地买了小盆栽。

他们买的东西还挺多的，光是水果就买了好几种，零食就更不用说了。

宋初把东西都拿出来摆好，饮料就在她左后方，她凭着感觉朝左后方伸手，触感柔软。

宋初回头，唐识已经拿起两盒酸奶，正递给她。

宋初不敢直视唐识的眼睛，目光干脆落在他拿着两盒酸奶的手上。

少年手精瘦有力，线条流畅，青筋纹路清晰可见，尺骨上那颗小小的痣落在宋初眼里，宋初别开了眼。

她伸手接过酸奶，轻触到少年指尖，微凉。

他们带了象棋和飞行棋，赵宁和曾雁在下棋，几个人去观战还顺便下了个注。

宋初盘着腿坐在地上，拿出材料准备做寿司。

她发现少了卷寿司的竹帘，扭头看着玩得正起劲的一群人，还是决定自力更生。

还没起来，唐识不知道什么时候过来了："要什么？"

宋初把腿收了回去："竹帘，在那个黑色背包里。"

唐识把竹帘递给她："我能做什么？"

宋初把胡萝卜和黄瓜递给他："胡萝卜切丁，黄瓜切丝。"

等他们卷好寿司，那边的"战斗"也结束了，赵宁赢了，支持曾雁的几个人被起哄着喝了苦瓜汁。

一群人玩玩闹闹着，时间也在不知不觉间溜走。

旁边有人激动地喊了句脏话，然后说："美死老子算了！"

宋初抬眼，便看到了弥漫天际的晚霞。

微蓝的天像是底图，被晕染了好几层，橘粉色、玫粉色和粉紫色的云被叠加了一层又一层，无边无际，盛大，浪漫，不可复制。

周围的人都拿出手机，想定格这一份美丽。

宋初也拿出了手机。

她打开相机,将镜头对准晚霞灿烂的方向。

她把手机往下移动了一些。

夏天的晚风吹过每一个人的脸,仿佛和每个人都拥抱庆祝这么盛大美丽的晚霞。

少年坐在一棵桑树下,头往后微仰,靠在枝干上。他一条长腿弯曲,另一条伸直。

他左手搭在弯曲的左腿膝盖上,双眸合拢,似乎是在享受这样美妙的时刻。

宋初把这一幕留在了手机里,拍完之后立刻装模作样地把手机镜头对着远处的晚霞拍了几张。

回去之后,宋初专门挑出了有唐识的那一张,做了裁剪。

晚霞,桑树,还有不仔细看根本看不出来的少年的头发。

宋初把这张图片发了朋友圈。

配文:黄昏不属于我。

第二天一早,宋初就爬起来了。

陈如馨前一天晚上说要教她做月饼。

其实,陈如馨已经做了很多月饼了,没打算让宋初做。

但宋初很想学。

假期结束的时候,宋初给班里每个人都带了月饼。

赵宁吃过陈如馨的月饼,说:"这可是初初的妈妈亲手做的哦,你们有口福啦!"

赵宁和曾雁帮着宋初发月饼,耳边全是"谢谢学委"。

唐识的位置在最后一排,宋初把最后一个月饼给他,虽然已经过了中秋节,她还是说了句:"中秋快乐。"

这个月饼看起来和别的月饼没什么不一样。

但这是宋初亲手做的,也是这么多月饼里,唯一一个玫瑰馅的。

国庆节的时候还发生了一件大事,陈如馨和秦荣请了客。

10月8日那天,秦荣过来给陈如馨搬了家。

宋初没有一起搬过去,因为这里离学校比较近,而且餐馆还开着,白天的时候陈如馨还是会过来。

那天,宋初去秦荣家吃了一顿饭。

秦荣有个儿子，和宋初差不多大。他很反对秦荣再婚，总觉得家里的女主人只有妈妈一个。

所以陈如馨和宋初对于秦杰来说，就是一个外来者。

秦荣和陈如馨在一起他管不了，但他接受不了宋初的存在，宋初就尽量减少存在感。自从陈如馨搬过去之后，宋初就很少和陈如馨一起吃饭了。

中午宋初就在学校吃，晚上陈如馨回秦荣家，只有李云清和宋初一起吃。

而且这段时间以来，宋初明显感觉到，陈如馨的心思已经不在她身上了。

圣诞节这天，陈如馨一早就和宋初说了，让她下午放学直接去秦荣家。

宋初在公交车站等公交车，因为人实在太多，她干脆站在一个角落，耳机一塞，开始听英语听力。

她听完去年的高考真题时，感觉到耳机线被人轻轻扯了一下。

宋初看到了那只尺骨上有一颗小痣的手。

宋初戴着围巾，把大半张脸都遮住了，只留了一双黑亮亮的眼睛。

唐识放开她的耳机线："今天要坐公交车？"

宋初轻轻点头，把耳机收了起来："你的车呢？"

"天太冷，不太想骑车。"唐识递给她一个苹果，"圣诞快乐。"

宋初把苹果捧在手里："你也是，圣诞快乐。"

唐识问："坐几路？"

"204。"

秦荣家比唐识家远，唐识先下了车。

宋初从起雾的车窗往外看，藏在心底的少年穿过斑马线，渐渐消失在人海里。

宋初收回目光，看向手里的苹果。

不知不觉，她和唐识认识这么久了。

宋初在秦荣家门口站了十来分钟，始终没有按响门铃。

第一次见秦杰的时候，她就被秦杰赶出来了，这次她并不认为秦杰会顾及任何人的面子。

要不是秦荣要出门买东西，宋初还不知道自己要在门口站多久。

秦荣一打开门就看到宋初，连忙道："初初，你来了。外面挺冷的，快进屋。"

宋初乖巧问了好，进了屋。

秦荣给她拿了拖鞋："我出去买饮料，茶几上有零食和水果，这是自己家,不要拘束啊。"

陈如馨在厨房做菜,宋初想去帮忙被推出来了。

秦杰这会儿还没回来。

听说他们学校要给高三的学生单独加一节课。

秦杰回来的时候,看到宋初,脸色一下子沉了下来。

宋初听到动静,赶紧从沙发上站起来。

两人谁都没说话,秦杰白了宋初一眼,直接上楼了。

唐识刚回到家,鞋都没来得及换,就被朱莺韵拽着出了门。

唐识有些莫名其妙:"怎么了?"

两人坐电梯到了地下车库。

"去机场,接我妈。"

唐识:"外婆过来了?"

朱莺韵明显不太开心:"一把年纪了非要过来,跟她说我们元旦节过去也不行,非要折腾自己身体。"

朱莺韵发动车子:"你说把她接到南川一起生活,她也不答应,说在北川生活了一辈子,到南川不适应。"

唐识在一家麦当劳店里找到了外婆,老人家一见到他就眉开眼笑:"乖孙,想死外婆了。"

老人看到唐识身边脸色不太好的朱莺韵:"不太想女儿。"

"……"

唐识扶着老人:"外婆,您以后想我了就打视频电话,而且我们是说元旦节过去的。您别这么折腾自己身体。"

外婆显然没听进去:"我这么一大把年纪了,和你们见一面少一面的,你们没办法去北川,我就来南川了。怎么,不欢迎外婆啊?"

唐识没敢和老人家拌嘴:"我也很想外婆。"

回去的路上,老人一直没闲着,透过车窗东看看西看看的:"这就是我乖孙现在生活的地方啊,还挺好看的。"

忽然,老人语气显然不太高兴了:"就是人素质不太行!"

唐识顺着外婆的目光往窗外看:"妈,停车。"

朱莺韵靠边停了车,没等她反应过来,唐识就已经下车把人给揍了。

唐识从秦杰手上把宋初带走了。

外婆坐到了副驾驶,唐识和宋初坐在后座。

外婆一直回头看宋初:"丫头,你别怕。"
唐识看着宋初:"怎么每次见你都挺惨的?"
从认识唐识以来,好像真是这样。
不是下雨天摔倒在泥泞里,就是被宋茂实砸到头,反正身上总是有些小伤。
秦杰还没来得及把宋初怎么样,唐识就来了。
宋初挺不好意思的,说:"对不起啊,我没事。"
坐在前座的外婆一听,说道:"没事就好。丫头,听这话,你和我乖孙认识啊?"
宋初长相乖巧,声音也温温柔柔的:"是的,我们是同学。"
外婆回头:"丫头,刚才那人会不会再找你麻烦啊?你家在哪儿,我们先把你送回去吧?"
唐识看了宋初一眼:"确定没事?"
宋初点头。
唐识问:"回哪儿?"
"小餐馆吧。"宋初顿了下,想起朱莺韵还不知道她搬家的事,"阿姨,去凤鸣路32号,麻烦您了。"

宋初觉得今天很累,自从去了秦荣家之后,那种疲倦感就一直包围着她。
她靠在椅背上,没一会儿就觉得眼皮沉重。
车子经过减速带,抖了一下。
宋初迷迷糊糊间觉得自己往旁边偏了下,然后熟悉的柠檬香不要钱似的往她鼻腔钻。
她在一瞬间惊醒,立刻从唐识肩膀上弹起来。

到了小餐馆,李云清和陈如馨不知道在门口站了多久。
唐识本来想说点什么的,见她妈妈在,就没再开口。
宋初一回家就直接把自己关房间里了。
陈如馨在房门口怎么叫,她都没回应。
宋初始终没有办法理解,陈如馨走了四年都要回来找她,把她从宋茂实身边接回来,怎么现在就又急着把她送走了?
刚才在秦荣家,秦杰吃饭的时候说了声不喜欢家里有外人,秦荣还没说什么呢,陈如馨已经让宋初先走了。
宋初没说话,很听话地走了。
她出来后半个小时,陈如馨的电话才打来。

陈如馨第一件事不是关心宋初，而是跟她商量，想把她送去舅舅和舅妈那儿。

陈如馨大概在门口跟她说了十分钟话，李云清才过来把陈如馨叫走了。

从这天开始，宋初就拒绝跟陈如馨沟通。

每次陈如馨一有要开口的架势，宋初就直接走人。

宋初没想到，在她期末考试的前一天，远在临安市的舅舅和舅妈就过来了。

这意思很明显了，如果她不愿意自己过去，那就请舅舅他们亲自过来接。

晚上吃完晚饭，宋初随便扒拉了几口就放下了碗筷，正要起身就被陈如馨叫住："初初，和妈妈谈谈。"

陈如馨说话的时候，已经拉住了宋初的手。

宋初明白，自己这是不谈也得谈了。

宋初只得坐回来。

没有被陈如馨拉住的那只手，她揣在兜里，紧紧地揪住衣服的布料。

陈如馨沉默了会儿，似乎很艰难，但最终还是开了口："初初，你知道妈妈苦了大半辈子，现在好不容易碰到你秦叔叔……"

宋初眼底在一瞬间酸胀，只是她从小在那样的环境下长大，早就不是温室里娇滴滴的小公主。

现在的她，一般的事还真不能让她哭。

陈如馨每一个字都像刀一样砸在她心上："舅舅无儿无女，会对你很好的。而且，你迟早也要长大，迟早都要从我身边离开，就当把这个时间提前了……"

舅妈王莹一直想要个孩子，从小也挺疼她的。

陈如馨大概自认为王莹对她是个好归处。

宋初忽然想起四年前，陈如馨离开的场景。

南川是个很难下雪的城市，但宋初记得，陈如馨离开那天，路边积了一层薄薄的雪。

陈如馨是半夜走的，白天还被宋茂实打伤了手臂。

宋初半夜做了噩梦被吓醒，听到门外有动静，没穿鞋就下了床。

走到卧室门口，她看到妈妈拎着一个袋子，里面大概装的就是一些日常换洗的衣服。

她听到抽泣声，本来想上前安慰，但妈妈已经先她一步走出了家门。

宋初意识到什么，也没来得及穿双鞋就追了出去。

只是她才追到单元楼门口,陈如馨就已经坐上出租车走了。那辆出租车,宋初下楼时在楼道窗户里看见了,那一刻宋初就知道,陈如馨的离开,是早有预谋。

　　路面结了冰,很薄一层,穿着鞋一踩就碎。

　　但宋初是光着脚跑出来的,脚上也早已经没有了温度。

　　她知道是徒劳,但她还是跟在车后面拼命跑。

　　脚踩到冰面,摔倒又站起来,直到看不见车了,她还是跑。

　　宋初已经记不清那天被冻僵被划伤的脚有多痛了,只记得陈如馨走得决绝,心像是被针扎了一样疼。

　　那种尖锐的疼痛感,此刻又再一次蔓延全身。

　　看着陈如馨泛着泪光的眼睛,宋初突然就想开了。

　　一个要丢掉自己的人,怎么可能只有一次呢?

　　宋初调整了情绪,但说话的时候声音还是忍不住颤抖:"妈妈,谢谢您还给我找了个地方。"

　　陈如馨张了张嘴还想说什么,可最终宋初也没等到一个字。

　　第二天早上八点考第一科,从来没有迟到过的宋初,在考试开始了十分钟之后才进入考场。

　　监考老师是陶瑜,她都准备好骂宋初了,可看到宋初的那一刻,她愣住了。

　　小姑娘皮肤白皙,脸上多了任何一点颜色都非常明显。她眼底那两个大大的黑眼圈实在让人无法忽视,看起来也一脸沧桑。

　　陶瑜担心地问道:"身体不舒服?不能坚持考试就不要考了,送你去医务室。"

　　"陶老师我没事,能坚持。"

　　一直埋头做试卷的唐识听到声音,抬头看了一眼。

　　宋初声音实在哑得不像话,沙得让人心惊。

　　宋初走到位置坐下。

　　陶瑜一直关注着宋初,宋初这模样,像是下一秒就要昏过去。

　　宋初很快进入状态。

　　不是因为她的自我调节能力有多强,而是这些题型她都烂熟于心,看一眼就能知道答案。

考完这一科，和宋初分在同一个考场的赵宁和唐识交完试卷都没急着走，在走廊等她。

宋初没工夫注意这些，走路跟个机器人似的，眼神也很空，跟个提线木偶似的。

赵宁和唐识对视一眼。

赵宁挽着宋初的手："初初，中午想吃什么呀？"

过了好半天，宋初才回答："都行。"

从教学楼去食堂的一路上，赵宁一直在说话，尽管她平时并不是一个话多的人。

她在脑子里搜索着看过为数不多的笑话，宋初始终只是礼貌性地扯扯嘴角。

那表情，比哭还难看。

一路上遇到很多一班的同学。

之前的宋初，尽管话不多，但见到同学也会打招呼。今天她比较反常，别人跟她打招呼她也没什么反应。

唐识一直不远不近地跟在她们身后，尽管和宋初关系没那么密切，唐识也能感受到她的反常。

吃完饭，三个人就回了考场。

路上遇到了韦天森，他喊了宋初好几声，宋初都没理他。

哪怕他神经再大条，也能察觉到一点异常。

回到教室，宋初坐在位置上待着。

唐识在她前面的位置坐下："能坚持下午的考试吗？"

宋初眨了眨眼，动了动唇，但没说话，只是点点头，算是回答了唐识的问题。

唐识似乎是想起了什么："受委屈了？"

唐识想起去机场接外婆那天，遇到的那个人。

既然她没否认那是她哥，那两人肯定认识，而且关系很差。

欺负她也不是没有可能。

只是，他和宋初认识这么久，不能说对她了解彻底，但也大概知道她的性格。

现在这副模样，应该是被欺负狠了。

宋初像是根本没听到他说话，就在唐识以为她不会有回应时，她头轻轻摇了下："没有。"

"不委屈你哭什么？"唐识一针见血，戳破了她的谎言。

宋初其实没感觉到自己哭了，唐识这么一说，她抬起手，确实摸到了一抹湿。

她不想哭的，但是她忍不住。

最后，唐识给她递了一包纸，然后把自己头上的鸭舌帽摘下，盖在了女孩头上，往下一压，彻底把她的脸遮住了。

这会儿考场里除了他们三个，没有其他人。

唐识起身，把空间留给了她。

一直到考试预备铃声响起前，考场里都没再进过其他人。

下午还没到交卷时间，第一考场门口就聚了好多人。

他们也安安静静的，没打扰到考场里的考生，监考老师就没管。

下午考的是英语，唐识花了一个小时就写完了。

宋初坐在他斜前方，写完之后他就一直看着宋初。

交完卷之后，唐识看了走廊上站着的一班的人，很默契地把宋初留下来了。

等考场里的人走完，一班的同学才进来。

来了十几个人，闹哄哄的："初哥，我们有个小聚会，要一起吗？"

宋初怔怔地刚要拒绝，韦天森就开口了："初哥不能拒绝啊，这算是一班的集体活动，你是班委。"

隔了一会儿，不想去的宋初还是想了个理由："明天还有考试，你们要抓紧复……"

话没说完，宋初就被韦天森从座位上拉起来，推着往考场外走："总有什么事是比这次考试重要的啦！"

其他人纷纷附和——

"是啊，爱玩是我们这个年纪孩子的天性嘛！"

"就是，一次小考试，洒洒水啦。"

"我们一会儿去哪儿？快想快想……"

他们都是知道宋初心情不好，而不约而同聚集在考场外的，没想到这会成为一次集体活动。

一群人把宋初簇拥着向前走。

十七八岁的他们，做事不用考虑利益后果，纯粹得让多少成年人羡慕。

像他们说的，一定有什么事，比这次小考试要重要。

对他们来说，朋友开心，是此时此刻，最为重要的事情。

宋初被他们带到了室内溜冰场。

宋初不会滑,他们还是给她拿了鞋。
不会滑的不只宋初一个,但会滑的人也不少。
他们分了组,会滑的带着不会滑的,手牵手站成一排。

溜冰场里很热闹,因为在学校附近,所以一眼望去,能看到的人都是穿着校服的学生,各个学校的都有。
一群人吵吵闹闹的,宋初心里的烦闷消了一些。
从场地里出来,一群人从入口的楼梯去了地下一层。
这里大多数是娃娃机,粉嫩嫩的机器放了一排又一排。
唐识去兑了一盒游戏币,大家都围着宋初玩。
宋初也能看出来他们是为了什么,尽管兴致不高,她还是很配合地和他们一起闹。
青春里只有谋生的宋初,极会掩饰自己的情绪。
这几个小时,宋初已经调整好自己的情绪,至少表面看起来,她已经没事了。

和他们分开之后,宋初松了一口气。
她其实不太适应这样的氛围。
但她依然很感谢有这群朋友,她在黑暗里踽踽独行的时候,大家热热闹闹地出现,若无其事地推着她往前走。
和他们分开之后,热闹归于平静。
唐识送她回家,走到桂花大道的时候,路灯正好依次亮起。
一路上两人都没说什么话。
唐识停下,宋初依旧按照之前的速度往前走,压根儿没发现身边没人了。
唐识伸手扯了她外套帽子一下。
宋初感受到拉扯力,停下。
她回头,看着唐识。
少年嗓音干净:"带你去个地方。"
宋初看着他的眼睛眨了眨,眉眼安静得像是在说"我现在没法思考,任你宰割"。
唐识先带她去逛了一下街。

快要过年了,街道上随处可见的商店都有烟花和仙女棒卖。
今天是 12 月 31 日,唐识看了看时间,还有三个小时就跨年了。
唐识买了仙女棒,星星形状和爱心形状的最多,他还拿了圆形的。

买完这些，唐识带着宋初上了公交车，一个小时之后，在中心广场站下了车。

宋初毫无意识地跟着唐识走，穿过人群到了江边。
跨年夜，中心广场有烟花秀。
以前南川也会有烟花秀，宋初也一直挺想去看。但往年有烟花秀的地点都比较远，加上要兼职，宋初也就没看过。
江边现在已经有了很多人，对岸是明暗交杂的城市灯火。人群的嘈杂声混杂着江水轻轻拍岸的声音，倒让宋初烦躁了一天的心情得到了舒缓。
两人扶着江岸上的围栏，宋初把围巾理了理，围住了整张脸。
唐识点燃了两根星星状的仙女棒，无数个小小的火星在一瞬间迸发，火星映在少年深邃的双眸里，光忽明忽暗地映在少年棱角分明的脸上。
她身处在一片漆黑的世界里。
如果说刚才他们给她送来了火把，温暖但短暂。
眼前的少年则毫不费力就送给了她星光，微弱但永恒。

在宋初的日记里，少女娟秀的字迹一笔一画写下：
于我而言，他是遥不可及的，是许许多多个暗夜里，无法触及的光亮。

宋初不知道唐识买了多少仙女棒，只知道最后一根放完，周围来看烟花秀的人已经开始倒数。
宋初和唐识在人群数到"3"的时候，也加入了倒数。
最后一秒，宋初没数，转头对唐识轻声说了句"新年快乐"。
周围人群声音太大，哪怕两人距离很近，唐识也没听到。
倒数完，唐识才扭头对她说了声："新年快乐。"
宋初有了今天第一个发自内心的笑意："你也是呀！"
烟花从地面像条鱼似的往天上蹿，到达最高点的时候，蓄满了力量往四周炸开。
这场烟花秀持续了将近一个小时，他们站的位置有一盏路灯，应该是灯芯坏了，灯光有些暗。

烟花秀结束，人群渐渐散去。
宋初忽然很有倾诉欲。
以前她习惯了一个人消化所有情绪，但是唐识太温柔了，温柔得让她忍不住想，有些负能量是不是也可以大胆说给他听。

宋初眼神落在江对岸："唐识。"

身边的人很轻地"嗯"了声，表示他在听。

宋初说话的时候始终没有看他，语气也平静得不像话："我妈妈在我初一那年就离开了，原因是我爸爸家暴。"

唐识眉心跳了跳，有一种不太好的预感。

她身上总有一些小伤……也就是说，她从小到大都在被打。

宋初顿了下，像是在犹豫要不要说出来："他也家暴我，但当时的情况，我妈妈没办法带我一起走。

"我觉得没关系，因为我知道我妈妈是爱我的，迟早有一天她会回来接我。然后四年后我等到她了。她跟我爸说要带我走。

"我没有犹豫就跟她走了，我以为……"

宋初停下，此刻她已经没有办法说出来，她脑海里想象过无数次的幸福场景。

说出来会像个笑话。

唐识也一直安安静静等着，过了好一会儿，宋初才接着说下去："然后她不要我了，她要把我送给别人。"

我现在是个没人要的小孩。

宋初以为自己有很多话要说，可最后只停在了这一句。

唐识印象里的宋初，安静乖巧，一点脾气都没有，有人和她说话的时候，脸上永远笑意盈盈的。

周末，他还遇到过好几次在路边喂流浪猫的她，她会摸摸流浪猫的头，和它们絮絮叨叨好半天……

这样温柔的人，根本没办法想象她经历过这些。

唐识不知道怎么安慰宋初，这种时候说什么话都像是在讽刺。

他也明白宋初说出来，并不是想从他这里获得什么，只是憋久了，想有个人听而已。

最后一班公交车已经没了，两人打了个车。

车上，宋初看着快速倒退的树和商店，缓缓开了口："唐识，我要转学了。"

唐识还是点到即止，没有问为什么，只是问她去哪儿。

"临安。"

两个人都很默契地没再说话，车子停在宋初家门口，下车之前唐识叫住了她："伸手。"

宋初有点蒙，但还是乖乖伸出了手。

下一秒，宋初手心里出现了一个红色小圈。

唐识戴的那条红色手绳。

宋初看向唐识的眼神有点迷茫，唐识半挑着眉，宋初第一次见他这种表情，有点痞。

他说："小时候外婆去庙里求来保平安快乐的，送你。"

宋初垂眸，这是老人亲自为外孙求的，她不能要："还你。"

唐识没伸手接，玩笑道："嫌弃啊？"

宋初没话说了，只得把红绳圈收起来："谢谢。"

唐识看着宋初，眼睛一眨不眨。倒是宋初先移开了眼，这样的对视，简直要人命。

唐识说话一向不紧不慢，宋初听见他说："努力的小孩会得到糖的。"

宋初知道，他是在安慰她。

现在很难不要紧，她所做的努力，所有的善意，终究会在某一天，被命运回赠给她。

宋初当然没说，其实遇到你们，已经是我觉得很难得的糖了。

考完试，有人约唐识一起玩游戏。

韦天森看向宋初："学委，要一起吗？"

韦天森知道宋初是乖乖女，可能不太会去网吧那种地方，便说："我舅舅新开了家网咖，环境还不错，到时候让他给我们个包厢，环境肯定不乌烟瘴气。"

宋初点点头答应了。

宋初对游戏确实没什么兴趣和天赋，但想到这可能是自己能和唐识待在一起的最后时间，她就想用力抓住。

她不确定什么时候走。

对她来说，能和唐识待在一起的现在。

每一分，每一秒，都是馈赠。

几人到了网咖，韦天森舅舅安排了人带他们去了二楼。

宋初开了机，注册了一个游戏账号。

唐识给她选了一个坦克英雄："刚开始的话就这个吧，不会玩也不至于死得太快。这英雄抗揍，碰上任何一个其他英雄都能五五开。"

他们带宋初玩了两局，对面就开始骂骂咧咧了。

宋初知道自己菜，但她还是头一次知道，打游戏也能引起骂战，骂得还这么激烈。

唐识就坐在她旁边，安静的两个人和他们格格不入。

第三局还没开，宋初的电话就响了。

是陈如温打来的："初初，我和你舅妈今天要回临安了，那边有急事。你看是要跟我们一起走，还是我们先给你带点行李过去？"

宋初看了一眼还在和对面互骂的队友们，最后目光定格在了唐识身上。

"舅舅，一起走吧，我现在回来。"

唐识用口型说了声："我送你。"

两人走出网咖，宋初还往二楼的方向看了眼。

唐识问："真不打算告诉他们？"

宋初要走这事儿，只有唐识一个人知道，宋初嘱咐过唐识，别跟任何人说。

她不喜欢离别的场面，哭得稀里哗啦到最后也更改不了结局，不如悄悄离开。

宋初也没让唐识真送她，在网咖门口，宋初就让唐识回去和他们继续玩。

她怕越送越舍不得。

"一路平安。"她听到唐识说。

宋初行李不多，没多大会儿就收拾好了。

陈如馨送她到楼下："去舅舅家，要照顾好他们，也要照顾好自己。天冷要多加衣，饿了就要吃，别爱美减肥。

"晚上睡觉记得关窗户，你总忘关，容易感冒。

"受了委屈不要不好意思跟舅舅他们讲，在那边要尽快适应……"

陈如馨就这样絮絮叨叨了半个多小时。

王莹坐在副驾驶，宋初一个人坐在后座。

车子起步，加速，越来越快，离小餐馆也越来越远。

从南川到临安，开车需要一天一夜。

出南川边界的时候，宋初突然心慌了一下。

她有些难过，她变成了"孤儿"。

宋茂实和陈如馨让她知道，人变成孤儿是有一个过程的，不是突然就失去了双亲。

这个过程慢慢折磨着你，让你身心俱疲。

路途太远，宋初不知不觉睡着了。

等她醒来，抬眼便看到高速路口的指示路牌，已经快进入临安了。

见宋初醒来，王莹问她："初初，要不要吃点什么？"

宋初没什么胃口，摇摇头便继续闭上了眼睛。

舅舅陈如温像是看出什么："初初，谁都不可能一直在你身边，再怎么难过，该走的人还是要走，想留的人还是留不住。"

他没有安慰宋初，只是把现实赤裸裸地摊开在宋初面前。

宋初感受到兜里手机振动，拿出手机。

唐识给她发了消息，问她到了没。

宋初打开相机，给他拍了一张车窗外的风景。

宋初：【还没有，估计明天能到。】

唐识没再回。

等了十分钟，宋初看着再也没有新消息弹出来的对话框，突然有种怅然若失的感觉。

王莹不会开车，陈如温身体吃不消，到晚上的时候，三个人就找了一家旅社。

虽然唐识没有义务听她报平安，但在房间躺下之后，宋初还是给唐识发了一条消息，告诉他明天中午能到家。

在给唐识发之前，她给陈如馨也发了消息，陈如馨回得很快却也冰冷：【好好休息。】

旅社便宜，但位置不好，大半夜了还能听到楼下传来车子来来往往的声音。

偶尔，还有大货车路过，突如其来的鸣笛声还会把宋初吓一跳。

这让本就心烦意乱的宋初，更头疼了。

一夜无眠。

宋初最近都没怎么休息好，但就是毫无睡意。

她找了最近挺火的一个综艺，把最后一期看完，刚好天亮。

她稍微洗漱了下就下了楼。

本来不想吃早餐的，但陈如温念叨起来耳朵疼，不想麻烦的宋初，勉强喝了一碗粥。

上午十一点，车子驶进小区。

陈如温家算不上大富大贵的家庭，但相比起宋茂实，好了不止一星半点。

一百平方米的房子，三个人住不算太挤。

王莹一回家就去洗了澡,舟车劳顿的她根本就不想做饭,把头发吹干之后就点了外卖。

吃饭的时候,王莹安排了陈如温:"吃完你记得去买两套新的床单被套,顺便买点牛奶和零食回来,紧着好的买。"

见宋初只扒拉白米饭,王莹给她夹菜,说:"还想要什么,让你舅舅一道买来。"

宋初摇头,她对所有都能将就。

想了会儿,宋初说:"下午我能出去逛逛吗?"

王莹夹菜的手顿了下:"可以呀,熟悉一下附近的环境也好。"

宋初吃完饭,主动收拾完垃圾,拎着外卖垃圾就下了楼。

出门前,宋初查了下电子地图,新学校离舅舅家不远,走过去也就半个小时。

以前很小的时候,她来过这里一次。

但那会儿她六岁,对这里本身就没什么印象,加上城市发展迅速,这里早已不是当初的样子。

宋初走在街上,陌生的人,陌生的风景,这里的一切都让她无所适从。

她走到斑马线,盯着马路对面的红灯。

她抬眼,今天出了太阳,入冬以来已经很难见这么刺眼的太阳了。

身边是嘈杂喧闹的人群,好像每个人都在说话,但宋初环视一圈,发现也有很多人戴着耳机,低着头在玩手机。

她过了马路,漫无目的地在附近逛了大概半个小时,才拿出手机搜索了临安附中的位置。

南川一中放假了,临安附中还没有,这会儿应该是午休时间,尽管宋初只是站在门口,也能感受到里面的热闹。

保安叔叔看到她:"小姑娘,是我们附中的学生吗?"

宋初摇头。

保安看起来四五十岁,可能长辈对长相乖的小孩都有好感,他和宋初聊起来:"你今年上初中吧?好多初中快要毕业的小孩,经常来我们学校。他们也像你一样不进去,就在学校大门口看,眼神里全都是向往。"

保安大叔说起临安附中的时候一脸骄傲:"我们学校那是一等一的好,无论是师资还是别的资源,好多人想进都进不来呢。"

宋初见他说得起劲,就安安静静地听着了,也没有解释自己其实已经高中了。

保安大叔简直太喜欢乖乖听着话的小孩了，一说就说了十来分钟，大多数是劝宋初好好学习，到时候考到附中来。

保安大叔自己说爽了之后，才问："姑娘哪个初中的？"

宋初笑笑："叔叔，我是南川那边的，下学期转学到这里了。"

保安大叔也不尴尬："南川是个好地方啊，我去旅游过……你要不要进来看看，拿身份证在我这儿登记下就能进去了。"

宋初没带身份证出来，找了个借口离开了。

找不到去处的宋初，在临安附中站的公交站长椅上坐下，这一坐就是一下午。

下午五点，学生从附中大门出来，没多久宋初周围就站满了人。

一眼望去，全是蓝白相间的校服。

耳边不断传来学生相互对答案，和讨论着寒假怎么过的声音。

宋初怔了下，昨天和前天，她也和赵宁他们聊过这些，这不过才一天，一切就都已经变了。

公交车来了一辆又一辆，学生走了一批又一批。

学生走得差不多了，宋初微微侧头，看到驶来的204路。

她心里"咯噔"了一下，"204"对她来说，不只是数字，是她的青春，是值得珍藏的时光。

宋初回过神，车已经停在站台。

她拿出手机，对着车头拍了一张，红色的"204路"，循环在车顶的LED屏上滑过。

宋初按下拍摄键，数字定格。

宋初把这张照片给唐识发了过去：【临安的204路。】

不知道唐识在干什么，没回复。

前面有几个人打打闹闹的，其中一个没站稳，往后退的时候撞了一下宋初。

女生很有礼貌："不好意思啊，同学。"

宋初抬头，四目相对的时候说了句："没关系。"

宋初等了十分钟才收起手机，大雨忽然来了。

不知道是运气不好还是什么别的原因，公交车还没来，也没有空的出租车经过。

宋初干脆戴上耳机，等着看下一班公交车和雨停哪个先来。

从和唐识一起躲雨那天开始,她手机里的歌就只剩下了一首。

雨不大,风一吹就能把雨丝吹得飘进来。

雨不知道下了多久,慢慢停了下去。

公交车站台椅子上方的边沿有水滴下来,落在地上砸开一朵花,只是天依旧阴沉沉的。

宋初想起过斑马线那会儿晴好的天,忽然有些难过。

这种阴晴转换,快得像是她这两天经历的人生。

耳机里还是周杰伦略哑的声音,听到"最美的不是下雨天,是曾与你躲过雨的屋檐"的时候,宋初的眼泪猝不及防地落了下来。

宋初轻轻跟着哼唱。

回忆的画面 / 在荡着秋千 / 梦开始不甜

眼泪只来得及滑出眼眶,就被宋初给抹干了。

唐识还是没有回她消息。

不过这也正常,可能他有事在忙,所以没来得及回她。可能他看到她的消息了,只是想等等再回。

宋初忽然想起刚刚在站台来来往往的人,就连刚才撞到自己的那个女生,她都不记得长什么样了。

唐识那样的人,与光同尘,在哪里都是人群簇拥的人。

他生命里来来往往的人很多,她不知道自己对他来说,扮演着什么样的角色。

很大概率,她只是一个,他匆匆看过一眼之后,转身就忘记的人。

或许他和她的关系称得上是朋友,可是,他的世界里人来人往,能记住她吗?

宋初收拾了下心情。

她的方向感一向不行,茫然地看了下四周,还是妥协般地拿出手机,打开了地图。

刚迈出步子,宋初就被人拦住了去路。

那人穿着临安附中的校服,明明这么冷的天,少年不怕冷似的,春夏款校服下只穿了球衣,手里抱着篮球。

他递给她一包纸:"考不好就考不好呗,有什么可哭的?"

宋初茫然,过了好一会儿才反应过来,他应该是把她当成附中学生了。

——还是学习不好的那种学生。

宋初觉得有点窘,哭就哭吧,还被别人发现了。

怪丢脸的。

两人僵持着，宋初没接他递过来的纸，他也没把手收回去。
宋初想说自己不是临中的，但话到嘴边又觉得没必要。
她一向不喜欢这些莫名其妙的解释，没意义。
远处有朋友喊他，男生直接把纸巾塞到她手里，走了。

这个小插曲宋初没放在心上。
雨停了，她也就没打车回家，而是走了回去。
宋初的自行车过两天陈如馨会给她寄过来，到时候骑车上学还得自己认路。
这一路上岔路口不算多，宋初记了几个标志性的建筑。
等她好不容易到舅舅家，唐识终于回复了消息。
【睡着了，刚醒。】
【一起坐坐204路啊。】

宋初头发被淋湿了些，怕感冒去洗了个澡。
洗完澡，宋初看到这条消息已经是半小时前发来的了。
宋初看着后面那条消息，眨眨眼，不明白什么意思。
她想了半天，给唐识回了个问号。
唐识：【方便视频吗？】
宋初眼皮跳了下。
以往有人问她方不方便电话或者视频，她就直接拨过去了。但她不确定唐识是什么意思，所以选择了更保险的方式。
回消息的时候，她的手都有点颤：【方便的。】
消息刚发过去，唐识的视频通话邀请就过来了。
宋初手机差点儿没拿稳，她稳了稳心神，赶紧照了照镜子，深呼吸了好几次之后，她才敢接听。
视频里除了唐识的脸，还有一班很多同学的脸。
手机应该是在曾雁手里："初初，怎么走了都不通知我们一声啊？"
韦天森："就是，初哥你不仗义啊！"
"那边有人欺负你你就告诉我们，我们千山万水也过去帮你出气。"
"初初，临安那边的东西吃得惯吗？我明天去给你买点南川的特产寄过去，想吃什么？"
……

宋初从到了临安，就觉得没有归属感。

这个视频电话，很大程度上冲淡了宋初的这种感觉。

他们约好，大家找个时间过来找宋初，反正寒假了，时间有的是。

半夜，宋初被冷醒，她又忘记关窗户了。

走到窗边，冷风霸道又强势地扑在她身上，她发现下雪了。

从小生活在南川的宋初，从来没见过这么大的雪。

雪花纷纷扬扬，从眼前飘落。雪应该下了很久，目之所及的地方，已经积了不薄的雪。

雪有越下越大的趋势，宋初想，明天应该能试试堆雪人。

第二天一早，宋初就醒来了，昨天的一切太像是一场梦。

宋初第一时间去了窗前，眼前厚厚的雪层告诉她，她确实被送给舅舅家了。

宋初穿了衣服，准备去楼下堆个雪人。

以前看到电视里，南方的小孩一到冬天，娱乐活动多得都让她羡慕。

宋初没什么经验，雪很松，一碰就垮。

两个小时过去，宋初终于勉强堆出了一个雪人，很矮，只到她小腿肚的地方。

宋初把绑头发的红色发带松下来，给雪人绑在了脖子上。

她口袋里有一枚发夹，发夹尾端是线织的草莓。宋初还找了两根草，拼成了雪人的微笑唇。

出来的时候，她还带了彩笔，给雪人脸蛋涂红了。

不知道什么时候雪又下了，宋初对着天空拍了照，给雪人也拍了几张。

她还挺开心的，发了朋友圈：【看见雪啦！】

没几分钟，这条朋友圈底下，就多了很多赞。

唐识给她发消息：【南川也下了。】

唐识发来了图片。

宋初忽然想起之前看到的一句话：

"如果你刚好也看见雪，那就当我们的见面吧。"

宋初嘴角不自觉扬起。

南川下了雪，就当我们的见面吧。

因为临安气温骤降，所以赵宁他们要过来找宋初的计划被迫延迟。

临安大雪封路，路面也结了很厚的冰，车辆和飞机根本都没法走。

陈如馨的微信一直在置顶位置，宋初几乎每天都给她发消息，说一些类似于"早安晚安"这样毫无意义的话，但陈如馨从来没有回过她。

宋初到临安的半个月后，陈如馨第一次主动联系了她：【以后别再联系我了。】

只有这句话，冰冷又坚定，多余的一个标点符号都没有。

宋初回：【为什么？】

这条消息前赫然出现一个红色感叹号。

陈如馨把她拉黑了。

宋初看着聊天界面，一双清透的眼睛里写满了不可置信。

接下来的几分钟，宋初脑子被两个大字占据。

删了？

宋初觉得是自己出现错觉了，哪怕红色感叹号就在她眼前，她还是不死心地又发了好几条消息。

无一例外，每一条消息都出现了红色感叹号。

宋初打电话，电话也被拉黑了。

陈如馨铁了心要把她丢掉。

陈如馨的联系方式还好好地躺在宋初手机的通讯录里，她也想像陈如馨一样狠心，但她做不到。

临近开学，宋初转学手续在半个月前已经办好。

还剩五天开学的时候，赵宁他们终于有时间过来。

宋初在高铁站接到他们的时候，赵宁一脸惊讶："这才多久，你怎么瘦了这么多？"

宋初自己没有意识到。

她本来就瘦，现在看起来更是风一吹就倒，脸上也没什么血色，看起来就像是常年不见阳光一样，眼底的黑眼圈更是明显。

唐识见到她的时候，也惊了一下。

宋初看着他们，每个人眼神里的情绪都跟赵宁一样。

她解释："可能是水土不服，时间长了应该就好了。"

宋初岔开话题："我们去吃饭吧，我都饿了。"

他们自己已经订好了酒店，宋初跟陈如温说了之后，就跟他们一起在酒店住了两晚。

第二天下午，宋初收到了陈如馨从南川寄过来的东西。

他们只打算待三天，第三天的时候，王莹邀请他们去了家里。

陈如温家有一个阳台,不算小,够一群人弄个小聚会。

一群人先去买了烧烤需要的东西,拿到陈如温家之后,几个男生去快递站帮宋初搬了快递。

是她高一到高二的课本、笔记和练习册,陈如馨码得整整齐齐地给她寄了过来。

高三是复习阶段,这些东西总归用得着。

赵宁在小阳台插不上手,洗菜切菜都有人了,她在那儿就是帮倒忙,就和宋初去收拾了一下那些快递。

没一会儿,外面就有人喊宋初了。

他们毕竟是外人,有些东西找不到。

宋初看了一眼赵宁:"这些我明天再收拾就好了,你出来跟他们一起玩吗?"

赵宁收拾的动作没停:"你这细胳膊细腿的,我帮你先收拾一些。明天早上我们就走了,剩下的你想让我帮,我也帮不上了。"

宋初无奈:"那你别累着自己,累了就出来跟他们玩。"

他们是早上八点的票,没让宋初和他们一起回酒店,也没让宋初来送他们。

理由很简单,是宋初到临安没告诉他们用的那个——受不了离别。

宋初把几个人送到小区门口,赵宁和她走在后面。

赵宁突然的一句话,把宋初吓了一跳:"初初,我知道你的秘密哦。"

听赵宁这么一说,宋初吓了一跳。

什么秘密?

赵宁看出了宋初的局促,挽着宋初的手:"放心啦,就我一个人知道。"两人声音很小,就只有彼此听得见,"我帮你收拾快递的时候,看到了。"

宋初眼底一片疑惑。

她回忆了好半天,实在想不出来赵宁能从那一堆行李里面察觉什么。

赵宁没卖关子:"收拾你课本的时候,没抱住,掉了一地,书页就摊开了。我捡的时候,看到了。"

宋初明白过来,语气带有明显的叹息:"看了多少?"

赵宁老实交代:"都看了。"

她没有戳破自己看到了什么,这也让宋初安心。

赵宁不是多事的人:"放心,我不会告诉别人的。"

唐识拿出手机打车,宋初陪他们在路边等。

赵宁忽然张开双臂:"初初,抱一下吧,下一次见面不一定什么时候了。"

　　走在前面的唐识回过头来,看着宋初的眼睛。少年微微一笑,然后微微弓着背:"再见。"

　　宋初看着出租车打了左转灯,车子消失在了转角。

第五章
直到靠近那颗星星

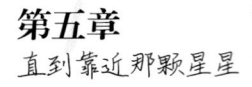

唐识他们走了之后，宋初也回了南川。

宋初谁都没告诉，只跟陈如温说同学还要在临安多待两天，她这两天陪他们在临安四处逛逛。

宋初的高铁票只晚了他们一个小时。

到达南川，宋初打车去了小餐馆。

小餐馆好像比以往热闹，秦荣经常会到小餐馆帮忙。

宋初远远看见，一桌客人吃完，陈如馨正在擦桌子。

秦荣帮忙跑出跑进的，让宋初没想到的是，秦杰居然也在。

宋初垂在两边的手不自觉地揪起衣服。

每个人脸上都是笑意，出乎意料的是，秦杰看上去似乎也没有任何不耐烦，相反，他还跟着秦荣在小餐馆里忙活。

秦杰对陈如馨似乎也很是尊敬，两人忙里偷闲偶尔说句话，还会相视一笑。

宋初手握成拳。

秦杰不是反对他爸爸再婚，他是反对她而已。

宋初本来是想问问陈如馨，为什么说抛下她就抛下她，可看到眼前这番场景，又没了上前的勇气和意义。

她走之前，陈如馨说还是会尽到抚养她的义务，每个月都会有一笔钱打到舅舅账户。

但是好像……陈如馨是真的一点都不想和她有联系了。

宋初眼前一片模糊，只是里面的眼泪始终没有落出来。

她多余的话，走就好了。

宋初悄然而至，走时也悄无声息。

开学那天，陈如温带着宋初去了学校。

陈如温是部门经理，工资不是最高，做的却是最忙的活，所以刚把宋初带到教务处，就被一个电话叫走了。

办公室里还有一个女生，女生看着宋初："你好，我是新转学过来的，你也是吗？"

宋初点点头。

女生比较健谈："我从临安三中转过来的，我叫赵倩，聂小倩的倩。你呢？"

宋初眨眨眼，她也是个大大方方的人。

从很早开始，她就需要自己赚取生活费，和人打交道也早把她性子锻炼出来了。

只是在唐识面前的时候，她总是觉得自己别扭。

宋初笑着回答了赵倩的问题："我是外地的。我叫宋初，宋朝的宋，初心的初。"

两人在办公室里等，没几分钟办公室出现一个男人："是南川和三中转学过来的小姑娘吧？"

宋初和赵倩都点点头。

刚才从一楼走过的时候，宋初看到教师荣誉墙，这人排在第三个。

不是宋初记性有多好，实在是他长得太有标志性，这是宋初在现实中遇到的第一个地中海发型。

宋初顺便瞥了眼名字，叫陈卿。

陈卿冲她们招手："我叫陈卿，是你们的班主任。我带你们去熟悉一下校园环境。"

今天开学第一天，一整个学校都在搞大扫除，难怪老陈有闲心带她们逛逛。

陈卿走在前面："我们高三的教学楼在对面，我先带你们过去认认班。"

宋初只记了班级在哪儿，其余的差不多算是左耳进右耳出。

陈卿中途去了一趟办公室，宋初待在教室里，感觉到格格不入。

她想起唐识刚转学过来的时候，是不是也是这样的感觉？

随即她笑自己，唐识那样的人，怎么可能会感觉到局促。

大家打扫得差不多了,大概是刚才陈卿来过,所以快速坐得安静又整齐。

宋初在这样的环境里更局促了,所幸没一会儿陈卿又进来了:"给你们介绍一下新同学。"

他示意宋初和赵倩走到讲台:"自我介绍一下吧。"

"大家好,我叫宋初,希望和大家相处愉快。"简短,信息也少得可怜。

赵倩把自己仔仔细细给高三(1)班的人介绍了一遍,从身高到体重,从兴趣爱好到有何技能。

一班的人到最后几乎对新同学没什么好奇的了,陈卿尽管面露无奈,大概是为了保护女孩子的自尊心,还是任由她说完了。

赵倩的自我介绍,花了将近二十分钟。

陈卿从教这么多年,大概也是第一次见到这种,见她终于说完,陈卿松了口气。

陈卿喊了声:"周之异!"

等了好半天没人回应。

有个长相甜美的小姑娘站起来:"陈老师,他在下面打球呢。"

话音刚落,教室门口响起一声:"报告!"

男生寸头,他把篮球抵在手臂和腰间,在一众蓝白校服里,他一身球衣显得格外不同。

宋初记得他,那天在公交车站给她递纸巾的那个男生。

陈卿最头疼他,全班就数他最爱玩,但成绩也是最好的一个:"上学第一天就迟到,老规矩!"

周之异满不在乎。

陈卿知道他会自觉值日一周,便说:"找几个人,去给两位新同学搬两套课桌椅。"

周之异看到宋初的时候笑了下:"原来是新同学啊。"

很平常的举动,但因为周之异目光是落在宋初身上的,赵倩就觉得自己被冷落了。

周之异招呼了几个哥们儿去了另一栋教学楼,没多久就把老陈交代的事办妥了。

刚才起来回答老陈问题的女生叫周之夏,是周之异的妹妹,两人出生时间就隔了几分钟。

这学期老陈要重新换座位,所以两位新同学没坐在一起,而是成了前后桌。

老陈给她们安排的同桌都是平时班上的自来熟,就是怕两个小孩来这儿不适应。

周之夏跟宋初坐一起。

中午一放学,周之夏就开启了话痨模式:"宋初同学,我们学校有三个食堂,三食堂有点远,一食堂的饭最好吃,二食堂面食最好吃。对了,我先带你们俩去办一下饭卡……"

宋初看着周之夏笑,也忍不住笑了起来:"麻烦你了。"

周之夏说话的时候,扭头看了眼后座的赵倩:"赵倩同学……"

赵倩毫不避讳地翻了个白眼:"学校食堂的饭菜虽然便宜但是难吃,我才不要在食堂吃。"

"……"

赵倩收拾完书包,继续道:"我去学校外面餐厅吃。不过话说回来,食堂那么便宜的饭菜,你们真的不觉得难以下咽吗?"

"……"

周之夏本来想友善对待新同学的,但是新同学现在让她白眼都快翻到天上去了。

周之夏明显不高兴了,刚才赵倩翻白眼没避着她,她也就懒得避着赵倩:"爱去不去,以为我很闲吗?"

说完,周之夏拉着宋初走了。

周之夏一路上虽然还是很生气,但也没有在背后论人是非。

周之夏先带宋初去了食堂:"先去吃饭,我都快饿死了。"

她带着宋初去了二楼。

周之异给她们占了位置,宋初没想到,来附中的第一顿饭吃得还挺热闹的,没有自己想象中那么凄凉。

吃完饭,周之夏伸手:"哥,给我点钱。"

周之异冷哼一声:"还没睡觉呢,做什么梦?"

周之夏也学着他的样子:"那我就告诉妈妈你欺负我,你看你挨不挨收拾。"

周之异一脸愤恨,最终还是妥协,摸出一把钱塞给周之夏。

宋初本就是心思比较敏感的人,一听到"妈妈"这个字眼,忍不住有些神伤。

周之异记得宋初,第一次遇见,她就在哭。

他往宋初这边瞥了一眼,又摸出了一把钱给妹妹:"带你新同桌去多买点糖吃。"

宋初忽然被点到，等反应过来，周之异已经和几个好兄弟走出食堂了。

临安附中规定不能带智能手机进学校，在这方面，比南川一中管得严。

宋初在这里安然度过了半个月，这半个月像是一眨眼就过了。

她开始慢慢适应这里的生活和学习节奏，这半个月来，她和唐识的联系屈指可数。

到后来，几乎就不联系了。

宋初是找不到理由，而唐识……

宋初看着唐识的微信头像，他应该依旧在某些领域光芒万丈，认识了新的人……

唐识不是一个爱发朋友圈的人，宋初就算想从朋友圈里窥探到一点他生活的蛛丝马迹，也无从下手。

宋初把精力投入到学习上，这段时间，她比在南川的时候还要拼命。

唐识那么好，她不可能一直以这样一种形象生活。

她想要站在唐识身边，即使这种希望渺茫，即使不知道未来还有没有机会再遇见，她也想要变成和他一样闪闪发光的人。

临安附中每月的最后两天，都会组织月考。

这一个月来，班级没有组织任何一次小测，老师也没有对月考进行复习。

学校主要还是想用这次月考，来给这些准高考生敲一下警钟。

这一个月里，宋初交了一些朋友，和周之夏关系最好。

可能是因为周之夏的关系，周之异和他身边的那些哥们儿对宋初也很照顾。

考试开始前，周之异给周之夏送早餐，送了两个鸡蛋和一根火腿肠，宋初也有同款："100，满分的意思，考好点。"

宋初还真没辜负周之异的早餐，考了个第一。

成绩出来那天，周之异自闭了。

他一直轻轻松松就能拿的第一，宋初一来就没了。

这一次考试，让宋初成了学校的红人。

好像所有人都习惯了大榜第一是周之异，突然来了个陌生的名字，想不受关注都难。

宋初小心翼翼地把成绩条夹进书里。

周之夏用手肘撞了撞她："这么开心啊？"

宋初"嗯？"了声："什么？"

周之夏两只手食指竖起，画了一个弧度："嘴巴都笑成这个样子了，考了第一这么开心吗?"

宋初点点头,"嗯"了声。

周之夏一想到看到总成绩的时候,周之异脸上吃了屎的表情,就开心得不得了。

她幸灾乐祸,还生怕坐在最后一排的周之异听不见一样,把音量提高了些:"哎呀!我们初初拿了第一,有人欢喜有人愁啊!"

因为宋初的成绩,老师同学的关注点都在宋初身上,赵倩是单科语文第一,但这事被语文老师提过一句之后,就没什么人记得了。

赵倩不喜欢宋初,从转学来的那天就不喜欢。

赵倩一听这话就不乐意了,总觉得这两人是故意说给她听的,便说:"考个第一了不起吗?说了这么多遍了,生怕谁不知道!"

赵倩一说这话,瞬间让气氛降至冰点。

赵倩眼睛死死盯着宋初,都这会儿了宋初还这么云淡风轻。

她最烦宋初这样,发生什么事都宠辱不惊,倒显得她有多没见过世面一样。

那天语文老师说她语文单科第一的时候,她要多得意有多得意,当天下午还给全班买了零食,在讲台上喊:"为了庆祝一下!"

宋初除了总分第一,英语和物理也是单科第一。但宋初一直都安安静静的,就像这份荣誉不是她的一样。

赵倩觉得,宋初就是故意的,就是为了显得她像个小丑。

相处这一个多月,大家多少对两位新同学的性格了解了一些。

赵倩小气虚荣,你哪句话得罪了她都不知道。

宋初虽然平时不太说话,但是大气温柔,所以大家平时更愿意和她相处一些。

周之夏从小被家里人宠着,性格开朗,人缘很好,从小到大也没遇到过什么不好的人。

她还是第一次被这么当众吼,还是莫名其妙的那种吼。

周之夏愣了几秒,也拍桌站起来:"指名道姓了?说你了吗?你有病去治病,别乱咬人!"

赵倩一脸被周之夏吓着的样子,都快哭了。

宋初因为需要钱,做过很多兼职,各种各样的老板见过不少,也见过形形色色的人。

她能做到什么事都云淡风轻,只是因为见得太多了。

但这不代表她会任人欺负。

宋初掀了掀眼皮,脑海里突然闪过某个人半挑着眉的样子,于是不自觉地学着他,左边的眉半扬起来。

她看起来一直安静乖巧,这个小动作不自觉间居然带了几分桀骜的味道:"你既然都觉得我们这么讨厌你,何苦在我们面前拼命挤眼泪,没人心疼。"

宋初一直都这样,对她好的人,她心怀感恩,对她莫名针对的她也绝不留情。

她见过的人太多,自然知道对人往哪里扎刀子才最疼:"夏夏说谁你心里清楚,你这么着急对号入座,不过是看我不顺眼借题发挥。自己落到没朋友的境地,怪不了别人。"

南川一中,她所在的班级人都很好,后来韦天森和韦天林转学过来,没有一个人排斥、孤立他们。

宋初一直以为是一班同学好,现在看来,韦天森和韦天林也值得。

这种东西是双向,其中一环不行,整环都得断。

宋初说这些话太狠,就相当于把赵倩努力维持的自尊心抢过来,然后狠狠扔在地上砸碎。

赵倩这下真哭了,不是刚才拼命挤眼泪的样子。

宋初平时和谁都不起冲突,乖巧得让人觉得对她说一句重话都舍不得。

众人也没想到,她嘴这么毒。

周之异看到赵倩发火的时候,就已经从位置上站起来了。

他妹妹他欺负就行了,外人来插这一脚多少有点不合适。

但宋初说话的时候,他就一直没动过步子。

周之异同桌说:"周老板,夏夏的同桌,看起来好像也不是个典型的好学生啊?"

周之异重新坐回去:"关你什么事?"

赵倩的事并没有影响到宋初的好心情,要是事事都记在心里,她早就被烦死了。

宋初一回家,就把成绩条拍照发给了唐识。

宋初:【你们应该也考完了吧?怎么样?】

唐识回得很快:【今天下午刚拿到成绩条。】

唐识给宋初也拍了张照片:【数学少写了个步骤,第一让许未那狗拿

去了。】

　　宋初想起他们俩平常的相处方式，笑了笑。
　　宋初想再往下说点什么，想问问他最近过得怎么样，问问他有没有认识新的人……
　　但宋初每次把字打出来，又一个一个删掉。
　　唐识大概是见她没回，又发了一条过来：【看来我们初初，在临安适应得很好。】

　　宋初自动屏蔽了剩下的字，脑子里全是"我们初初"。
　　这是唐识习惯的说话方式，他也叫韦天森"我们森森"，但她还是会觉得有些不好意思。
　　偶尔和赵宁聊天的时候，她会从赵宁那儿知道，唐识参加了什么竞赛，拿了什么奖。
　　到临安附中后，不少老师也劝她参加竞赛。
　　附中有专门的培训班，老师也是全市最好的老师。他们都说宋初是个好苗子，好好培养肯定不会有问题。
　　但是她不像唐识那么自信，她害怕一旦全身心扑在竞赛上，其他科目就会落下。
　　要是在竞赛上没有任何成绩，那高考那边也失利了。
　　宋初赌不起。
　　她要稳稳当当地走，即使没办法像他一样满身是光。

　　宋初大着胆子学着唐识的句式，还特意在前面加了赵宁：【听我们宁宁说，我们识识竞赛拿奖了呢。】
　　唐识给她拍了获奖的证书发过来，宋初习惯性地将照片保存。
　　宋初换了聊天背景，是唐识竞赛奖杯的照片。
　　尽管他是不经意的，尽管有非常多的巧合，但唐识确实在她生命里很多个时刻，都给予了她陪伴。
　　她被宋茂实弄得伤痕累累，是他拽着她去医务室；她回不去家了，是他给了她一个暂时的避风港；她被韦天森欺负的时候，也是他站出来保护了她……
　　她被陈如馨抛弃，哭鼻子的时候，也是他把帽子盖在她头上，把人全都拦在了教室外面，保护着她的自尊。
　　在她生命那么多至暗时刻，他带着光，精准地把光束打在她的身上。

宋初翻开日记本，曾经她写"于我而言，他是遥不可及的，是许许多多个暗夜里，无法触及的光亮"。

她提笔在那一页下面补了一句话：

我会走得很远，远过我目之所及的地方，直到靠近那颗星星。

赵倩和宋初的梁子，在那天算是彻底结下。

但赵倩吸取教训，没像往常那样针对宋初。

她买糖的时候，会分给宋初。

这样看起来，像是求和了。

宋初深知，讨厌你的人，不会无缘无故就愿意和你握手言和。何况她们之间，没有什么冰释前嫌的苗头。

看着赵倩递过来的糖，宋初脸上没什么表情，眉眼有些淡："不用了，谢谢。"

赵倩尴尬地收回手。

赵倩想起那天的事，整夜睡不着。

一看宋初根本没把那天的事放在心上的样子，她更是胸闷气短了。

凭什么生气的、过不去的只有她一个人？

赵倩咽不下这口气。

她当着全班人的面，把宋初没接的那颗糖扔进了垃圾桶。

和周之夏他们一起吃午饭的时候，一向不怎么说起别人的周之异出了声："赵倩之前是临安三中过来的。我见过好几次打群架，里面都有她。"

周之异顿了顿，背后论人长短这事儿他毕竟第一次做："不是什么好人，平时少搭理她。"

临安三中是全市出了名的，临安附中名声多响，临安三中名声就有多响，只不过是好和坏两个极端。

周之夏"呵呵"两声："有些人不总说，打群架的不一定都是坏人吗？"

周之异这次没跟周之夏斗嘴："这不一样……吃你的饭。"

周之异这么一说，宋初也不想惹出事端，平时在班级里，也是尽量避免和赵倩有交流。

可有些事情，该发生还是会发生，就像是陈如馨不要她这件事一样。

下午放学，宋初骑车到第二个路口的时候，被人拦住了。

拦住她的人，比她高出半个头，头发不算很个性，正常的黑色直发，只是头发的主人平时疏于打理，看起来很是毛糙。

对方嗓门很大，说的话五句有三句是脏话。

宋初记得她，好像叫邹梅，和赵倩关系似乎不错。

刚开学没几天的时候，邹梅来找过赵倩。

那会儿在图书馆，邹梅嗓门大还爱说话，图书馆管理员多次警告无果，最后直接把人赶了出去。

宋初没打算跟邹梅纠缠，骑着自行车想绕过去。

但邹梅显然就是来故意找碴儿的，怎么可能轻易放她走？

邹梅个子高，看起来大概一百七十斤，嗓门大，力气也大。

她直接拽住了宋初的自行车后座："聊聊。"

宋初眉头皱着，眼底完全没有邹梅期待看到的慌张："不熟，没什么可聊的。"

邹梅没让宋初走："把赵倩弄哭了，这笔账我得和你算算。"

宋初在心底冷笑一声。

尽管她见过各种各样的人，但赵倩这样在女生面前装可怜的，她还是第一次见。

宋初干脆下车："想怎么算？"

邹梅见宋初瘦瘦小小的，很好欺负："给她跪下，道歉。"

宋初脸上始终没什么表情："这是我和赵倩的事，要算账也得她亲自来。你当什么出头鸟？"

邹梅没什么脑子，不会像赵倩那样转弯。

在邹梅面前哭过惨后，赵倩自始至终就没露过面。到时候要是出了什么事，也跟她赵倩没有任何关系。

邹梅如赵倩期待的那样仗义，没把赵倩叫来。

邹梅骂了很多句难听的话，宋初都左耳进右耳出了，她跟这个没脑子的憨子没什么可计较的。

只是宋初没听进去的，有人替她听进去了。

有个人挡在宋初面前："你别这么说她了！"

宋初认出，这是她前桌，外号"猪猪"，平时没什么脾气。

她刚没仔细听邹梅说的话，是说了什么让猪猪这么生气？

和猪猪一起站在她面前，替她挡着邹梅的，还有几个人。

她都能叫得上名字，其中一个叫王娜。

见他们人多，邹梅往后退了两步，只是眼睛始终瞪着宋初："听赵倩说，你是南川来的吧？我限你明天之前给赵倩道歉，不然我让你不能活着回南川！"

宋初听到这话,都快被气笑了。

这都什么年代了,怎么还会有人这般非主流?

王娜是个急性子,热心肠,虽然平时说话也不怎么会转弯,但人不错。

本来没打算说话的王娜,一听这话就来气了:"丢临安人的脸。"

邹梅目光转向王娜。

王娜人缘也不错,邹梅认识的人王娜差不多也认识,她不认识的,王娜也认识。

邹梅有点怵王娜。

王娜双手抱在胸前:"你能叫人谁不能叫?怎么,就你是临安本地人?敢动她你就试试。"

王娜觉得这样很幼稚,都十七八岁的人了,还动不动跟个古惑仔似的。

但她也知道,对付邹梅这种人,也只能以暴制暴。

在他们身上,宋初忽然觉得自己回到了以前。

韦天森和韦天林比赛被三班阴,大家团结一致保护一班的时候;她被人跟着,韦天森和一群兄弟一起送她回家的时候;她心情不好,他们临时组织了一次"班级活动",拽着她一起去溜冰的时候……

如果说,这个世界总会有人带着恶意,那么,也总会有人带着满身光芒和温暖。

邹梅走了,一群人又生怕宋初被半路拦着,一起把她送回家才离开。

自从宋初被邹梅拦过那一次,周之夏每次放学都跟宋初一起走。

以前周之异放学都会打会儿篮球,后来也陪着周之夏了。

偶尔几次,周之夏没法和宋初一起走,周之异也会跟宋初一起走。

时间就这样过去了小半年。

这小半年,赵倩一直没再找过宋初麻烦。

就在周之异以为事情彻底过去的时候,学校流言四起。

因为他俩最近总待在一起,之前也有不少传言说他俩早恋。

散播谣言的人,显然选择性眼瞎。

周之异和宋初从来没有单独待在一起过,每次都有周之夏还有几个朋友在场。

但是学校论坛上的照片上,全部都是只有两个人。

有心之人蓄谋已久。

有一次，宋初发烧去医院，也是周之夏陪着去的，周之异也在。

但是论坛上全然没有周之夏的身影。

论坛上的言论更是离谱，说周之异陪宋初去了妇产科。

帖子发出来没几分钟就被删了，大概是发帖人怕担法律责任。

但这也不影响流言传出，尽管宋初不在乎，这些流言蜚语对她也没有造成任何影响，但为了避免有心人再乱说什么，周之异和周之夏都不能和她总待在一起了。

这事儿由于当事人的渐渐疏远，而渐渐平息下去。

高三这种关键时刻，埋头学习比传播八卦更加重要。

一直到国庆假期前一天，宋初的生活都平静如水。

假期前一天的那个下午，水里砸进了一颗大石。

安分了几个月的赵倩，终究还是找了宋初。

赵倩叫了几个人，把宋初拖拽到一个烂尾楼里，手机也被扔了。

烂尾楼处在郊外，这里平时几乎没人来。

这会儿天还没完全黑透，落日余晖照进来，照在宋初红肿的脸上。

除了脸上，宋初身上也全部是伤。

宋初前期还拼命反抗，后来赵倩他们占了人多的优势，宋初没力气了，只能任他们打。

耳鸣的感觉持续不断，刚开始宋初还能听清楚他们说话，后来那些不堪入耳的话，全都消失在了嗡嗡声里。

不知道过去了多久，他们打累了，停了手。

宋初听到他们离开的动静，却连睁眼的力气都没有。

也不知道过了多久，宋初终于从地上爬起来。

她在临安，人生地不熟，除了学校到舅舅家那条路，她对其他一切都很陌生，更别说郊区的烂尾楼了。

烂尾楼没有灯，但星星很亮，宋初借了一点光。

宋初虚弱的声音响起，像是在给自己打气似的："唐识，再借借你的光。"

她不知道自己被带到几楼，只知道自己每走一步，身上就传来剧烈的疼。

宋初按着记忆，找到了手机。

手机屏幕亮着，她捡到的时候暗了下去。

她看到微信消息弹窗上的"1010"，这是她给唐识的备注，又抬头看了一眼漫天的繁星。

唐识的消息明明是祝她国庆节快乐,她却牛头不对马嘴地回了句谢谢。
唐识:【?】
唐识:【在临安学习学傻了是不是?】
宋初轻扯嘴角,发现轻轻动一下都巨疼。
她敛起笑意,拍了头顶的星空传给唐识。
她回:【唐识,谢谢你。】

宋初回完唐识消息后,报了警。
警察很快循着手机的定位找到宋初,帮忙通知了陈如温和王莹。
他们先带宋初去了医院,伤看起来触目惊心,但幸好没伤到骨头。
检查结果被宋初收好,然后去派出所做了笔录。
很快,赵倩和她的家长都被带到派出所。
赵倩之前在临安三中的时候,也没少打架。
但哪一次不是息事宁人了?
她没想到宋初会报警,毕竟年纪还小,也没遭受过宋初遭受的人情世故,真到派出所就吓傻了。

赵倩平日里总说父母多有钱,她父母来的时候却满身水泥灰。
一见到赵倩,赵妈妈情绪激动,直接一巴掌呼在了赵倩脸上:"你为什么从三中转学,你自己不知道吗?你为什么要这么做?"
赵倩一动都不敢动,生怕真被关进去,只知道一声又一声地喊"妈"。
赵倩死死拽着赵妈妈的袖子:"妈,我错了……我真的知道错了……"
赵妈妈看着她这副样子,又是一巴掌:"你跟我说干什么?你打的是我吗?是我吗?啊?!"
赵倩反应过来自己该道歉的对象是宋初,赶紧挪到宋初面前:"宋初,都是我的错,我求你……要是关进去,我这辈子就完了……"
宋初正要说话,赵倩又给截住了:"我不过就是打了你,你不过就是受了一点点伤……你现在不是好好地在这儿吗?我要是进去了,我这辈子就毁了……"
宋初看着赵倩,满脸的不可置信。
什么叫"我不过就是打了你"?
什么叫"你不过就是受了一点点伤"?
什么叫"你现在不是好好地在这儿"!
她在赵倩身上,算是长了见识。
"死不悔改"四个字,还真是演绎得淋漓尽致。

对比起语无伦次满脸泪水的赵倩，宋初就冷静得多。

赵倩能明显感觉到，宋初说话的语气比平常冷："你还真是会说话。上次你在学校论坛造谣我，已经对我的名誉造成了很严重的损害。加上这次，我是你组织的这次群殴里的受害者……"

宋初渐渐逼近赵倩，语气更是降到了冰点："你对我做完这些，你觉得，我现在是好好地站在这儿？"

她的音量不自觉升高，无奈也愤然："我是好好的？！"

赵倩像是被宋初吓到了，沉默了几秒，赶紧道歉："对不起，我……"

她还是没有意识到自己的错误，以至于道歉都只是苍白又无力的"对不起"，再往下多说一个字，都算是在为难她。

赵妈妈一听自己女儿还在学校造谣人家，一时间不知道是该气还是该急。

赵倩在三中的时候，也是因为校园暴力而转了学。

不同的是，赵倩在三中是受害者。父母怕她受不了，才想尽办法把她转进了附中。

可怜的受害者到了附中，却可笑地成了加害者。

赵妈妈也头疼自己女儿，但烂摊子终究还要收拾。

赵妈妈走到宋初面前，一双早已无光的眼睛里，含满了泪水："小同学，这件事是赵倩不对，但是可怜天下父母心……如果你现在是倩倩，你父母也一定不希望你的未来被毁掉是不是？"

宋初眉眼一闪，她的父母吗……

她没有这么担心自己的父母。

宋初觉得还挺可笑的，加害者现在在这儿毫无悔意，口口声声说她现在好好地活着。

加害者的父母也一点错误都意识不到，张口闭口就是让她换位思考。

周之异和周之夏在医院门口看到宋初，就跟着一起来了。

见赵倩和她的家长都是这种态度，周之夏简直要气死了。

周之夏站在宋初身边："一家人都有病！初初，就冲她今天对你做的事，你怎么做都是情理之中，别有顾忌。"

但宋初终究是心软的人。

或许是她小小年纪就见惯了人间冷暖，她还挺羡慕赵倩的。

也许是那句"可怜天下父母心"触动了她，她动摇了。

她看向警察，哭腔有些没有办法控制住："我不追究了。"

周之异知道，这事儿在宋初心里没法过去。
她说的是"我不追究了"，而不是"我选择和解"。

警察本来也一直在采取调和的方法，现在这样也算是"皆大欢喜"。
宋初盯着赵倩看了几秒，说道："我本来对你无感。但是，我现在非常讨厌你。你做过的事我不追究，是因为我不想让自己，变成你这种自私又恶心的人。"
宋初看起来温柔软弱，说出来的话却掷地有声，让人不敢不听进去："但是赵倩，你给我记住了，我今天不追究到底，不是因为你没错。你的未来算是我今天施舍给你的，你以后见着我，都得……"
宋初逼近赵倩，一字一顿："绕、着、走。"

周之异本来也打算让赵倩尝尝苦头，但宋初刚才在派出所说了，不想变成那样自私又恶心的人。
周之异也没再说什么。
周之异走在周之夏和宋初身后。
女孩的背看起来单薄无力，实在很难想象，刚才她自己扛起一片天的样子。
周之异思绪回到刚才，想起她最后跟赵倩说的话："我希望我是最后一个被你这么对待的人。"
周之异以前觉得，在别人那儿受了伤后选择原谅的人，矫情又圣母。
但宋初不但选择了原谅，还替以后可能受伤的人也想好了路。
这个人啊，他明明该讨厌的，明明该骂她矫情的。
可他怎么都做不出来。
有些人就是这样，明明自己身处黑暗，却还想着把自己仅有的、微弱的光分一点给别人。
周之异冲宋初背影笑了下。
啧，小菩萨啊。

事情圆满解决，但宋初总觉得少了些什么。
走了没几步，宋初习惯性地摸了摸手腕。
唐识送她的红绳，丢了。
宋初心慌了一下。
她想了想，应该是在烂尾楼起争执的时候，不小心给蹭掉了。
本来快要到家的宋初忽然转了方向。

周之夏见她这样，忙问："怎么了？"

"丢东西了，我得回去找。"

认识宋初以来，她算是佛系的代名词，从来没看她这么着急过。周之异问："很重要的东西？"

宋初点头，然后伸手拦了辆车。

她满身是伤，虽然没伤到骨头，但看起来也算触目惊心。

周之异拦住他："回去好好休息，明天再找。"

宋初没听，甚至因为着急，说话的时候听起来有些吓人："不。"

宋初意识到自己有些凶了，立刻敛起脾气："不好意思，今天麻烦你们了。你们先回去休息吧，改天请你们吃饭。"

说完，宋初上了车，下一秒周之异和周之夏也上来了。

周之异报了烂尾楼的地址，然后看向宋初："知道那地方是哪儿吗就拦车？送佛送到西，找完赶紧回来睡觉。"

三个人从一楼开始找，一直找到五楼，才找到。

周之异表情有点不耐烦了："就这个？"

宋初把红绳小心放好："嗯。"

回去的路上，周之异盯着红绳看了又看，愣是没想明白这破红绳有什么值得着急的。

回家之后，舅舅和舅妈已经睡下了。

宋初松了口气，回了卧室。

她简单地把身上冲洗干净，给受伤的地方涂药。

她看着镜子里的自己，脸还挺肿，但明天应该能消。

她打开手机，唐识发了条朋友圈。

上次他发朋友圈，还是高二的时候，去北川看外婆。

宋初点进去，唐识发了一张照片，和去北川看外婆那张一样——少年扶着老人逛花园的背影。

配文：一路走好。

宋初想留言，却又不知道说什么。

在她打开和唐识的对话框十分钟后，她终于发了一条消息：【你还好吗？】

她知道外婆对唐识来说意味着什么，从小到大，他的每一个至关重要的时刻，外婆都没有缺席。

宋初还在南川的时候，他也总跟她聊起外婆。

外婆这么一走，对他来说肯定是不小的打击。

半个小时后，唐识回了消息：【还好。】

宋初脑子里冒出一个想法：【你在哪儿？】

唐识：【北川。】

宋初当即买了高铁票，从临安到北川，三个小时。

朱莺韵很担心唐识，他看起来和平时没什么不同。

外婆去世的这三天，他甚至都没有掉一滴眼泪，该吃吃该喝喝，一切正常。

别人要是讲了一个笑话，他还会给面子地笑笑。

但他越是这样，朱莺韵和唐至庭就越担心。

唐识吃完晚饭就回房间了，接到宋初电话的时候，是凌晨三点。

在高铁站接到宋初的时候，小姑娘脸上的伤看得他吓了一跳。

唐识心里烦躁，语气有点凶："又被人打了？"

宋初才想起自己脸上的伤，这么短的时间肯定消不了。

她知道唐识是担心她，说："放心，打回去了。"

唐识领着她走出高铁站："你去哪儿？"

"没地方去，得靠唐少爷收留。"宋初觉得气氛太沉重了，说了点俏皮话。

唐识报了地址，盯着她的脸看了又看："真没事儿？"

宋初神色轻松："真的。"

宋初本来想找个借口糊弄唐识的，但看到他的那一刻，总感觉所有委屈都有了落点，能被妥帖地接住。

只是再想想，唐识的存在，对她来说本身就是一种治愈。

她来北川，本来就是来陪着唐识的，再让唐识分心来担心她，就违背她跑过来的初衷了。

宋初把事情原原本本地告诉了唐识，唐识才相信她真的没事。

车子开了大概二十分钟，宋初问："唐识，你怎么样？"

唐识愣了好一会儿，才反应过来她说的是外婆去世的事。

"没事。"

宋初戳穿他："没事会抽烟？"

心事被戳破，大概是感觉到尴尬，唐识侧头看向窗外，一言不发。

过了会儿，他解释："没抽烟。刚才来接你的路上，和我拼车的一个叔叔抽的。"

那个叔叔抽了一路，他身上也染了一些烟味。

宋初和唐识认识这么久，从没见他像现在这个样子。

他身上永远带着柔和的香气，干净温柔。

车窗外北川城的灯火昭示着这座城的繁华，车内晦暗，借的是窗外千灯万盏的光。

少年眉眼疲倦，下巴生了短小的胡楂，头发似乎也没怎么打理，额前散了些碎发。他似乎瘦了很多，往常意气的少年此刻有些颓。

宋初没给唐识留面子："没事哭什么？"

对比起唐识总是小心照顾着她的情绪，她似乎显得有些不近人情。

良久，车里的两人都没再说话。

也不知道过了多长时间，宋初重新出声："唐识，带我去吃点东西吧，饿了。"

唐识把目光从窗外收回来："想吃什么？"

"麻辣小龙虾吧。"

唐识带着宋初到了一家店，宋初没在店里吃，让店员打包了。

她领着他在路边坐下，又跑去对面商场买了可乐。

两人就坐在马路边上，宋初"刺啦"一声开了一罐可乐递给他："唐识，没有必要一直这么完美的，有情绪要发泄出来。"

唐识看着可乐罐，笑了笑："我以为你怎么也得给我买罐酒呢。"

宋初也笑："未成年呢，喝什么酒。"

少年手上青筋显而易见，下一秒手里的易拉罐被捏得变形。

宋初又给他开了一罐："你就把它当成酒吧，喝醉了我照顾你。"

唐识盯着她看，目光里像是带了一把火。

或许是少年目光里的探究意味太重，宋初有点不太敢直视。

女孩别过头，假装看着远方："我们是朋友不是吗？以前你照顾我，礼尚往来嘛。"

唐识犹豫了一下接过可乐。

脚边不知道堆了第几个空可乐罐，唐识伸了伸腿，易拉罐被踢出去一段距离，发出声响。

也许是"酒精"上头，唐识话多了起来："外婆走得突然，我甚至都没来得及见她最后一面。

"从小我就生活在外婆身边，生命中很多重要时刻，我爸我妈都没来，但是外婆从来没有缺席过。

"她生病了,所以元旦的时候坚持要从北川来南川,因为她不知道什么时候自己就不在了,她在用她的方式,制造和我的回忆。"

唐识说了几句,情绪突然激动起来:"可是我一点都没有察觉到,一点都没有……"

所有被压抑的情绪,在这一瞬间决堤,唐识完全没了平日里的形象。

宋初一直觉得,一个人难过的时候,拥抱无论如何都是很有效的安慰方式。

她往唐识的方向挪了些,但终究没有勇气给出去。

宋初是10月3日走的。

她走的时候,送了唐识一幅画。

画上是唐识朋友圈里的照片,只不过被她美化处理了。

背景不再是荒芜的花园,而是万物向春的样子,枝头争绿,百花齐放。

头顶原本黑漆漆的天空,繁星满布。

宋初说,人死了之后会变成星星,星星会永远陪伴、守护着最爱的人。

外婆是画里,最亮的那颗。

唐识没想到宋初还会画画,有些惊讶。

唐识和宋初一起上了高铁,因为是国庆长假,陈晋担心唐识,也跟着一起走了。

中途需要转一次车,宋初见快要到站,都准备要跟唐识告别了,陈晋突然说了句:"你去临安这事跟阿姨说了没?"

宋初看向坐在旁边的唐识,满眼问号。

唐识回答了陈晋的问题:"说了。"

在宋初开口之前,唐识提前一步说:"初初,下午韦天森他们也会到,你想一想要带我们吃点什么。"

那一刻,宋初福至心灵,突然想起韦天森说过,在这边要是受欺负了,他们会来给她撑腰。

宋初觉得有点不好意思,明明脑子一热跑去北川,是为了陪着唐识的,现在好像他们之间的角色又完全颠倒了。

自从外婆去世,唐识就没合过眼,这会儿已经睡着了,一直到临安,唐识才醒来。

他们一群人在高铁站会合之后,打车去了临安附中。

大家本来只是想先来看看宋初的新学校怎么样,没想到还冤家路窄碰上赵倩了。

邹梅和赵倩还真像宋初说的那样，见到宋初就绕着走了。

唐识脑子稍微转一下就知道那女生是谁，眼神示意了一下韦天森，一群人把人围住。

唐识上前，宋初没真打算让唐识管这件事，她扯了扯唐识的袖子："走了。"

韦天森脾气比较急："我们学委在南川一中都没人敢欺负，怎么到临安来就受委屈了？"

唐识虽然说话温声细语的，但气场比起韦天森要强得多："这不是得问问某些地头蛇？"

赵倩看他们人多，没敢说话。

唐识不紧不慢地说："放心，没打算对你怎样，就是不太放心我朋友，特意从北川赶过来看看。"

唐识顿了下："不过，要是再发生类似的事，我们好像也不太介意以暴制暴。"

在赵倩还没反应过来的时候，一群人已经走远了。

唐识大概是看出宋初的心理负担："没真的想对她怎么样，别想太多了。对付这种人，你要做的就是让她知道你比她更不好惹。"

陈晋有心想让唐识发泄一下，到了临川附中操场之后，也不知道和占了场地的人怎么交涉的，人家居然同意把场地让给他们了。

陈晋还借到了一个篮球。

陈晋站在篮筐下冲唐识招手："快来！"

唐识把薄外套脱下来，很自然地递给了宋初，说道："宋同学，帮忙拿一下？"

宋初接过衣服，十月初燥热的风给她的耳尖带来了一抹热。

唐识大概憋了太久，打球的方式和平常完全不同，完全不顾防守，进攻就算有风险，也要猛着一股劲往前冲。

韦天林受不了了，喘着粗气摆摆手："不玩了，唐识打兴奋剂了，打不过。"

唐识绕半场跑了一圈，汗珠大颗大颗顺着脸颊滴落。

少年半撩起衣服下摆，擦了擦脸上的汗。

宋初忽然听到有人叫她，一回头看到周之夏和抱着篮球的周之异。

周之夏小跑着到宋初身边，说道："初初，我还想着晚上约你一起出来玩呢。"

韦天林下场了，周之异刚好过来，他就补上了韦天林的位置。

比赛开始之前，周之异和唐识还打了个赌，谁输了谁晚上请大家吃饭。

唐识攻势依旧很猛，但周之异对他的防守也不差，这样半个小时下来，哪一队都没占到便宜。

两队的比分咬得很死，本来已经分出胜负了，唐识一分险胜周之异。

但周之异像是跟他较上了劲似的，两人单独又再比了一局。

最后唐识输了。

一群人去了火锅城，周之夏是个美食小达人，有事儿没事儿就爱到处发现美食，所以对火锅城很熟。

周之夏带着他们到了一家新开的店，帐篷火锅。

这家店生意火爆，但今天他们运气比较好，刚好大包厢还空着。

最后，周之异也没让唐识请客，说是要尽地主之谊，没有让客人请客的道理。

周之异很少这样，旁人不了解他，周之夏却知道……

唐识走之前，宋初带他去了烂尾楼。

那一片有一个荒废的游乐园，以前应该是个风景区。

废旧的游乐园里，设施都生锈或者不完整了，上面全是泥和灰。

两人爬上了海盗船，也不管会不会弄脏衣服，直接找了位置坐下。

这里能看到远处的天被城市灯火映得通红，城市上空和这边是完全不同的景象。

树叶和草被吹得沙沙作响，晚风吹过，像是把头顶的星空也吹得流动起来。

唐识从小到大都在水泥钢筋的都市里生活，很难见到这么纯粹的星空。

这也是宋初画里的星空，她想带唐识来看看。

唐识知道她的心意："宋初，其实……我没那么难过。"

外婆是个能够坦然面对死亡的人，从唐识很小的时候，她就已经在和唐识讨论这个话题。

别人都避之不及的东西，外婆能够笑着接受。

她觉得人的死亡，不过是结束了在已知世界的一段旅程。而另一段旅程，也一定不会比已经历的差。

外公在他十二岁那年就已经不在了，他那时还小，以为外婆会哭。

可外婆自始至终一滴泪都没掉，后来外公葬礼结束，所有人都离开，外婆一个人坐在外公的墓碑前，说让外公在另外一个世界，一定要先把他们的旅游攻略做好，等她过去就能直接出发了……

唐识只是遗憾，没来得及见她最后一面，没来得及和她多留下一点回忆，没来得及察觉她的病情好好陪伴她……

宋初去北川，是他意料之外的事情。

在他的印象里，宋初不算典型的乖乖女，她的家庭情况不允许，所以她身上有软刺，谁扎她，她就一定会扎回去。

但在那之外，她其实也循规蹈矩，一点险都不肯冒。不会主动得罪人，也不太敢主动付出什么。像一只警惕的猫，给自己画了个圈，无论如何都不可能踏出那个圈半步。

但是这样的宋初，在外婆葬礼结束的凌晨，风尘仆仆地出现在他面前。

外婆总说，在生命里，一些人的离开，总会换来一些同样值得珍惜的人。

唐识侧头看宋初，一字一顿，语气诚恳："宋初，能和你做朋友，是我的幸运。"

宋初身子有些僵。

她本来就没期望唐识这样的人，对她有什么别的感觉。

但现在他说，他们是朋友。

宋初想起被赵倩带到这里的那天，她一个人在这里，抬头看到星星的时候，哪怕她刚刚才遭遇不好的事，她仍觉得幸运。

半晌。

风把宋初的声音带进唐识耳朵里。

"我也很幸运。"

遇见你，也是我生命中，难得的，幸运的事。

时间渐渐进入了高考倒计时，哪怕是最末尾的班级，似乎也一改平日的散漫，不自觉地紧绷起来。

唐识和宋初的联系也越来越少，每天睁眼题海闭眼题海，实在分身乏术。

偶尔，宋初还会主动给唐识发消息，后来慢慢地，她看着唐识越来越少的话，就再也没了主动的勇气。

深冬，越来越冷的天气，宋初也熬了越来越深的夜。

之前班级还有学习小组，后来大家时间都紧，自顾不暇，学习小组也默契地自动解散。

偶尔，宋初熬到凌晨一两点，会收到周之异的消息，都是聊一些无关紧要的话题。

　　圣诞节那天，宋初忙里偷闲，在做完某本练习册的最后一道习题后，终于还是没忍住，找了唐识。
　　只是消息发过去，宋初等了一整晚，都没能等到唐识的回复。
　　宋初想他可能是在忙，可是第二天、第三天……一直到一月中旬期末结束，都没等到。
　　期末考试结束那个下午，宋初看到，微信好友"1010"头像变成了灰色的人，"该用户已注销"。
　　宋初盯着那个灰白头像傻了好久，心里空落落的。
　　宋初花了一整个假期，才从唐识微信号注销这件事缓过来。
　　她试探着问过赵宁，赵宁也没他消息。
　　可能于婉和陈晋他们知道，但她没有他们的联系方式。
　　哪怕唐识的号成了一个废号，宋初也没有把这个号从置顶的位置上撤下来。
　　这件事让宋初也彻底没了任何杂念，心思全扑在了学习上。
　　高三这个阶段，进入总复习，又有以前默默无闻却冲出来的黑马，大家都更加全力以赴，为了一个不确定的未来。

　　从春寒料峭守到了盛夏蝉鸣，陪伴早起和晚睡的从绵绵春雨到了仲夏夜的满天繁星。
　　教室里倒计时牌停在了"距离高考还剩下001天"。
　　2018年6月6日，临安附中一班的人，匆匆拍了一张毕业照，甚至都没来得及好好跟每个人告别。
　　拍完大合照，陈卿就让他们各自安排时间，周之夏第一时间跑过来和宋初拍了照。
　　周之异和平常一样，一副又酷又拽的样子，和别人合照也永远是冷冷的表情。
　　要不是周之夏拉着他说和宋初合个照，估计他会一直跟个雕像似的站在一边。
　　周之异一脸不太耐烦的样子，帮忙拍照的同学在按下快门的那一刻，看到周大少爷头偏了偏，看向了比他矮了一个头的宋初，拍出来的成品还不错。

　　高考两天，结束的那个下午，宋初没有去班级聚会。

后来宋初知道，一班很多人也没去。

难怪陈卿在高考前一天说，这是一班的同学聚得最齐的一天了，往后的日子，要再聚齐就很难了。

宋初关掉了手机。

神经高度紧绷了这么久，在考场落下最后一笔那一瞬间，宋初整个人都放松下来了。

她要好好睡一觉，什么都不用想地睡一觉。

陈如温和王莹也没来打扰她，她这一觉睡得有些长，一直睡到了第二天下午。

她醒来的时候，听到外面有点吵。

好像是周之夏的声音。

宋初翻身下床，还真是周之夏。

周之夏看到她，从沙发上站起来："初初，给你打了好多电话都没接，我还是不是你的小宝贝了？"

刚睡醒的宋初还是打了个哈欠："不好意思啊，手机关机了。"

周之夏挽着宋初的手臂："我们去水上乐园玩，一起去啊！"

宋初简单洗漱完后，去了杂物间，翻出了一整个学期都没有骑过的自行车。

高三下半学期，宋初为了多省出时间学习，申请了住校，自行车也就被搁置了。

临安虽然是一到冬天就能下雪的城市，但夏天的燥热一点都不比南川的差。

毒辣的太阳光照下来，落在宋初皮肤上，被灼得有点疼。

车子从斜坡冲下来那一瞬间，宋初忽然想起某个少年。

少年一身白衣，飞扬地闯进了她的世界。

后来却离开得悄无声息。

每段故事或早或晚都会走向结束，只是有人欢喜有人愁。

她不知道唐识去了哪里。

但是她可以确信，唐识这样的人，无论在哪儿都会迅速扩展出自己的一片天。

其实宋初没什么多余的情绪，只是觉得，都没有和他好好说声再见，想想都好可惜。

时隔一整个学期，宋初许久没有打开的日记本，终于又落下笔墨：

2018/6/9 晴
你大概长了翅膀。

你大概长了翅膀。
所以飞到了我看不见的天空。

第六章
他叫唐识，是我的星星

高考分数出来那天，宋初接到了北川三所学校打来的电话。

陈如温和王莹没对她有过多干涉，让她自己选择。

他们对宋初说不上不好，自从宋初来临安，吃的穿的一样不少，但始终客客气气的，她完全就是个外人。

填报志愿那天，宋初没去学校，她这个分数已经不需要过多分析和考虑了。她直接去了网吧，志愿表上只填了北川大学。

填完志愿出来，宋初往很远的地方看了一眼。

如果她有千里眼，这个方向能看得到北川。

开学前一天，宋初是一个人收拾完行李的。

周之夏和周之异跟她一样，被北川大学录取了。

收拾行李的时候，不用自己动手的周之夏实在无聊，就给宋初打了个电话。

视频里，周之夏的父母什么都想往行李箱里塞，然后周之异会冷着一张脸把一些东西拿出来。

见儿子不要，二老会把东西塞进周之夏行李箱里。周之夏会眼神示意周之异，但周之异一脸幸灾乐祸，反正不是给他就行。

三个人约好了第二天在机场集合，宋初远远就看到兄妹俩和送他们来的爸爸妈妈。

全程，宋初都像个局外人，看着别人的热闹。

周爸爸和周妈妈也没有落下宋初，叮嘱了周之夏和周之异的，也会叮嘱宋初。

但宋初心里的失落并没有因此减少。

飞机轰鸣声在耳边不断传来，宋初扭头看着外面的风景，心里默念了一个名字。

如果你不能来找我，那我就去你的城市。

即使不知道你还会不会在那儿。

人的一生中，总有一些事情，明知道没有结果，还是愿意义无反顾地试一试。

除了唐识，再没有第二个人可以让她这么勇敢。

宋初找到新闻系的新生报到处，一系列麻烦事情过后，学长学姐让她扫一扫二维码，加一下学院的大群。

扫完码，宋初伸手接了学长递过来的学生卡："谢谢。"

学长很热情，给她拿行李，怕她找不到宿舍，所以送她过去。

学姐调侃："在这儿待了一早上了，没见你主动帮谁搬过行李，见色起意啊？"

学长斜了学姐一眼，给宋初递了一片口香糖："别搭理她。"

把宋初送到宿舍楼下，学长问宋初要联系方式，宋初委婉地拒绝了。学长没好人做到底，将行李箱往宋初手里一塞，走了。

宋初宿舍在五楼，四人寝。

她是宿舍最后一个到的，睡她对铺的，是于琬。

在她斜对面的，是林校。

另外一个也是北川人，但似乎办的是走读手续，不住宿舍了。

林校帮宋初整理了下行李，然后给她递了一张票："学院迎新晚会的票，刚才有人来送的。"

于琬和宋初简单打了招呼后，就低头玩手机了。宋初来的时候带了点临安的特产，给她放了一点在桌子上。

于琬摘下耳机："谢谢。"

气氛在一瞬间陷入尴尬，谁都不知道说点什么。

过了一会儿，于琬把刚才买的西瓜推到宋初面前："吃不下了，你吃了吧。"

宋初看着几乎没动过的西瓜，笑了下。

唐识和林校对于琬的评价都很中肯，性格有点别扭，但小姑娘人还是不错的。

宋初主动发起邀约:"晚上一起聚个餐吧。"

晚上聚餐的地点是陈晋定的,周之夏和周之异也一起来了。

陈晋点了很多饮料和啤酒,但最后饮料一共就喝了一瓶,酒倒是喝得很快。

周之夏以前被保护得很好,除了酒心巧克力和碘伏,就没碰过酒精。

现在没人能管得了她,她就放开了喝。

周之异没喝,一直注意着周之夏这个不省心的妹妹。

于琬喝了不少,酒过几巡,姑娘已经有些微醺。

于琬握着酒走到宋初身后,弯腰趴在宋初肩上:"初初,我不是故意针对你啊,我就是对朋友的占有欲稍微强了那么一点。"

于琬给宋初倒了杯酒:"我说我不喜欢你那件事,你别介意啊!"

宋初觉得有些好笑又有些无奈,敢情这姑娘今天一整天都在别扭这个?

宋初反手在于琬脸上捏了捏:"那件事早就过去了,我没放在心上。"

于琬从宋初肩膀上起来:"真的?"

"真的。"

于琬没控制好力道,拍在了宋初肩上:"大气,你这个朋友我交定了!"

说完,她还打了个酒嗝,怪可爱的。

林校为了防止宋初再遭毒手,把于琬拉开:"你快坐下,别耽误初初吃饭。"

于琬眯眼看了林校一会儿:"哦,对。"

说着,姑娘找了她最喜欢吃的一道菜,拼命往宋初碗里夹:"多吃点,看你瘦的。"

宋初看着自己的碗堆成了一座小山,嘴角抽了抽。

"……"

她其实早吃饱了。

回去的路上,于琬跟个小孩似的,一直往前跑。

陈晋服侍她跟服侍祖宗一样,小心翼翼跟着,生怕给摔了。

周之夏早就醉得不省人事,被周之异背着。

宋初见林校和陈晋都在照顾于琬,就跟在周之异身边了。

周之异瞥见宋初手腕上的红绳:"你为什么,这么喜欢北川啊?"

周之异想起一起去水上乐园玩的那天,他问宋初有没有想去的城市,宋初毫不犹豫地说了北川。

其实他大概能猜到她一定要来北川的原因，但还是不死心地问问。

宋初手无意识地摩挲着那根已经很旧的红绳，没回答他的问题。

路边行人来来往往，大概是今天在聚会上，周之异听到了某个名字，丧失了思考能力，见宋初没说话就脱口而出："宋初，你看得出我喜欢你吧。"

曾经，周之异想象过无数次告白的场景，却从来没有一种像现在这样平常。平常得都有些草率。

但今天他再一次听到了"唐识"两个字，有点忍不住了。

周之异说话的时候，步子没停。

背上的周之夏却忽然一下醒了："哥，你怎么在我梦里才敢告白，你别戾啊！"

说完，她又一头栽下去，睡着了。

宋初一向温柔又决绝，她不喜欢周之异，更明白直接地拒绝对周之异更好。

她直接告诉周之异："我……我有喜欢的人。"

他叫唐识，是我的星星。

旁边时不时有骑着自行车的情侣经过，伴随着自行车清脆的铃声，宋初把拒绝的话说得更加彻底："我在临安的那段时间，很谢谢你照顾我、帮助我。"

宋初叹了口气："但是阿异，感激不是喜欢，我不能骗你。"

这话在周之异意料之内："送你红色手绳的人吗？"

宋初很轻地"嗯"了声。

她到目前为止，努力、拼命，却也循规蹈矩，不敢越出安全区半步。

没有什么特别的爱好，唯一知道的，就是要拼命读书，或许能改变自己的命运。

可是，唐识成了意外。

周之异阐述事实，平静又伤人："可是，你找不到他了，不是吗？"

宋初脚步微不可察地顿了顿。

被灯光倒映在路边的影子，像是被晚间的风割裂。

她故作坦然："那就等等呗，有什么大不了。"

周之异在这一瞬间明白，宋初对唐识的喜欢，早就超出了自己的认知程度。

现在这个时代，兵荒马乱，快餐恋爱。

可是宋初的喜欢不是，她的喜欢，深沉，执着，无可替代。

从那天晚上之后，宋初就有意无意躲着周之异，好几次周之夏叫她出去玩,她都以各种理由婉拒了。

为期半个月的军训结束,宋初被于婉拉着去做了一次按摩和皮肤护理。

于婉从美容院出来的时候,像是重获新生一样:"这半个月都快给我晒脱皮了。今天晚上回宿舍,我要好好泡个脚,然后尽量不熬夜,以最好的状态去参加明天的迎新晚会!"

宋初和林校只是笑笑不说话。

她们三个,就于婉一个人是夜猫子,每天不到凌晨两点,肯定睡不着。

所以于婉这个不熬夜的 flag(旗帜),她们也就听听。

迎新晚会晚上九点正式开始,新生是去当观众的,表演者大部分是大二的学长学姐,也有少数大三大四的。

于婉不熬夜的 flag 倒了,但是早起的 flag 没倒。

她一大早就爬起来选衣服了,光是挑衣服就花了两个多小时。

宋初八点醒来的,刚醒来就被于婉拽过去给她选香水了。

宋初看着眼前摆满的香水,有点绝望:"婉婉,你要不让校校选,我对这些实在没什么研究。"

于婉直接拿起带双 C 标志的一瓶喷了喷,说道:"没关系,你只要觉得好闻就行。"

她一直觉得宋初品位不错。

在宋初觉得自己鼻子要废的时候,香水终于试完。

"第一瓶吧。"

宋初觉得自己要解放了,于婉又拿出一大堆耳钉耳环:"初初。"

宋初眼睛都挑花了,最后看了看于婉搭配好的衣服,指了指小雏菊形状的耳钉:"这个和你今天的衣服搭。"

宋初对这种迎新晚会没什么感觉,打算洗个头就直接去了。

洗完头刚吹完,宋初就被于婉按在座位上了。

于婉捧着她脸看了看:"时间还早,给你化个淡妆。"

宋初不是不会化妆,但卸妆比化妆难,她嫌麻烦。

"不了吧?"

最终还是没抵抗住于婉,宋初把自己的脸交给她了。

宋初看了看镜子里的自己,于婉化妆技术还挺好,表面看上去寡淡,和素颜没什么区别,但该有的细节一点没少。

确实是比素颜的时候要好看。

新闻系的迎新晚会，也会有一部分票留出来，分给其他学院。

但在迎新晚会上看到周之异的时候，宋初还是惊讶了一下。

晚会对观众的位置没有要求，除了要留前两排出来给领导，剩下的位置学生随意。

还在会场外排队的时候，周之夏就看到宋初了。

她跑过来，周之异不紧不慢地跟在她身后。

进会场后，几个人自然而然坐在了一起，周之夏有意撮合，特意留了两个挨着的空位。

宋初只得和周之异挨着坐。

晚会结束，一直到几个人分开，周之夏终于发现端倪："不对劲。"

周之夏的宿舍在十三栋，和宋初在的十栋没挨着。周之异送她回去的路上，周之夏说了这三个字。

周之异面色平静："嗯？"

"你和初初啊，都不对劲。"周之夏说出了自己的想法，"总感觉你俩别别扭扭的。"

周之夏见周之异没搭理她，鼓了鼓腮，然后想到了一个不可思议的可能性："我前段时间做了个梦，梦到你跟初初告白，然后你被拒绝了。"

周之异想起那天趴在自己背上的醉鬼："是吗？那你还挺会梦的。"

这话一出，周之夏瞪大眼睛："所以你真的告白了？所以你真的被拒绝了？"

周之异的表情让周之夏知道，自己说中了："你什么时候告的白？我怎么不知道？"

周之异没什么表情地睨了她一眼："你梦里。"

"……"

自从迎新晚会后，周之异出现在宋初面前的概率越来越高了。

有时候在校园里遇到周之异的好兄弟，一群人还会起哄。

周之异追求宋初越来越明目张胆，根本不藏着掖着。

每天送早餐、等下课、嘘寒问暖……没几天整个新闻传播学院的人都知道，法学院的那个高考状元，在追他们系的宋初。

宋初参加了一个公益社团，叫"小红帽"。

她递交报名表那天，周之异也交了。

久而久之，大家都有一种默契，要是找不到周大少爷，就去找宋初好了。

宋初在的地方，就会有周之异。
但周之异就这样追了三年，也没见新闻系那个学霸校花松口。

宋初这几年，没少在北川城里跑。
大学期间，宋初要么泡在图书馆，没事的时候就去大街小巷转转。
唐识待过的小学和初中，唐识待过一年的高中，唐识可能去过的地方，宋初都想去走走。
偶尔，在街上看到某个背影的时候，宋初会恍惚一下，盯着别人背影看很久。

宋初大四时，在北川的一家电视台实习。
因为成绩优异，撰稿及时，业务能力极佳，实习期还没满就转正了。
她收到转正通知这天，是圣诞节。
她本来要请客吃饭的，但今天于琬在家里攒了个圣诞局，认识的朋友都会过去。
宋初下了班，买了礼物就直接过去了。
她去的时候，于琬和林校还在布置家里，摆在客厅里的两大棵圣诞树，刚挂上彩灯。
客厅里放着欢快的圣诞歌，陈晋在厨房里烤烧鸡。于琬看到宋初来了，毫不客气地支使她："初初，厨房里有甜橙，洗一下摆盘端出来。"
宋初在盘子里拿了颗糖，撕开塞进嘴里，甜腻的味道在口腔里迅速蔓延开："宣布一件事啊，我实习期提前结束了！"
于琬愣了下："那个无良老板克扣你了？当你娘家没人了是吧，我这就收拾他去……"
林校脑子转得比于琬快得多，她按住暴走的于琬，对宋初说："初初，恭喜转正。"
于琬反应过来后，比宋初这个当事人还要开心，对宋初又搂又抱了好半天。

晚上九点，人陆陆续续来了。
于琬家有一个花园，和唐识家的那个很像。
宋初喝了两口酒，趁大家都在玩游戏，她悄悄起身，去了于琬家后花园的阳光房。
阳光房里花开得盛，完全不像街道上光秃秃的景象。在里面待了几分钟，宋初都有些恍惚，她听见自己轻声说："唐识，春天来了。"

宋初往玻璃房外看了一眼，看到一个极为熟悉的身影。

男人站在路灯下，光束打下来，一身韩式休闲装，房间的灯光从窗户透出来，为他镀了一层浅浅的光晕。

这个背影在宋初的梦里，出现过无数次。

但无数次，还没等到宋初触碰，就已经消失不见。

她站在原地，不敢向前。

这种感觉太不真实了，生怕上前一步，眼前的人像梦里那般，化成金粉飘散了。

宋初暗暗掐了自己腰上的肉。

嘶，真疼。

所以，不是梦。

宋初还是没敢上前。

这几年，她无数次看到熟悉的背影，无数次追上去，看到的都不是想见的人。

宋初怕这种欣喜感又再一次落空。

她不怕等不到，她怕的是，一次又一次的希望刚刚燃起，下一秒就宣告破灭。

这种落差感，太折磨人。

那道身影慢慢转过身，宋初终于看到他的正脸。

宋初愣住了，一时竟不知道要怎么反应。

是那张脸，那张她朝思暮想，在她梦里出现过无数次却又无数次消失的，唐识的脸。

唐识也看到了她，迈步朝她的位置走来。

这些年只能在梦里见到的人，此时此刻就站在她面前，冲她笑，跟她说"好久不见"。

他比记忆里高了许多，气质也沉稳了不少。

宋初以为，过了这么多年，她已经成长了，再见的时候，她可以勇敢又坦然地告诉他"我喜欢你"。

可事实上，过了这么多年，在他面前，她依旧会下意识地藏起自己的心思，半分都不敢袒露。

他消失的这些年，就连于琬他们都没联系，何况她？

她始终不是他生命里重要的人。

她是一个，可有可无的，普通朋友。

是那天突然不联系了，翻好友列表眼睛瞥到的时候，连唏嘘和叹息都没有的，普通朋友。

仅此而已。

宋初手暗暗握成拳，眼睛直视着他，嘴角扯出一个弧度："好久不见。"

站在阳光房外，还有一道身影，将自己藏匿在最深处。

宋初刚才出来的时候没穿外套，周之异给她送过来。

坐在阳光房里的女孩，穿了海军风的红色针织毛衣，为了今天的圣诞聚会，特意化了比平时浓一点的妆，还特意选了红色发夹。

她坐在很多他叫不出种类的花里，安静地发呆，不知道在想什么，一会儿神色哀伤，一会儿又嘴角微扬。

她看到不远处的那个背影的时候，他也看见了。

她的踌躇、犹豫、彷徨、害怕……所有情绪全都落在了他眼里。

他握了握拳，看了眼抱在怀里的羽绒服，最终黯淡退场。

周之异笑了，只是怎么看怎么苦。

剧场里就连小丑都有上场的机会，他在宋初的世界里，连登台的资格都没有。

周之异回了房间。

房间里越热闹，周之异就越烦躁。

他拿了两瓶酒，自己坐在角落里喝。

宋初和唐识进来的时候，于琬和陈晋都愣了下。

宋初看他们的表情，似乎也不知道唐识回来了。

他刚才也不知道是怎么和人群混进来的，也难怪，在场的人，和于琬关系特别亲密的都在厨房忙东忙西，不知道他来也正常。

陈晋没忍住骂了句脏话："舍得回来了？"

当初唐识从北川转学到南川，也一声不吭。陈晋揍了唐识两拳，唐识也没还手："解气了？"

陈晋伸手勾住他脖子："爸爸的好大儿，终于回来了！"

唐识用了巧劲挣脱，满眼笑意："滚。"

周之夏坐到她哥身边："哥，他们在玩游戏，你去不去？"

周之异手里的两瓶酒已经空了："送我回去，我怕醉了做出什么让她不高兴的事来。"

周之夏瞬间明白过来，周之异嘴里的"她"是谁，她去跟一群人打完招呼,就和周之异离开了。

宋初坐在唐识身边,有时候唐识抽牌往前倾的时候,会不小心碰到她的手肘。

朋友这样挨得近一些本来没什么,但她对人家想法本就不单纯,这样难免让她觉得有些不自在。

她不动声色地往旁边挪了挪,唐识看她:"不舒服?"

唐识说话的时候,看着她的脸,由于光线,银边眼镜里折射出她的模样。

宋初把脸别开,大概也是因为喝了点酒,脸比平时都要红。

唐识以为她真的身体不舒服,起身去挂衣服的衣架上拿了宋初的外套:"穿上。"

宋初眨眨眼,木讷地伸手接过。

她听见唐识笑了声,不明白唐识笑什么。

于琬他们也笑了:"初初还真是有礼貌的乖小孩,双手接过来的样子好可爱!"

宋初:"……"

唐识也拿了自己的衣服搭在臂弯里:"先走了。"

其他人都摆摆手说再见,陈晋这个缺心眼的站起来:"大家关系这么好了,琬琬家还能不给初初留张床?初初不舒服可以就在这儿休息……"

于琬和林校交换了个眼神。

林校把缺心眼的陈晋按回沙发,于琬则一脸遗憾地看向宋初:"初初不好意思啊,今天这么多人,你留下也只能和我挤一张床……"

宋初穿好羽绒服,唐识随手理了理她的帽子:"走吧。"

相处这么久了,于琬和林校多少也了解了宋初的心思。陈晋是男生,虽然经常和他们在一起玩,但难免对女孩子的小心思有所疏忽。

今天宋初来之前本来也和他们商量好了,林校、于琬和她三个人挤一张床,但是半路杀出个唐识,计划改变。

于琬做事三分钟热度,青春年少时的确对唐识有过好感,但随着渐渐长大,唐识又消失了这么多年,她早就已经没了当初的感觉。

宋初安安静静地跟在唐识身后,唐识步子有意识地变小变慢,慢慢并肩。

唐识伸手在她额头上试了试:"带你去医院看看?"

宋初摇头:"没有不舒服,可能就是喝了点酒……现在出来透透气好多了。"

唐识"嗯"了声:"困吗?"

宋初"啊？"了声，不明白唐识为什么这么问，但还是老实地回答："不困。"

这几年宋初已经被于琬带偏了，加上课业重，宋初熬夜也成了常态，每天不到凌晨根本睡不着。

唐识本来是想带宋初去家里休息的，但这姑娘没有睡意，他忽然就改了主意："等着。"

唐识说完折回了于琬家，留下宋初不明所以。

没几分钟，唐识出来了。

他带着宋初去了于琬家的停车位："带你去个地方。"

自从外婆葬礼结束，唐识这是第一次回北川。

唐父和唐母也在南川那边，很少过来。所以唐识在这边和没家的人差不多。

只不过房子还是会定期有人来打扫，以便唐识过来可以随时有栖身之所。

唐识开的是于琬的车，一辆 SUV。

宋初上车后，狭小的空间让她更加不自在。

也许是太久没见，宋初就算想说点什么打破尴尬，也没什么方向。

唐识大概是看出她的想法，上车后连了车内蓝牙，放了首歌。

随机放的，是宋初这些年来循环的单曲。

《不能说的秘密》。

唐识带宋初去了一个广场。

这个广场每年圣诞节都会有活动，有很多人扮演圣诞老人，还有摆小摊卖圣诞节饰品的。

宋初来北川这么多年，从来不知道还有这么个地方。

广场不大，没多大会儿就逛完一圈了。

唐识带她到了一个小摊前。

摊板上摆满了姜饼人还有各种形状的小饼干。

这个小摊的摊主佛系，出来摆摊就是为了玩，顾客除了能买现成的商品，还可以到她身后的店里，体验做出圣诞小饼干的过程。

唐识看了看时间，也才晚上十点，他看向宋初，问道："好多年没来了，试试？"

宋初看了眼摊主身后的店，又看了眼小摊上精致的小饼干："好啊。"

她以前跟陈如馨学做过月饼，也给唐识做过小点心，但饼干她还没试过。

不过制作过程应该都差不多，很容易上手。

何况是和唐识一起,她无论如何都没法拒绝。

摊主带两人进去:"具体步骤都写在墙上了,围裙墙上挂着自己拿,店里的材料随便用。做出的小饼干可以打包带走。如果还有什么问题,问店员。最后,费用按人头算,一人两百。"

唐识扫了墙上的二维码,摊主看了眼就继续出去,坐在小摊旁边了。

唐识从墙上拿了围裙,递了一个给宋初:"小学霸做个饼干还紧张啊?"

这会儿店里除了趴在前台睡觉的店员,就只剩下他们俩,所以宋初会紧张。

她在唐识面前,就没有彻底放松过。

宋初接过围裙,顺着唐识的话接了下去:"是啊,毕竟第一次做,怕做不好被你笑话。"

唐识不确定那些做饼干的模具还在不在老地方,但他还是按着记忆拉开了一个薄荷绿的柜子,然后看到了各种形状的模具。

他让宋初挑,宋初最先拿出了星星形状的,然后又拿了姜饼人和圣诞树形状的:"挑好了,你挑吧。"

唐识对模具没什么太大要求:"以前外婆带我来,也喜欢拿这几样。"

唐识拿出姜饼预拌粉,宋初不想让自己闲下来,她想和唐识共同创造回忆,而不是像现在这样呆呆地站着。

她问:"我能做什么?"

唐识说:"打几个鸡蛋吧,等会儿放在搅拌粉里。"

"好。"

把全蛋液、蜂蜜和搅拌粉一起放入盆里,唐识先让宋初体验了一下搅拌的过程,怕宋初力道不够,最后还是他接手了。

揉面团需要很大的劲,宋初是个女孩子,这事儿她插不上手。

她站在旁边,店里开了空调,温度有点高,哪怕她就这么站着,额头也出了一些汗。

揉面团的唐识流汗流得比她严重,宋初眼看着额头的汗要流到他眼睛里了,赶紧扯了张纸给他擦了擦。

唐识显然没料到宋初有这个动作,揉面团的动作顿了顿:"谢谢。"

宋初也反应过来了,两人的关系似乎没到这么亲密的地步,怕给唐识造成什么困扰,赶忙后退了小半步。

她平时也不算能说,但帮于婉编瞎话给辅导员请假的时候也是一套一套的。这会儿真应该说点啥的时候,她却大脑宕机,一句话都憋不出来。

唐识笑,就像这是一件很平常的事:"谢谢。"

等面团揉得差不多了，唐识把面团摊平。
宋初的目光还是不由自主地落在他手上，尺骨上的那颗痣有点晃眼。
晃眼得宋初眼底有些泛酸。
高二那年唐识刚转学过来，她带他去学生服务中心领校服，他们俩也是这样一前一后的位置。
这一晃眼五年过去了。

唐识喊她："摊好了，过来试试。"
宋初走到唐识身边，拿起了那个星星模具，在唐识摊开的面饼上印了第一个形状。
唐识笑，想起刚才她毫不犹豫拿起星星模具的样子："你这么喜欢星星啊？"
这么说起来，高中的时候，宋初送给他的糕点，也有很多五角星形状的。
好一会儿，宋初才点点头："嗯。"
喜欢，很喜欢。
唐识显然没听懂姑娘的话外音："那多做几个这个形状的。"

两人做好饼干从店里出来，已经凌晨一点。
唐识打包的那些饼干，全部给了宋初："听琬琬说，你实习转正了，庆祝礼物。恭喜宋同学。"
宋初没再跟他客气，坦然收下了，反正吃的时候也是一起吃。
上车的时候，唐识有些抱歉："本来打算送你回学校的，不过这个点应该门禁了。"

宋初就这样又跟唐识回去了。
两人刚到小区门口，就看到林校和另外一个宋初不太熟悉的人出来。
唐识停车，宋初把车窗降下来："校校。"
林校看到两人的时候惊讶了几秒："你们还没休息啊？正好，带我们去买点解酒药。"
药店离这儿不远，没多久四个人就回来了。
宋初和唐识也一起去了于琬家，有几个人已经醉倒了，还有几个嘴里喊着："我还能再喝！"

唐识负责男生，宋初和林校负责女生。
因为人有点多，于琬家再大，他们也只能挤挤。

给他们喂了解酒药之后，本来半醉的林校直接累睡着了。

宋初和唐识把一片狼藉的客厅收拾干净，也三点钟了。

唐识把最后一袋垃圾拎手里："去我那儿休息？"

宋初没推辞："麻烦你了。"

因为前一天实在睡得太晚，宋初第二天醒来的时候已经中午了。

而且还是闻着饭香味醒来的。

宋初下楼的时候，唐识正在摆盘。

见她下来，他说："正准备叫你呢，吃饭了。"

宋初打了个哈欠："琬琬他们呢？"

说曹操曹操到，宋初话音刚落，唐识家门铃就响了。

于琬和林校还有陈晋三个人跑进来。

陈晋："就知道这个点能在唐老板家蹭到饭。"

于琬问宋初："初初，我们实习期结束，回学校是不是要交实习总结啊？"

宋初看她吃得急，给她倒了杯水："五千字，好像明天交。"

于琬嘟嘟囔囔了几句："初初，等会儿你的给我看下呗。"

宋初直接把文档发她了。

也不是她不会写，就是觉得这种无意义的东西，她不想浪费一点时间。

唐识日常调侃："懒死你算了，你不是在自家公司实习？实习总结还敢抄初初的，于大小姐挺厉害。"

于琬夹了个包子塞嘴里："你懂个屁，读书人的事怎么能叫抄呢？这叫借鉴。"

"……"

吃完午饭，因为今天宋初调休，可以不用去上班，所以唐识就把她们三个一起送回了学校。

下车前，于琬终于想起来问重要的事："狗哥，你这次回来，待多久啊？我们虽然叫你狗哥，你不会真狗到再一次一声不响消失吧？"

于琬问出口的时候，宋初也不自觉紧张起来。

于琬问的，也是她想问的。她也害怕唐识再一次一声不响就消失，害怕他这两天的出现是黄粱一梦。

唐识的回答，让宋初放下心来："我回国读博，学校就在你们隔壁，你们随时能蹭车。"

在场的人惊讶了几秒,随即于琬高声庆祝。
两秒后,于琬阴阳怪气:"那麻烦您老赶紧买辆车,开着我的车说我蹭车,要脸不?"
唐识学着刚才于琬的句式:"邻居间的事能叫不要脸吗?这叫互帮互助。"
"……"
于琬没跟他计较:"晚上一起吃饭?地点就定学校美食城二楼那家,清源火锅店。"
"行。"唐识说,"我先去学校办个手续,时间差不多。"
宋初显得很开心,是和平常不一样的开心。
下车和唐识告别的时候,能感觉到她整个人都是飞扬的:"晚上见。"
"晚上见。"

因为是在实习期,所以于琬、林校和宋初都没课。
明明离实习结束还有半个月,学校却总催着他们交实习总结。
今天回来,也只是回来等下午的时候交一份总结。
昨天晚上于琬喝得太多,回宿舍之后直接爬上床睡觉了。
林校在宿舍有很多衣服没带回去,实习期间也很少回来,难得回来一趟,林校想把衣服收拾收拾,能洗的洗一下,然后把该带回去的打打包。

下午四点的时候,宋初去了趟复印店,把林校和于琬的实习总结也一起打印了。
到学院,宋初交完总结,在办公室门口被新闻学概论的老师给叫住了。
下一节她有课,但因为嗓子有点不舒服,本来想布置点团队任务给学生。但看到宋初,她就想,如果能让宋初这个学霸给学弟学妹们分享一下经验也不错。
宋初一向不太会拒绝别人,跟着老师到了教室。

宋初在学校论坛,拥有一千多层楼。
所以这个教室有人认识她也不奇怪。
宋初一向谦虚,这是她给别人留下的印象。
只有她知道,她是自卑,这种自卑是原生家庭带来的,她有点没办法彻底消除。
但她还是尽力把自己的经验有条理地说了出来。
氛围很轻松,这种分享会更像是朋友之间的聊天。所以学弟学妹提问方向也偏八卦:"学姐,听说你们那届,法学院的高考状元追你,学姐是不是一毕业就结婚啊?"

有人吃瓜吃得比较透彻:"学姐沉迷学习无法自拔,高考状元没追上。"

宋初的目光瞥到教室外站着的身影,于是随便扯了两句话就岔开了这个话题。

也不知道唐识听到了多少。

从教室出来,一群人看到唐识,下意识地起哄。

宋初和唐识走远,等清静点了她才说:"你别在意啊。"

唐识摇头:"不会。"

两人往前走着,唐识要笑不笑地看着她。

宋初被看得有点不好意思:"我脸上有什么东西吗?"

唐识"啊"了声,尾音微微上扬:"高考状元是不是和我打过篮球那位啊?"

宋初不自觉地用手指卷了卷衣角。

他听见了。

宋初微微仰头,看到身边的人流畅的下颌线条,分明是一副漫不经心的样子。

所以,她到底在期待些什么?

期待他在意吗?

意识到身边的人情绪突然低了下来,唐识以为自己说错话了,立刻道歉:"对不起,我……"

宋初被他突然的道歉整蒙了:"嗯?"

唐识看她一脸茫然的样子,被逗笑了:"没什么。"

到了清源火锅那家店,于琬的脸一下就写满了生无可恋。

这家店生意太好,在这儿排队都要排好久。

但正好没什么事,几个人看了看,老实排起了队。

于琬拉着林校和宋初走到了旁边,找了空着的位置坐下,留下陈晋和唐识排队。

唐识站在人群中,因为身高,让人一眼就能看见。

加上他相貌出众,温柔刻骨,光是站在那儿,就足够吸引人了。

宋初看了看周围,要么是女孩子凑在一起,往唐识的方向看,要么就直接上前搭讪了。

宋初觉得心里凹陷了一小块,有点失落。

好像她认识的人,都足够勇敢——高中时期的林芸也好,现在上前和唐识搭讪的人也好。

就她是一个胆小鬼。

宋初发愣,不知道看他身边来搭讪的女孩子走了几拨,唐识终于回头看看她,冲她们招手。
排到他们了。
刚落座点好菜,隔壁桌的几个男生走过来,其中一个问:"小姐姐单身吗?"
宋初出神,没觉得他们是在问她,就事不关己了。
直到于琬戳了戳她胳膊,她才回过神,茫然地"啊?"了声。
于琬一脸看好戏的表情:"人家问你,有没有男朋友。"
宋初下意识偷偷瞥了眼唐识所在的方向,但没看清他的表情。
宋初笑着搂着于琬的肩膀,答非所问:"你们想要我女朋友的联系方式啊?她有我了,不好意思哦。"
"……"
等一群人走后,于琬才甩开宋初的手:"啧,姑娘挺绝。"

服务员把菜和汤底端上来,宋初低头戳着碗里的饭,然后偷偷抬眼观察着唐识。
他依旧像是全身发着光,一举一动儒雅又绅士,吃个最需要战斗力的火锅,他都能慢条斯理吃出西餐的感觉。
只是脸上没什么表情,好像刚才她被人要微信这事儿,根本没落在他眼睛里。
果然,他是不在乎的。
宋初不觉得自己是个多愁善感的人,这么些年她也以为自己刀枪不入。
可就是唐识这么温柔的人,让她一次又一次想哭。
这顿饭宋初吃得没什么体验感,点的红锅,她只记得自己被辣得眼睛红红。

电视台离学校有点远,宋初重新租了房子。
吃完饭,唐识把宋初送了回去。
车上,宋初显然不太想开口。
她把头扭向窗外,只留了个后脑勺给唐识。
车开了几分钟,宋初忽然还想再试探试探,姑娘重重叹了口气:"刚才应该给微信的。"
唐识的反应还真一点惊喜都没给宋初:"宋同学这么优秀,下次有机会的。"

宋初有点小情绪了,他也会说她这么优秀,怎么就不看看她呢!

宋初其实更想问,下次的机会……能不能从你这儿来。

但宋初还是没敢说出口,闷闷地"哦"了声,干脆闭着眼睛,以这种姿态拒绝一切交流。

到了宋初租房的小区楼下,唐识看闭着眼睛的她,不知道她睡没睡着,正犹豫着要不要叫她,她就在他停车之前睁眼了。

宋初还是没忍心真不和他说话,下车前还是很懂礼貌地道了谢。

宋初做了个梦。

十年后的某天,她在大街上被人求婚。

她那一刻心里突然滋生了勇气,看向站在旁边的唐识。

她说:"唐识,我喜欢你十五年了,只要你说喜欢我,我立刻放下一切和你走。"

唐识冲她笑,声音温柔也绝情:"对不起啊,宋同学。"

宋初看着他转身走了,洒脱得很。

宋初醒来的时候,眼泪打湿了枕头。

她摸了床头的手机,唐识的新微信她昨天加上了。

看着那个和之前一模一样的头像和昵称,宋初有一瞬间想把他给删了。

暗恋就活该当债务人,唐识就成了高高在上的债权人。她不过是喜欢唐识而已,但是凭什么在梦里都让她这么难过?

宋初手都放在删除键上了,但七点的闹钟弹出,让她瞬间清醒过来,她只是把备注改成了和旧微信号一样的"1010"。

唐识的反应才是正常反应,他和她本来连暧昧关系都不存在。

是她自己闹情绪,想多了。

但宋初还是好烦,直接把手机往床头一扔,起床洗漱去了。

宋初到台里,刚到工位上坐下,就被同事拉着去了城北采访。

那里出了一场车祸,但应该不是很严重,他们去报道的大概是两个车主吵架的样子。

宋初毕竟没经验,能做的也就这些不太重要的活。

到了事发地,只需要撰稿的宋初把本子塞进包里,帮同事托了下机器。

因为事故不大,也不是什么能抢到眼球的大新闻,所以来报道的电视台和报社不多。

宋初看了眼相撞的两辆车，一辆五菱宏光的车尾灯被撞坏了。另一辆宋初不认识，她对车了解不多，这辆车车头被撞凹陷下去了一小块。

两位男车主身形差不多，但吵架的时候，宋初以为自己回到了之前在江南小区，看小区里的大妈吵架的时候。

交警也来处理了，苦口婆心的样子有点像居委会。

看着宋初的样子，前辈"嗤"了声："干这行见的就是人生百态，以后会见更奇葩的。"

宋初都不用把脑子里一闪而过的想法记下来了，这种新闻她在实习这段时间，已经掌握得滚瓜烂熟，回去摸到键盘就能写。

毫不夸张地说，她半个小时就能搞定。

解决完之后，宋初在回去的路上就在手机上把初稿给写完了。

回去后，宋初直接把稿子交给了审校组的同事。

下班前几分钟，宋初去茶水间接了杯水，回来就看到工位上多了一个盒子。

她四下看了看，是坐在她左边工位的同届实习生林楠送的。

他实习期快满了，没打算在这儿工作。

实习这段期间，林楠也经常约宋初一起吃饭或者出去玩，但宋初都以各种理由拒绝了。

林楠走过来："本来打算圣诞节那天送你的，可是你提前走了。"

同事之间送圣诞礼物是再正常不过的事，宋初要是拒收，显得她不近人情。

宋初举起工位上的小盒子："谢谢。"

林楠挠头："我实习结束了，今天晚上想请你吃个饭，可以吗？"

似乎是怕宋初拒绝，他又赶紧补了句："就是……我们部门的都去。"

他都这么说了，宋初不好拒绝，点了点头。

林楠立刻眉开眼笑。

林楠请客吃饭的地方，离公司不远，步行十来分钟就能到。

林楠知道宋初喜欢吃辣，所以特意选了一家川菜馆。

同行的人调侃林楠，不如单独请宋初吃饭算了。

实习期间，两人也经常被撮合，但三个月下来，也不见两人有什么进展。

吃完饭，大家一起散步到了小广场。

宋初走一步就收到一朵玫瑰，收到第三朵的时候，宋初就大概明白了。

见宋初不再往前走，林楠把人拉住："初初，我明天就离开电视台了，毕业就回老家。可能今天一别就没什么机会再见了,初初,我是真的很喜欢你,可以做我女朋友吗?"
宋初不是第一次见这种场面,可作为当事人,她还是第一次。
看着起哄的同事和路人,宋初局促,一时不知道该怎么办。
宋初抬眼,看到了站在广场口的唐识。

唐识回北川,给他接风的朋友很多。
一群人约好了在附近吃饭,唐识早到了。
他在广场转了一圈,忽然广场中央很热闹,刚转身就看到被围在人群之中的宋初。
广场周围有射灯,唐识看到她的时候,射灯刚好晃到女孩身上。
光线温柔地铺落在她发丝间,安静的少女变得明亮耀眼。

宋初收回视线,垂眸。
她不敢直视林楠的眼睛,低着头说完了拒绝的话。
林楠告白,也只是想回老家之前不留遗憾,既然宋初不喜欢他,他也没死乞白赖求着人家喜欢。
少年嘛,都有属于自己的骄傲。
宋初不太记得自己是怎么和林楠分开的,她反应过来的时候,身边的嘈杂已经褪去,只剩下自己一个人站在马路边。

唐识大概是等到了朋友,已经没在刚才的位置。
宋初伸手刚准备打车,就听到有人叫她。
唐识身边多了几个人。
他和于琬他们从小就认识,所以共同好友很多。他们邀请宋初一起吃饭的时候,宋初本来打算拒绝,但于琬和陈晋都在,宋初没来得及拒绝,被于琬推着一起走了。
宋初刚吃过了,尽管没怎么吃,但这会儿也没什么食欲。
幸好人多热闹,她没怎么吃也没人注意。

吃完饭出来,一群人吵着要进行下一场。
唐识不知道什么时候走到宋初身边:"要跟他们一起吗?"
说完,唐识怕宋初误会:"怕你明天有工作,要早点休息。"
宋初抬了抬手:"手表说还早。"
唐识被她逗笑:"走吧。"

一行人十几个，本来商量着要去KTV，后来不知道谁说了句好久没去唐识家了，十几个人又转了方向，往唐识家去了。

唐识家有一个很大的地下室，里面有星空顶，除了能看电影，里面的唱歌设备也很齐全。

沙发是暗红色，还有很多懒人沙发，一群人进去就随便坐了。

正中间有一个很大的曲面屏，曲面屏下面的柜子摆了几只游戏手柄，还有很多已经绝版了的手办。

宋初不怎么玩游戏，就坐在旁边看他们玩。

唐识和宋初都没想着一定要挨着对方坐，随便捡了位置就坐下了。唐识坐在离曲面屏最近的地方，宋初坐在离曲面屏最远的地方。

于琬看到"天南地北"的两人，觉得心都凉了半截。

一个还没开窍，根本没想过恋爱的事；一个缺少勇气，丝毫不敢主动。

于琬叹了口气，这样的两个人，要怎么在一起？

圣诞节的第二天，宋初把小饼干分给他们吃的时候，林校问宋初有没有什么进展。

就那种暧昧氛围都没什么进展，现在这种情况怎么可能发生点啥？

于琬跑到宋初身边，抱着宋初撒娇："初初，我想吃水果，你上去帮我看看狗哥家有啥吃的没。"

宋初有点蒙，这是唐识家，于琬怎么……

也没管宋初答不答应，于琬看向唐识："狗哥，你上去拿点酒下来呗，刚好初初不知道你家水果在哪儿，你去找找。"

宋初："……"

唐识看着抱着宋初手臂撒娇的于琬："你别管她，我去给她拿就行。"

宋初在唐识起身那一瞬也站起来了，她朝唐识走去："没关系的。"

上了几个台阶，唐识带着宋初去了厨房："我先把酒拿下去，水果在那个藕粉色柜子里，可能要麻烦你洗一下水果。"

宋初打开柜子："不麻烦。"

唐识把酒送下去，没几分钟就回来了。

宋初洗了几个苹果，唐识走到她身边，打开了她头顶的柜子。

因为柜子的位置，两人距离很近。

宋初的脸噌地就热了，耳朵还有点烫。

唐识拿完盘子已经退开了会儿，她脸上的热度一点都没散去。

唐识切水果的声音传来，厨房里水果刀和砧板碰撞的声音，还有水流声倒也和谐。

宋初暗暗松了口气，不然唐识肯定又要问她是不是热了。

宋初神思不知怎的就飞到了高二那年的某个下午，她在公交车上因为某个少年脸红的那个下午。

走神间，她听到有人叫她，她回头，苹果块精确地被放在了她嘴里。

唐识眼含笑意，宋初看到他眼睛那一刻，忽然觉得满山的花开了。

他说："想什么呢，叫了你好几声。"

宋初关掉水龙头："在想有个稿子是不是逻辑有错误，不好意思。"

唐识总觉得，宋初乖得一本正经的样子很可爱，没忍住笑了："这有什么抱歉的。"

他把切好的苹果端到宋初面前："试试，挺甜的。"

宋初用叉子吃了一块。

她不太喜欢吃苹果，但这苹果还真又脆又甜："要不你先把这个端下去，我把甜橙切了就下去。"

"哪有让小姑娘动手的道理，你先吃着，我切完一起端下去。"唐识没让宋初动刀。

宋初干脆在旁边等他。

看他切水果的样子，宋初会忍不住想，这双手拿手术刀的时候，是什么样的？

宋初看得入神，想问的也就脱口而出："唐识，你上过手术台了吗？"

唐识点头。

无论他在医学院的老师，还是医院实习的时候的带教老师，都说他天赋异禀，这双手就是为手术刀而生。

他高三那年参加生物竞赛，本来已经被保送了，后来却出了国。

临床医学系那位天才，毕业之后回了国，没再继续跟着导师把项目做下去。

还没回国的唐识，收到国内医院递来的橄榄枝，却没有去自己主修的神经内科，而是去了老年医学科。

宋初知道，唐识的外婆是因为生病去世的。

外婆生病那段时间，他没能陪在身边，一直是他的遗憾。所以他对这个有执念。

两人端着水果下去，宋初发现空着的两个位置紧紧挨着，目光扫到于琬的时候，姑娘朝她递了个眼神，一脸的"快夸我"。

宋初挨着唐识坐下。

唐识离开太久，还是闷声离开的，哥几个心里憋着火，想着灌他一下。

他一回座位上，哥几个连弯都懒得拐，指着面前圆茶几上的几排酒："说吧，要我们灌你还是你自己来？"

唐识直接拒绝："大家一起。"

他们没否决唐识的提议，反正大家一起喝，也是他们灌唐识的份。

在场的女生不少，玩游戏输的时候，他们没刻意灌女生。

几轮游戏下来，唐识已经被灌得半醉了。

唐识正式入职是后天，今天他们再不灌，以后就很少有机会了。

唐识自律得跟个和尚似的。

后半夜，把唐识灌得醉得不省人事的他们终于满意："喝完最后一杯，各回各家。"

清醒着的人，把喝醉的人送回去，于琬没醉，而且家就在对面，走几步就到了。

陈晋不放心，看着于琬进了家门才转身回家。

陈晋和于琬走之前，于琬跟个老干部似的拍了拍宋初的肩："狗哥就交给你了，你要对他干吗我们都没意见！"

"……"

宋初看着瘫在沙发上的唐识，走过去，微微弯下腰，拍了拍他的肩："唐识？"

没反应。

这里被弄得全是烟味酒味，肯定不能让他在这儿睡一晚上。

宋初费了老大劲把唐识从沙发上拽起来，发现自己不太能承受得起他的重量。

从地下一层到二楼卧室，宋初觉得自己命都要搭进去了。

她把唐识扶到床上，去洗手间拿了毛巾，给他擦了脸和手。

大概是后劲上来了，刚擦完脸，唐识就吐了。

不过这人酒品还行，没吐床上。

宋初把地上打扫干净，下楼给他冲了杯蜂蜜水："喝了能舒服点。"

唐识哼唧了两声就没动静了。

宋初把他扶着坐好，给他找了吸管送到嘴边，轻声哄道："喝了再睡觉好不好？"

唐识毫无意识地乖乖张嘴。

喝完蜂蜜水，唐识艰难地睁眼看着眼前的人，虽然他意识不清，但还是很有礼貌："不好意思，麻烦你了。"

宋初把被他压着的被子扯出来："没关系。睡觉了。"

全程，宋初让他干吗他就干吗，乖得不像话。

宋初看着渐渐入睡的唐识，忽然想到宋茂实喝醉的时候，不是打人就是砸东西。

她慢慢靠近唐识，在床头前蹲下。

他眉眼安静，和他醒着的时候气质无二。

宋初轻轻喊了他几声，他没有半点反应。

宋初抬手，手指浅浅没入他发丝，触感柔软。

原来，不是所有人喝醉都和宋茂实一样的。

宋初怕唐识不舒服，也就没出去。

她就趴在床头，不知道什么时候睡去了。

第二天天蒙蒙亮，在唐识醒来之前，她才轻轻开门走出房间。

唐识昨天喝得很醉，一时半会儿应该还醒不来，宋初正想着，要不要给他买一份热粥装保温盒里，唐识就下楼了。

宋初看着他："醒这么早吗？"

因为刚醒，唐识声音带了些懒洋洋的味道："年轻，喝再多也能醒。"

因为宿醉，唐识有点渴，他倒了杯水："你等我一会儿，我换个衣服送你去上班。"

宋初刚想说不用麻烦，唐识像是知道她在想什么一样，在她开口之前截住了她的话："昨天我喝得那么醉，因为照顾我，你应该没休息好。我送你过去，在车上还能安心睡会儿。"

唐识说完就上了楼，没多大会儿就换完衣服下来了。

宋初也没再矫情，这儿离上班的地方还挺远的。

两人吃了早餐，宋初昨天几乎一夜没合眼，所以一上车就真睡了。

只是始终睡得不安稳，在过第二个红灯的时候，宋初就已经醒来了。

唐识给宋初放的轻音乐放到第四首。

他的声音随着音乐声，缓缓流到宋初耳朵里："没打算谈恋爱啊？"

第七章
你是不是对我有企图？

"打没打算谈恋爱"。

宋初被这个话题，一下就给打蒙了。

见宋初半天没回应，唐识意识到自己问得有点不恰当。

他赶紧道歉："听琬琬说，追你的人挺多。昨天晚上在广场我也看见了……我就是随便问问，不方便回答就不回答。"

唐识想起之前一起在清源火锅吃饭的时候，有人要微信，宋初也没给。

完全就是一副根本无心恋爱的样子。

唐识对宋初的家庭多少了解一点，之前高中的时候她要兼职要学习，忙不过来。

可是现在的宋初，应该没有那么多顾虑了。

宋初反应过来："没有。就是没遇上合适的。"

车往前开了会儿，宋初问："你等会儿去哪儿？"

"医院。"

唐识本来是明天去医院报到的，但他闲不住，提前一天也影响不大，他打算今天就过去看看。

宋初和唐识告别完，转身走了。

只有宋初自己知道，她一直关注着反光玻璃，看着身后的车离开。

年底了，大家都很忙。

之前一直八卦林楠和宋初的人，也因为林楠的离开而闭了嘴。

宋初庆幸于这样的氛围，要是在江南小区，哪怕跟一个流浪汉说句话，都能被嚼出千奇百怪的舌根。

宋初没来得及坐下就被叫去出任务了。

城东某街头,一对年轻情侣吵起来了。
吵架的原因很简单,女生想喝奶茶,男生说这条路容易堵车,过了这个路口再买。
女生今天本来就不太高兴,见男朋友是这个态度,就想"作"一下。
结果给"作"得当街打起来了。
宋初和伙伴赶到的时候,两人正打得难分难解。
围观的人挺多,但劝架的没几个。
女生下手还挺狠的,宋初尽管站得远,也能看到男生脸上的指甲划痕。
听旁边的路人说,男生本来是没还手的,但女生打得实在太狠,男生忍无可忍还了手。

这对小情侣能动手绝不多说一个字,宋初来了这么会儿了,两人嘴里除了时不时蹦出来一两个字的脏话,全程都在动手。
男生似乎打得红了眼,不管不顾捡起了地上的石头,就要朝女生砸过去。
宋初在这一瞬间冲上去,同事没拉住。
男生看到有人冲了出来,那一瞬间收了力道,也彻底清醒过来。
尽管如此,宋初还是受了伤。
这么一伤人,人群乱了会儿就散了。
刚才那对动手的年轻情侣也不知道去了什么地方。
同事跑过来,用手绢按住了宋初出血的地方,把她送去了医院。
路上,同事看着宋初手上的伤口,语气着急:"以为自己是神不会受伤是吧?明明知道会受伤,冲上去干吗?要是砸到脑袋怎么办?"
宋初递给同事安抚的眼神:"没关系的,这不是伤得不重嘛!"
到了医院,同事带宋初去外科,人还挺多的。
宋初看了看伤口:"真的不严重,我等会儿自己处理一下就行。"
以前她也总受伤,这种程度的伤,真不算什么。
同事拽着她:"不行,专业的人干专业的事,你又不是医生,自己瞎处理什么伤口?"
宋初犟不过,只能乖乖坐在椅子上等着。
没等来取号的同事,等来了唐识。

唐识看来是处理完了事情,和一个穿着白大褂的中年男人握手道别。
唐识转过身,刚好看到坐在椅子上的宋初。

和同行的人告别后，唐识朝她走来。

他一眼便看到了她左手小臂上的伤："我看看。"

唐识轻轻托着宋初受伤的那只手，男人指尖微凉，女孩抖了一下。

唐识见她是这个反应，问："疼？"

宋初只是看着他，甚至忘了点头或者摇头。

唐识看了眼大厅里，排队的人还挺多的。

他检查了一下宋初的手："怎么总受伤？"

宋初忽然觉得唐识有点严肃，严肃得让她有点不习惯，一时之间竟然忘了说话。

宋初不说话，但有人替她回答了唐识的问题："她逞能，替新闻对象挡了灾。"

同事拿完号回来，看到宋初的伤，一想到肇事者还趁乱跑了，她就更生气。

同事挺有眼力见儿，看到有唐识在，尽管很想抓着宋初问八卦，这会儿却很识趣地离开："你今天就好好休息，反正下午应该没什么事了，我回去给你请个假。"

宋初看着同事跑远的背影，头顶冒出来一串省略号。

他们没再排队，医院离宋初住的地方不远，唐识问："家里有急救箱吗？"

宋初从初中开始就知道家里常备医疗箱的重要性，即使后来她不再和宋茂实住在一起，还是习惯性地准备着，就连宿舍里都有。

于琬和林校还经常因为这个，说宋初是一个百宝箱。

回到家之后，宋初告诉了唐识医疗箱的位置。

唐识又仔细检查了一下宋初的手，除了有些肿，还有一些被不规则的石头划的伤口。

唐识拿了镊子："好像有些沙子卡在伤口了，可能有点儿疼，我尽量轻点。"

宋初比唐识想象中能忍，拿酒精给伤口消毒的时候，这姑娘额头都冒汗了，愣是没哼一声。

消完毒，唐识裁了纱布把伤口包扎好："注意不要碰水，敷料及时更换……算了，到时候我会过来给你换。"

"谢谢。"

刚才来的路上，宋初把事情的经过大致跟唐识说了。

唐识把医疗箱收拾好："这么多年了，怎么还这么容易受伤？"

宋初不说话。

唐识叹了口气："明明知道会受伤，怎么还不顾一切往前冲？"

宋初垂眸，神色安静，语气也一样："那个男生举起石头的那一瞬间，我突然想到了……我爸。"

这话在唐识心里投下了一颗石子，有种说不上来的奇怪情绪，在心里蔓延。

这抹情绪来得快去得快，没来得及捕捉就已经消失。

唐识转了个话题："今年跨年怎么安排？"

宋初往年的跨年，要么是在图书馆里度过，要么是跟于琬等人一起吃饭。今年有了工作，除了在电视台待着，应该就是抓紧写论文初稿。

宋初耸肩："没什么打算，你呢，你怎么过？"

唐识学着刚才宋初的样子耸了耸肩："应该在医院过。"

众所周知，媒体人和医护人员，没有假期。

12月31日这天，宋初和唐识真就在单位过的。

早上的时候，唐识过来给宋初换了敷料，把宋初送去电视台后，就开始各自忙碌。

从早上一到医院就开始忙，像是感受不到时间的流动，又像是时间眨眼之间就不在了。

宋初也一直在忙，写稿子的事干了，部门里乱七八糟的活她也干了。

等到晚上十一点，宋初终于有机会松口气。

她四处看了看，部门里的人差不多都走了，就剩下她还有不太熟的三四个人。

他们也准备要走了，和宋初提前互道元旦快乐。

等他们走了，部门里也只有宋初工位还亮着灯。

宋初伸了个懒腰，接到了周之夏的电话。

周之夏和周之异前几天回了南川，想来也是好几天都没联系过了。

周之夏这会儿在外面，旁边是冷着一张脸的周之异。

两人有一搭没一搭地聊着，聊了没几分钟，于琬发信息来。

视频挂断之前，周之夏说："你先忙，元旦快乐。"

宋初跟周之夏说了拜拜，挂断视频之后拨了于琬电话。

于琬嘴里应该有东西，说话含含糊糊的："初初，你干吗呢？"

"准备下班,然后回去睡觉。"宋初老实回答。

于琬又咬了一口苹果:"三亚都快热死了……对了,狗哥今天好像也一个人跨年,别说我没告诉你啊。你俩凑一起呗。"

和于琬通话结束,宋初已经走出了电视台的大楼。
北川的冬天挺冷,宋初往上拢了拢围巾,遮住了大半张脸。
她从这里打车去医院,不过十分钟路程。
她伸手拦了辆车,在车上给唐识发了消息:【在干吗呢?】
唐识这会儿在休息,秒回:【刚处理完急诊的一个病人,在休息。】
宋初:【你吃饭了吗?】
唐识:【没。】
宋初在医院门口下了车,医院附近有很多餐馆。宋初随便打包了几样小菜:【我也没吃,正好一起吧。我在医院门口。】
唐识应该又去忙了,二十分钟后才回了宋初消息:【刚忙完。】
唐识:【在哪儿?出来接你。】

宋初实在不知道该怎么描述自己所处的位置,干脆举起手机,拍了旁边这栋楼的照片传给唐识。
等了大概几分钟,宋初看到斜坡上方的住院部门口出现唐识的身影。
宋初刚准备上前,有人就比她抢先了。
她远远地看见,一个和她看起来差不多大的女孩子和唐识打招呼。
女孩子穿着宝蓝色呢子大衣,白色线织围巾随意缠绕在脖颈上,笑起来的时候温柔又自信。面对唐识的时候,和她是完全不同的人。
对方身上,没有她面对唐识时候的胆怯和慌张。
如果要有一个人站在唐识身边,宋初也会觉得这个女孩子很合适。
宋初脚步硬生生停住,唐识的信息也随之发来:【在哪儿?】
宋初还是没有勇气面对,她怕他们之间是她想的那种关系。
宋初:【临时有事先走了,下次再请你吃饭。】
宋初没回家,她从医院出来之后沿着马路走,也不管方向是哪儿。
反正她也无处可去。

在这座城市里,她一直没有归属感。
走了不知道多久,她停下。
看着眼前来来往往的人群和车辆,宋初忽然觉得眼前一片模糊。
在唐识面前,她一直都胆小怯懦又无能为力。

旁边是一家小酒馆，宋初想了一下进去了。

这家小酒馆里有人在唱民谣，吉他的声音环绕在耳边，台上留着长辫的男人声音粗犷豪放。

宋初点了清酒，这酒度数不高，但宋初因为喝得又快又急，也慢慢有了醉意。

过了没多久，小酒馆里的人就开始倒数。

宋初意识回笼了些，想起今天是跨年夜，本来她想和唐识一起过的。

想起唐识，刚才在医院门口看见的那个女孩子出现在宋初脑海里，她甩甩脑袋，让自己不去想。

她喝完最后一口酒，去付了钱。

走出酒馆，冷风一吹，宋初打了个喷嚏。

那一瞬间，喝醉的宋初忽然矫情了一把，对着面前的车流拍了张照，又拍了拍自己看起来孤单又可怜的影子，用这两张照片发了朋友圈。

大概是身体里潜藏的矫情因子作祟，她还配了矫情的话：【这次第，怎一个愁字了得。】

朋友圈刚发出去，唐识的电话就打进来了。

刚才打开微信发朋友圈的时候，宋初看到唐识给她发的消息了。

但是那一刻她突然很有骨气，她才不要回唐识。

电话响了大概十秒，宋初才滑动接听，很惜字如金的一个字："歪（喂）？"

就这一个字，唐识就听出她醉了。

尽管就一个字，但她清醒的时候和现在的区别太过明显。

唐识问："喝酒了？"

"管得着吗你。"姑娘声音里好像夹杂了点委屈，"跟你有什么关系？"

唐识没跟她在这个问题上纠缠："在哪儿？"

宋初看了下四周，含混不清地念了小酒馆的名字："清……乐。"说着还打了个酒嗝。

"清乐"离医院不远，唐识开车没多大会儿就到了。

宋初在手机上叫的车刚好到，唐识在宋初上车之前拦住了她。

见是唐识过来，宋初眨眨眼："你怎么这么快？"

唐识把她带上车："医院就离这儿五百米。"

宋初看来是真喝多了，语调和平常的温柔轻缓比起来，多了丝俏皮："你少骗我，我明明记得我走了好久……"

宋初没说完，靠在车椅上睡着了。

只是没几分钟，副驾驶位置的姑娘忽然一下坐直，然后警惕地看向唐识："你是谁？"

"……"

唐识专心开着车，没回答她。

宋初："快说，你要带我去哪里！"

窗外景色飞快倒退，因为喝醉，在宋初眼里更像是开了二倍速："你怎么……还会飞……"

宋初一面说着，一面伸手去扒拉方向盘。

唐识怕出事故，靠边停了车。

车刚一停稳，宋初就立刻下车，吐了。

唐识给她递了水和纸巾，姑娘一双眼睛里全是戒备："你是不是在水里下毒了？"

唐识一向是个有耐心的人："没有，漱漱口。"

宋初接过水，漱完口之后，正准备去接唐识手里的纸巾，小姑娘忽然恶狠狠地看向他，然后像是报复一般地把他的手扯过来，用他的袖口擦了唇边的水渍。

唐识看着自己手里的纸，有点无奈："送你回去？"

宋初干脆在地上坐下了，两条腿大大咧咧地伸直，仰头看着头顶黑漆漆的天。

唐识蹲下，想把她拉起来。

幸好最近都没下雨，地上是干的。

宋初没让唐识碰她，姑娘眼神诚恳："你也坐。"

唐识又试了一次，还是没能把宋初从地上拉起来。

唐识妥协，起身去车里拿了一张小毯子，折叠了两次之后放在地上："垫着坐，地上怪凉的。"

宋初挪了挪，坐了上去。然后，她伸出揣在兜里的手，拍了拍旁边的地面，认真邀请唐识："你也坐嘛，别客气。"

唐识本来不想坐的，但宋初都这么邀请了，他也不好拂了人家面子，干脆也破罐子破摔，一屁股坐在了地上。

嘶，真凉。

唐识看着身边的醉鬼，也不知道欠了她什么，要被这么折腾。

宋初等唐识坐稳，往他的方向偏了偏，然后上手捏了捏唐识的脸："你是谁啊？"

她根本没想让唐识回答她，手上的力道更重了："又给我水又给我毯子的……"

宋初上半身往他面前靠了靠，两张脸挨得很近，近得唐识觉得似乎能够感受到她脸上的温度。

宋初越凑越近，直到两人鼻尖贴着，姑娘才开了口："快说，你是不是对我有什么企图？"

她的动作太突然，唐识愣了好几秒。等他反应过来的时候，宋初已经乖巧地坐了回去。

唐识心跳加速，活了这么多年，他第一次有这种感觉。

他看向双手捧着脸的宋初，忽然想起她刚才的问句：

快说，你是不是对我有企图？

男人眉眼微闪。

好像……是可以有企图的？

唐识半哄半骗："起来，送你回家。"

宋初掀了掀眼皮："我好像……没有家。"

姑娘声音带着委屈和不确定，后面的几个字声音逐渐减小。

唐识听得心颤了颤。

他对宋初的情况不是不了解，但她一直都表现得太坚强了，传递给别人的信息往往是"我已经没事了"。

要是她此刻清醒着，唐识绝对不可能看到她这一面。

唐识本就半蹲着，他往前微微倾身，更靠近了她一些。

他还没来得及说话，低着头的姑娘忽然抬头，眼睛里不知道是路灯割碎的光还是泪光："你看我是哪家的，你让他来把我领回家，行吗？"

唐识指尖一顿，不知道是灯光撩人还是别的什么原因，犹豫着说出了这句话：

"那，初初跟我回家好不好？"

宋初没有回答他，因为她栽在他怀里睡着了。

唐识小心翼翼地横抱起宋初，他才发现怀里的人轻得有些吓人。

平时能看出来她瘦，这会儿抱着，轻飘飘的。

唐识把她抱上车，没把喝醉的宋初送回家，而是带回了自己家。

宋初喝醉后，除了话多点，也没什么其他毛病。

半路宋初醒来，就一直毫无逻辑地在说话，偏偏还要唐识配合她。

到家之后，唐识给她泡了碗蜂蜜水，也是要极尽耐心地哄着，小姑娘才肯喝下去。

他忽然想到，上次自己喝醉，是不是也这么折腾她？

宋初喝完蜂蜜水，把杯子递给唐识。

他伸手接过杯子的那一瞬间，宋初抬头看他，眼睛里忽然就蓄满了泪水。

唐识把杯子放到床头柜上："怎么了？"

也许是唐识的声音太过温柔，喝醉了的宋初也没想着要维持形象，"哇"的一声就哭了出来。

唐识不是第一次安慰女孩子，以前林校和于琬也哭，他还挺会安慰的。

但大概是觉得，这是自己第一次安慰喜欢的女孩子，倒无从下手了。

唐识在原地愣了几秒，后知后觉反应过来要给宋初递纸巾。

宋初接过纸巾，唐识轻轻拍着她的背，以此表示安慰。

宋初大概是哭够了，又抽泣了会儿，断断续续地说："他为什么不喜欢我啊？"

听到这话，唐识手一顿。

他？

谁？

那个法学院的高考状元？

尽管唐识很想问，但看宋初这个状态，这个醉鬼估计也说不出什么来。

唐识只能继续安慰，宋初把他衣服充当了纸巾，鼻涕和眼泪都往上面抹："铁石心肠，我这么喜欢他，他没有眼睛吗？"

宋初持续抱怨和控诉："以为自己了不起哦……我也在努力朝他靠近啊，怎么、怎么就看不见我呢？"

宋初似乎觉得自己一个人说着没劲，眼睛红红地看向唐识："你说，他是不是瞎？"

唐识点点头，看着她为"他"掉眼泪，心里五味杂陈，点头都点得心不在焉。

他也才刚刚明白自己的心意，但这姑娘既然有喜欢的人，他也只能在还没有完全陷进去之前，及时止损。

大概是察觉到唐识在想别的事情，小姑娘鼓了鼓腮："你好敷衍哦……"

被嫌弃态度的唐识，这下积极配合："就是，他眼瞎。初初不跟他计较，我帮你骂他！"

宋初吸了吸有点泛痒的鼻子："不行，你不准骂他，我舍不得。"

"……"

后半夜，宋初折腾累了，很乖地说自己要休息了，明天还要上班。

宋初刚闭上眼睛，又噌地坐起来："还要定个闹钟，迟到了要扣工资的……"

唐识把她按回去："明天我叫你，乖乖睡觉。"

唐识的主卧在对面，但想了想，唐识决定睡隔壁这间客房，尽管知道她醉成这个样子，能听他话的概率极低，还是开了口："我就在隔壁，有什么事过来叫我。"

宋初这下彻底睡着了。

落地灯灯光温暖，轻轻铺洒在熟睡的女孩身上，鸦羽似的睫毛轻动，也带动了眼底睫毛映下的阴影。

唐识忽然想，他在她生命里，缺席了好多年。

这些年她遇到了什么人，经历了什么事，他都一无所知。

她也同样没有参与过他的这些年，她也对他这些年遇到的人和事一无所知。

他们，似乎早就已经不是在"24 客"里，相互陪伴着的两个人了。

唐识看着宋初恬静的脸，控制不住地想，"他"到底是个什么样的人，能让平时安静温柔的她，喝醉后变成一个小孩子？

既然喜欢他这么难受，为什么还要继续喜欢？

转眼时间过去了大半个月。

这半个月，宋初明显感觉到唐识好像有意在疏远她。

唐识医院的工作很忙，学校那边事情也多，经常在实验室里泡着，很多时候连饭都忘了吃。

但宋初有很强烈的感觉，唐识就是在躲着自己。

宋初不知道是不是因为那天在医院门口看见的那个女孩子，但除了这个可能性，宋初想不出其他的原因了。

刚开始，她也会借着于琬他们的聚会，主动找唐识。

几次之后，宋初也就没再自讨没趣。

两人就谁都没找谁，因为各自都有事要忙，也没从共同好友那儿听到对方消息。

这天，宋初敲完稿子的最后一个字，等了五分钟，和大家一起下了班。

今天约了于琬和林校一起吃晚饭，几个人都很忙，在群里约了好几次了，都因为这样那样的原因而没能聚在一起。

之前于琬一直想边撸串边喝啤酒，但因为感冒，这事儿也就一直拖到了今天。

宋初打车到了约好的地方，林校和于琬已经到了。

几人点的串是爆辣，虽然她们不太能接受这种程度的辣，但这种感觉就是痛并快乐着。

吃着吃着，三个姑娘都被辣得说不出话。

于琬开了冰啤酒，咕咚咕咚喝了一口："初初，你和狗哥最近咋样了？"

宋初没回答，没等她说话呢，林校哭了。

林校一向冷静，和她认识以来，宋初几乎没见她哭过。

今天这样在小摊上，哭得这么不顾形象，还是第一次。

宋初扯了张纸递给她："因为陈晋交女朋友了吗？"

陈晋前两天在他们的小群，官宣了他女朋友。

看照片，是开朗活泼的类型，笑起来有两个梨涡，像个小太阳。

是和林校完全不同的类型。

三个人点的串不多，吃完也没再续。

林校一直在喝酒，宋初和于琬没拦着，让她喝个够。

桌上多了几个空酒瓶，林校终于开口说话："我这样的人，别人是不是都不太喜欢啊？"

冷静，却也无趣。

不社交恐惧，但在聚会里经常是话题终结者。

宋初一直觉得，于琬和林校，都是很耀眼的那一类人。

于琬单纯善良，林校自信。

她们都是被爱包围，做任何事情都有底气的人。

可就是这样的林校，在喜欢的人面前，也会怀疑自己是不是不够好。

宋初想起自己喜欢唐识的这些年，她明白偷偷喜欢一个人有多难熬。

暗恋。

是一个太甜蜜又太心酸的词。

在他看不见的每一个眼神里，都把心里九曲回肠的喜欢投向了他。

可是在他回头，与你目光交接的那一刹那，又做贼心虚似的移开双眼。

像是心里那场海啸从来不存在一样。

林校酒量还不错，没把自己喝得很醉。

结了账，三个姑娘打算步行回去。

马路边传来炒板栗和烤红薯的香味，三个人一人买了一个烤红薯。

于琬也有烦恼："初初喜欢狗哥，校校喜欢小镜子，我怎么就没喜欢的人呢……"

宋初和林校相视一笑，笑声越来越大："挺好的。"

没心没肺。

三个姑娘到了林校家门口，也不开门，直接坐在中心小花园的长椅上，大冬天的，也不嫌冷。

林校拿出手机："我给你们看看我偷拍的他的照片哈。"

可能是半醉状态，加密的那个相册，输了三次密码才打开。

里面有上万张照片，对比宋初的相册，那简直就是珍宝遍地。

宋初也打开了相册，里面唐识的照片寥寥无几，还都是高二那年拍的。

最新的照片，唐识的外婆去世那年，她带他去烂尾楼旁边的荒废游乐园，少年身披星光，她偷拍的。

林校傻笑两声："初初，这么比起来，好像你比较惨。唐识出国都多久了，你怎么还喜欢呢……"

"我也不知道。"

这个问题，宋初也没有答案。

可是喜欢一个人需要什么理由？

唐识消失的这几年，她不知道他有没有遇见喜欢的人，不知道他经历了什么样的事……

但唐识出现的那一瞬间，她还是觉得心跳不止就是了。

林校也低着头想了会儿："我也不知道我喜欢陈晋什么，明明就是个二世祖，自大又臭屁。一点优点都没有，但我还是，好喜欢他。"

于琬没暗恋过。

尽管年少时她对唐识，有过那么一场短暂的喜欢，可那段时间，她对唐识偏袒也是明目张胆的。

于琬觉得两人喜欢一个人喜欢得这么憋屈，便说："表白啊，偷偷喜欢有什么意思。"

宋初是暗恋的经历者，自然知道表白没有想象中那么容易。

林校说出了担忧，是她的也是宋初的。

"哪能啊，万一连朋友都做不成。"

……

元旦过完不久便是新年。

天气不错，阴霾了快一个月的城市，终于守得云开。

林家、陈家和于家的六位长辈，今年计划去南川找唐至廷和朱莺韵过年，孩子们都大了，不需要他们事事操心，几位长辈也很久没见。

除夕这天，医院和电视台都特别忙。

前几天，于婉在小群里说今年过年一起的时候，唐识是最后一个回复的。

唐识再躲着宋初，也要顾及一下朋友。

除夕这天，宋初以为会很忙。

可还没到下班时间，她就可以走了。

于婉不用操心工作的事，毕了业就进自家公司学着经营，所以除夕晚饭的准备和房间的布置，就落到她和陈晋身上。

陈晋带着女朋友，也算多了个帮手。

宋初从台里出来，难得一见的阳光照在身上，暖洋洋的。

宋初给于婉打了电话："亲爱的，你在哪儿？"

"菜市场……不过这些菜要怎么挑啊？"于婉生无可恋的声音传来。

宋初："等我过去吧，我下班了。"

宋初到的时候，于婉像是看到了救星。

她几乎是扑向宋初的："刘姨家里临时有事，刚到菜市场就走了，陈晋那个狗，不知道带着小女朋友去了哪里，留我一个人，气死我了！"

宋初安抚小猫似的捏了捏于婉的脸："有没有列清单？"

于婉喜笑颜开，带着点骄傲的劲儿："有！"

说着，她翻了翻包，动作瞬间顿住："好像在刘姨那儿……"

于婉给刘姨打了电话。

"刘姨，购物清单是不是你给收起来了呀？"

"那一会儿发我手机上……"

"初初过来了，你先忙着，不用管我们的。"

"嗯，刘姨新年快乐！"

挂断电话，刘姨很快把昨晚列好的清单发过来，两人在菜市场买完菜，去了商场。

买完果酒和饮料，陈晋带着他女朋友过来找她们会合。

出乎意料的是，于婉对陈晋女朋友的态度挺好。

按照于婉的性子，永远帮亲不帮理，宋初以为，于婉会因为林校的关系，而不太待见陈晋女朋友。
　　陈晋带他女朋友去了零食区，宋初和于琬跟在身后。
　　于琬看到宋初在笑："怎么了？"
　　宋初答："没什么，就是觉得，我们琬琬好像长大了呢。"
　　不再是所有情绪都写在脸上的小姑娘了。
　　于琬买零食从来不挑，一般是看到什么拿什么，直到装满小推车为止。
　　买完所需的东西，四个人回了于琬家。

　　陈晋虽然吊儿郎当，但是烧得一手好菜。
　　于是布置房间的事情交给了三个女生，厨房则全权交给了陈晋。
　　宋初和于琬给气球打气，尽管不像用嘴吹那么费劲，气枪打多了，也逐渐没了力气。
　　于琬休息了会儿，给陈晋女朋友拿了零食，但没给宋初。
　　宋初是自己人。
　　给气球充完气，宋初起身去了厨房。
　　陈晋正在给鱼刮鳞片。
　　宋初问："有什么要帮忙的吗？"
　　陈晋没客气："洗一下白菜和西红柿吧。"

　　晚上七点，除了唐识，人差不多到齐了。
　　宋初和陈晋在包饺子，于琬和林校待着无聊，跟着学。
　　但学了几分钟就放弃了。
　　能包出来，就是有点丑，容易没食欲。
　　最后一个饺子包完，加班的唐识也到了。
　　菜已经全部弄好，陈晋去厨房煮饺子。
　　出来之后，陈晋郑重地给大家介绍了他的女朋友，张清柠。
　　林校把情绪掩饰得很好，与平日的模样无异。
　　吃饭的时候，于琬和林校刻意留了两个挨着的位置，给宋初和唐识。
　　两人挺长时间都没说过话，难免有些尴尬。

　　刚吃完饭，宋初接到了周之夏打来的视频电话："初初，新年快乐啊！"
　　周之夏在小区楼下，视频里有很多小孩吵吵闹闹的声音，他们在放烟花和仙女棒。
　　周之夏的脸消失在视频里，她翻转了摄像头，屏幕里出现了周之异和一群小孩放二脚踢的画面。

周之夏的声音传来:"我刚跟他们玩,我哥还说我幼稚……这会儿不也玩得很开心。"

周之夏:"周之异,跟初初打个招呼。"

周之异抱着一个孩子,抬头看向周之夏:"初初,新年快乐。"

周之夏都替她哥累,明明很想给人家打电话,却忍住了,连说个新年快乐都不情不愿的样子。

周之夏觉得自己得助攻一下:"初初,我们过完元宵回北川,我哥问你有没有想吃的特产,给你带。"

接下来的几分钟,周之夏三句不离她哥。

后来,林校和于琬也加入了侃大山的行列,说等周之夏回来要一起去逛街。

全程唐识都没说一句话,一向好脾气的唐识,今天几个人都感觉到他有些低气压了。

于琬把家里电视开着,春晚已经开始一个多小时了。

尽管没人看,但开着电视要有氛围一些。

于琬、林校、陈晋和陈晋女朋友,四个人刚好凑成一桌麻将。

或许是刻意制造空间给唐识和宋初,洗碗的时候,没人去厨房搭把手。

唐识一直在想,刚才宋初打视频电话的时候,周之夏说的话。

宋初喜欢的是不是周之异?

唐识想起,高二那年去临安的时候,周之异对他敌意似乎挺大?

这样的话,他们应该是互相喜欢,不至于相互试探到现在还没个结果……

唐识想得出神,宋初叫了他好几声他都没反应。

宋初看他的样子,有些担心:"怎么了吗?"

从唐识一进门,他就心不在焉的。

宋初当然不可能觉得他这样是因为自己,只能往工作方面联想:"工作的事吗?"

唐识一面把清洗好的碗擦干,摆进碗柜里,一面回答了宋初:"嗯,今天有个病例,还挺棘手的。"

唐识擦干最后一个碗:"出去和他们玩吧。"

张清柠对打麻将没什么兴趣,见唐识和宋初过来,就把位置让出来了,坐到了陈晋身边。

宋初不会打,她看向唐识:"你来吧,我不会。"

唐识直接把她按在位置上:"没事,我教你。"

宋初闻到一阵熟悉的柠檬香，忘记反应的她，乖乖坐下，把麻将推了下去。

宋初连最基本的规则都不懂，都是唐识在旁边提醒着。

别人拿麻将行云流水，宋初抓牌的时候，手像是从别处借来的一样，根本不听使唤。

好不容易拿完牌，别人轻而易举就把牌给摆好了，速度快而且还整整齐齐的。宋初觉得这比高数还难，牌扣下去，她没办法像他们一样一下子就立起来。

她听见唐识很低地笑了声，然后直接动手帮她码好了。

唐识就坐在稍微后方一些的位置，往前倾身的时候，毛衣擦过宋初的耳郭，带来一些痒。

宋初微微往旁边偏了些："谢谢。"

张清柠看着两人这么客气，说道："你们俩不是一对吗？我一直以为你们是男女朋友。"

这话一出，整个气氛尴尬起来。

张清柠继续道："你们俩看起来真挺配的。"

"……"

宋初下意识往后看，男人一双眼睛似笑非笑盯着她看，一张脸上是宋初看不懂的表情。

宋初不想否认张清柠的这个误会，但像林校说的，怕最后连朋友都做不成。

她见唐识没有开口否认的意思，只好自己来："别开玩笑啦，怎么可能呢。"

所有人都知道宋初喜欢唐识，所以注意力都落在宋初身上。没人注意到她身后的唐识，眸色在一瞬间暗了下去。

这个玩笑被刻意掩盖过去，陈晋出了一个二饼。

宋初看着手里的牌犯难，她现在才想起，自己连最基本的规则都不懂。

宋初想破罐子破摔，随便出一张，在她把手里的四筒甩出去之前，唐识指了指最边上的那张牌："出这个。"

唐识声音继续响起："四筒可以和三筒二筒组合，再来一张一筒或者五筒，就可以组成一个搭子……"

唐识讲的都是最简单的规则，加上都是熟人在玩，宋初慢慢想，他们也等得起。

宋初打了两局就上手了，她自己和了一把牌的时候，唐识脸上有种莫名其妙又欠揍的骄傲感。

宋初打了几局就没兴趣了，和唐识换了位置。

宋初不打了，几个人就开始有赌注。
唐识从兜里抓了一把零钱塞宋初手里，一句话都没说。
宋初握着这些纸币，眼底像是冒出了一些不知名的情绪，快速而又无声地蔓延。
这种感觉，有点像是……她在替男朋友管着钱一样，奇怪又奇妙。
但唐识对她好像确实没什么意思，这个举动，应该也不代表什么吧？
只是刚好她在他身边，他随便把零钱给她而已。
宋初把钱一张一张理好，但唐识一直没输，她手里那一沓零钱，数一遍多一遍。
因为放假，明天大家都没事，所以这局到了凌晨两点都没有要散的意思。
直到宋初打了个哈欠。

唐识回头问宋初："困了？"
宋初本来想说没有，但她又打了个哈欠，现在否认就有点尴尬了。
宋初老实回答："是有一点。"
这一局结束之后，唐识就从位置上起来了："你们玩吧。"
宋初见状，赶紧把手里的钱递给他。
唐识没接："留着买糖吃。"
"……"
宋初只好把手收回来，站在原地低着头，不知道在想什么。
唐识转身走了，走了几步后又折回来："还不想走？"
宋初一脸茫然。
这是……让她跟他回家的意思？
还是，他要送她回她租的房子的意思？
宋初拿不准，也不敢有所反应。
怕自己自作多情。
于琬试探着说了句："狗哥，初初今天不回去了。"
唐识淡着一张脸，嗓音温凉："我知道。"
这是……让她跟他回家吧？
唐识挑眉："这儿这么吵，在这儿能睡着？"
于琬赶紧帮宋初搭腔："我们这些夜猫子，估计得通宵呢，还是别让初初在这儿睡了。初初，你要不去狗哥家将就一晚吧。"

嗯，理由正当充分，很难拒绝。

于琬在心里给自己点了一个大大的赞。

宋初就大脑蒙着被唐识带出来了。

到了唐识家，唐识先换了鞋，然后从鞋柜里拿出了一双粉色拖鞋，递给宋初。

宋初盯着那双拖鞋，眨了眨眼。

唐识忽然出声："是新的，前段时间逛超市看到，觉得挺适合你的就买了。"

这是特意给她买的？

他说这句话，是怕自己误会什么吗？

宋初不敢多想，赶紧接过拖鞋："谢谢。"

宋初刚洗完澡，门被敲响。

宋初开门，唐识应该也洗完没多久，头发还没干。

他把手里的温牛奶递给宋初："助眠。"

"谢谢。"

"喝完把杯子放桌上就可以，明天我来收拾。"唐识没有进去的打算，"睡眠灯前段时间换了，比之前色调要暖一点，不用担心开着睡刺眼。"

"谢谢。"

唐识被宋初这副不知所措又一本正经道谢的样子逗笑："晚安。"

"晚安。"

唐识走后，关上门，宋初才意识到自己刚才有多像一个机器人。

她有些懊悔，应该找点话题和他说的。

新年假期有三天。

大年初一，一群人又约着去玩了剧本杀。

陈晋说："网上说玩剧本杀脱单概率很大的，你们这帮单身狗，抓紧时间多玩几次。"

陈晋说约剧本杀的时候，于琬差点没笑背过去。

在场的人都莫名其妙，等她笑完，她才说："大二的时候，我和初初去玩过一次，恐怖本，初初开局二十分钟就睡着了，给主持人都整不会了。"

唐识也没忍住，笑了。

糗事被说出来，宋初觉得不好意思，她伸手推了一下于琬："笑屁。"

于琬笑得更厉害了："走了走了，快出发。"

几个人玩玩闹闹着上了车，宋初和唐识被甩在后面。

唐识开口的时候，是未散的笑意："不用觉得不好意思，还挺可爱的。"

"……"

到了剧本杀的店，有人领着他们走进了一个房间。

房间很大，柜子里摆满了本子。

一群人最后选了一个古风情感本。

《狐狸新娘》。

选完本后，DM（主持人）领着他们穿过了一条长廊。

长廊两边是被分割出来的房间，布置都不一样。恐怖的，温馨的，冰冷的……

DM带着他们进了一个房间。

古色古香，房间中央还摆了一个香炉，好闻的香味弥漫在整个房间。

唐识和DM单独说了会儿话，DM才过来给他们发剧本。

宋初拿到本，等DM说可以进行下一步了，才翻开本子。

她是狐狸新娘本人。

不知道她的CP（配对）是谁。

她不由自主地瞥向唐识，只一瞬就把目光收了回来。

在进行第二轮公聊的时候，剧本走向才公开了宋初的CP是唐识。

只是一个本而已，宋初却脸红心跳。

幸好场景里挂满了红灯笼，让她能在他面前掩藏住。

这个本的最后，是狐狸新娘和捉妖的天师拜了堂。

因为这段感情不被妖族和世人祝福，拜完堂下一秒，狐狸和捉妖天师双双殉情。

但对于他们来说，这个结局已经圆满。

从店里出来，这次没睡着的宋初，真的沉浸式地体验完了狐狸新娘的一生。

狐狸和天师的爱情不被祝福，可是他们却以最幸福的模样死去。

她和唐识之间，没有伦理道德的问题，也没有种族跨越的阻碍。

与剧本杀里的主人公比起来，她和唐识占尽了天时地利，却依旧没在一起。

于琬一脸贼兮兮地跑过来，拽着宋初往前面奶茶店跑："初初，拜堂的感觉怎么样？"

宋初透过玻璃，看着慢悠悠走在她们身后的唐识，抿了抿唇，没说话。

他们这群人，对奶茶都不挑，有喝的就行，于琬点了几杯原味奶茶后，和宋初走进去坐下。

"你说怎么那么巧，你俩就是狐狸新娘和捉妖天师啊？"于琬说出了自己的想法，"狗哥在开始之前，跟DM不是单独说了会儿话嘛。

"这要是真的……我狗哥是不是对你也有意思啊？"

选好本之后，玩家是可以提前找DM说自己要的角色的，派本的时候，DM就会派给你。

如果没有要求就随机派。

宋初不敢往那个方向猜测，但是于琬的话又让她没办法平静。

过完年，天气渐渐回暖。

吹来的风温柔绵长，仿佛每个人都置身草长莺飞的意境里。

宋初的论文查重一遍过了，在毕业的众多烦心事里，总算有了一件令人高兴的。

还没开始正式答辩，校园里已经有好多学生，穿着学士服拍照了。

每个人的眼睛里都有复杂的情绪，有毕业的喜悦和初入社会的憧憬，同时也有面对未知的不安和彷徨。

以及对即将到来的分别的难过。

宋初和林校还有于琬都还好，毕了业大概率也不会分开太远，和之前的生活变化不会很大。

答辩结束那天，三个人才穿了学士服，在校园的各个角落拍了照。

那天唐识在学校，他的学校离北川大学不远，刚从实验室出来，唐识就被于琬拽过来充当摄影师了。

唐识拍照技术不错，而且围着北川大学的校园跑遍了，也没听他有半句怨言。

拍了三个多小时，三个姑娘拍累了，在学校找了一家奶茶店坐了会儿，打算喝杯奶茶再继续。

可大概是因为天气太热，于琬坐下就不想动了："初初，校校，你们先去拍吧，我要焊死在有空调的奶茶店里！"

林校显然也不太想动，摆摆手："我和你一起焊会儿。"

这种走向，让两人不由自主看向了宋初，和进来之后一直安静摆弄相机的唐识。

宋初也飞快地瞥了唐识一眼。

于琬和林校不去,宋初对拍照也没什么太大执念。何况她和唐识之间的气氛,她总感觉有点怪。

宋初刚想开口说,陪她们俩一起待在奶茶店,唐识就已经站起来了。

"走吧。"

男人目光有点淡,落在她身上她却觉得有些灼人。

宋初不好再往下说,站起身来跟在唐识身后。

她往前走几步,回头看了眼于琬和林校,两人精神奕奕的模样,哪里有半点疲倦的样子。

宋初瞬间明白过来。

满脑子都在想等会儿和唐识要怎么相处,宋初走路就没注意周围,脑袋撞上别人之后,赶忙下意识道歉:"对不起。"

一抬头,对上唐识一双带了笑意的眸。

"……"

学校里有一个社团,叫军鹰团。

宋初也没了解过这个社团具体是干吗的,只知道他们好像每天都要进行军训。

两人走到烛物楼,穿过一个弯道,到了田径场。

田径场里,军鹰团的人刚好在军训。

下午三点的阳光很毒,宋初只是稍微动一下就已经汗流不止。

眼前的他们喊着"一二一"的口号,踢正步,军训服紧紧扣着,汗流得发丝都贴在了脸上。

唐识指了指田径场观众席:"去那儿拍?"

"好。"

拍了几张,两人在观众席的椅子上坐下,看着场上跑校园跑和正在军训的人。

宋初曾经也无数次想过,如果和唐识在一起军训是什么样的。

她很想看看少年意气风发、卓立笔挺的模样。

元旦那晚医院住院部大楼门口那一幕,忽然在宋初脑海里闪现。

这些年,她错过的又何止少年军训时的模样……

唐识在她眼前打了个响指:"想什么呢这么入神?"

宋初眼睛微眨:"没。"

周围陆陆续续有人过来,几个跑完校园跑的女生,借着观众席的高台阶拉伸。

"我今天终于跑完了。"
"出门的时候忘擦防晒了,我肯定又要黑了。"
"还没带伞出来,等会儿还得被晒。"
几个女生拉伸了十来分钟,推推嚷嚷着走了。

唐识问:"女孩子出门,要带伞的吗?"
问完,唐识就已经知道答案了,好像哪怕是阴天,大街上也会随处可见打着伞的女孩子。
唐识把相机交到宋初手里:"等我一下,等会儿就回来。"
宋初看着唐识跑远,举着手里的相机,按下快门,满屏的少年感。
干净,张扬,意气风发。

宋初等了大概十分钟,唐识回来了,手里多了一把遮阳伞。
唐识没上来,站在观众席下问她:"要下来吗?"
宋初也休息够了,起身朝唐识走去。
宋初看着唐识手里的伞,心里五味杂陈。
夏天的风吹得满是燥热,一阵又一阵的热浪将人裹挟。
宋初走到唐识身边:"走吧。"
唐识手里的伞是全新的,宋初拿不准唐识为什么买了把伞,虽然心里隐约能猜到,但感情这事儿,最怕自作多情。
唐识没把伞给宋初,而是替她撑着。
宋初看向他的眼神里全是不解,似乎又带了点委屈。
这个人明明不喜欢她,为什么还要做这些容易引起误会的事?

情绪来得莫名其妙,也比平常都要明显。
唐识察觉到,转头就看到姑娘眼睛红红。
宋初不知道自己这一刻为什么这么有骨气,甩下唐识自己走了。
唐识被她突如其来的脾气弄得有点蒙,在原地静默地站了大概一分钟,才迈着长腿追了出去。
唐识从来不知道,宋初脾气这么大。
倔起来一句话都不跟他说的。
宋初还没搬宿舍,这一瞬间她非常想逃离唐识,就快步朝宿舍楼方向走。
唐识也没什么哄女孩子的经验,见她这样不说话,唐识也没招,只能紧紧跟着。
女生宿舍,男生止步。

唐识眼看着到了十栋女生宿舍大门口了，赶紧伸手把人拉住。

宋初低头，干净好看的手正抓着自己小臂。
她抬眼看唐识，一想起他对谁都温柔有理，她一股火就从心里蹿起来。
但她长得乖巧，一张脸跟只奶猫似的，奶凶而已，一点震慑力都没有。
但知道宋初这是真的在生气，唐识也没敢开玩笑："初初，生气别不说话。"
唐识忽然觉得自己有点儿卑微："实在不想理我要回宿舍，至少说个再见。"
回应唐识的是一片无声。
唐识也没哄过女孩子，怕多说多错，干脆想了个简单粗暴的解决方式："实在不爽，打我一顿也行。"
过了两秒，唐识试探着补了一句："我不还手。"
"……"
宋初送了他一个机械笑，毫不犹豫地往他小腿肚上踢了一脚。
高二那年，第一次被李云清跟着的那个夜晚，她不小心踢到的地方。
唐识没料到宋初真的会动手，而且下手还挺狠。
他吃痛地捂着小腿，而罪魁祸首，已经消失在了一楼拐角的地方。

良久，唐识忽然笑了。
尽管有点莫名其妙，但这姑娘生气的样子还挺可爱的。
不过还是得想个办法哄哄，再可爱也不能一直气着。
唐识想了想，身边似乎没什么靠谱的人可以求教。
于婉和林校刚好一人捧着一杯奶茶回宿舍："狗哥，在这儿干吗，初初呢？"
唐识往前送了送下巴："刚回宿舍。"
于婉咬着吸管，吸管都被咬扁了。
不对啊，这种独处机会初初不是应该挺珍惜的?
这才多久就跑回宿舍。
于婉看向唐识的目光里，带着审视："你欺负我家初初了？"
唐识张了张唇，欲言又止。
于婉本来也就是随口一问，毕竟按唐识的脾气，也不太有能把人惹生气的本事。
但唐识的反应，让于婉惊了一下。
她这是……吃到"瓜"了？

于琬一脸幸灾乐祸，宋初那么温柔的一个人，能被唐识惹生气，那也是唐识的本事。

"小伙子挺有能耐啊。"

唐识觉得，参加竞赛集训那段时间做的题，都没今天遇到的这道难："但我不知道她为什么生气。"

"……"

于琬和林校沉默两秒，随即笑得不能自己。

刚才一瞬间凝固住的气氛，像是突然被炸开。

这事儿本来没这么好笑。

但唐识是谁？

从小到大想要的东西，轻而易举就能得到。认识这么久了，她们还是第一次看到，唐识这么不知所措的样子。

等笑够了，于琬拍了拍唐识的肩，动作有点像摸猫咪："大家都这么熟了，我去帮你打听打听。"

唐识当然不会对她感激涕零，从小一起长大，太了解她了，做事绝对不可能白做。

"条件。"

"格局小了不是？事关我初初宝贝，这次不打算让你出血。"

于琬的回答出乎意料。

从小到大，于琬没少薅他羊毛，这次放着大好的机会，倒放过了。

于琬喝完奶茶，把杯子丢进旁边的垃圾桶。

垃圾桶刚清理完，是空的。

杯子落到底部，发出闷响。

那一瞬间，于琬忽然想到什么："狗哥，你对初初，什么感觉啊？"

唐识没正面回答，于琬嘴没个把门的，他怕于琬说出去，给宋初造成不必要的压力。

"小孩子家家的，打听那么多干什么？"

唐识拿出手机给于琬转了钱："这是定金。好好打听。"

于琬麻溜收了钱。

拿人手短，一回宿舍于琬就旁敲侧击打听了。

宋初起先不太好意思说，毕竟唐识这样待人有礼也正常。

只是自己太喜欢他了，所以私心地想要独占这份好。

至少希望唐识对她的好，是独一无二的。

于琬单手撑着下巴，目光在林校和宋初之间来回转。

为爱情受苦受难的两位神明少女哟。

于琬大概听明白了宋初生气的点，但她不太可能直接告诉唐识。

一来，宋初是女孩子，多少要点小骄傲，不希望自己显得这么小气。

二来，刚才唐识那态度，好像还挺喜欢初初的……她觉得，得让她狗哥先追人家。

于琬点开和唐识的对话框：【打听好了。】

唐识秒回：【展开说说。】

于琬：【初初觉得你太懂礼貌了。】

唐识：【……】

他就知道，找于琬不靠谱。

今天她们是打算拍完照，就直接搬宿舍的。

这段时间以来，宿舍里的东西断断续续也收拾好了。

唐识正好在，除了花钱请的人，还可以多一个免费的劳动力。

等搬家公司的时候，于琬看着闷闷不乐的宋初，走过去摸了摸她的头："初初，性子这么软，是不是狗哥一哄，你就缴械投降了呀？"

宋初摇头。

唐识怎么可能会哄她。

于琬却理解错了她的意思："这就对了，千万不要一哄就心软，不然他下次还犯！"

"……"

第八章
终于窥见了天光

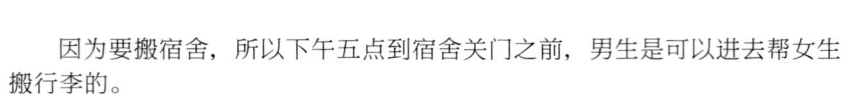

因为要搬宿舍,所以下午五点到宿舍关门之前,男生是可以进去帮女生搬行李的。

等搬家公司来了,唐识也跟着进去了。

林校比于琬温和得多,见唐识来了,指了指宋初的行李:"狗哥,初初的那一堆就麻烦你了。"

唐识赶紧动手帮忙把东西搬下去,宋初张了张嘴,最后也什么都没说。

花了三年多将近四年时间填充的宿舍,没多久就被搬空了。

尽管毕业了她身边重要的人都还在,可真看到空空的宿舍,心里还是觉得被什么挖空了一块。

于琬自己有车,搬完东西之后就拽着林校走了:"我和校校先回家收拾,不然等会儿人家不知道东西放哪儿。你和狗哥等会儿来。"

林校和于琬统一战线:"晚上吃火锅,你俩记得去菜市场买点菜,再去买点饮料什么的。"

"……"

两人话都说到这份上了,宋初要是还不明白两人想干吗,这北川大学也白读了。

被两人几句话就安排了的宋初,觉得这两人卖朋友,真是卖得干脆利落。

宋初和唐识到了学校停车场。

唐识正打算给宋初开副驾驶的门,姑娘走得比他还快,在他开车锁那一瞬间,打开后座车门钻了进去。

唐识慢悠悠地走到车窗边，右手轻轻搭在半开的车门上，问道："不坐前面？"

宋初扭头，留一个毛茸茸的后脑勺给他。

唐识说话语调比平时慢得多，有点欠揍："我们宋记者，这是想把我当司机啊？"

"……"

宋初算是看出来了，这人干啥啥不行，阅读理解第一名。

其实宋初后来反应过来，已经不生气了。

只是女孩子终归是脸皮薄，不好说什么，待在一起也怕尴尬。

唐识这人，虽然平时温润，但优秀的人再谦逊，也会有种生长在骨子里的骄傲。

这样把他"当司机"，她不确定唐识会不会因此不高兴。

正当她想从另一边车门下车，去坐副驾驶的时候，唐识又拖腔带调地说了句："行吧，领导今儿尽管使唤我。"

宋初没料到事情是这个走向，"领导"这个词也是她没想到的。

她惊讶地转过头，唐识已经笑着把车门关上。

到了菜市场，仿佛她真是唐识领导一般，他为她开车门；像个小弟似的跟在她身后；每次她买完菜，就很主动地付款；连两小包金针菇都没舍得让她提着。

买完菜，两人又去了超市。

于琬特意叮嘱了要买酒，一进超市，宋初就往饮料酒水区跑。

唐识推着小推车走在她身边，路过生活用品区的时候，宋初不经意瞥见全身镜里，并肩而行的两个人。

也不知道是哪个点刺激到了她，她赶紧别过头，快步离开。

宋初拿了好几种平常喝的酒，拿完就要去零食区。

唐识叫住她："不拿点饮料什么的？"

宋初跟唐识待在一起的时候，大脑会自动宕机，做事情机械又小心翼翼。

所以只记得于琬说要买酒，拿完就走人。

她看了唐识两秒，然后伸手随便拿了点饮料。

刚到零食区，唐识就开口说话了："拿点自己爱吃的。"

他知道宋初习惯了照顾别人情绪，吃的喝的玩的也会先考虑别人。

宋初不太喜欢吃零食，拿了几包青柠味的薯片后，看了一圈也没觉得有自己特别想吃的。

"拿完了。"

宋初微微侧头，往上一看，对上唐识眼睛："你要不要拿点什么？"

唐识很少吃这些东西，摇头："谢谢领导关心。"

"……"

宋初往前走着，时不时会从货架上拿一些东西下来，放进小推车里。只是全程都没再看唐识一眼。

结账的时候，宋初才发现，小推车里有一大半都是青柠味薯片。

"……"

因为圣诞、元旦、新年三次在家的聚会都是在于琬家。

于是，这次转移阵地去了唐识家。

两人回去的时候，他们已经把小餐厅收拾出来了。

几个人一起去了停车场拿东西，一趟就能拿完。

还剩一瓶可乐，宋初刚要伸手拿，一只干净又线条优越的手抢先了。

唐识看着她笑："领导歇着。"

"……"

于琬凑上来，由于拿着东西，没法腾出手，用胳膊肘撞了撞宋初："初初，你啥时候成狗哥领导了？"

宋初看着唐识的背影："我、我也不知道。"

他们这群人，就陈晋一个人有了家属。

张清柠似乎也不把自己当外人，哪怕是第一次去唐识家，也俨然一副女主人的模样。

第一次见面于琬和宋初不太喜欢张清柠，可能是因为有林校这层滤镜，但后面几次，张清柠就真的不太招人喜欢了。

一到唐识家，张清柠就指挥着大家，要把东西放在哪儿。

本来这也无可厚非，但那种姿态让人不舒服。

但因为她是陈晋女朋友，大家也没多说什么。

陈晋和唐识在厨房忙，几个女生在客厅看电视。

宋初刚要伸手拿薯片，手还没碰到包装，薯片就被张清柠拿走了。

宋初抬眼看了一下张清柠的方向，她好像看电视看得专注。

宋初只当她是无意。

宋初正打算拿另一包，张清柠直接把一整个塑料袋全拿走了。

张清柠若无其事："你们怎么只买了这种味道的，是你和唐识去买的吧？听说你家庭不好，我本来以为你还挺会当家的……"

把硌硬人的话说完，张清柠才装作刚反应过来的样子："啊，不好意思，我不是故意提起的。"

林校看了宋初一眼，见宋初没在意，也就没说话。

于琬没那么好脾气："你是不是多少沾点病？"

于琬想直接动手把张清柠怀里的零食拿回来，宋初暗暗拍了拍她的手，示意她冷静。

可是于琬嘴上没闲着，也往张清柠痛处扎："我们学校全国前十呢，当然，我没有拿学校鄙视你的意思。但是我们初初连续四年国家一等奖学金，还没实习结束呢就被录用了。我们初初还是优秀毕业生……"

于琬白了张清柠一眼："我听小镜子说，有些人好像被延毕了呢。"

言外之意，你确实没什么资格拿初初的家庭在这儿说事。

厨房里的两人不知道这边的战火，在这边气氛快要凝固成冰的时候，陈晋扯着嗓子吼了声："山那边的仙女们，过来吃饭了！"

吃完饭，张清柠主动请缨去洗碗。

收拾完餐桌，林校去帮忙。

前几分钟两人没说话，忽然，张清柠出了声："你喜欢陈晋吧。"

林校没搭理她。

张清柠也不尴尬，但也没有要闭嘴的意思："第一次见面我就看出来了。你其实是不是特恨我，抢了你喜欢的人？"

林校看向张清柠的眼神有点冷："不恨。"

她没办法让陈晋喜欢她，是她没本事，她没想过怨恨任何人。

接着，林校毫不迂回地说出了张清柠的想法："我知道你对唐识有想法，准确地说，你觉得要当一个长期饭票，唐识那样的人比陈晋更合适。"

既然脸都撕破了，林校也没必要再藏着掖着："但我劝你最好别碰我朋友，琬琬和初初，任何一个人受了委屈，我都不会袖手旁观。"

张清柠像是听到了什么笑话："她们俩知道你喜欢陈晋吧？但是也对我和和气气的，看起来，你在她们那里不太重要欸！"

这人简直没救！

林校："恰巧说明她们很好，她们没有因为我而排挤你，我为有这样的朋友感到庆幸。"

张清柠忽然笑了一下："你说，我现在要是打你一巴掌，陈晋会帮谁啊？"

林校垂眸。
她没有自信，陈晋到时候会站在她这边。

陈晋正剥着橘子进来："你们碗洗得怎么样了？等会儿玩桌游，快点儿哦。"
林校转身去放碗，有了这个距离，张清柠忽然拿起手边的盘子，朝林校扔去。
陈晋下意识挡在了林校前面，盘子砸到他胸口后，直直摔在了地上。
瓷器和大理石碰撞出不小的声响，在客厅等着玩桌游的三个人，被声响惊动过来。
陈晋看着张清柠："你疯了！"
局势已经很明显，陈晋站在林校这边。
背对着张清柠的林校转过身，陈晋也转过来，面露焦急："没事儿吧？她这是第几次动手？吓着没有？"

林校瞬间就明白，今天宋初为什么会那么生气了。
与其说是生气，不如说是委屈。
你又不喜欢我，为什么又要对我这么好？
是那种，感觉好像可以更进一步，却又更清醒地知道只能止于此的委屈。

陈晋和张清柠说了分手，毫不犹豫。
他斩钉截铁的语气，让林校差点以为，陈晋是不是也喜欢自己。
闹这么一出，玩桌游的计划也泡了汤。
于琬和陈晋把张清柠拽走了，林校刚出门，又折了回来，看了眼跟在于琬身边的宋初，对唐识说了句话。
"你不喜欢她，就不要对她好，让她产生不该有的错觉。这种模模糊糊的示好，是很容易让人委屈的。"
唐识没说话。
林校补了句："今天初初大概就在气这个。"
她点醒唐识，是觉得，她和宋初，总要有一个人得偿所愿。

宋初折回来拿包。
她跟唐识道别完就要走，被唐识拦住："送你。"
之前，唐识一直觉得，她既然有喜欢的人，他就及时止损。

可今天她生气，他第一反应不是有条有理分析原因然后对症下药，而是慌张。

在他慌张的那一刻，他就决定，她有喜欢的人又如何，公平竞争罢了，他也不算挖人墙脚。

到了宋初小区楼下，宋初下车，刚想和唐识说"开车小心"，就看到唐识也下来了。

唐识站到宋初面前，挡住了从居民楼射出来的灯光："有件事跟领导汇报。"

"……"

这个梗说了一整天了，宋初似乎有点明白，于琬他们为什么要叫他"狗哥"。

唐识一步一步走近宋初，宋初下意识后退。感受到后背传来车身冰凉触感的时候，宋初出声："有事快说。"

唐识停下脚步，低头看着她，声音像是一片鹅羽落在厚厚的雪层上，温柔至极。

"初初，我呢，是第一次追女孩子。"

在宋初大脑混沌时，唐识补完了要说的话："如果有什么地方做得不好，及时告诉我好不好，我改正。"

宋初不知道自己是怎么和唐识告别的。

她回来都洗完澡了，一想起唐识那句"第一次追女孩子"，还是会心跳加速。

像是十七八岁，情窦初开的少女，有种突如其来的，无法抑制的心悸。

唐识一直没回去，站在宋初家楼下吹了好久的风。

他很少抽烟，但今天有点没忍住。

他站在楼下，看着宋初那一层的灯亮了又熄了。

他刚才也是急了，不知道该怎么表达自己的心意。

宋初的反应似乎有点被吓着了。

唐识咬着烟，反思了一下自己，好像是有点吓人。

做了这么多年朋友，突然就这么表白了，他自己都有点被吓到。

但能怎么办，话都说出口了。

他对人姑娘心思已经不单纯了。

自从唐识表白了之后，宋初就好像有意避免着和他见面，甚至有好几次，还找借口拒绝了他们小团体的聚会。

这种情况持续了小半个月。

小半个月后，宋初意识到，唐识真的一次都没有找过她。

每次说小团体要聚个餐什么的，都是于琬在群里通知一下。

至于唐识，从那天晚上表白之后，就再也没出现过。

连一条消息都没有。

宋初出完一个采访之后，就没事儿干了。

她坐在工位上，百无聊赖地刷着手机，反正她事儿干完了，就光明正大地摸鱼。

本来点开了某个短视频的App，但不知道什么时候，手机界面已经变成了和唐识的聊天框。

两人聊天的最后一条消息，还是半个月前。

宋初单手托着腮，一张本来就没什么肉的脸都快被她挤出褶子了。

哪有人告白完就玩消失术的？

唐识这是什么意思啊？喜欢她？然后中途发现又不喜欢了？

宋初越想越气，在心里暗骂了一声渣男。

旁边工位的同事带着八卦的眼神看她："什么渣男？初初，你谈恋爱了啊？"

宋初这才反应过来，她给骂出声了。

宋初有点尴尬，否认道："没，刚才刷视频，说有个男生同时谈了好几个女朋友，就感叹一下。"

同事看无瓜可吃，一脸无趣地继续工作了。

宋初盯着手机上"1010"那个备注号，戳进主页，想把备注给改成"渣男"。

"……"

人不能念叨，越念叨什么就来什么。

刚下班出来，宋初就看见了"渣男本渣"等在公司门口。

几个同事起着哄离开，宋初因为刚才偷偷骂人了，这会儿主动找了话题："真巧哦。"

唐识看向她的眼神带了些笑意："宋同学见到我这么紧张啊？"

宋初心里那点负罪感瞬间没了："先走了。"

说着，她走向扫小黄车的位置。

迈开第二步之前，被唐识拦住了："还躲啊？"

两人距离有点近，宋初要看唐识的脸只能抬头，下意识否认："没有。"

唐识顺着她的话说下去："那，一起吃个晚饭？"

宋初要是拒绝，就真的显得她在躲着唐识了，于是在唐识话音刚落的下一秒，立刻点头："你请，吃贵的。"

男人发出轻笑："行。"

这会儿黄昏正美，这条大道上是满眼的金色，金光延至天边，目光所及之处全是盛大又温柔的灿烂。

车里放着唯美舒缓的音乐，*Mystery of Love*（《爱之玄》）。

有点像是日漫森林里，沉浸在幽深湖底的某种欣喜，慢慢冒了出来，终于窥见了天光。

看着眼前的车流，金灿灿的大街，车窗外飞快倒退的街景。

旁边是喜欢了好多年的人，而这个人半个月前还给她表白了。

宋初忽然有种恍如隔世的感觉。

等红灯的时候，唐识扭头看她，嘴角噙着笑："这都小半个月了，适应好了吗？"

没等宋初有所回答，唐识又补了句："适应不了也没办法了。"

唐识似乎在想措辞，隔了好几秒才说："那个，我要正式追你了，你……你准备一下。"

看着唐识这副小心试探的模样，宋初忍着笑，却也是真的疑惑："要……准备什么？"

音乐刚好放完，切换下一首的那个空隙，唐识不紧不慢的话钻进宋初耳朵："至少，别躲着我。"

吃完饭，唐识结完账回来："带你去买花。"

"……"

哪有人送花还要先问当事人意见的，一点惊喜感都没有。

不过看在他是唐识的份上，宋初没和他计较。

唐识带宋初到了花店，两人商量着要什么花搭配什么花比较好看，有时候拿不定主意，唐识还会问问花店老板的意见。

最后成品出来的时候，宋初忽然觉得，好像一起挑花，比直接收到一束花还要浪漫。

从花店出来，时间还早。

唐识本来准备带宋初去电玩城逛逛的，可中途收到一个电话。
老年医学科的一个患者一直吵着要见唐医生，唐识不去不肯吃药。
唐识只好带着宋初一起去了医院。
这个老人性子有点怪。
一年前，老人因为在厨房洗碗摔倒，被送到医院。本来早就可以出院了的，但他就是怎么都不肯配合，也不好强制出院。
从他入院以来，科室里的人几乎都被他骂过。
除了唐识。
大概是唐识是真的比较有耐心。
半个月前，他还吵着要把自己孙女介绍给唐识。
他一直不肯出院，前几天夜里受了寒，感冒了。
老年人感冒没那么快好，吃了很多药了，一点效果都不见。
护士刚才来提醒他吃药，傲娇的老头愣是不吃。
在老年人身上，任何病都有潜在风险，护士不能真由着他不吃药，只好联系唐医生。

宋初坐在病房外的椅子上，等着唐识。
因为老人耳朵不太能听见，唐识和他说话的时候，两人都很大声。
宋初也能听到两人大概聊了什么。
哄着老人吃完药，唐识正要走，老人把他留下："唐医生，陪我聊聊天。"

唐识进病房之前，给宋初指了他办公室的位置："走廊尽头就是我的办公室，要是觉得这里待着不舒服，就去里面先休息会儿。"
但宋初也没真的去，就坐在病房门口一直等着了。
期间来过两个护士，听到老人又把唐识留下来，其中一个一脸不高兴："又把唐医生留下，他孙女估计等会儿就来了。"
"这都多久了？每次都想撮合唐医生和他孙女，要是两人有戏，至于拖这么久？"
"就是。不过我刚听护士长说，刚才唐医生来的时候，还带了个女孩子。听说还挺漂亮的，你说会不会是唐医生女朋友？"
……
两个小护士八卦着离开了。
宋初想着"唐医生女朋友"几个字，嘴角没忍住翘了起来。

两个小护士走了没几分钟，一个女生出现在宋初视野里。

是元旦节那天她看到的那个。

女生朝宋初的方向走来,宋初两只手下意识交缠在一起,也不知道自己在紧张什么。

女生走进了老人的病房,宋初听到里面的交谈声。

是女生的声音,抱怨的话却没有半点抱怨的意思:"爷爷,您又麻烦人家唐医生了。"

"你这丫头见到唐医生,不是挺高兴的吗?"

几秒钟后,女生的声音再次响起:"唐医生,麻烦你了。"

"照顾病人,分内之事。"唐识声音清润,"既然家属过来了,多陪陪老人,我还有点事。"

唐识刚走出病房门,女生的声音再度传来:"唐医生,你也了解爷爷的用心。"

顿了两秒,她似乎是鼓足了很大的勇气:"我对唐医生印象挺好的,不知道唐医生,愿不愿意和我在一起试试?"

宋初的心控制不住地加快。

她的紧张,应该不比等唐识答案的女生少几分。

唐识一转头就能看到安安静静坐在椅子上的宋初,女孩低着头,他看不清她的表情,也不知道她是在意还是不在意。

唐识转身:"陈小姐,首先很谢谢您的喜欢。不过还是不要把时间浪费在我的身上了。"

礼貌,但是又不留余地。

宋初听到那位陈小姐不死心:"唐医生……可以说说,拒绝我的理由吗?"

迎着唐识的目光,她抿了抿唇:"死还得死个明白。"

沉默不过几秒,宋初却觉得这几秒莫名被拉长。

然后,她听见了唐识的声音:"我呢,算半个有主的人。"

唐识似乎在组织语言:"有个很喜欢的姑娘,在追,还没答应我。"

唐识语气里满是无奈,但能听出来,他提到在追的那个姑娘,是开心的。

或许是顾虑宋初还没答应他,不确定她愿不愿意就这么被自己拉出去,唐识说完话就直接往办公室的方向走去。

没把尴尬和不堪留给两个女生。

宋初也起身走了,她给唐识发了消息:【我去车子那儿等你。】

唐识是十分钟之后下来的:"本来还打算带你去看个电影的。"

现在闹这么一出，两个人应该都没什么心情了。

唐识拉开车门："送你回去吧。"

宋初下车前，唐识道了歉："今天应该让你不高兴了，对不起。"

"没关系。"

唐识也没做错，没理由要道歉的。

宋初没下车，安静的气氛在狭小的空间里弥漫。

也不知过了多久，宋初打破了这份沉默，道："唐识，追女孩子是要表白的。"

唐识知道她还有话要说，没打断她。

宋初在心里给自己打着气，她偏头对上唐识的目光："你都没正经表过白不是吗？我要怎么答应做你女朋友呢？"

外面的灯光透过车窗玻璃射进来，照在唐识的半边脸上。

他双眸很深，只是他整个人都是蒙的。

他没料到宋初会这么说，大脑像是一整个被抽出了身体，忘记了要有反应。

宋初叹了口气："那……我教你。"

宋初深呼吸了两下："跟我说，初初，能做我女朋友吗？"

唐识像个娃娃一样眨了两下眼睛，真就跟着宋初一字一顿道："初初，能做我女朋友吗？"

"好。"

宋初一个"好"，敲定了两人的关系。

确定关系后，两人都有点不知所措，都不知道该说些什么。

唐识抬手，抬到一半的时候，忽然停了下来。

宋初没敢看他，但能感觉到他抬手了："怎么了？"

唐识没回答，下一秒宋初感觉到头顶覆上了一只手："晚安，女朋友。"

宋初觉得心快要冲出来。

隔了几秒，她才说："晚安，男朋友。"

宋初洗完澡之后，就盯着天花板，好几次强行闭眼，最后都没什么作用。

毫无睡意。

宋初想找唐识，可又觉得没有开口的话头。

好几次输入框出现了字又被删掉。

十分钟后，宋初看到"渣男"那个备注，变成了"对方正在输入"。

下一秒，唐识的信息就进来了：【睡不着？】
宋初先回了唐识一个"嗯"，想了想，把备注改成了"星星"。
星星：【我也是。】
宋初：【有点紧张，感觉像做梦一样。】

唐识和宋初也是一样的感觉。
母胎单身了二十多年，忽然有一个对象了，像是在某个美好的仲夏夜，做了一个很美好的梦。
不敢睡，怕一睁眼梦就醒了。
唐识打过来一个语音电话，弹出来那一瞬间宋初手机差点没砸脸上。
"怎么了？"
唐识声音透过听筒传来，似乎也带了一股电流，从宋初的耳郭处，渐渐蔓延到全身。
"男朋友哄睡服务。"
"……"
很神奇，宋初本来以为打着语音电话更睡不着，没想到和唐识随便聊了没多久，就渐渐有了困意。
宋初趴着，整张脸埋进了枕头里，说话的声音有点闷闷的，带着一点软萌的倦意："我困了，挂吧，你也早点睡。"

第二天是周末，不上班。
于琬一大早就拽着林校去找宋初了。
她们刚到宋初家楼下，就遇到拎着早餐的唐识。
三个人一起上了楼。
于琬没想到唐识会出现在这儿："你怎么过来了，本来打算叫上初初再叫你和小镜子呢。"
唐识没回答于琬的问题："今天什么安排？"
他们出去玩一向都是临时起意，说走就走，去哪儿玩几乎没有哪次是认真想过的。
"不知道，再说呗，反正最重要的是能聚在一起。"
林校发现了唐识和之前不同："狗哥，什么事这么高兴？"
唐识半挑着眉："是吗？"
林校这么一说，于琬也发现了："是啊，嘴都快咧到后脑勺了。"
唐识"哦"了声，反应很平淡。

宋初昨天睡得晚，要不是门铃一直在响，她估计能一觉睡到下午。

她迷迷瞪瞪从床上坐起来，磨了几分钟才起身去开门。

见到门外是他们，宋初起床气也不掩饰了，气全给撒在了唐识身上。

她开门的时候，很清楚地看见了于琬的手还放在门铃上，但背锅侠得是唐识。

宋初看向他，眼神有点像被吵醒的猫："都怪你，吵我干什么。"

于琬和林校知道宋初的起床气，见唐识被骂了，两人赶紧溜进客厅坐着了。

因为刚被吵醒，宋初声音有点哑，骂他的时候，听起来像是嘟嘟囔囔撒着娇，一点威慑力都没有。

唐识走进来，把门关上，空出来的那只手轻轻在宋初脸上捏了捏："啧，以前怎么不知道，我家初初脾气这么大呢。"

于琬本来想看着唐识被骂，然后自己在一边幸灾乐祸的，可现在这个剧情走向有点不对劲。

于琬戳了戳林校，低声说："校校，怎么就他家初初了？还上手……耍流氓会被打吧？"

唐识搂着宋初往卧室走，将沙发上的两个大活人忽视了个彻底："等会儿先去洗漱，然后出来吃早餐。吃完早餐带你出去。"

宋初进卧室后，唐识看着还赖着不走的两人："你们怎么还在？"

"……"

于琬白眼都快翻上天了，唐识又补了句："你们快走吧，我来接我女朋友约个会，你们就别掺和了。"

于琬和林校从刚才唐识捏宋初脸的时候，就已经大概猜到了两人的关系。

但猜到是一回事，唐识亲口说出来又是另一回事。

于琬结巴了："校校，这……梦想成真了？"

不知道真实情况的唐识，理所当然地认为，于琬说的是他。他点了点头："嗯。"

宋初洗漱完出来，林校和于琬已经不见了，客厅里就剩下唐识一个人。

唐识见她出来，冲她招招手："过来，吃早餐。"

宋初起床气来得快去得也快，就刷牙洗脸的工夫，起床气已经消了。

刚才莫名其妙对唐识发脾气，现在想来还挺不好意思的。但现在道歉的话，好像也没什么必要……宋初干脆低着头吃面前的小笼包，连个眼神都没舍得给唐识。

吃完早餐，唐识收拾着茶几，宋初抱着毛绒玩具坐在沙发上："你怎么来了,要在附近办什么事吗?"

唐识收拾完,转身弯腰,两张脸的距离瞬间拉进:"来看看女朋友,顺便,请女朋友约个会。"

唐识说话的时候,目光锁定在宋初耳朵上:"初初,耳朵又红了。"

宋初头埋得更低了。

唐识没再逗她,手在她头顶胡乱揉了下:"好了,去换衣服。"

宋初手里分别拿了两件风格不一的衣服,想起他们一起去郊外野炊那次,她心情也像现在这般,激动又忐忑。

两人去逛了街,唐识身边的朋友谈恋爱,和他们出去的时候,女孩子似乎都很喜欢买一些情侣款。

他没谈过,但一想到能和宋初一起挑他们共同的东西,一起用,他就觉得还挺浪漫。

走进一家规格不大的精品店,宋初一眼就看上了一对手机吊坠。

海绵宝宝和派大星。

宋初拿起吊坠,看了一眼唐识,唐识往那一排手机吊坠里看了一眼:"海绵宝宝和派大星还挺好看。"

付了款,两人立刻给用上了。

这两个吊坠都是铃铛,轻轻一晃,就发出清脆的声音。

宋初拿起手机在唐识眼前晃了晃:"但是唐医生用这个,会不会显得幼稚啊?"

唐识把手机举到宋初手机旁边,也晃了晃:"是有些幼稚。不过,唐医生家,宋记者说了算。"

宋初被他调侃得脸红,害羞着往前走,步伐不自觉加快。

唐识很快跟上:"宋记者,要不要牵个手?"

宋初脸更红了,哪有牵手还要问人家愿不愿意的。

唐识没再逗她,微微弯腰,牵起她的手,以十指紧扣的模样。

相比起来,宋初的手显得很小。而且她的手腕很细,好看是好看,就是有点太瘦了。

唐识牵着宋初的那只手动了动,两人的肌肤彼此摩挲着,唐识轻轻捏了捏:"得喂胖点。"

唐识又和宋初去了游乐园。

玩过了比较温和的项目后,两人又玩了一些类似于跳楼机和激流勇进的偏刺激性的项目。

从跳楼机上解完卡扣下来，唐识见宋初眼神一直往鬼屋那儿瞥，便问："去看看？"

宋初虽然是唯物主义，但恐怖电影她不太敢看，鬼故事她不太敢听，是个小尿包。

但她一直还挺想尝试的，高中的时候，于琬他们第一次去南川找唐识，他们玩过一次。

宋初犹豫了几秒，冲唐识坚定地点点头："走。"

唐识去买了票。
排队的时候，宋初一眼就看到了鬼屋前的标语——
宝贝，再叫大声点！
"……"
排在他们后面的几个人，一直在讨论这个游乐园的鬼屋到底恐不恐怖。
宋初听他们说起来云淡风轻的，好像一点都不害怕的样子。
他们不怕，她怕啊！
后面的人越讨论越来劲，宋初越听越怕。
最后她还是没忍住，拉着唐识跑了。
还是让别的宝贝尖叫吧，真英雄偶尔认个尿也不足为奇。

在游乐园耽搁的时间有点久，出来的时候已经是黄昏。
夏末傍晚的风不再燥热，轻柔地从每一个行人的脸上拂过，多少安慰了在这座城里被各种压力压得喘不过气的人。
下午厚厚的云层像是被笔刷晕染开，橘色粉色的云层渐渐过渡，天光玫色相融在一起。好像是绝美的暮色，经过一天的燥热，在某一刻终于沉淀了下来。
两人沿着马路慢慢往前走，走了大概十来分钟的样子，他们在江边遇到两位老人。
他们头发花白，背也佝偻了。
可是他们十指紧扣，黄昏里柔和的光铺开在他们身上。
这一直是宋初最向往的模样。
她又想起以色列诗人阿米亥那句话：
"黄昏只属于相爱的人。"
她足够幸运，这个黄昏，好像属于她了。
……

唐识带宋初去了一家猫咖馆。

记忆中,宋初挺喜欢猫咪的。高中的时候,她还会经常去喂流浪猫,还能絮絮叨叨跟它们说上好半天的话。

这家猫咖馆装修风格偏温馨,整体色调和此刻的天空无异。

猫咖馆里已经亮起了灯,店里的物体,被不同方向灯光割裂出好看的阴影,投映在不同的地方。

一走进去,好几只小猫从四面八方朝他们跑来,倒是一点都不怕生。

以往她去喂流浪猫,那些猫猫都是小心翼翼地靠近,好几次之后,和她混熟了,才敢无所顾忌地和她亲热。

宋初选了一只银渐层抱起来,往里走,走到一张暖咖色的沙发上坐下。

她把猫放在腿上,这只银渐层很乖,安安静静地趴着。

唐识随手抱起这些猫里的颜值天花板,是一只布偶。

纯白的毛,耳朵慵懒地耷拉着,两只眼睛是清透的宝蓝色,看上去格外傲娇。

但布偶性子有点野,宋初逗猫的时候,差点被抓伤了。

最后,宋初和唐识把银渐层带出了猫咖馆。

从猫咖馆出来,两人又去了猫咪用品店。

本来猫咖馆附近就有,但唐识特意开车去了更远一点的地方。

到了地方,宋初看着这寸土寸金的地儿,都有点羡慕那只银渐层了。

宋初抬眼望去,目之所及的这一排,全是卖猫咪用品的。

她没养过宠物,目光一一扫过这些店铺名:"去'猫舍小屋'吧,这家商标设计看起来比较漂亮。"

唐识逮着机会就逗宋初:"我们初初还是个颜控啊?"

他还挺庆幸自己遗传了老爸老妈的优良基因。

两人去了玩具专区,宋初看着满眼的猫咪玩具,头都大了。

光是逗猫棒都有好几种——可伸缩的鹅毛逗猫棒,双头逗猫棒,钢丝逗猫棒……

毛线团也各式各样,猫咪小公仔光是外形都够挑花了眼。

宋初干脆把银渐层抱过来,让它自己选。银渐层爪子碰到哪个,她就拿哪个。

买完玩具,两人又去了零食区。

宋初之前帮同学照顾过猫,对吃的这块儿还挺熟,她直接拿了猫罐头、猫薄荷和营养条。

唐识指了指一种水培猫草:"这个也拿点?"

宋初摇头:"这个很臭的,还生虫,对猫咪不好。"

接下来就是猫咪的用品,东西很多也很杂——猫砂、淡紫色猫砂盆,还有猫抓板和猫爬架等。

因为考虑到有时候会把猫咪带出门,所以买了一个航空箱。其实买猫包也可以,但猫包透气性不太好,航空箱除了重一点,完全可以替代猫包。

两人又买了粘毛器和紫外线灯。

猫这种动物,会喜欢窝在柔软的地方——比如床上和沙发山,所以紫外线灯很有必要,可以杀菌。

宋初又一次感叹人不如猫。

唐识家够大,环境够好,两人决定,先把猫放在唐识那儿养。

那只银渐层不怕生,第一次见就很黏宋初,而且很乖,乖得有点懒,趴在宋初怀里连动都不想动一下。

唐识本来担心新来的猫会抓到宋初,或者在车里不安地跳来跳去,但终究都因为这只英短银渐层的安分,而放弃了暂时把它关在笼子里的想法。

路上,唐识说:"初初,给它起个名字吧。"

宋初实在不是一个擅长起名字的人:"要不,你来吧。"

唐识淡瞥了眼正在蹭宋初肚子的银渐层:"它好像更喜欢你。"

宋初低头,银渐层抬头。

一人一猫四目相对,银渐层轻轻"喵呜"了声,似乎也很期待妈妈给自己起的新名字。

副驾驶座上的女孩垂眸,街灯透过车窗折射下来,一道暗橘色的光从她身上快速地滑过。车窗半开,夏末晚间的风灌进来,不带一丝燥意。

唐识闻到女孩身上的香味,不像是任何化学品带来的。

这种感觉有点像是,英国电影里,某个雾蒙蒙的清晨,第一缕阳光穿透薄雾,照在大片的布里蒙橡树上。

沉静,却又带了点浮生若梦的味道。

唐识以前似乎从来没有闻到过。

宋初低着头想了好久。

过第三个红灯的时候,宋初才小声说:"要不……叫狗蛋?"

话音刚落,唐识就笑了,看出来了,她说自己不擅长起名,还真一点都没谦虚。

宋初说出这个名字的时候,一直趴着睡觉的银渐层,猛地抬头,像是听懂了她的话,"喵呜"叫了两声表示抗议。

今天它第一次正眼看了唐识,像是在跟唐识说,我妈起名废,你快自己想一个。

银渐层最终没能逃过被叫"狗蛋"的命运。
完了,它不洋气了,它成土狗了。
它是一只猫啊!怎么能叫狗!
抗议几次无效后,狗蛋干脆也不理宋初了,从她怀里跳出来,蹦到后座自闭去了。

唐识先送宋初回了家,到宋初家单元楼下的时候,狗蛋又从后座蹦了过来。

唐识强行把一人一猫分开,跟宋初说了晚安。

四十分钟后,洗完澡出来的宋初,打开手机,看到唐识十分钟前发过来的消息,说他已经到家了。

宋初退出聊天框,点进了朋友圈。
唐识朋友圈更新了,配文:【叫宋初,是女朋友。】
他配了两张图片,一张是他的自拍,狗蛋一脸不情愿地看向镜头。另一张是她坐在副驾驶低头抱着狗蛋的样子。

应该是等红灯的时候他偷偷拍的,她当时给狗蛋想名字想得太认真,没发现。

认识唐识这么久,她也没见唐识自拍过。

朋友圈是十分钟前发的,他们共同好友不算少,底下已经能看到很多赞和评论。

宋初也点了个赞评论道:【可以偷图吗?】
唐识立刻回复:【领导来偷人吧,人比图好看。】
宋初看着这句话,脸没出息地红了。
于琬冒出来:【嗷!这么久不回我的,我还以为我狗哥没了呢。双标了嗷!】

宋初这才发现,那么多评论里,唐识只回了她的。
她看着唯一的回复,嘴角不可抑制地朝上生长。
尽管只是一件很小的事,宋初还是感觉到了自己想要的那种,独一份的偏爱。

宋初刚吹完头发躺下,于琬的电话就打了过来,问她和唐识是怎么在一起的,八卦完,吵着让他们请客。

和于琬聊完,已经一个小时过去。

才挂断电话,手机又响了,是唐识打来的。

宋初接听。

唐识话里没有责怪的意思,像是随口问了句:"和谁打电话呢,这么久?"

"琬琬。"

唐识说话的声音比平时要低:"啊……抢我女朋友。"

男人带了点气音,因为手机贴着耳朵,听得宋初耳尖发烫,心里回答了唐识的话。

没有,是你的,谁都抢不走。

她嘴上却转了个话题:"我们找个时间,请他们吃顿饭吧。"

"领导说了算。"

就算没有他俩在一起这个由头,几个人也经常聚。

所以大家和平常都没什么不同,除了于琬有时候太黏宋初,对她又搂又抱会被吃醋的唐识拉开,其余没什么变化。

吃完饭出来,唐识要送宋初回去。

于琬和林校就搭陈晋的车。

于琬提议:"初初,要不你就直接搬过来和狗哥住呗,这样我们几个都在一个小区,多好。"

前几天唐识也和她说过这个问题了,但她房租还剩一个月到期,现在搬和一个月之后搬,差别不大。

更重要的原因是,她没怎么准备好,总觉得刚在一起就同居,有点太快了。

八月十五,中秋节。

昨天,唐识把宋初接过来了,因为租的房子小,宋初生活又极简,所以东西很少,没用一个上午就搬完了。

宋初加班到晚上九点,唐识本来八点能下班的,但临下班前急诊那边来了个病人。

处理完了那个因为喝醉逗狗而被狗咬了一口手臂的病人,时间已经到了十一点。

今天有个灯会，唐识是最后一个到的。

幸好办灯会的地点离医院不远，唐识花了二十分钟就到了。

这条街上设了很多帐篷，大多数都是设了猜谜的项目。

猜谜的规则都差不多，每猜对十个灯谜，就能得到一张红纸条。唐识和宋初一路猜过去，手里已经有了很多能兑换奖品的红纸条。

于琬把红纸条全拿走了，宋初猜谜也是图个快乐，索性就随她去。

于琬兑了一个小风扇、一把小折扇，还有一堆乱七八糟的胶带、书签啊之类的。这些东西平常都不太用得上，但于琬还挺开心的。

现在这个点，灯会没有半点清冷下来的意思，人好像还越来越多了。

他们这群人被人群冲散，没多久宋初站在人堆里，什么都看不见了。

忽然手被人抓住，正要挣开，听见唐识的声音，她安心下来。

两人穿过拥挤的人群，到了一家"心愿杂货铺"前。

像是怕再次走散，唐识一直紧紧牵着她的手，一秒都不曾松开。

店里人特别多，放眼望去都是一些年轻的小情侣。

两人牵着手走了进去。

店里四面墙都有柜子，每个柜子被切分成很多个小格子，每个格子里有很小的玻璃瓶，瓶子里有被卷起来的纸条，安放着许许多多人的小愿望。

唐识和宋初找了长条纸，往最里面走，找到一张小圆桌坐下来。

两人都很快写好，然后卷起纸条，放进了玻璃瓶里。

出来的时候，两人沿着马路往前走，等到人群的吵闹声被甩在身后，唐识问："写了什么愿望？"

宋初摇头："没写。"

唐识比她高，轻而易举就能把手搭在她头上："这么佛系啊？"

她本来打算写"唐识"的，可落笔的那一瞬间，抬眼看到坐在她对面的人。觉得似乎没有写下的必要，她的愿望，已经实现了。

至于别的愿望……

宋初低头看着脚尖，眸色暗淡。

别的愿望似乎也不太可能实现。

这几年逢年过节，宋初都会给陈如馨发祝福语，可每一条消息前都有一个红色感叹号，无一例外都没发送成功。

这几年她在北川，尽管有于琬他们在她身边，可她始终是一个异乡人。每次遇到什么不开心的事，她也会给那个早已经拉黑她的账号发消息，哪怕回应她的只有一个又一个红色感叹号。

宋初不是没想过打电话，但陈如馨连微信号都给她拉黑了，很明显就是已经不要她，她每次按出那个倒背如流的号码，最后都没有勇气拨出去。

宋初不太喜欢坐在沙发上，唐识在北川的家和在南川的家布局差不多，除了面积不一样之外，其余的几乎是一比一复刻。

宋初盘腿坐在地毯上，随手从沙发上捞了个大头娃娃抱在怀里。

和宋初在一起之后，唐识家里就多了很多这种玩偶。

唐识拿了一张小毯子给光着脚的宋初盖上。

现在是八月中旬，可北川的燥热依旧没有减少半分，只是昼夜温差有点大。

尽管如此，晚间只是变得比夏天的时候更加凉爽，没有到会冷的地步。

但宋初天生手脚冰凉，也不知道是不是太瘦的原因，身体也不太好。

唐识在沙发上坐下，客厅里没有开灯，旁边的钓鱼灯亮着，光线和亮度都挺舒服。宋初自然而然地将头靠在唐识腿上："唐识。"

"嗯？"

宋初又叫了一声："唐识。"

唐识明白了，她只是想确定，他在不在。

他手在女孩脑袋上抚摸着，有点像宋初摸狗蛋的时候。

"在呢。"

两人保持着这个姿势，谁都没有说话。

也不知道过了多久，唐识感觉到腿上一抹热，那抹热迅速转凉。

宋初哭了。

唐识坐到地毯上，宋初自然而然被他搂进怀里。

茶几上摆放着月饼，某个电视台重播着中秋晚会，热热闹闹的氛围却衬得宋初心里越发荒凉。

自从唐识回来后，宋初一次都没有提过以前的事。

就好像她根本不在意了般，现在唐识知道，她不是不在意了，而是……在意了又如何？

她现在成长为了自己还算喜欢的样子，更加独立和懂事，但她还是没有任何办法能够改变过去，没办法改变宋茂实和陈如馨都不要她的事实。

这是他回来后，宋初第一次主动谈起过往。

"我妈妈是在一个雪夜离开的，你知道南川很难下雪，但那天晚上她走了之后，南川下了有史以来最大的一场雪。我还记得我坐在床边，看着地面的雪一点一点积起来，越来越厚。

"她离开的前两个月，宋茂实每天都打我，喝醉也打，输了钱也打。

"但是我从来都没有怪过她，因为我知道她爱我，她离开只是因为实在受不了宋茂实了。我知道她有一天会回来接我的。

"我等到她了，她真的回来了，我们在一起，有很多很多很珍贵的时光。

"后来，她遇到了秦叔叔，他们重新有了一个家。我大概是多余的，所以她不要我了。"

……

宋初说这些的时候，语气很平静。

她花了很长时间来接受自己再度被抛弃的这个事实，可她越云淡风轻，唐识的心就越一抽一抽地疼。

那段时间，他不知道她是怎么熬过来的。

他把微信账号都注销了，彻底消失在了每个人的生活里。

他没有陪在她身边。

他注销微信号也没什么特别的理由，就是想斩断一切熟悉的人和物，在国外专心上学。

他那会儿觉得这边没什么割舍不下的，现在他有点讨厌当时自认为潇洒的自己了。

良久，宋初才又继续开口，语气依旧很淡，却又与刚才的平静不同，带了点颤音："那时候我就在想……"

沉默了两秒，宋初才又出声道：

"唐识，没有人爱我了。"

她被舅舅和舅妈接到临安，可她终究还是感觉到自己在那个家里，只是一个外人。

她尽量扮演好一个好外甥女，不让陈如温和王莹觉得她是个坏小孩。

因为害怕自己被再次丢掉，所以那一段时间的宋初，像是一个没有自己情绪的提线木偶。

她很清楚地知道，如果她犯了错，没有可以为她撑腰和托底的人。

那个时候，唐识的微信号注销，她总会想，唐识还会不会再回来。

可能他们永远都不会再见了，即使她运气够好，在漫长余生的某一刻能够再次遇见唐识，他们也可能早就不是彼此记忆里的那个人。

但她还是想搏一把，反正她什么都没有了。

唐识的出现，在她无波无澜的青春里，掀起了惊涛骇浪。

他走了，惊涛骇浪也走了。

她的青春里，空有一身疲惫。

她曾经在无数个暗夜里，听到自己说：

"可是唐识，你来了。"

于是她更加拼命地学习，只想考来北川。

每一个听英语听力听到吐的夜晚，每一个刷题刷到烦躁的时刻，只有两个词在她脑子里出现。

一是唐识，二是北川。

北川是他从小到大生活的城市，他最爱的外婆也在这里，总有一天她是能等回他的。

于是她高中毕业后，义无反顾地来到他的城市，哪怕再遇到他的机会渺茫。

唐识捧起宋初的脸，温热的指腹从脸上抹过，泪痕就此断裂。

男人一字一顿，像是在说誓言，庄重又认真："初初，从现在开始，你不用把难过藏起来。从今往后，你往你喜欢的样子活，我给你托着底。"

宋初双手环住唐识的腰，紧了紧。

她觉得自己是幸运的，至少，唐识这样的人，在她荒凉无垠的青春里出现过。

她年少时遇到了一个很好的人，阳光，温柔。

那个意气风发的少年不是她的谁，但也正是他，让她对这个世界还心存欢喜。

"唐识，谢谢你来爱我。"

宋初帮同事代了两天班，关系没有很好，是见面最多能客气地打招呼的那种程度。

所以同事忙完自己的事回来，就跟宋初说，帮她代两天，给补回来。

宋初没同意，这不是什么大事。

但拗不过对方坚持，宋初也就多了两天假期。

这两天，唐识都因为手术，到凌晨才下班。

宋初怕他疲劳驾驶，这两天车都是她开。

幸好大学的时候于琬报驾校的时候，拉着她一起报了。

但驾照拿到之后，她一次路都没上过。

刚开始的时候，宋初其实还挺没信心的。

但唐识莫名很信任她，她也就硬着头皮开了。
一路上，她其实还挺担心唐识像驾校教练一样在旁边念叨的。她最怕有人说话，那样她特别容易受影响。
但唐识一直都很安静，甚至车开了一小会儿就睡着了，眉眼安静，睡得很沉。
对她这个新手还真是放心。
到了医院，宋初连叫了他好几声，他才茫然地醒过来。
宋初用湿巾给他擦了擦脸："我今天不上班，回去给你做了饭带过来，一起吃。"
"好。"

宋初一个人开车回了家，刚到家门口，就遇到了许久不见的人。
周之异手里夹着一支刚点燃的烟，放到嘴里，立刻冒出猩红的火光，随即吐出一个极其漂亮的烟圈。
见宋初从车上下来，他立刻将烟掐灭，扔进垃圾桶。
宋初一直不太喜欢烟味。
所以跟宋初相处的时候，哪怕他瘾再大，也还是能忍住。
宋初单身那段时间，周之异像是风，无孔不入。
想给她打电话就打，想给她带早餐就带，想赖着她就赖着……怎么都赶不走。
自从唐识回来，他就再也没纠缠过。
甚至都没用宋初撵他，他就从她身边消失了。
就连跟她说声新年快乐，都要借着周之夏和她打视频的机会。
周之异活得肆意，绝不让自己受半分委屈。
可他在宋初这里，一次又一次吃瘪，却依然甘之如饴。
这辈子都没活得这么憋屈，但也没有这么无可奈何过。

宋初走到周之异面前："要进去坐坐吗？"
周之异答非所问："听说，处对象了啊？"
看着宋初的眼神，周之异笑了："放心，不撬别人墙脚。"
说完，周之异又笑了，带了点自嘲："我这人呢，还挺有自知之明的。"
宋初一时不知道该说什么。

周之异想起，大三那年暑假，他策划了一场告白。
他知道如果人很多，会给宋初造成压力，别的女孩子喜欢的浪漫，或许在她眼里不是。

也或许……只是人不对。

所以那天只有他们两个人。

那天宋初对他说了很多话。

也是宋初第一次这么详细地和他说起唐识。

她从他们的相遇说起,似乎每个时刻对她都意义非凡。

大概是真的为了断了他的念想,所以她说得格外仔细和认真。

"你知道我为什么一定要来北川吗?因为……我所有的牵挂都在这里。

"我有一个很喜欢的人,他叫唐识,是我的星星。是我无边暗夜里,唯一的光亮。

"我所做的努力,都只是觉得,我想尽我所能,离他更近一点。"

那天,周之异不死心:"可是,你来北川三年了。这三年来,他一点消息都没有,不是吗?"

回应他的,是一片无声。

他有点生气:"三年你等得起,那十年二十年呢?还是他从此消失在这个世界上,宋初,你又能等他多久?"

他到现在还能记得宋初当时眼神里的坚定,语气平静却带了点令人无法忽视的味道:"有一天算一天。"

从那会儿他就知道,自己彻底没戏了。

所以唐识回来之后,他就让自己在他们的世界消失。

周之异回神。

靠在墙上的他站直:"恭喜你啊,得偿所愿。"

明明是道喜的话,嘴里明明含着糖,他却觉得酸涩无比。

周之异张开双臂:"能……抱一下吗?"

虽然希望不大,但他还是想问问,朋友也能拥抱。

但宋初微微往后撤了一步,拒绝了他。

意料之中的事,周之异也没太难过:"我要走了。事务所有去国外交流学习的名额,落我头上了,去两年。"

周之异知道,这次分开很大概率不会再见了,哪怕两年后他回来,他也不会来北川发展。两人再见的概率,太低。

周之异看着宋初手腕上泛旧的红绳,眼底泛酸:"今天就是来跟你道个别,走了。"

宋初叫住他,可那个拥抱始终没给出去:"一路顺风。"

这是这几年来,宋初叫他,他唯一一次没有回头。
走得潇洒又决绝。
他今天不只是跟宋初道别,也是跟自己道别。

第九章
除了你，我谁的手都不想牵

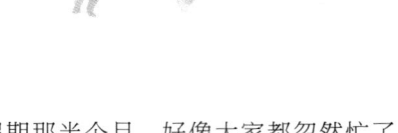

  中秋假期一过，尤其是接近国庆假期那半个月，好像大家都忽然忙了起来。
  宋初和唐识虽然住在一起，但是能在一起相处的时间也不多。
  国庆放假前一天，两人还都因为工作，在台里和医院通宵了。
  正式放假那天，宋初从回到家，被唐识逼着扒拉了两口饭后，就像长在了床上一样。
  这一觉睡得有些长，若不是听到有人叫她，她估计能一直睡到第二天早上。
  宋初听到唐识的声音，迷迷糊糊睁开眼，随即又闭上。
  宋初觉得谈恋爱这件事很神奇，很多事情会在不知不觉间改变。
  比如她和唐识谈了几个月恋爱，不知道什么时候起她开始变得会撒娇会黏人。
  比如她不知从什么时候开始，彻底没了起床气。

  坐在床沿边的唐识，见床上这一小团睁眼看他一眼，下一秒就把脑袋埋进被窝，压根没睡醒的样子，耐心极好。
  他俯下身，把被子轻轻往下拉，女孩露出小半张脸。唐识轻声哄道："初初，起来吃点东西再睡？"
  气息喷洒在宋初肌肤上，有点痒。
  她伸出手，环住唐识脖子，因为没睡醒，声音带了很严重的倦意："你也通宵了，你都不困吗？"
  唐识换了下姿势，把她从床上抱起来："我还好。"

她顺势像一只树懒一样圈着唐识,头无意识地靠在唐识脖颈处,柔软的唇瓣滑过裸露的肌肤,电流从那一点极速蔓延。

宋初是真的不想动,甚至从客卧走到厨房,这一小段距离,她都能睡着。全程她没再从唐识身上下来,唐识跟照顾个小孩似的喂她吃饭喝水。

吃完饭,唐识把人抱去洗手间刷牙,把人放在了洗手台上。就连他挤牙膏的时候,宋初都要环着他脖子,靠在她肩膀上。

唐识挤完牙膏,她才勉强撑起来。

刷完牙,宋初唇瓣和唇周沾了点水,唐识伸手给她擦干。刚伸手,半睡着的宋初伸出舌头舔了一下唇,柔软的舌尖给唐识指尖带来一抹湿意。

男人好看的喉结上下滚动,声音忽然变得低沉喑哑:"初初,我们是不是……还没接过吻?"

困得意识薄弱的宋初"唔"了声,就没再回答他。

他看着眼前这个下一秒就要睡死过去的人,无奈。

算了,亲了怕忍不住做点别的什么事情。

人姑娘还困着呢,他不能干这种禽兽不如的事儿。

他把宋初抱回了客卧,给她盖好被子,知道她不喜欢晚上醒来眼前黑漆漆的一片,又给她把房间的睡眠灯给打开。

回自己卧室后,唐识冲了好久的冷水澡,才勉强把突如其来的燥意冲了下去……

两个人打算趁着国庆这个长假回南川。

她现在长大了,不会对陈如馨现在的生活造成影响,所以陈如馨应该不会再次赶她走。

宋初其实是没有勇气回去的,但唐识说,她可以按她喜欢的样子活,她也有了可以为她托底的人。

最主要的原因,她太想陈如馨了,去找陈如馨这个愿望,过了这么多年一点都没淡去,反而越来越浓烈。

早上九点的飞机,宋初昨天睡之前设了七点的闹钟,还没等闹钟响,宋初就醒了。

因为睡得太久,宋初脑子有点疼。

唐识还没起,宋初就先去厨房做早餐。

她热了牛奶,煎了两个鸡蛋和一些培根。

唐识不知道什么时候醒了,看她在厨房忙活,走过去从身后环住她的腰:

"昨天晚上我把行李都收拾好了,等会儿直接出发。"

去南川,没什么特别要收拾的。

在那边有家,对那儿也很熟悉,所以带一些日常换洗的衣服就可以。

宋初忽然想起什么,正要开口问,唐识就已经答了:"内衣也收拾好了。"

"……"

唐识轻轻捏了捏怀里的人泛红的耳尖:"我们初初怎么这么可爱。"

"……"

宋初无语了一阵儿,直接动手推唐识:"快去洗漱换衣服,吃完早餐出发了。"

从家里出发,宋初一路都很紧张。

自从那次偷偷回南川,看到陈如馨和秦杰一家其乐融融的画面后,她就再也没回去过。

一直到取完票,过完安检,宋初都还处在一个游离的状态。

安检完,握着手里的登机牌,宋初忽然没了上前的勇气。是唐识牵着她的手,带她走到了登机口。

耳边传来飞机的轰鸣声,宋初更加用力地握了握唐识的手。一直到将近三个小时的飞机落地,宋初才松开。

这几年没回来,南川变化挺大的。

之前江南小区这一片几乎都是破旧的居民楼,现在已经高楼林立,还形成了一个小商圈。

生活和交通都比之前方便得多。

因为政策倾斜,从机场到家这一路,江南小区这一片算是变化最大的,车子经过"24客"的时候,宋初还愣了下:"没想到便利店还在。"

两人干脆在便利店门口下了车。

"24客"的商标换了个风格,行云流水的书法体,看起来比之前方正死板的好看很多。

店里的装修没怎么变,除了商品新添了很多,店里的其他设备看起来都还没换过。

这会儿过了午饭时间,店里除了他们俩,就只剩下站在收银台前,低着头写试卷的小姑娘。

小姑娘看起来十七八岁,和宋初在这儿兼职时的年纪差不多。

两人逛了会儿,一人拿了一瓶冰水,正要过来结账,就看到便利店进来一个女人。

女人直接走到收银台前,屈起手指扣了扣收银台的位置。

女孩抬头,很乖巧:"赵老师。"

赵老师:"你这样是不行的,太耽误你学习了。之前老师有个学生,和你成绩差不多,她后来去了北川大学。但不是所有人都能有这份毅力的。

"实在要做兼职……老师有个朋友,孩子上一年级,正在找家教,待遇不错,那家人也挺好的,你下午去试试。"

……

等她们聊完,宋初和唐识才过去,把手里的水放到收银台:"麻烦结下账。"

宋初扭头看着身边的女人:"赵老师,好久不见。"

赵宁盯着宋初看了半天,终于认出来:"是好久没见了。"

宋初变化很大,记忆里的黑长直已经变成了微卷的蜜茶棕,妆容精致,举手投足间已经不是十六七岁羞怯自卑的样子。

如果十六七岁的宋初是暗淡的,那么现在的她,身上有种令人难以忽略的光。

宋初身边的唐识倒是变化不大,银边眼镜夹在高挺的鼻梁上,举手投足间全是刻在骨子里的雅气。

赵宁刚从南川师范大学毕业,就考进了南川一中当老师,教语文。

她低头看见两人相握的手:"你俩在一起了?"

宋初大方点点头。

赵宁替她高兴:"你们什么时候回来的,怎么也不说一声。"

"刚下飞机呢,回来办点事,本来打算办完事再说的。"

没想到先在这儿遇见了。

三个人又寒暄了几句,赵宁被一个电话叫走了,走之前重复好几遍:"办完事约着吃顿饭啊,别偷摸跑。"

宋初和唐识去了附近一个小商圈,买了些营养品和水果,才回了江南小区。

江南小区被翻新了,之前很多旧的设施也换了新的。

宋初不知道宋茂实还是不是住在这儿,但这些年也没联系过,昨天打过电话,没打通。

宋初到了家门口,敲了敲门。好几分钟过去了,愣是没人来开。

估计宋茂实又去哪儿打麻将了。

大概过了十分钟,楼上的邻居看到她,盯着她看了好一会儿,因为有点不确定，出声问："是宋初吗？"

宋初点头："刘叔，宋茂……我爸还住这儿吗？"

刘叔点头："我们年纪都大了，除了在熟悉的地方扎根等死，很少挪窝的。你们这些做子女的，要时不时多回来陪陪老宋，孤家寡人，怪孤单的……"

宋初安静听完。

等刘叔停下来，宋初才问："刘叔，那您知道，我爸去哪儿了吗？敲半天门了，没人应。"

刘叔一脸恍然大悟："老宋住院好几天，我还以为你们是知道了才回来看看的。在市医院，好像今天出院。"

宋初说了句"谢谢刘叔"，和刘叔告别完，拉着唐识走了。

这里离唐识家不太远，唐识回去开了车，和宋初一起去了市医院。

宋初去护士站问了宋茂实的病房，在住院部，三楼。

唐识没陪她进去，给父女两人留了独处的时间。

找到宋茂实的时候，宋初觉得他似乎比以前状态要好。

宋初走进去，宋茂实正低头吃医院提供的午饭。

眼前投下一片阴影，宋茂实抬头，看到宋初。

他和刘叔刚看到宋初时候的表情如出一辙，但他很快确定这是谁："变漂亮了。"

宋初本来以为，两人见面，还是会像之前一样闹得不愉快。

但看到宋茂实的时候，宋初忽然就觉得，以前的种种，在经年之后，都变得模糊了。

那些不开心的回忆，已经在时光的洪流里褪色。在她长大的这些年，宋茂实也独自成长着。

宋初给他倒了一杯水："我在的时候就让你少喝酒，怎么这么多年了一点都没改。"

宋茂实接过水杯的时候顿了下，这丫头以为他是因为喝酒才进医院的。

宋茂实将杯子里的水一饮而尽："很多年没喝酒了。"

自从宋初被陈如馨带走之后，宋茂实那段时间酗酒更凶，几乎每天都喝，酒醒了就继续喝。

这样大概持续了半个月，宋茂实发现，真的没人会给他煮醒酒汤，也没人照顾他了。

以前只要他喝醉，不管再晚，宋初都会一言不发给他准备好醒酒的东西，也会给他准备夜宵。

某天回家，他摔了一跤后，就决心戒酒了。

后来偶尔也喝，但从那次之后，他喝酒有了节制，再也没喝醉过。

后来宋茂实找了个正经工作，在一家酒店做清洁工，虽然工资不高，但也能养活自己。

偶尔他也会去麻将馆，但一到晚上十点就准时回家，再也没有通宵赌过钱。

这次住院，就是因为在清扫酒店大堂的时候，地太滑，一时没站稳，摔了。

宋初替宋茂实收拾好东西，去办了出院手续，搀着宋茂实走出了病房。

宋初没打算把唐识藏着。

在电梯里，宋初告诉宋茂实："我有男朋友了。"

宋茂实对此倒没多意外："有时间带回来给我看看。"

想了想，他以前对宋初做过挺多过分的事，不是个合格的父亲，赶紧补了句："如果你愿意的话。"

走到住院部一楼大厅，宋初看到坐在椅子上的唐识。

唐识也正好看到他们，立刻上前。

唐识大方地自我介绍："叔叔你好，我是初初男朋友。"

宋茂实对唐识有印象，宋初高二的时候，两人似乎总在一起。

看了唐识一会儿，宋茂实才说："挺好。"

宋茂实后来也慢慢学会了做饭，因为一个人生活，总出去吃的话，那点工资也支撑不了多久。

半路，宋茂实让唐识掉了个头，去了菜市场。

宋初怕他身体没好全，没想让他动。

但他们回来，宋茂实明显很高兴："我本来早该出院了，医生非让我住院多观察两天。早想出来走走了。"

他这么一说，宋初也没再跟他犟。

回到家，宋初发现，家里几乎没怎么变，除了之前一些非常旧的家具换了半新的外，和她记忆里的一模一样。

她的房间也一样，是她和陈如馨离开的那天的模样。

宋茂实没让宋初进厨房："你很多年没来家里了，也让你尝尝我的手艺。"

唐识在厨房里帮忙，宋初本来以为宋茂实会刁难他，但从头到尾宋茂实都是一个慈祥的父亲。

问的问题有时候有些刁钻,但能感受到他没有恶意。真的像是一个不放心女儿谈恋爱的老父亲。

宋初这才意识到,宋茂实真的不一样了。

刚才从菜市场出来,三个人又去了一趟超市。

宋茂实买了果酒。

他倒了半杯在宋初杯子里。

或许是酒精作祟,也或许是年纪大了,宋茂实话多了起来,说的都是一些家常,宋初却觉得有些不真实感。

在以前,父女俩能好好说话都是奢侈。

话题不知怎的,就聊到了陈如馨身上。

在宋茂实的认知里,宋初这些年只是没来看他。

"你妈……最近怎么样?"

宋初夹菜的手几不可察地顿了顿:"我也不知道。"

宋茂实不是什么迟钝的人,见宋初这副样子,也没再问下去。

他没往别的地方想,只觉得母女两人是不是闹了矛盾。但以他现在的立场,也的确没有资格劝宋初什么。

吃完饭,宋茂实送两人到小区门口。

他一路上都一副欲言又止的样子,但一直到宋初上了车,一句话都没说出来。

宋初降下车窗看他:"有什么事吗?"

宋茂实叹了口气:"初初,我知道以前对不起你,但是……能不能也经常回来看看我?"

宋初还没来得及说话,宋茂实已经率先低下头,看不清他的情绪。

但从语气能听出来,他说出刚才那句话也真的是鼓足了勇气。像是怕宋初对他反感,他赶紧慌张地补了一句:"你要是觉得为难的话,偶尔给我打个电话也行。"

宋茂实对宋初留下的阴影太大,说不怪他是不可能的。

但就在宋茂实低下头的那一瞬间,宋初忽然发现他头发白了好多。

宋初抿唇,眉眼微闪,没把话说死:"回去吧,有时间会来的。"

宋茂实听到这话,笑了笑,眼角很轻易就起了褶皱:"你们走吧,路上注意安全。"

宋初靠在车上，满脸的疲倦。

唐识打开车载音乐，知道宋初还没有想好要怎么面对陈如馨，就有意识地放慢了车速，还特意绕了几条路："看看南川的夜景。之前在的时候没怎么好好看过。"

就这么漫无目的地兜了差不多一个小时的风，宋初忽然开口："唐识。"

唐识腾出一只手，握住宋初的："没关系，我陪着你呢。"

宋初一直有种不祥的预感，但具体为什么又说不上来。

总觉得心口堵得慌。

她想，自己潜意识里还是害怕和陈如馨见面的。

和宋茂实比起来，陈如馨温柔，却也比他狠得多。陈如馨给她造成的创伤，其实并不比宋茂实少。

宋初最终还是决定去找陈如馨，有些事迟早是要面对的。

她去之前，鼓起勇气拨通了记忆深处的号码。

刚开始那几天，她也尝试着拨过，只是一直都是处于被拉黑的状态。

自从她悄悄回了南川，看到小餐馆里陈如馨和秦杰相处融洽的那一幕，回临安之后，她就再也没打过那个电话。

宋初以为这次依旧会传来机械又冰冷的女声，没想到居然打通了。

但迟迟没有人接，最后自动挂断了。

宋初垂眸盯着手机屏幕，没有勇气再打第二次。

"既然被从黑名单放出来了，就是一个好的征兆。"唐识道，"初初，再试一次。"

宋初轻咬着唇瓣，一点软肉快要被自己咬破的时候，宋初拨了第二次电话。

这次接得很快，只是传来的是男声，听起来很年轻："喂？"

宋初愣了下，想出一个可能性："秦杰吗？"

"不好意思，您是不是打错电话了？"电话那边的人疑惑。

宋初不可能记错号码，这些年她也没删除过。陈如馨不要她之前，她打过很多次这个电话，不可能错。

但现在这个号码的主人确实不是陈如馨了。

宋初说了声"抱歉"，挂断电话没多久，唐识的车停在了小餐馆门前。

小餐馆没变，除了看起来旧了不少，就连桌椅的摆放都没变。

李云清送走最后一拨客人，在收银台算账，听到有人进来，头也没抬：

"不好意思,今天不营业了,请明天再来。"

李云清说完后,发现没动静。

她抬头一看,愣住了。

宋初喊她:"李阿姨。"

李云清收起账本,眼眶一下子就湿了。

她走到宋初跟前,牵起宋初的双手:"瘦了。"

简单地寒暄过后,宋初问:"李阿姨,她呢?"

李云清被问得一愣,很快明白过来这个"她"指的是谁。

李云清眼神闪躲,没答。

宋初说话的声音不自觉哽咽:"她还是不愿意见我是不是?"

"没有。"李云清显得有点激动,"不是的。"

李云清想了想:"初初……"

李云清像是纠结了很久,叫了她名字之后,沉默了足足三分钟,才牵起她的手:"你跟我来。"

李云清带宋初上了二楼。

二楼是居室,装修和记忆里的一样。

宋初的房间也没变,尽管这些年她没回来,她的房间李云清也没动过,还定期打扫得干干净净的。

李云清带宋初到了小阳台。

小阳台搭了一个棚子,里面摆了一张黑白照片。

陈如馨的。

唐识一直跟在宋初身后,看到照片的时候,他看到宋初明显抖了一下。

宋初一脸不可思议,尽管答案已经很明显,可她还是颤着嗓音问:"李阿姨,这、这是什么意思?"

宋初希望李云清不要回答,或者回答出她想象之外的答案。

可是李云清一字一顿:"你妈妈她……"

她哽咽着,话没说完,可是已经回答了所有。

宋初双手握成拳,越来越用力,指甲一寸一寸陷进肉里,痛感传来。

唐识牵起她的手,阻止了她在手上留下更深的印子。

难怪刚才电话能打通。

人去世之后,手机号和身份证会解绑。

这个手机号是被别人买去了。

宋初像是明白了什么："什么时候的事？"

已经到了这个地步，李云清也没有必要再瞒着宋初："把你送去舅舅家没多久。"

陈如馨是真的回来接她的，也是真的想要把她离开那几年的母爱弥补给她。

李云清告诉他们，其实刚回来的时候，她们经营的小餐馆也才刚刚起步，陈如馨本来打算再过个一两年，等一切都稳定，能给宋初足够的物质生活再回来的。

可是陈如馨查出了肝癌，俗套又狗血。

但谁又希望这种事情发生在自己身上？

所以她们就提前回来了，提前把宋初接到了自己身边。

陈如馨想在自己生命结束之前，把那几年宋初缺失的母爱弥补给她，自己也不想带着遗憾进棺材。

就连嫁给秦荣也是假的。

以陈如馨的身体状况，她实在不忍心拖累任何人。

秦荣知道她的情况后，答应帮她。

还有秦杰，秦杰其实也不是那么恶劣的。

宋初现在明白了，难怪秦杰对她再怎么恶语相向，再怎么要对她动手，都没真正伤到过她。

那会儿正是宋初人生的关键时期，陈如馨不想让自己的事影响到宋初，也不想宋初因为自己的死而伤心。

与其这样，不如让宋初恨她。有些恨比爱要让人容易释怀得多。

陈如馨只能再一次"抛弃"她。

而陈如馨替宋初找的归宿，就是陈如温家。

她把所有积蓄都给了陈如温，就是为了不让陈如温对宋初有任何的亏待。

李云清越说，宋初越觉得自己快要窒息了。

像是在烈日当空的下午，被人扔在沙滩上的一条鱼，根本就无法呼吸。

李云清下了楼，示意唐识好好陪着宋初。

李云清走后，宋初再也绷不住，把脸埋在唐识胸口哭了起来。

无声，却又剧烈。

她以为没人爱她了。

可是她现在知道，一直有一个人，无私又深切地爱着她。

第二天，宋初去了陈如馨的墓。

唐识和他的父母也过来了。

唐识带了一束花，放下花和陈如馨打了个招呼，一家三口就走了。

宋初想和陈如馨单独待一会儿。

墓园很安静，旁边是一片松林。伴随着早晨清透的阳光，宋初还能听到几声鸟叫。

宋初在墓碑前蹲下，手摸上冰凉的石头，而后手指缓缓落在了照片上。

照片上的人笑得很开心，李云清说，这张照片是陈如馨生前要求的，墓碑上要贴她十七八岁时候的照片。

那个时候的她最好看。

宋初手摩挲着照片上人的脸："妈妈真美。"

从昨天知道妈妈去世的消息开始，一直到现在，宋初都没说过话。

这会儿一说话，她才发现嗓子疼得不行。

她更靠近了墓碑一些，头靠在上面："这些年都没来看你，对不起啊。不过你这么好，在另一个世界一定也过得很好。

"这次回来，我去看宋茂实了。他变了好多，不抽烟不喝酒不赌博，也不打人了。挺好的是不是……你说，我要不要和他和解？

"对了，我在北川的时候，拍了好多照片呢。有我和朋友的，有我的自拍照，还有好多风景照。我给你看好不好？

"妈妈，我交男朋友了。你见过的，他和高二的时候比起来，一点都没变是不是？"

说着，宋初拿出手机，将手机里的照片一张张划过。

她又断断续续说了好多话，说自己这些年遇到的人都挺好的，把陪伴她的于琬和林校还有陈晋介绍给她听，也说保护她的周之夏和周之异。

也遇到了一些不太好的人，像是赵倩和邹梅。

但是他们的好，足以让她忽略掉不太好的东西。

有些人活在阴沟里，丝毫不影响另一些人活在坦荡的星光下。

宋初一直在陈如馨墓碑前坐到了中午。

唐识和父母一直等在墓园门口。

上车后，唐识问："带你去吃饭？"

朱莺韵拍了唐识脑袋一下："回家吃啊。你爸最近又学了两道菜，让他做给初初吃。"

唐识看了宋初一眼，宋初笑着回应："我也有拿手菜，还请男朋友给个机会,让我也给叔叔阿姨露一手。"

尽管宋初要去厨房帮忙,但被唐至廷和唐识赶出来了。
朱莺韵做了水果沙拉:"咱俩聊聊天,厨房交给他们就好了。"
宋初被朱莺韵拉到沙发上坐下。朱莺韵忽然说:"初初,阿姨想抱抱你,可以吗?"
宋初并不会觉得这个问题冒犯到她,她知道朱莺韵是心疼她。
朱莺韵抱着她,像陈如馨抱着她那样。
宋初有点贪恋这样的温暖:"阿姨,可以多抱一下吗?"
朱莺韵手轻轻拍着宋初后背,有些心疼:"初初,太瘦了。"
宋初抱得紧了紧:"阿姨,谢谢你也爱我。"
"初初,阿姨要告诉你件事。我们不是替你妈妈来爱你的。"朱莺韵从来不是把善意藏起来的人,"你妈妈给你的爱,独一无二,我们没有办法代替。但是我们的爱也是,我们爱你,是因为喜欢你,不是同情或者别的什么原因。"

在南川待了四五天,回北川之前,宋初又去见了李云清一面。
李云清本来以为宋初会接受不了陈如馨把她送走的真相,但这次见面,李云清很明显能感受到,宋初的状态和之前大不相同。
李云清这才开始反思,或许她和陈如馨一开始就错了。她们一直觉得,让宋初安稳地过完后半生,瞒着陈如馨的病情,对宋初来说是最好的。
但她们从来没有想过,宋初自己最想要的是什么。

回北川后,宋初接到了一个任务。
台里准备做一档关于医生的节目,这个任务分到了他们部门。
开了三天的会,终于确定了最终的方案。
采访的对象最好是年轻医生,能够代表时代心声的那种。
目标医院最终确定在了仁和医院,唐识工作的地方。
去医院蹲点采访的事,没几个人愿意干。
年纪稍微大一点的,深知医院那地方就是用命熬夜,还是想把节目做得深刻一点,仅仅靠白天拍到的素材肯定是不行。
比宋初稍微大一点的,正处于孩子需要人照顾的阶段,如果还要去医院蹲点采访,肯定分身乏术。
这个任务最终就落到了宋初头上。

台里和仁和那边联系好了，10月19日，宋初就可以到医院去报到。

10月18日这天，宋初得到了一天的假期。

唐识今天参与了三台手术，两台在上午，一台在下午两点。

最后一台手术结束，唐识回办公室的时候，终于有时间回宋初消息。

他直接拨了个电话过去："初初。"

"唐医生。"宋初喊他的时候，带了不可抑制的笑意。

宋初那边很安静，唐识问："你现在在家里？"

"等会儿就准备出门了。"宋初已经在换鞋，"你今天什么时候能下班？"

"现在就能下班。"唐识把大褂脱下来，搭在了架子上，"出门不着急的话，你等等我，回来陪你一起。"

一路上遇到的红灯多，也不是什么下班高峰期，没堵车，所以唐识没多久就到家了。

宋初出门买了一些做蛋糕需要的食材，又去买了些菜："今天让你尝尝我的手艺，你可不许跟我抢厨房。"

自从两人住在一起，唐识就没让宋初做过饭。

宋初也是闲不住了，今天怎么说都不能让唐识把厨房抢走。

唐识还是给宋初打了下手，需要切的菜唐识一个没放过。

宋初评价道："你还挺有参与感。"

今天唐识生日过得很低调，或许是怕打扰到他们二人世界，所以身边的朋友除了发"生日快乐"，没再打扰过唐识。

吃完饭，宋初把放在冰箱的蛋糕拿出来。

看着蛋糕，她忽然有种说不出的感觉。

这好像，是她认识唐识这么多年以来，和他一起庆祝的第一个生日。

"生日快乐，唐识。"

这句话宋初说得认真，因为，这好像……也是她第一次跟他说生日快乐。

关灯点蜡烛，橘色的火焰蹿起，忽高忽低。

火焰的光照在男人棱角分明的脸上，阴影被割裂，在他脸上投映出一块又一块。

吹灭蜡烛后，窗外清冷的月光大面积铺洒在房间，借着月光，宋初看着唐识的眼睛："许了什么愿？"

唐识一双眼深长漆黑："只许了一个愿，也不知道能不能实现。"

他说话的时候，眼睛一眨不眨地盯着宋初，宋初问："和我有关吗？"

唐识点头。

宋初觉得心像是被猫爪子挠了一下，痒痒的。

从这时候开始，她也能在他的愿望里了。

唐识忽然逼近宋初，将她圈在沙发角落和自己之间，声音低沉中带了些哑："许愿的时候，忽然想起……"

唐识忽然停了下来，原本盯着宋初的眼睛，往下移动："初初，我们好像还没有接过吻。"

宋初被他说得眼皮一跳。

唐识低头，离她更近了些："我希望，可以和女朋友接个吻。这个愿望，给实现吗？"

宋初觉得一股热迅速遍布脸皮，时间一分一秒过去，宋初低着头，很浅地点了一下头："嗯。"

唐识附身，温凉的唇瓣吻上去，柔软的触感让他不满足于浅尝辄止，而是想要索取更多。

一开始温柔带着试探，后来舌尖将怀里的女孩牙关撬开，肆无忌惮地扫着她嘴里的每一寸肌肤。

关了灯的房间里，传来两人粗重的呼吸声，带着某种压抑的欲望。

唐识的手不知道什么时候探进了她的衣服里，指尖的温度越来越滚烫，在解开她内衣扣子那一瞬间，宋初制止了接下来的动作。

唐识的舌尖在宋初小巧的耳垂上留下了一抹湿，在宋初抓住他手的时候，狗蛋忽然"喵"了一声。

狗蛋一双大眼睛盯着两人，像是在控诉他们"虐猫"。

被打断的唐识，无奈地低笑了声："不碰你。结婚之前都不碰你。"

这句话在宋初脑子里炸开，像烟花一样。

这句话的意思是，唐识是把娶她这件事写在未来计划里的。

宋初还没反应过来的时候，唐识已经帮她把内衣扣子给系好了："我去开灯。"

宋初赶紧用手冰了冰脸，哪有人还真一本正经帮忙扣回去的……

客厅里的灯被打开，狗蛋立刻跳到了宋初怀里。

毛茸茸的脑袋在宋初肚子上蹭了又蹭，一察觉到唐识靠近，狗蛋就炸毛，一副随时要咬死唐识的样子。

养狗蛋也有一段时间了，唐识慢慢了解到，银渐层这种猫，是真的不能养。作为一只公猫，狗蛋一点"男女有别"的自觉性都没有。撒娇卖萌的事儿它全干，还总霸占他女朋友。还掉毛，那毛跟掉不完似的，抢完他女朋友还要跟个大爷一样，等他来把掉的毛打扫干净。

唐识看向狗蛋的眼神有些幽怨，但当初也是他自己抱回来的心机猫，现在后悔也晚了。

宋初调整了下心情："我们台里和仁和要合作做一档节目，我被派去采访了。"

唐识今天一早也听院长说了这事儿："什么样的节目？"

"不是很沉重的那种，主要是呼吁现在的人们关注健康。然后……医患关系不是也是一个热点话题嘛，这方面可能会更加侧重一点。"

和宋初一起去仁和的，还有两个同事。

上午十一点的时候到的仁和，副院长接待了他们。

说是接待，其实主要是带着他们了解一下医院的结构，还有交代一下绝对不能被拍的事。

宋初知道这种顾虑："陈院长您放心，我们到时候剪出来的片子，会先发给院方，得到同意后才会发布出来。"

陈院长点头："谢谢理解，医院确实有很多不太能拍的。"

下午一点，陈院长带他们去了记者的休息间，下班之前他们都能随时过来。

和陈院长道别完，暂时没什么工作的宋初，去了唐识办公室。

唐识没在，宋初就自己走了走，尽管采访明天才正式开始，但她现在也能拍点素材了。

走到急诊部大门口的时候，一群人抬着担架从她身边跑过，差点撞到她。

宋初跟了上去。

刚才抬过去的人是喝醉了，没受什么伤。

也没醉得太死，急诊本来就床位紧缺，所以就把他安排在大厅吊水了。

打完吊针后，护士就离开了。

宋初在急诊大厅转了会儿，拍了一些素材，正打算走，刚才抬进来的醉汉忽然吼了声："来个人！"

一个年轻医生跑过来，看得出来很着急："怎么了？"

醉汉差点没跳起来："我喊了半天了，你们医院人都死了？"

年轻医生赶紧道歉："不好意思，刚才在给别的病人处理问题，您……"

年轻医生话没说完，醉汉没好气地说："给我找张纸巾。"

年轻医生应了声，正想跑去给他拿，手被醉汉钳住了："你跑去哪儿？"

年轻医生想把手抽出来："我身上没带纸，现在去办公室给您拿。"

醉汉明显胡搅蛮缠:"我哪知道你去了还会不会回来?这么大个人怎么可能连张纸都没有!"

醉汉大概不是想要纸,只是单纯想找碴儿:"知道老子以前是干吗的吗?老子是进去过的,信不信老子弄死你!"

年轻医生有点害怕:"先生,我就在这儿工作,肯定会回来的,您先把我放开。"

醉汉拿出手机,打开摄像头就对着年轻医生拍:"我这就把你们医生这种丑恶的嘴脸,给上传到网上去。等着网友讨伐吧你!"

宋初看不下去,上前把年轻医生挡在身后:"刚才发生的我可全都给录下来了,你敢发我就敢发。"

大概是醉汉自知理亏,气焰没有刚才那么嚣张了。

宋初看着明显想找碴儿的醉汉:"网络不是法外之地,造谣情节严重,也是会被判刑的。你想借助舆论来满足自己扭曲的三观没人管你,但是你不能伤害别人。"

宋初忽然明白了,他们做《走近健康》的意义。

走近的,不只是医院里对生命的尊重。要走近的,还有除了医生之外的健康,对于鲜活生命所能感受到的厚度。

这个健康,还有医患关系的健康,网络舆论的健康。

醉汉因为看到了宋初的记者证,没再敢胡搅蛮缠,安安静静输着液,连句话都没再讲。

宋初和年轻医生走出了急诊大楼。

"宋记者,谢谢你。"

聊天中,宋初知道,年轻医生叫顾昔,还没毕业,前几天刚来仁和实习。

顾昔实习的第一个科室就是急诊,今天这种情况是第一次见,一下子着急了,不知道该怎么办。

要不是遇到宋初,都不知道该怎么处理。

两人刚走到医院小花园聊了几句,唐识不知道从哪儿冒出来了:"我们宋记者这么快交到新朋友了啊?"

顾昔认识唐识,一进医院就听说了唐识的经历。

高中时候竞赛保送了国内一流的大学,但后来出国学了医,说是现在回国了,在读医学博士。

顾昔和唐识也算认识,便问:"唐医生,宋记者是你女朋友吗?"

唐识很大方地牵起宋初的手,一脸受伤的表情:"这么不明显啊……"

唐医生有女朋友这件事,其实早就在仁和医院传遍了。但一直没人见过他女朋友。

他女朋友来医院接过他几次,但每次都在医院门口等,也没什么机会看到。

这次过来,有人看到一向和女生保持适当距离的唐医生,主动牵起了一个女孩子的手。

这个消息很快传出去,全医院都知道了唐医生女朋友很漂亮,看起来很温柔很有气质。

宋初和唐识分开之后,莫名其妙收到了很多善意。

医院里的医生护士,看到她要么给她分小零食,没什么事的就会带她在医院转转。

后来宋初才知道,大家都是因为唐医生才特别照顾她的。

今天下班,唐识科室的人有一个聚会。

刚好宋初他们今天过来,就让唐识带着宋初一起了。

因为怕冷落了宋初的同事,也让宋初叫了两位同事一起。

因为第二天都还要上班,而且不知道半夜什么时候,他们就会被医院一个电话叫回去。

所以,大家就是随便吃了点饭,聊聊天。

这大概是宋初参加过的最无聊的聚会。

更像是例行公事,大家定期联络一下感情,喝酒什么的根本不存在。

局散的时候,也才晚上八点钟。

唐识的车今天限号,没开。

两人走到路边,准备打车回去。

刚好一辆公交车停站,宋初和唐识对视了一眼:"要不咱不打车了?"

他们已经很久没坐过公交车了,今天也算难得有这个机会。

3路公交车过来,两人上了车。

这会儿公交车上人不多,空位剩得多。

两人找了中间挨着的两个位置。

宋初拿出耳机,分了一个给唐识。

她靠在唐识肩膀上,本来不太困的她,没多久就有了困意。

公交车平稳行驶在路上,宋初在唐识肩膀上蹭了蹭:"好久没有一起坐过公交车了。"

联系不上唐识之后，宋初在高考结束的那天晚上，一个人在临安坐204路公交车，来来回回好几次。

她记得那天天气还挺好的，到了晚上有点飘雨了。

车窗起了雾，她在车窗上画了一颗又一颗星星。

很多年后，她画在车窗上的星星，真实地坐在她身边。

唐识扭头，车窗上映出了两人的脸。

"初初这么高兴吗？"

宋初玩着唐识的手："嗯。"

捡到星星了，当然高兴。

曾经觉得他是一场幻想，冰凉，虚幻，遥不可及。

此刻，他有温度而又真实地坐在她身边。

尽管宋初因为采访的原因，待在医院的时间很长。

和唐识每天都一起上班，下班也会等对方一起。

但是两人的相处时间并没有因此增加。

宋初和同事每天奔忙于各个科室，素材拍了一个又一个，但是开会讨论下来，被毙掉的素材也不少。

唐识比宋初还要忙一点，每天连轴转。

好几天都是，宋初已经下班，在等唐识期间，好几次都在唐识办公室等睡着了。

尤其是到了年底，大概是因为天气原因，生病的人增多，医院每天来来往往的人剧增。

唐识更忙了。

元旦这天，宋初下午拍完，和同事回了台里。

从下午三点就开始开会，一直持续到了晚上九点。

宋初正要给唐识打电话，问他工作结束了没有，一道尖锐的刹车声响起，一辆红色的跑车稳稳地停在宋初面前。

林校降下车窗："妞儿，陪爷喝一杯？"

最近大家都挺忙的，她们已经很久没有聚过了。

宋初上了车，等她坐稳，车子立刻箭一般飞了出去。

林校看了宋初一眼："你本来要给狗哥打电话吗？"

宋初点点头。

林校关了车里炸裂得快要震破耳膜的音乐："你给他打电话吧，让他下班就直接去老地方。"

在宋初给唐识打电话之前,陈晋已经联系过唐识了。

唐识正在去电视台接宋初的路上。

接到宋初电话,知道宋初被林校接走之后,唐识直接转了个弯,往目的地去了。

宋初和林校进包厢的时候,唐识已经在了。

宋初走到唐识身边坐下。

林校走到陈晋身边:"今天陈晋请客啊,大家放开吃。"

唐识嗅到一丝什么不寻常的:"有什么事要宣布吗?"

陈晋挠挠头:"也不是什么人生大事,就是哥们儿最近找到点人生目标。"

宋初疑惑地看向陈晋。

前段时间和林校还有于琬在群里聊天的时候,好像听到林校提过。

说陈晋最近和家里吵架了。

陈晋和家里吵架挺正常的,家里这么大产业,陈少爷根本不在乎,父母让他去公司,他也不去。

为这事儿,陈晋和父母没少红脸。

但那次聊天的时候,听林校说,陈晋这次还挺认真的。

宋初问:"什么人生目标?"

陈晋:"上个月我去旅了个游,去参观了一下油纸伞博物馆,又去一家油纸伞工作室玩了一下……就,还挺感兴趣的。"

他本来玩疯了,可在做油纸伞的时候,他体会了前所未有的平静。

看到油纸伞成品的时候,陈晋觉得还挺有成就感。

他生性爱玩,做事从来没有像做油纸伞的时候一样静下心来。

他回来之后,就跟父母商量了,要去拜师,学做油纸伞。

他之前和一个手艺传承人聊过,忽然觉得自己也该为这种手工艺传承下去,做点什么事。

但是父母觉得做油纸伞没有前途,前景不好,而且做工耗时长,价格也便宜,市场小……方方面面都没有接手家里的生意有前途。

以往陈晋做什么都三分钟热度,只要父母提出强烈反对,他也就随意了。

但这次他出奇地坚定,说什么都要去学做伞。

父母还是不同意,所以他打算瞒着父母。

今天晚上这顿饭,算是大家给他的送别宴。

就在大家以为，告别宴是送陈晋的时候，林校也站了起来："大家也顺便送送我。"

宋初对此倒是没什么意外。

林校在这段暗恋里，是付出型的，现在要放弃在北川的工作，跟着陈晋去杭城。

是意料之外的事，却也在情理之中。

因为是送别宴，这局一直持续到凌晨两点。

宋初以为这群人都会醉得不省人事，包括自己。

但每个人都没怎么喝酒，光聊天了。

什么都聊，唯独把自己的感情藏得很深。

局快要散的时候，林校拽着宋初："唐识，借你女朋友一个晚上。"

唐识目光落在宋初身上，正要点头，林校似乎觉得他答应得有点慢了："我后天就要走了，你把初初借我这一晚上会死啊。"

唐识挑眉，俯身在宋初耳边低声说了句："日后记得补偿我。"

"……"

这句话没什么问题，但宋初那一瞬间，耳尖发烫，那一抹红在唐识眼里，格外勾人。

唐识本来没想歪的，这会儿闻着宋初身上特有的香味，淡淡的，却让他呼吸一滞。

唐识站直，大手覆在女孩头顶揉了揉："明天接你上班？"

林校实在看不下去："咱都在一个小区，没隔多远……"

唐识像是经她提醒才想起这件事，恍然大悟地"啊"了声："这不象征性问一下。"

"……"

林校和宋初还有于琬，三个人回家之后又天南地北地聊了好久，于琬不知道什么时候睡着了。

林校叹了口气："初初，你说我，图什么呢？"

宋初没说话。

房间里陷入一片安静。

林校问："初初，你喜欢狗哥那段时间，到底是什么心境？"

毕竟他毫无缘由甚至没有一句交代地消失了那么长一段时间。

等一个不知道会不会回来的人，除了煎熬，还有日复一日的绝望。

宋初抬头看向窗外。

天空黑压压的一片，但黑色的幕布下，是繁华璀璨的夜景。

这样的夜晚，她看过无数次。

每次都在想，唐识那边看到的天空，是不是也像她看到的这样。

等得久了，她在某个晚上，莫名地意识到，唐识身边是不是已经多了一个人？

会不会这辈子永远等不来他？

如果等回来了，他会不会已经牵起了一个女孩子的手……

无数个失眠的夜晚，她都在这种不确定性和不安全感中度过。

每次眼看着天空渐亮，都有种劫后余生的感觉。

宋初好像很久没有说起以前了。

她和林校脑袋靠着脑袋："高二那年，你们第一次过来找唐识，看到你和琬琬的时候，我还挺自卑的。

"那个时候我觉得，唐识那么好的人，就应该和你这样的人比肩而立。

"后来听到琬琬说她不喜欢我，唐识替她道歉，我还挺羡慕的。"

宋初垂眸，思绪飘回去："再后来，朱阿姨巡演的南川场，你们也去了。那天我突然觉得，有些喜欢，是要适可而止的……"

但幸好，有朝一日，梦想成真。

那些自卑又卑微的喜欢，终于长出翅膀，撕开云雾，终得天光。

然后，成长，发芽。

如果顺利，在不久的将来，可能还会开花，郁郁葱葱，结果……

宋初知道，林校的喜欢，不会比她轻松多少。

"校校，祝你早日梦想成真。"

林校和陈晋走的那天，天上难得出了太阳，但气温并没有因此回升多少。

送走了陈晋和林校，宋初叹了口气。

唐识把她手攥在手里，然后塞进了自己的大衣口袋里："怎么了？"

宋初垂眸："暗恋很辛苦的。"

唐识总觉得宋初这句话，不止在说林校。

他捏了捏她的手："以后校校要是在杭城那边受了委屈，我陪你过去揍陈晋。"

宋初笑："你动手，我和校校给你加油。"

今年北川的冬天，来得比往年早了不少。

十月底的时候，空气里满是萧瑟冷风的味道。

这是宋初在医院采访的最后一晚。

节目的素材搜集够了，宋初和同事跟院长道了别。

在医院这段时间，大家都相处得不错。

顾昔前几天转到了儿科，天生就有亲和感的她，和小朋友还有家长都处得挺好，没再出现那天在急诊的情况。

她听说宋初他们在医院的工作要结束了，和同事组织了一个局。

虽然都在北川，但彼此都很清楚，以后能一起吃饭的机会很少了。

唐识傍晚的时候，临时加了台手术。

宋初和早下班的顾昔他们先离开了医院。

聚会的地方离医院不远，步行几分钟就能到。

是一家川菜馆。

他们依旧没有点酒。

宋初也经常和同事们聚，但他们无酒不欢。

这会儿倒是一个个都安静得紧。

因为唐识和另外两个有手术的医生还没来，一群人就先玩着游戏。

宋初之前玩游戏，输和赢的概率五五开。

这会儿她就跟个游戏黑洞似的，玩了半个小时，一局都没赢过。

叫来的饮料，一大半进了宋初肚子里。

宋初又跑了一趟洗手间。

包厢里开了空调，有点闷，宋初借着跑洗手间的空当，站在走廊上透了透气。

站了大概三四分钟的样子，宋初觉得有点冷。

刚才进包厢就把外套脱了，这会儿穿了件打底和毛衣，风从窗口灌进来，宋初打了个寒噤。

她正打算回包厢，被人拦住了。

浓烈的酒味传来，宋初下意识地皱了皱眉，连带着往后退了半步。

可能是受宋茂实影响，宋初很讨厌酒味。

那人喝醉了，察觉到宋初的后退，往她的位置又逼近了一步："为什么不喜欢我？为什么？我喜欢了你十年……"

宋初叹了口气。

大概是暗恋悲哀的共鸣，宋初没立刻走掉："你认错人了。"

那人很有礼貌，他伸出手想抓宋初，听到这句话之后便停住了。

他盯着宋初看了几秒，但醉意太深，似乎依旧没能辨认出眼前的人。

宋初没想多管闲事，说完抬脚走了。

察觉到宋初的动作，男人慌了："你明天就结婚了，把今天晚上分我行吗？"

说完，像是怕宋初误会，男人赶紧开口解释："你放心，我不会对你怎么样的……就陪我看看电影，过了今晚，我就从你的世界消失，绝对不打扰你的生活。"

宋初被他拦着，没办法走。

宋初叹了口气，把刚才的话重复了一遍："不好意思，你认错人了。"

男人见她这态度，一下子就急了，这会儿完全没有刚才的绅士风度，长臂一伸，宋初整个人被他抱在怀里。

男人力道并不轻，像是要把宋初拆碎了揉进骨血。

宋初用了好大的力才把他推开，头也不回地往包厢的方向走。

男人追上她，还没来得及做什么，就被唐识挡住了。

唐识把宋初挡在身后，看向男人："什么事？"

宋初扯了扯唐识袖子："认错人了。"

男人没开口，拳头直接落在唐识脸上："老子不可能认错，你是哪儿冒出来的东西，敢管这个闲事？"

动静有点大，刚才没人的走廊，这会儿人多了起来。

路人拦着喝醉的男人，宋初拽着唐识去了包厢。

回到包厢后，见人到齐了，有人招呼着大家点菜。

闹闹哄哄的氛围中，唐识凑近，低头问她："真没事？"

两人之间的距离很近，宋初感觉到唐识的呼吸，不禁缩了缩脖子："嗯，没事。"

唐识见她的反应，笑了声。

宋初是个"易害羞体质"，微微靠近点都会不好意思。

唐识也不管是什么场合，抬手在她耳尖上蹭了蹭："初初，红了。"

宋初："……"

宋初悄悄观察了一下周围人的反应，幸好没人注意他们这边。

宋初耳尖被唐识蹭得有点痒，她伸手握住唐识的手："你别闹。"语气被刻意放低，有点像在撒娇，软软的。

两人的手放在桌子底下，宋初刚松开手，唐识就回握住了。

宋初听到唐识慢悠悠地来了句："啊，初初是想跟我牵手啊……"

宋初："……"

她记得以前唐识不是这样的。

宋初想把手抽出来，使了使劲，没用。

唐识捏了捏她的手指，头靠在她肩上，跟耍无赖似的："初初，三个小时手术，太累了，充充电。"

宋初没再动了。

旁边的人起哄了几句，就继续聊天玩游戏，也没打扰他们。

因为不喝酒，这局不到十点就散了。

医院到川菜馆的距离不远，唐识结束手术后就步行过来了。

唐识的车还停在医院的停车场。

两人往医院走，唐识始终没有松开宋初的手。

以往回家，不想去黑漆漆的地下停车场的宋初，一般都会站在路口等唐识。

但今天，到了路口，唐识依旧没有丝毫要松开她的意思。

宋初以为他今天做了这么多台手术，累了，什么都没说，被他牵着去了停车场。

上了车，唐识没动。

从聚会结束到现在，唐识一句话都没说过。

她以为是他太累，一直到现在，她才发现唐识情绪不太对。

唐识抱着她，宋初抬手轻轻拍打着他的背："怎么了，手术不顺利吗？"

宋初感受到埋在她颈窝处的脑袋有轻微的晃动，唐识的声音传来："就是想抱抱你。"

刚才如果他不出现，她就会置身危险之中。

那个男人万一要是被逼急了，说不定能做出什么伤害她的事来。

他想到这个可能性，心就挺慌的。

还有一个可能性，他也慌。

如果她真的认识那个男人，那个男人真的喜欢了她十年……

他的初初心这么软，说不定还真能在婚礼的节骨眼抛下他，跟别人跑了。

在唐识的认知里，他们都是成年人了。

就算有一天不爱了，也能冷静而体面地分开。

但今晚发生的这件很小的事，却让他意识到，他似乎……根本离不开怀里这个人了。

无论是哪种可能性，代价都是失去她。

他好像，根本没办法想象没有了宋初以后的日子。

唐识一直是个含蓄的人，哪怕是对最亲近的外婆，也很少直白地表达自己的情绪。

　　但他意识到，怀里抱着的这个小姑娘，比他还要含蓄，比他更加不会表达。

　　从交往以来，他的初初没有对他说过一次情话，没有说过一句我爱你。

　　总要有个人主动，唐识抱着宋初蹭了蹭："初初，刚才我还挺怕的。"

　　宋初没说话，顿了顿，唐识才又继续说："怕你受伤，怕你真的被别人拐跑了。"

　　宋初没料到唐识会说这些，一时不知该作何反应。

　　等她想做点回应的时候，发现这种氛围下，当时如果没有反馈，那么此后的所有反馈都会显得格格不入。

　　宋初索性闭嘴。

　　唐识又抱了她一会儿，启动车子，语气掺杂了些许无奈："还以为氛围到了，女朋友会奖励我一个亲亲呢，白期待了。"

　　宋初："……"

　　宋初觉得这样的唐识，让人有点不忍直视："开车吧。"

　　车子行驶了十来分钟，一直没有说话的宋初忽然开口："唐识。"

　　"嗯？"

　　宋初语速不紧不慢："不用害怕。"

　　"嗯？"正在开车的唐识没想那么多，下意识丢了个疑问语气。

　　像是在组织语言，又像是在卖关子。

　　沉默了几秒，唐识才再次听到了宋初的声音："我不会被别人拐跑的。"

　　唐识想起自己在停车场的时候说的话，没忍住笑了。

　　反射弧还挺长。

　　就在唐识以为宋初不会再开口的时候，宋初又说话了："因为，除了你，我谁的手都不想牵。"

　　前方还有十秒到红灯，时间充裕，完全可以过去。但听到这句话的唐识，手抖了一下，车子差点没并到旁边的车道上去。

　　他索性停下来等红灯了。

　　刚才的话，被唐识在脑子里拼凑成对话：

　　"怕你受伤，怕你真的被别人拐跑了。"

　　"不用害怕，我不会被别人拐跑的。"

　　"除了你，我谁的手都不想牵。"

　　唐识心颤了颤，一种从未有过的情绪，在他心里滋生，发芽。

这比一个亲亲的杀伤力大。

红灯过去,唐识启动车子,把车停在了路边。

他解开安全带,起身,弯腰低头,在宋初额头上落下了一个吻。

他的唇瓣慢慢往下,柔软的触感,落在宋初的眼睛、脸颊和鼻尖上。

最后,四片唇边碰到一起,唐识始终是温柔的,轻轻用舌尖描绘着她的唇形,牙齿不清不重地咬着她。

他们不是第一次接吻了,她自己也数不清这是第几次。

但宋初没有哪一次觉得,自己被吻得呼吸困难。

哪怕是他生日那次,最动情的一次,唐识对她也是极尽温柔的。

这一次也是,唐识没多久就放开了她。

看着她唇瓣上的水光,唐识抬手替她擦了擦:"我们初初说情话还挺好听的,以后多说给我听。"

第十章
穿过逆境，抵达繁星

从那天在包厢的事情发生之后，唐识就很担心宋初。
无论下班再晚，唐识都一定会亲自接宋初下班。
之前，有时候宋初下班早了，会自己打车回去。
那件事之后，如果唐识实在太忙抽不开身，就会让于琬过去。
今年八月的时候，宋初就已经和唐识商量买车的事了。
但现在，唐识把这事儿一再推后，总觉得她干点什么都很危险。

《走近健康》的第一期，已经进入了后期，不久后节目就能和观众见面。
忙碌了这么久，终于有机会休息一下，喘口气。
老大给整个组的人都放了半天假。
宋初打开手机，屏幕上的时间刚好跳到14：00。
宋初收拾东西下班，没有唐识那么草木皆兵的她，打算去学校等男朋友。
今天唐识在医科大的实验室，午饭都没来得及吃。
宋初本来想给他打包一份水饺的，但想了想自己还没吃过唐识学校的饭，可以和他一起吃食堂，就直接奔医科大学去了。
唐识的同学都认识她，见她来，都挺热情地打招呼："我去帮你叫他。"
宋初没想打扰他："没关系，我自己先逛会儿，等他忙完再说。"
那人没勉强："小嫂子，听识哥说，你是隔壁学校的，大学四年都没来过我们学校吗？"
宋初笑笑："我比较宅。"

大学四年，宋初走过了这座城市的大街小巷。

就是没想着在周边的学校也走走。
大学期间,她好几次路过医科大学的学校大门,都没想着进去过。
没想到,有一天唐识会回来。
还成了这里的学生。
那人似乎也还有任务,和宋初聊了几句就走了。
宋初也不知道逛了多久,有点累了。
她到不远处的一个凉亭,打算休息一下。
刚坐下,就有人过来搭讪了。
男生抱了个篮球,说自己今年大四,下意识把她当成了学妹。
男生阳光又自信的样子,让宋初想起了高中时期的唐识。

宋初脑子里突然冒出一句话——
从此以后,我爱上的每个人,都像你。
宋初下一秒就把这句话推翻。
因为即使是他消失不见的那几年,她也完全没有办法喜欢上别人。
在无数个认错背影的瞬间,宋初都知道。
从此以后,我见到的每个人,都像你。

宋初休息够了,看了看时间,唐识应该也忙得差不多了。
她起身,往实验楼的方向去。
这会儿是最后一节课下课的时间,宋初走了几步,看到一群一群穿着白大褂的学生,从各个不同的教学楼走出来。
旁边走过去的这一批,应该是化学专业的。
宋初穿过人群,走到医科大学实验楼门口的时候,看到同样穿着白大褂的唐识。
宋初刚想叫他,就看到他旁边出现了一个女生。
这个女生刚才在凉亭休息的时候她见过。
那会儿女生在打电话。
从女生零碎的话语中,宋初能大概猜出来,女生前不久刚从国外回来。
大概是回来找人的,更确切点说,是回来追爱的。
刚才在凉亭,也有不少人跟女生搭讪。但那时女生脸很臭,一副"谁都别靠近我"的样子。
刚有人不小心把奶茶打翻在她脚边,她语气很不好地把人臭骂了一顿。
宋初和于婉、林校她们在一起待久了,对一些名牌也算了解。
女生从穿着到妆容,无一不透露着精致。

宋初对女生的第一印象是，娇蛮大小姐。

但就是这么一个臭脾气的大小姐，这会儿和唐识说话，脸上尽是温柔。

笑得跟小太阳似的，还会歪头撒娇。

宋初忽然之间清醒过来。

唐识在国外待了四年。

唐识回来后，无论是陈晋，还是她和于琬、林校，又或者是别的任何一个人，都没有问过他在国外的事。

后来，她和唐识稀里糊涂地在一起了，到现在她都觉得自己是在做梦。

她无数次想问问唐识，他在国外的生活。

遇到过什么人，经历过什么事。

可到最后都因机缘巧合没能问出口。

她没问，唐识也从来没有主动提起。

看着眼前这一幕，宋初觉得嗓子有点干。

尽管那两人始终保持着非常得体的距离，但是阳光下像是闪着光的两个人，还是刺痛了宋初的眼。

在这一瞬间，宋初不得不直面一个事实。

她不是没有机会和唐识聊聊他消失的四年。

她是不敢。

她到底是害怕的。

害怕唐识在她之前，就已经陪一个女孩子走过一段路。

害怕在唐识心里，她远不如另一个或者另几个女孩子重要。

宋初下意识收起向前的脚步。

看着唐识客套的态度，她其实非常明白，就算她现在走过去，亲昵地挽着唐识的手，也不会有丝毫不妥。

但她就是害怕了。

宋初的手不自觉地摸索着手腕上的那条细红绳。

红绳陪着她五年了。

于琬和林校都送过宋初手链。

这些年她也在商店里见过很多精美的饰品，但没有一个能取代这条泛旧泛白的红绳。

宋初想了想，走了。

她打开和林校的聊天框，又突然记起林校现在远在杭城，对话框里的"晚上出来喝一杯吧",又尽数删除。
宋初给于琬打了电话。
于琬跟家里要了启动资金,最近在忙开店的事。
寒暄了几句,两人约在于琬店里见。

于琬想开花店。
从三个月前就开始筹备了。
宋初只去过一次她的店面,那会儿还没装修过。
宋初到的时候,于琬已经买好了酒。
宋初没打算把自己喝醉的,但和于琬聊着聊着,就喝多了。
她们还和远在杭城的林校打了视频电话。
她和陈晋的油纸伞工作室,装修进入尾声,最近在招调色师。
三个人就这么一来一往,分享着各自最近的生活。

唐识刚走出实验楼,就遇到了陈燃。
刚和陈燃寒暄几句,同个导师的师弟遇见他:"师哥,小嫂子说你忙完了给她发个消息。"
唐识问:"她来过了?"
"对啊,三点那会儿就过来了。没让我们打扰你。"
唐识拿出手机给宋初发消息:【在我们学校?】
宋初过了好几分钟才回:【没在了,临时有点事,先走了。】
唐识看了眼面前的陈燃。
明明他和陈燃没什么事,但他看着宋初发过来的消息,心里莫名地慌了一下。
上一次她撞见他和病人家属在医院门口,就误会了,她也说自己有事先走。
那次连元旦都没和他一起过。
唐识再发消息过去,宋初就没回了。
他给宋初打电话,没接。
唐识看了眼陈燃:"我女朋友找我有急事,改天再替你接风洗尘。"
陈燃听到"小嫂子"三个字的时候,心就沉了一下,这会儿听到唐识亲口说出"女朋友"三个字,心里"咯噔"一下。
她不会没品到刻意在他和他女朋友之间制造误会:"改天约你和你女朋友吃顿饭。"
唐识给于琬打了电话,没接。

他知道宋初百分九十的概率在于婉那儿。
唐识也只和宋初去过一次于婉的花店。
他对那个位置不太熟,用手机搜了导航。
偏偏这个时间段是堵车高峰。
唐识在路上堵了两个多小时,才终于到达目的地。
他到的时候,宋初和于婉已经醉得不省人事了。
宋初看到他,白了他一眼。
尽管宋初没把今天的事跟于婉说,但是于婉有样学样,也对着唐识白了一眼。
唐识费了老大劲把两人弄上车。
还差点被路人当成诱拐无知少女的色狼给打一顿。

车上,两个姑娘开始唱歌。
也不知道唱的什么,根本不成调子。
但两人偏偏唱出了万人演唱会的感觉。
唐识有点头疼。
到了小区,唐识耳膜都快被振麻了。
他想先把于婉送回家,路上的时候他给于家的阿姨打了电话,这会儿阿姨已经等在门口了。
宋初见于婉下了车,也跟着跑下来了。
唐识无奈,只能一手搀一个。
最后两个人都没让他扶着,两人脚步混乱着朝于家门口去了。

这是于家的老宅。
不是他们一起住的小区。
阿姨见状,赶紧跑过来扶着于婉。
见于婉有人照顾,唐识搂着宋初,想带她回家。
两个姑娘突然紧紧搂在一起。
宋初:"狗男人别想拆散我们。"
于婉:"就是,我和初初才是真爱,你就是个意外。"
说话间,两个女孩搂得更紧了,看向他的眼神也凶了不少,生怕他伸手把她们"拆散"似的。
唐识感觉到自己太阳穴一阵跳痛。
看样子今晚要把两人分开是不太可能了。
他妥协般地叹了口气:"今晚和婉婉睡?"

宋初似乎是反应了一下他的话，过了几秒才点了点头："嗯。要琬琬，不要你了。"

唐识被气笑了："喝醉了也不能乱说。"

但下一秒，唐识嘲笑自己的幼稚，跟个醉鬼计较什么？

他看向旁边的阿姨："刘姨，麻烦您了。"

"应该的。"

唐识帮忙把两个姑娘送进了房间，又泡了两杯蜂蜜水。

看着两个姑娘安分下来，他才离开。

唐识刚离开没多久，两个人又开始闹腾，还下了楼，去冰箱里又拿了几罐啤酒。

两人就这么抱着酒，穿着拖鞋跑出去了，在于琬家宅子门口又喝了不少。

阿姨根本劝不动，只有于老先生能管得动于琬，偏偏现在没在家，带着夫人旅游去了。

两人折腾到凌晨，宋初忽然拿出手机："不行，我得回家，我给唐识打个电话。"

她拿起手机，密码输了好几次才正确。

宋初准备拨号，然后委屈巴巴地看向于琬："琬琬，狗男人号码是多少来着？"

于琬歪着头想了好半天："不知道。"

两人对着一串宋初乱想出来的数字研究了半天，最后得出结论——这么好看的数字，唐识配不上，这不可能是唐识的号码。

此时两人完全忘了通讯录这个东西的存在，连拨号键盘都看不清了，就算知道能搜索，估计也看不清键盘。

最后，宋初突然想起："我可以发微信。"

于琬十分捧场："初初你真聪明，我都要爱死你了。"

宋初凭借着直觉和习惯，点开了置顶位置的聊天框。

她想发文字的，但是看了半天，她连一条完整的消息都没法打出来。

宋初手抖了一下，轻轻戳了唐识头像两下。

屏幕上立刻出现了一行字：

我拍了拍"星星"。

过了几秒，没见唐识回。

宋初有点委屈了。

她都拍他了，他怎么都不拍回来。
宋初嘟囔了一句："我都这么喜欢你了，你为什么不喜欢回来。"
这人一点礼貌都没有。
宋初这会儿脑子不清醒，想到什么就做什么。
她给唐识发了一条语音："你快拍拍我！"

唐识还没睡，听到手机振动。
他拿起来一看——"初初"拍了拍我。
还有一条语音消息，唐识听完语音，轻点了宋初头像两下。
屏幕上立刻出现一句话——
我拍了拍"初初"的肩并偷走了钱。
唐识："……"
下一秒，宋初的视频电话打进来了："你偷我钱干什么？"
小姑娘鼓着腮，一副"我要为我的钱讨个说法"的样子。
唐识蹙了蹙眉："在外面？"
宋初非常嚣张地"嗯"了声："你管得着吗？"
唐识叹气，起身捞起车钥匙准备去接人。
看背景，她们就在于琬家门口，暂时是没什么危险。
她们连铁门都没出去。
唐识没挂电话，宋初也没再说话。
过了几分钟，小姑娘质问的声音又传来："你偷我钱干什么？"
唐识无奈又好笑："你这姑娘，讲不讲道理？"
宋初"哦"了声："不讲，你要打我啊？"
唐识这下真笑了："行，我错了。"
宋初打了个酒嗝："知错就改善莫大焉……你就是错得离谱。
"偷我钱就算了，还偷心……你这个人怎么这样……"
唐识心跳莫名加快。
车速也加快了不少。
宋初带了哭腔："你个狗男人啊，我人财两空啊！"
唐识："……"

唐识到的时候，两个姑娘已经闹腾累了。
刘姨把于琬扶回了房间，唐识把宋初抱上车。
回到家后，宋初已经睡着了。
唐识抱她下车，动作很小心。

他给她擦了脸和身子,看着床上"人财两空"的姑娘。

吃醋倒是挺可爱,但喝醉还让他怪心疼的。

唐识想起小姑娘委屈巴巴的那句"偷钱就算了,还偷心",心里就软得一塌糊涂。

偷心吗?

这是……喜欢他的意思吗?

仔细回想一下,他和她确立关系还挺简单的。

没有花里胡哨的告白仪式,也没有太长的互相试探。

好像就这么自然而然地在一起了。

期间他们也很幸福。

但唐识总感觉他和宋初之间隔着点什么。宋初是一个好女朋友,平时看到别人和他搭讪也没表现出什么吃醋的迹象。

今天能闹这么一出,他还挺谢谢陈燃。

头一天睡得比较晚,宋初第二天自然醒已经是中午了。

宿醉的头痛让宋初皱了皱眉。

在她翻身下床之前,唐识推门进来:"醒了?"

宋初"嗯"了声,随即反应过来自己还在生他的气,于是面无表情地穿了拖鞋去了洗手间,一句话都没再跟唐识说。

唐识看着她的背影,笑:"中午想吃什么?"

宋初挤牙膏,看了他一眼,还是没说话。

唐识走过来,在她脸上捏了捏:"就算生我气,也得先吃饱了是不是?"

宋初听到这句话,握着电动牙刷的手紧了紧。

他看得出来她生气……

宋初肚子很应景地叫了两声,然后忽然觉得他说得有道理,吃饱了才有力气生气。

刚准备嘴硬的她瞬间把话憋了回去:"螺蛳粉。"

"好。"

大概是因为今天天气不太好,平日里生意很好的小面馆,人不多。

甚至显得有点冷冷清清的。

刚付完钱,外面的大雨就猝不及防砸下来了。

几分钟后,唐识接到一个电话。

雨势太大,城北的中学路口发生车祸。

医院那边人手不足，唐识要赶过去帮忙。

宋初没怪他，做医生和军人一样，需要随时待命。

唐识前脚冒着雨刚走，宋初就看到了在医科大学看到的女生。

女生妆容精致，从进店开始，和遇到的所有人打招呼，脸上的笑容和天气十分违和。

宋初看了她一眼，便移开目光。

没过几秒，宋初感受到有人在身边坐下。

似有若无的紫罗兰和玫瑰香，混杂着灰尘被雨水洗刷的味道，飘进宋初鼻腔。

宋初把看着窗外的目光收回来。

陈燃扯了几张桌上的纸巾，整理完自己后，冲宋初伸出手："你好，我叫陈燃。耳东陈，燃烧的燃。"

名字听起来，和她的人看起来一样炽烈。

宋初回握。

她还没来得及自我介绍，就被陈燃打断。

"我知道你，你叫宋初。唐识的女朋友。"

宋初一向这样。

偶尔碰到和唐识有关的事，大脑就会不自觉宕机。

尤其在她不确定对方和唐识之间关系的时候。

她会不自觉把自己封闭起来。

高中时期第一次遇到于琬和林校是这样，时隔多年，遇到陈燃还是这样。

陈燃看出宋初不太想开口，直接道："我是唐识的前女友。"

轰隆——

小餐馆外响了一声闷雷。

"前女友"三个字，随着这雷声像是砸进了宋初心里。

陈燃像是想起什么："我们在医科大学是不是见过？"

宋初没说话。

看宋初的反应，陈燃明白她不太想说话。

陈燃很自信，自信宋初在医科大见过她后，就不可能忘掉。她说："那天我打电话，你应该多少也听到些内容了。"

宋初大概能猜到陈燃想说什么。

那一瞬间，她觉得很害怕。

都说前任一哭现任必输。

陈燃继续说:"我回来就是为了他。"

宋初垂眸。

过了几秒,宋初的声音伴随着雨声,一起传到陈燃耳朵里。

"不瞒你说,在唐识面前,我是个挺自卑的人。从很早以前,我就觉得,唐识那么好的人,就应该有很好的人配他。

"和他在一起之前,甚至和他在一起之后的很长一段时间,我从没想过,我自己会是那个能陪在他身边很久的人。

"但现在……陈小姐,我想告诉你,如果他身边注定会有一个人,那个人为什么不能是我。"

宋初是个看起来丝毫没有攻击性的人。

陈燃没想到她会说出这些话。

宋初说完,整个世界安静得,只听得见大雨砸在地上的声音。

过了好久,宋初才继续道:"他曾经很爱你。但是和他的现在和将来有关的,是宋初,不是陈燃。"

陈燃这才意识到,这个看起来很好拿捏的软柿子,骨子里没那么软。

她有她的自信、骄傲,和自尊。

也正因如此,陈燃又道:"我们分开,不是因为第三者。你也知道,异地恋都很难,何况异国?"

陈燃说的,也是宋初担心的。

宋初怕,他们分开,不是因为不爱,不是因为第三者,只是很简单的、很容易解决的异国问题。

现在陈燃回来了,这个问题随之解决。

唐识现在既然和她在一起,就会对她负责到底,不会轻易说分手。

她最怕的,是唐识不开心。

陈燃看着窗外。

从小面馆这个地方看过去,就是唐识家所在的小区。

陈燃说:"今天我本来要去找唐识的。刚到这儿就看到他匆匆忙忙跑出去,然后我就看到你了。本来是打算过几天再找你聊聊的。"

宋初知道,这种话下面接的是"你能不能成全我们"之类的话,她不想再和陈燃聊下去。

宋初收拾好东西,想冒着大雨离开。

去哪儿都好。

她刚站起来,手机就响了。

城北的中学路口那起车祸,本来安排了一个前辈去报道的,但前辈临时撂挑子,不愿意冒着风雨出去外采。

这个活就落在了宋初身上。

宋初直接去了中学门口。

到的时候,同事已经架好摄影机。

雨一直没停,一直持续到下午四点采访结束的时候。

回到单位,宋初花了三个小时写完稿。

等校对完,部门紧急开了个会。

西河市暴雨下了三天没有停下来的趋势,已经有很多地区被大水淹没,造成两死一伤,还有十几个人失踪,房屋也有程度不一的损坏……

各省已经捐出物资帮助西河市重建,相关部门也已经派遣人员过去。

这次宋初所在的单位,除了要过去报道,也想去尽一份绵薄之力。

开这次会,就是确定去西河市的团队。

这次过去是自愿。

灾难还没过去,哪怕是现在,暴雨也依旧没停,去西河市有不可预估的风险。

关乎人身安全的问题,这次要不要过去,全看个人意愿。

宋初在实习期间就一直敢闯敢拼。

很多前辈做久了记者这一行,见惯了人情淡漠,对很多事已经麻木。

但宋初无论报道过多少人性冷漠的事件,一颗心依旧柔软。

宋初义无反顾决定过去。

因为时间紧急,她只来得及给唐识发消息,简单地告诉他这件事。

从北川到西河,开车需要一天一夜。

因为晕车,宋初也一直没看手机,唐识回没回她,她也不知道。

到达目的地,宋初看到唐识的时候,愣了一下。

两人各自忙碌,一直到第二天中午,才有机会喘口气。

唐识昨天被叫回医院后,就直接跟着医院的团队到了灾区,一直没机会看手机。

现在他才看到宋初给他发的消息。

中午休息时间,唐识来找宋初。

宋初似乎不太想跟他说话,见他过来就端着饭走了。

唐识快步追上:"初初?"

宋初本来想和他聊聊陈燃找自己的事，但现在这个情况，不太适合聊儿女私情。

她把这件事先放一边："不用去看看病人吗？"

唐识知道，去小面馆之前，宋初就因为陈燃的事不高兴："初初，那天你在学校看到的人，叫陈燃……"

没等唐识说完，没等宋初逃避，有个小护士一脸焦急地跑过来："唐医生，那边又送来一个病人，您快过去看看。"

唐识看了眼宋初，放下碗跑出去了。

送来的病人是一个六十多岁的老婆婆。

洪水发生后，老婆婆原本被政府安置好了。

几个小时前，她说要去找自己的儿子，自己跑出去了。蹚水的时候，她脚被利器划破，之后又滑倒，就被人送过来了。

唐识没想到，送老婆婆来的，是陈燃。

陈燃家里是做生意的，各个方面都有涉猎。

这次陈燃回来的原因，一个是唐识，另一个就是准备把生意迁到北川。

这次来援灾，是一个机会。

陈燃不像唐识和宋初这样充满情怀，她只是个生意人。

什么对生意有益就做什么。

在这个节骨眼送物资，能在大众眼里树立一个良好的企业形象，对于把生意迁到北川很有益。

陈燃以为，到这儿来，和唐识相处的时间会增加。

可唐识很忙，辗转在数不清的病人之间。

哪怕是在偶尔空下来的时候，唐识也刻意地和她保持着距离。

陈燃是在来灾区的第三天看到宋初的。

这几天忙忙碌碌，大家也见惯了太多的生死离别。

意外不知道哪天就来了。

在看到有人因抢救无效而带着满眼遗憾离开这个世界的时候，宋初忽然明白了那句"且行且珍惜"的意义。

连轴转了好几天，帮忙搬运物资，帮忙照顾病人……洪水终于退去，宋初以为自己终于有机会喘口气。

她去找唐识，两人还没来得及说一句话，就不得不被打断。

后山塌陷，里面被困了十几个人。

救援队人手不够，医疗人员除了留一两个照顾已有的伤员，剩下的都得进山。

即便如此，人手还是不够。

宋初的一个同事也被困在里面了。

宋初跟着进山了。

有唐识这么一个男朋友，她平时也耳濡目染学了一些急救知识，没想到还真能派上用场。

被困在山上的一共有十二个人。

其中一个是陈燃。

唐识和宋初是在一棵断裂倒下的大树旁边找到陈燃的。

陈燃的腿被划伤，从伤口流到皮肤上的血迹已经变干。

陈燃看到唐识，因为害怕，也没管宋初是不是在旁边，直接抱住了唐识。

唐识不动声色地拉开和陈燃之间的距离："我看看伤口。"

唐识检查了一下陈燃的伤，算不上严重，看了一眼宋初。

宋初把私人情绪压下去："交给我。"

前面还有伤势更重的，在人手不够的情况下，必须分个轻重缓急。

宋初低眉看着陈燃的小腿，伤口很深很长，还有一些肉翻出来了。

她在陈燃面前蹲下："很深的伤口我没办法处理，得专业医生来清洗缝合。"

宋初检查了一下，处理了陈燃身上那些比较浅的伤口。

擦完酒精后，宋初问："能站起来吗？"

陈燃试了试，能站起来，但是因为腿受伤了，再加上又是山路，所以移动很困难。

宋初想了想："现在还有伤得比你严重的人，人手不够。这路还算宽和平，离驻扎地也不远，我背你回去？"

陈燃打量着宋初。

眼前这个女生看起来很瘦，她甚至觉得宋初被山风一吹就能吹起来。

像是知道她在想什么，宋初直接在她面前蹲下来了："上来吧，你应该不会比两袋大米重。"

高中的时候做兼职，宋初除了扛过大米，甚至扛过水泥。一开始她也背不起来，但久而久之，她倒是把自己练成了一个大力士。

陈燃没再犹豫，趴在了宋初背上。

宋初背着陈燃走了一段路之后，陈燃问："我那样对你，干吗还救我？"

宋初语气平常:"除了是我情敌,你首先是个人,是个伤员。在我眼里,你和其他受伤的人没有区别。"

耳边只剩下风的声音。

半晌,宋初听见陈燃声音嗡嗡的,别扭又真诚地说了句:"谢谢你。"

又过了会儿,陈燃道:"但是我不会放弃唐识的。"

"……"

宋初把陈燃送回驻扎地,又上了山。

中途,宋初遇见了一个中年男人。

刚才宋初遇见陈燃之前,就遇到了这个男人。

但他的伤都是一些轻微的皮外伤,宋初就没有优先给他处理伤口。

其他人也没有优先帮他处理。

但当时他就要死要活的,说自己就要死了,伤口真的很疼。

他明明没有丧失行动力,却要求救援队用担架把他抬下去。

宋初无奈,留下帮他把伤口消了毒。

消完毒后,宋初对他要担架的无理要求置若罔闻,直接离开了。

现在他应该是知道,没有人会搭理他,就自己下山了。

遇到宋初,他瞪着宋初:"说我可以自己下来,你刚才背的那个女的就丧失行动力了?怎么,你们记者搞歧视啊?"

宋初没理他,打算绕过他走。

他看自己一拳打在了棉花上,一时气急,伸手准备拦着宋初。

宋初抬手准备推开他,他也推了宋初一把。

因为洪水冲洗过,泥土很软,宋初没站稳,滑了下去。

男人见状,看了看四周,确定没人看见他推人,就一脸慌张地跑回了山下。

救援队回来之后,唐识第一时间就是找宋初。

可是跑遍了驻扎地都没找到。

唐识给宋初打电话,可是山上信号差,一直没打通。

唐识和救援队上了山,找到半夜,才在一个斜坡底下找到宋初。

宋初今天没怎么吃东西,中途又下了雨。

她现在又冷又饿,手机一直没有信号。

从掉下来她就一直在呼救。

天渐渐黑了下来,她嗓子很干,已经完全没了力气。

一直等到半夜,宋初听到有人叫她的名字。

可这会儿她已经完全没有力气回应了,只能听着喊她的声音越来越近又越来越远。

在完全丧失意识之前,她模模糊糊看到一个身影,紧接着她闻到了熟悉的柠檬味。

下一秒,她就安心地倒在了旁边这个人的怀里。

唐识抱着宋初进帐篷的时候,陈燃刚好看到。

唐识替宋初检查、处理伤口,全程都很冷静。

唐识给宋初输上液。

宋初的同事们确认她没什么大碍后,陆续离开了帐篷搭建起来的临时病房。

在所有人都离开之后,陈燃看到唐识捧着宋初的手在哭。

她印象中的唐识,绅士温柔,在任何时候都不会觉得他难以接近。

但是和唐识接触下来,她发现,往往最温柔的人也最冷漠。

唐识喜怒不形于色,永远一副很好相处的样子。

但是认识唐识好几年,她都觉得自己和唐识的距离很远。

唐识找不到宋初时的慌乱,找到受伤昏迷的宋初时的愧疚,是她在唐识身上从来没有感受过的情绪。

她第一次感觉到,原来唐识也有七情六欲,是个真真正正活生生的人。

刚才宋初的手机掉出来,唐识捡起。

在一起后,他们也许是出于尊重,也许是因为对方给足了自己安全感,也许是对彼此有足够的信任……他们从来没有翻过彼此手机。

这次也一样,唐识并没有打算看。

唐识刚准备把宋初手机放下,就看到屏幕上有消息弹出。

是宋茂实发来的。

宋茂实知道宋初到西河市援灾了,父亲担心女儿。宋茂实几乎每天都会定时给宋初打视频电话。

唐识怕宋茂实担心,想了想还是准备给宋茂实打回去。

他从来没有问过宋初的手机密码。

他试了试宋初的生日,不对。

他就试着输入自己的生日,1018。

解开锁后,唐识给宋茂实发了简短的消息,报了个平安。

退出和宋茂实的聊天界面后,唐识发现,宋初聊天列表置顶的人,有两个。

一个是他现在用的微信号,备注是"星星"。

另一个是他注销的微信号,备注是"1010"。
早就注销了,她居然还没把这个号删了吗?
不仅没删,还放在置顶。
唐识眼帘垂下,眼睛微眨了眨,戳戳"1010"那个号。
在这个号里,宋初一直都没停下过发消息。
唐识把消息往上翻,也不知道具体翻了多久,消息多得像没有尽头似的。
等他觉得手酸了,他才翻到第一条消息。
他和宋初的聊天记录,其实很多他已经不记得了。
一直到他看到第一条带有红色感叹号的消息。

第一条带有红色感叹号的消息,是2018年高考结束那天。
【高考结束了,考得怎么样?】
这条消息下,有一句很机械却也很伤人的话:
对方无法接收消息。
接下来的每一条消息,宋初都像在写日记一样。

2018年7月1日 16:49
今天天气特别好,天空湛蓝,街道上的植物绿成一片。
忍不住拍了好几张照片,总觉得应该要分享给你。

2018年7月2日 15:03
舅舅家附近新开了一家奶茶店。
草莓多多味道还不错,下次有机会请你喝。

2018年8月31日 23:34
明天就要去学校报到了。
有人说,想遇到的人,总有一天会遇到的。
在北川遇到你的机会是不是会大一点?

2018年9月1日 03:01
睡不着,总觉得我如果去北川了,一定能再遇见你……

2018年9月1日 21:43
到北川大学校门口的时候,看到一个背影,很像你。
那一瞬间的激动似乎都快要冲出心脏了,可是那个人转身了。看到他的脸,我就知道,希望又落空了。

唐识,回来吧好不好?哪怕重逢的时候,你很狗血地不记得我了也没关系,我去重新认识你就好了。

……

2019年1月1日 00:00
唐识,元旦快乐!

……

2019年12月25日 00:00
唐识!圣!诞!快!乐!
北川天气真冷,冷得我眼泪都出来了。
但擦眼泪的时候我突然意识到,我应该是想你了……

……

2020年9月23日 00:00
今天是我生日,收到了挺多祝福的。
但我最希望收到你的。

……

2020年10月1日 9:05
国庆节快乐啊唐识。
这两年我走过了北川好多地方,总觉得那些路你应该也走过。
私心地觉得,我们在不同的时空,一起度过了一个非常快乐的时光。

……

2021年1月1日 00:00
唐识,你是不是该回来了?
周之昇追了我好久了,但是我说我有一个很喜欢的人。
我喜欢的人叫唐识,是我的星星。

我什么时候,也能亲口把这些告白说给你听?
……

这些消息,每一条前面都有醒目的感叹号。
每一条消息下面的那一句"对方无法接收消息",都像一根针一样刺着发消息人的心。
一直到翻完这些消息,唐识才知道,他错过了一个怎样的宋初。
在他从她生命里消失的这几年,她几乎每天都会给那个早就没有回应的账号发消息。
原来有一个人,曾经那么用力地想要留在他的青春里。
透过这些红色感叹号,他似乎能想象到,宋初当时发每一条他觉得再平常不过的消息的时候,内心是怎样的纠结,是怎样的小心翼翼。

他戳了早就变成灰白色的头像进了主页。
灰白头像旁边,有一行红色醒目的小字——
对方已注销微信账号。
在宋初的这一场暗恋里,哪怕他是被暗恋的对象,他也只能算一个局外人。
即使如此,他看着那些猩红的叹号,都觉得绝望又窒息。
更何况真切地感受着这一切的宋初?

他看着病床上躺着的女孩,忽然觉得庆幸——
幸好,我没有错过满眼都是我的你。
他突然想起高二时,老妈第一次知道宋初的名字,说过的一句话。
初识你名,久居我心。
他当时和宋初刚认识不久,怕老妈误会,还赶紧撇清。
现在想想,有很多事在冥冥之中,从一开始就被注定好了。

宋初醒来的时候,已经是第二天中午了。
唐识看她醒了,问:"饿不饿?喝点水吗?"
宋初嗓子有点干,唐识干脆给她倒了杯温水,喂给她喝:"你同事给你煮了点白粥,等会儿吃点。"
唐识脸色不太好,声音也有点哑。
宋初问:"没休息吗?"
旁边有个小护士,帮唐识回答了宋初的问题。

"唐医生昨天通宵照顾你，今天一大早就去看别的病人的状况，稍微一有点时间就跑回来看你。唐医生一直都没怎么吃东西。"

宋初看了眼唐识，眼神里，是在责怪唐识不好好照顾自己。
两人在一起这么久，早培养出了默契。
唐识解释道："睡不着。"
唐识说话的时候，视线落在宋初脸上。
宋初被他看得有点不好意思，低下头，避开和他对视。
好半晌，宋初听见唐识问："初初怎么都不问问我，为什么睡不着？"
莫名地，宋初心猛然跳了一下。
她本来想阴阳怪气说一句"唐医生关心病人，失眠正常"，但自己却不受控地顺着唐识的话问了下去："为什么睡不着？"
唐识语速有点慢，像是怕她听不清："初初，我昨天，看你手机了。"
安静了几秒，唐识又说："因为看你手机了，所以，睡不着。"
唐识不必把话说完，她就已经知道了。
宋初来西河市之前，给唐识发的最后一条消息是"陈燃来找我了，我们分手吧"。
她不想分手。
但或许是出于矫情的试探，又或许是她很确定唐识不会同意分手……
总之，这句话就这么发给唐识了。
到西河市之后，两人好不容易有机会能说说话，宋初也是一直在逃避。
她没底气，总害怕唐识是想跟她说"我同意分手"这几个字。
唐识因为没休息好，也或许是别的原因，眼睛里充满血丝。
他整个人看起来憔悴不堪，声音也充满了疲惫："初初，我们分手。"
宋初盖在被子下的手，不自觉紧了紧，床单被拉起褶皱。
她感觉自己的世界像是被按下了某个开关，一瞬间变得黑白又无声。
她怎么会天真地以为，唐识不会同意分手？
她怎么会觉得，自己在唐识心里，比陈燃还要重要？
前任一哭现任必输，她早就知道了。
可为什么还是这么难过……
他看到了手机里的那些话，看到了她自卑又小心翼翼的喜欢。
他看到了她绝望的，甚至连试探都不敢的暗恋，还是要分手吗？
宋初无力地抬起头，看向唐识。
她好想问一句——
是我的喜欢，给你造成了困扰和压力吗？

可最终，她还是像以前任何一次表白快要说出口的时候那样，把这些话吞进了心里。

分手就分手吧。

有些人是捡来的礼物，不属于自己的，总有一天要还回去。

她能和唐识拥有那些时光，已经足够支撑她走过余生。

人是不能太贪心的……

唐识轻轻握着宋初的手。

他本来想，分手后，再用行动追回她。

但是看这姑娘的反应，他觉得自己得说得明白点。

唐识知道，她这会儿很虚弱，加上他刚才的话。

宋初现在的思考能力几乎为零。

他放缓语速："初初，这些年辛苦你了。我只是觉得——"他哽咽了一下，"我是个浑蛋，这么久了居然一点都没察觉。"

宋初的眼神还带着蒙，很明显完全没听进去唐识说了什么。

唐识微微叹气："初初，我没追过小女生，也没当过别人男朋友。但我一直觉得自己运气很好，这么好的初初，就这么和我在一起了。"

唐识顿了顿："我太开心了，以至于我忘记了，我们初初也是个小姑娘，需要仪式感。

"所以初初，不用因为喜欢我就给我开绿灯。

"我们分手后，把我当普通的追求者就好。给初初的礼物和惊喜，一样都不能少。

"小女孩是不能吃亏的。"

唐识说完，两人都安静了几分钟。

对于唐识的话，宋初终于反应过来。

她看向唐识的眼神带了些震惊。

她从来没有想过，会有一天，唐识会这样爱她。

宋初想了想，还是决定问出来："可是，陈燃……不是你前女友吗？"

唐识终于知道宋初这段时间以来在别扭什么。

他一直知道陈燃的性格，还算坦荡，却没想到陈燃会单独找宋初，还说了一些莫须有的话。

唐识不知道他的解释有没有说服力："初初，我去国外不久就认识了陈燃，异国他乡，能遇到同乡人是一件很令人安心的事。

"接触久了,我们有了很多共同好友。久而久之,他们就开始起哄我和陈燃的关系。

"一开始我还会解释,澄清。但他们也不听,后来我也就懒得解释了。

"除此之外,我和陈燃,跟那些只有过几面之缘的朋友没什么区别。"

他也没有做过任何让陈燃产生误会的事。

陈燃追过他,但他一直都在保持着合适的距离。

陈燃曾经还说过,追唐识,是一件很绝望的事,哪怕他没有对象,只要他对你没感觉,就一丝机会都不给你。

唐识知道,这些文字解释,都太苍白。

这些话,他自己可能都不会信。

"初初……"

宋初像是知道唐识在想什么,打断他的话:"唐识,不用说了,我相信你。"

在西河市待了半个多月,灾情终于有所缓解。

这大半个月里,西河市的天气很不好。

有时候是阴天,有时候会连着下好几天的雨。

阴雨绵绵的。

像陈燃的心情一样。

陈燃只是过来送物资的,本来送完就可以走,可她一个从来没吃过苦的陈氏千金,硬是在灾区待了这么久。

唐识跟宋初澄清的事,她不是不知道。

那一瞬间,她甚至觉得自己像个小丑。

她一个无名无分的人,居然跑到宋初面前去叫嚣。

连前女友这种极度容易被拆穿的谎话,她都能面不改色地说出来。

她陈燃是谁?

从小想要什么,毫不费力就能得到。

一生活得热烈也坦荡,唯独栽在了唐识身上。

那天,宋初和唐识分了手。

但那天之后,唐识除了照顾病人,但凡有一点闲暇时间,就一定会去找宋初。

在灾区,没办法送大束的、包装好的、精致的花,唐识会在路边采一点。

有时候扎成一束,有时候编成花环。

尽管他们已经分手,说好唐识会重新做一个像样的追求者。

但很多时候不经意间的互动,都在说明他们已经习惯了彼此的存在。

而且他们之间没有缝隙,任何第三方都没有办法加入——

吃饭的时候,宋初会习惯性地把不喜欢吃的菜夹给唐识。

喝汤或者饮料的时候,哪怕不小心用了同一个碗,两人也不会觉得有任何不妥。

唐识和病人聊天,听到什么有意思的事,第一时间就想和宋初分享。

……

看着两人的相处,陈燃动摇了。

真正让陈燃放下唐识的,是唐识遇到危险的时候,毫不犹豫挡在他面前的宋初。

从西河市回北川市的那天,天气出奇地好。

阳光穿过厚厚的云层,再次铺洒在大地上的时候,人们的脸上,除了遮盖不住的疲惫,还有无法藏住的、和太阳光线一样晃眼的笑容。

一起乘车回来的一车人,临时起意,今晚去聚个餐。

陈燃刚好也在那辆大巴上。

大巴上几乎都是唐识和宋初的同事,一群人决定分别把仪器放回医院和电视台,再找一家距离医院和电视台都不远的火锅店。

大巴先去的是医院。

本来要下车的陈燃,看到宋初和唐识一起下了车,就坐回了位置上。

一群人刚走到急诊部门口,突然有一个中年男人冲出来。

中年男人手里捏着一把水果刀,那一瞬间刚好路边的车灯照射过来,刀身泛着骇人的冷白的光。

他似乎目标明确,直接朝唐识冲过来。

所有人都来不及反应,下意识的动作是逃开。

唐识拽着宋初的手,正要把她拉到身后。

可是他的动作不够快,宋初在意识到男人的目标是唐识之后,想都没想直接挡在了唐识面前。

锋利的刀子插入肚子,没入三分之一的刀身。

猩红的血滴落在地上,男人见状,握着刀柄的手松开,连带着刀子也拔了出来。

整个人心里爬满了慌张,跌坐在了地上。

赶来的保安控制住了男人,报了警。

唐识看着宋初。

他放下背上背着的包垫在她脑袋底下，知道她怕疼，生怕她动到伤口，声音颤抖着安抚："初初不怕……手别动……我给你止血……止血……纱布呢？纱布？"
　　他越着急就越摸不着头脑。
　　这会儿所有人回过神来，有人过来递纱布给唐识。
　　宋初很快被推到急救室。
　　唐识从来没有这种感觉，六神无主。
　　他一向自诩冷静。
　　就算是自己受了伤，也能够绝对冷静，有条不紊地替自己处理伤口。
　　可现在躺在病床上的是宋初。
　　他的手上还有她的血。
　　这种感觉，比他自己在鬼门关前走了一遭还要让人绝望。
　　因为刀捅进腹部之后被拔了出来，导致宋初大量出血，陷入昏迷。
　　但幸好伤口不是很深，没有伤到内脏，只是肌肉损伤和皮下软组织损伤。
　　进行清创和消毒后，缝合了伤口。

　　唐识守在宋初病床边。
　　即使宋初现在没有大碍，他依旧后怕得全身发抖。
　　宋初是在第二天下午醒来的。
　　唐识已经长出了胡楂，眼底也一片青色。
　　在西河市的时候就没怎么睡好，从她受伤开始，唐识就没合过眼。
　　本来就憔悴的唐识，现在整个人看上去摇摇欲坠。
　　唐识给宋初倒了杯水。
　　刚好于琬过来看她，有于琬陪着，唐识稍微放下心来："初初，琬琬陪你会儿，我去给你买粥。"
　　"皮蛋瘦肉粥。"
　　"好。"

　　唐识离开后，于琬坐在病床边，不敢碰宋初。
　　"初初，听说流了很多血，好点了吗？"
　　宋初点头，没什么力气地回答："好多了。"
　　于琬眨眨眼，想了想："初初，我刚才在医院走廊，听说你跟狗哥……"
　　宋初知道她想问什么："嗯，我们分手了。"
　　于琬震惊了一下："谁提的？"
　　"唐识。"

于琬很不理解："初初，你这么喜欢他，怎么会同意分手？不对，他怎么会提分手？"

宋初没来得及说话，于琬就已经把唐识骂得狗血淋头了。

宋初赶紧出声："琬琬。"

看着宋初着急的样子，于琬以为她也想骂唐识："初初，对不起，气上头了，忘记你受伤了。"

于琬给她把病床摇了上来："初初，现在不要生气，等你出院了，我们找个时机，用麻袋给唐识套头上，把他暴揍一顿！"

宋初忽然笑了。

挺好。

虽然老爸老妈都在一定程度上抛弃过她，但幸好她身边一直有一些朋友，让她的生活变得真诚且热闹。

宋初看着于琬傻笑，于琬小心地问："初初，是不是太伤心，伤傻了？"

"……"

宋初怪舍不得唐识被骂的。

所以，在于琬再次开口谴责唐识前，宋初赶紧出声："琬琬，我好像，真的暗恋成真了。"

于琬表情凝滞了一下。

完了，分个手真给这孩子分傻了。

宋初说："他说，之前和我在一起，感觉太容易了，所以要重新追我。"

宋初想起唐识那一句"小女孩是不能吃亏的"，嘴角就忍不住上扬，跟挂了太阳似的。

于琬："……"

小丑竟是我自己。

唐识买粥回来了，于琬就很识趣地离开了。

宋初想自己吃，唐识没给她勺子。

他舀了一勺，放在嘴边吹了吹，又试了试温度，才递到宋初嘴边。

宋初也没坚持，张了嘴。

她突然想起那个男人，摆明就是冲着唐识来的。

"唐识，那个人……"

唐识又递了一勺粥："他叫李正，是三个月前我一个病人的家属。他父亲送来的时候已经没有了生命体征，但是我也全力救治了。"

李正一直觉得，父亲的死亡是因为医生没有尽全力救治，只是随便装装样子就宣布了死亡。

他找不到人怪,只能把所有怨恨都算在唐识头上。

之前李正不止一次来找过唐识。

有一次甚至还砸伤了唐识。

唐识一直都没追究。

唐识以为他会有所收敛,没想到变本加厉,竟然想要人命。

刚才去买粥的时候,警察给唐识打了电话,问他要不要和解。

唐识这次态度坚决,绝不和解。

派出所那边按照流程走,李正肯定会被拘留。

李正父亲那件事,本来就是自然发生的,唐识没有玩忽职守。

而且他一再退让,只能换来李正的变本加厉。

何况,李正这次伤了宋初,伤了无辜的人。

宋初把手搭在唐识手背上:"唐识,不是你的错。人就是要为自己做过的事负责任的。他现在的结果,都是他一直以来种下的因。"

出事之后,她突然想通了。

分什么手,这一生很短,且行且珍惜。

宋初:"唐识,我们不分手了好不好?"

唐识沉默片刻:"好。"

唐识想起宋初毫不犹豫挡在他面前的那一幕,就自责无比,愧疚无比:"初初,对不起……"

宋初试图安抚他:"这么算起来,其实是你救了我。那会儿我还有意识的,只有你着急地为我止血……"

宋初想了想,抬起没有打吊针的那只手,放在唐识头上轻轻拍了拍,跟哄小孩子似的:"所以唐识,不用自责,不是你的错。而且,你已经做得很好了。"

唐识被她这副样子逗笑:"啊……这么算起来,我都救了初初两次了。"

直觉告诉宋初,唐识的话还没有说完。

她不知道唐识还想说什么,但还是顺着他的话,点了点头。

唐识:"初初,以身相许好不好?"

宋初听到这句话,愣了下。

就连唐识自己,都呆住了。

半晌,宋初不确定地问:"你这算,求婚了吗?"

唐识说这句话的时候,其实没有多深思熟虑。

但他是想过要娶宋初的。

在一起的时候,他就没怎么追过人家。

本来打算好好给她求个婚,但刚才那个气氛下,他没忍住就说出来了。

宋初这么一问,唐识干脆点点头:"嗯,算求婚了。"

宋初没什么反应。

至少,到刚才唐识说出那句话的上一秒为止,她从来都不敢想象能和唐识走进婚姻。

见她不说话,唐识心里突然没底了。

但话都说到这份上了,唐识即使毫无底气,也得把话说完:"那初初答应吗?"

宋初终于回神。

傍晚时分,斜阳从窗外折射进来。

丝丝缕缕的暖色调光线,裹挟着细尘,铺洒在病房的每一个角落。

眼前的人,和十七八岁的年纪里遇见的少年渐渐重合。

那个时候也是这样,她在奶茶制作台前,少年一身白衣走到她面前,逆光而立。

此时此刻的唐识,身上满是光晕,坐在逆光处,眉眼似乎与当年别无二致。

那时候的宋初觉得——

"我大概是遇到了一个奇迹。"

奇迹降临,是童话故事,是天方夜谭。

她从未想过奇迹会降临到自己身上。

可是现在,多年前遇到的奇迹,邀请她共度余生。

她不是没有想过自己被求婚时的场景。

看剧或者看到身边发生这样的场景的时候,她时常也会向往一下。

鲜花,灯光,五彩的气球……

可是在这个当下,她发现,只要是唐识,就算没有那些东西也可以。

只要是他,就可以。

眼前的这个人,占据了她整个青春。

他是她青春里唯一闪光的宝藏,就算这么多年积了灰堆了尘,搁置得再久,光芒依旧不减分毫。

他好像从未离开,从未消失。

曾经宋初以为,他们不会再见了。

唐识只能并且永远活在她十几岁的青春里……

宋初想笑的,可是她忍不住,眼泪成串地往下掉。

宋初微微点头，算是答应唐识这个草率却真诚的求婚。
从青春走到现在，这么长这么艰难的路，她怎么舍得不答应？

半个月后，宋初出院。
出院没多久，唐识就和她商量两家家长见面的事。
因为双方父母都在南川，趁着国庆的时候，两人回了一趟南川。
宋初和唐识去了陈如馨的墓。
上次来这里，唐识守在墓园外，给了她们母女俩单独的空间。
上次来的时候，唐识还是男朋友，这次回来，就是未婚夫了。
宋初又带唐识回了家，见了宋茂实。
因为是国庆长假，唐识父母又退休在家，在时间上没有什么特别要求，所以双方父母见面的时间被很快地确定下来。
国庆的第三天，两家父母见了面。
见面地点是唐识父母定的。
人均最低消费 5000 元的餐厅。
宋茂实知道的时候，他是不太想去的。
这么些年来，女儿离开自己身边，他孤家寡人一个，也因此得到了许多反思的时间。
从宋初生下来，他就没怎么好好抱过她。之后和陈如馨离婚，宋初跟了他，对宋初更是非打即骂，从来没有尽到一个做父亲的责任。
何况，他太知道自己是什么德行了。
他也知道唐识的父母，都是他们各自行业内的佼佼者，他和他们比起来，差得远了。
他怕自己给宋初丢脸。
但整个饭局下来，宋茂实终于明白，他们在乎的，是宋初本身。
至此，宋茂实心里悬着的大石终于落地，也终于可以放心地把宋初交给唐识。

回到家后，宋初察觉到宋茂实情绪有些低落。
她和唐识在一起这件事，宋茂实其实不止一次和她聊过。
尽管宋茂实知道自己没有尽到做父亲的责任，不太有资格干涉宋初的感情生活。
但他还是忍不住，他不忍心看宋初在这段感情里受伤。
聊天的内容也不外乎是"门当户对"这样的话题。
尽管现在的社会，已经很淡化这个观念了，但有些鸿沟就是不可忽略和跨过的。

宋初以为，宋茂实在见过唐识的父母后，还是不同意他们的事。

正要说话，宋茂实这么多年来第一次读懂了她的心思，在她开口前已经出声："不是要劝你分手。"

宋茂实低着头。

客厅里的灯似乎很久没换，有些昏暗。

在这一瞬间，宋初忽然发现宋茂实老了好多。

宋茂实声音缓慢地道："我只是觉得……你和他们家人在一起，应该会比和我在一起要幸福。"

……

国庆长假期间，赵宁组了一个局。

高中的同学们，大多数留在了南川发展，而且大多数都保持着联系。

所以赵宁在班群里发同学聚会的时候，收到了很积极的响应。

时间定在晚上七点。

宋初中途转学，这么多年没见，本来以为会和大家生疏。

事实证明，宋初多虑了。

每个人除了样子变了些，性格似乎都没怎么变。

这世间的人情世故大家可能或多或少都学会了，但在见到彼此的时候，似乎都不忍心把社会上这一套，用在参与彼此青春的人身上。

赵宁和韦天森在一起了。

这是所有人都没想到的事。

两个人性格是两个极端，一个过分安静，一个过分闹腾。

而且上学那会儿两人几乎没怎么说过话。

宋初看着饭局上闹腾腾的一群人，忽然想起她转学那会儿，大家用唐识手机给她打的视频电话。

以前她总觉得自己的青春除了谋生再无他事。

现在回首看看，她的青春，也并不是暗淡无光的。

有他们这样一群人，她的青春似乎一直都热气腾腾。

饭局结束的时候，已经接近零点。

韦天森说，男同学们因为家庭或者工作，已经很久没有去网吧玩游戏了，还挺想念那段日子的。

于是，男同学们临时决定，去网吧通个宵。

韦天森问唐识的时候，唐识看了宋初一眼。

有人调侃："这家庭地位一下就体现出来了。"

唐识也只是笑笑，然后问宋初："要不要先送你回去？"

宋初也不是什么要时刻黏着男朋友的小朋友："不用，你们去吧。"

一群人大概有十几个，浩浩荡荡的阵势，像是去网吧砸场子的。

吓得网吧老板一哆嗦，差点按了110。

玩游戏是个体力和脑力活，没多久又饿了。

于是一群人从网吧出来又去了夜市，吃烤串喝啤酒。

韦天森酒量还行，但今天晚上实在喝得太多，烤串吃到一半就被喝趴下了。

唐识在这群人里面还算清醒的，便打了车把他们一个个送回了家。

韦天森是最后一个，还没等唐识打到车，赵宁就来了。

赵宁一来，韦天森就抱着人不撒手了："媳妇儿，这么会儿不见，都想你了。"

当着外人面，赵宁有些不好意思。

唐识笑："你们俩能走到一起，真没想到。"

韦天森不肯走，赵宁干脆就坐下来了。

夜间天气有点冷，她端起韦天森没喝完的酒喝了一口："其实你和初初能在一起，我也没怎么想到。"

高中一毕业，很多人都会失去联系。虽然他们这个大家庭大部分人都还能彼此联系到，但不可否认，还是有一些人被时光冲散了，连消息都没有。

何况宋初还中途转学了，两人的交集就更少。

赵宁说："初初暗恋成真，也是一件值得高兴的事。"

唐识知道，宋初高中毕业之后，其实很少和南川一中的同学们联系。

和赵宁的联系自然也不多。

所以赵宁是一早就知道宋初喜欢他这件事。

唐识下意识地重复了下："暗恋成真？"

赵宁看唐识反应，就知道宋初大概没唐识提起过："是啊。初初转学之后，我们不是去她舅妈家聚过一次吗？那天我帮她整理她妈妈寄过来的快递，看到每本课本和笔记本的最后一页，都写着你的名字……"

每一本课本，每一本笔记……

学生时代的，每一个最后一页……

赵宁的话，像是一颗又一颗小石子，投进了唐识心里。

唐识一直以为，她喜欢他是从外婆去世之后开始的。

原来比那更早……

他要是更大胆一点假设，或许从他在雨天借给她一把雨伞的时候就开始了……

他们吃烤串的地方离宋初家并不远。

唐识莫名其妙对赵宁说了声"谢谢"，就一路狂奔。

往宋初家的方向。

他刚跑到宋初家楼下，就给宋初打了个电话。

宋初大概是已经睡了，电话拨出去好久才被接听。

而且能听出来她的声音夹杂着浓浓的困意："怎么了？"

唐识刚才一直没注意到，这会儿要开口说话，他才发现自己在哽咽。

他调整了一下情绪："……没什么，就是……突然有点想你了。"

过了两秒，他听到宋初说："你等一下。"

然后，他就听到电话里传来窸窸窣窣的声音，然后他听见开门又关门的声音……

唐识喊她："初初？"

"你在哪里？我来见你。"

我来见你……

他一直觉得自家女朋友很乖，是个没什么浪漫因子的人。

可是这四个字，简单得不能再简单的四个字，简直要撩死他了。

宋初说完，好半天没见唐识回答，脚步不由得加快。

等她半跑着到单元楼门口的时候，她看到了站在路灯下的唐识。

他们看到了彼此，却都没挂断电话。

宋初走到唐识面前，举着电话："我也是。"

我想你了。

我也是。

唐识把她紧紧地锁在怀里，背微微弓着，头埋在女生颈窝，有一下没一下地蹭着。

两人谁都没说话。

半晌，就在宋初怀疑唐识靠着自己睡着了的时候，唐识忽然出声："初初,等不了了,明天就去领证吧。"

宋初愣了愣:"可是唐识,国庆节,民政局放假。"

"……"

唐识被自己逗笑了:"那假期结束就去。"

似乎觉得自己有点唐突,但这的确又是他的真实想法。

他还是又补了句:"可以吗?"

他说这话的时候,头已经抬起来,目光落在宋初脸上。

这一刻,宋初忽然觉得,唐识和平时不太一样。

她看着这样的唐识,没忍住笑了:"唐识,你是不是在撒娇啊?"

唐识承认得很坦荡:"嗯。"

有这么一出,两个人都没什么困意了。

十月份的南川,气温并不低,但凌晨四点,吹来的风里还是带了些凉意。

宋初刚才着急见唐识,没来得及穿外套,街道吹来的风让她冷得抖了抖。

两人去了宋初高中时做兼职的那家便利店。

"24客"是二十四小时营业的便利店,店的规模也比之前大了不少。

店里的陈设也变了很多,唯一不变的,大概是收银台的位置,还有一进门右边一整面的玻璃墙。

唐识忽然想起,刚转学过来那段时间,因为不想回到冷冷清清的家里,经常来这儿解决晚饭。

之前一直没注意,现在回想起来,那个时候似乎总有一双炙热的眼看他。

是不是在那个时候,他的初初已经喜欢他了?

唐识一直觉得,爱从来不靠说。

他也从来不觉得,网上那些"送命题"和测试题能有什么实质作用。

这会儿他却想问问。

"我们初初,是什么时候开始喜欢我的?"

宋初被唐识问得一愣。

唐识是一个很好的男朋友,在一起以来,唐识也很宠着她让着她,两人几乎没吵过架。

宋初一直觉得,她和唐识之间,其实一直有一种说不清道不明的距离感。

宋初一度怀疑唐识是不是真的喜欢自己。

唐识问出这个问题的瞬间,宋初忽然明白,她和唐识之间不是不爱,而是缺少沟通。

他们都以为对方给自己的喜欢,不像自己给出去的那么多。

他们都在害怕对方不爱自己。

他们深切地喜欢着彼此，却一直在各爱各的。

天上不知道什么时候飘起了雨，雨珠很快覆上眼前的玻璃墙。

本就是夜间，窗外景色本就看不清，此时更显朦胧。

女孩微微垂眸，陷入了某段甜蜜又心酸的时光。

沉默几秒，她似乎想好了措辞，回答了唐识的问题："第一次见你的时候。"

"什么时候喜欢我的？"

"第一次见你的时候。"

对于第一次见面，唐识其实已经不太记得了。

把伞借给路人这件事，对他来说只是举手之劳，借完就忘了。

他一直是善良的人。

所以在他眼里，宋初和其他他帮助过的人没什么不同。

甚至后来在学校里遇见，他也对宋初没什么印象。

只是后来，他察觉到自己喜欢宋初后，某个四下无人的夜里，年少时关于宋初的记忆，像电影胶片一样在他脑子里放映了一遍。

但宋初说的第一次见，比唐识印象里的，还要早。

宋初："我第一次见你，应该是七月初。你骑着自行车，从一中校门口的那条斜坡上冲下来。"

那个时候，宋初脑子里就浮现出一句话——惊鸿一瞥误终身。

一直到现在，宋初依然觉得，那是她人生中最美好的场景。

宋初回忆起那天："那天早上刚下过一场雨，天空被洗得透蓝。"

午后的阳光裹挟着微尘，风吹动风铃，似乎也吹动了少女怀春的心。

那个时候，她也不知道，她爱他，一爱就爱了这么久。

他之前以为自己了解了，她的喜欢，比自己想象中的早。

可此刻，她告诉他，她的喜欢，比他知道的更早。

宋初在这一场暗恋里，一直都是一个无名小卒，戏份还没有配角的重。

尽管如此，那个时候，对宋初来说，下雨的屋檐，校运会奔跑的跑道，公交车站……每一个和他有关的瞬间，都是她想珍藏的美好。

后来她转学，两人交集逐渐变少。

再后来唐识出国，两人之间的交集变成零。

她看着唐识，从他们在一起以来，一直到在西河市的时候，她一直都是飘着的。

像是踩在柔软的云上，没什么踏实感。

她以为，她的喜欢会在岁月里被消磨、冲淡、稀释。她也没想到，经年累月，这份喜欢反而越来越深。

那份喜欢剪不断。

野火烧不尽，春风吹又生。

时隔经年，宋初也遇到过许多形形色色的人。

但再没有任何一个人，让她觉得有十七八岁的年纪独有的那份悸动。

在遇到的这么多人里，他永远是最特别的那个。

宋初一直觉得，《其后》里有一段话，很适合描述她对唐识的感觉。

有些人，你不会忘记看他的第一眼。

在当下的时空气氛，那个人的姿态在记忆库瞬间冻结，任凭后来时空如何更替冲刷，不会蚀坏，不会腐朽，不会消亡，永住下来。

唐识在她的青春里，永不腐朽，永远闪闪发光。

宋初说这些的时候，语气一直很平静。

唐识却听得有些难过："初初，对不起。"

对不起，我来得这么晚。

或许在一起久了，会有一种莫名其妙的默契。

宋初几乎是在一瞬间就明白了唐识的意思。

宋初把手轻轻搭在唐识手背上："唐识，因为遇见你，我才是现在的我。所以，不要怪自己，也不要难过。"

不知道从什么时候开始，宋初所有的目标里都有唐识。

来北川上学是，明知道可能等不到唐识还是决定留在北川工作也是。

她所奔赴的方向，是有他的远方。

她并不怪唐识消失这么久。

或许他们彼此错过这么多年，这段时间彼此都觉得充满遗憾。

但她一直觉得，每一种分别，每一个遗憾，都有自身存在的意义。

正因如此，她才是现在的宋初。

独立，自信，热爱自己也热爱这个世界。

那段时间，知道她喜欢唐识的人，都在劝她。

这样等一个不知道还会不会回来，就算回来了也不知道变没变的人，是对自己的惩罚。

可宋初太固执了。

有人说苦尽甘来。

那段无望等待的日子,她都在等苦尽,等他来。

现在想起来,那段时间也没有多难过。

大概是因为,喜欢一个人是很美好的。

那些失落、难过、无奈……种种情绪,都是值得珍藏的宝藏。

这个地方并不适合看日出。

但今天的日出尤其美。

清薄的金色铺满一整面玻璃墙,光线清透,温柔得像是一层纱。

街道也在慢慢苏醒,人多了起来,街口卖早餐的摊贩就位,沿街的商铺老板打着哈欠开了门。

宋初靠在唐识怀里:"唐识,我记得有一次文艺会演你报了钢琴。"

唐识回忆了一下:"那次阿姨晕倒,你提前走了。"

"所以,有时间的话,可不可以单独为我弹一次?弹那次的那支曲子就好。"

"好。"

国庆假期一结束,唐识和宋初就去了南川市民政局。

前一天晚上,唐识一直没睡着。

从那天晚上之后,他每天都会在网上搜索领证的流程和注意事项。

可第二天就要领证了,唐识还是紧张到失眠。

同样睡不着的,还有宋初。

好像她在黑暗里踽踽独行很久,在经历了无数波折后,终于等到尘埃落定的那一刻。

第二天早上,唐识到宋初家楼下接到人,两人看到彼此眼底的一片青色,没忍住笑了。

去民政局的路上,两人都因为紧张而没主动开口。

因为路况良好,没怎么堵车,很快就到了民政局。

唐识停好车后,两人十指紧扣着到了民政局门口。

宋初知道,此刻的唐识和她一样紧张。

她能感受到他手心的薄汗。

但相比起紧张,宋初更多的是期待。

她揣着一颗狂跳的心往前走,踏上第一个台阶的时候,忽然感受到了一道很轻的、往后的拉扯力。

宋初疑惑，看着停下的唐识，心换了种情绪跳得更厉害了："……你是不是后悔了？"

几乎是在宋初话音落下的瞬间，唐识便回答了："不是。"

唐识欲言又止，眼神也变得冷静，不像早上刚见面的时候，藏着紧张期待和欣喜。

宋初见他这副模样，语气都有些着急了："那是什么？"

她现在根本思考不了那么多，只知道唐识很有可能反悔，只知道她以为的尘埃落定，在正式"落定"之前，可能会刮起一场大风，将之前的所有都吹散。

什么唐识动心，什么相爱……一切都是因为她暗恋得太苦了，所以给自己编织了一场美好却虚幻的梦。

而现在唐识的犹豫，无疑是告诉她，她的梦该醒了。

唐识看出她眼底的慌张："初初，你真的，想好了吗？"

他们现在都还年轻。

他不怕自己后悔，但他怕宋初后悔。

她现在二十三岁，还有大好的玩乐时光，还有大把的机会去看从来没有了解过的世界。

他知道即使结了婚，那些没经历过的世界他也可以陪着她。

但他就是担心，担心在她见过不同的、更大更精彩的世界的同时，遇到了更心动的人……而那个时候，她已经和他结婚了。

他是唐识，从来没觉得自卑过的唐识。

但在她面前，他会害怕，会担心，会自卑。

他会觉得，自己给宋初的还不够多，不够好。

他怕真到了那个时候，宋初会觉得，嫁给他也不过如此，被他喜欢也不是什么大不了的事……

这样的唐识，让宋初心里一动。

她走下台阶，双手轻轻圈住唐识的腰。

她的脸靠在唐识心脏的地方。

风吹过来，宋初身上幽淡的玫瑰香缠绕在他的鼻尖。

她轻轻软软的声音响起："唐识，我想好了。"

几秒后，她又补了句："真的。"

宋初察觉到唐识在动。

但她脸皮薄,很多话不好意思看着唐识说出口,便把双手紧了紧。

"我知道你在担心什么。

"每个人都只有一次青春。无论这份青春如何平凡,都是自己最独一无二的回忆。

"我很荣幸,能在那一段黑暗的时光遇见你。所以,你也成了我最无可替代的回忆。"

路边驶过一辆货车。

其实距离不算近,就算宋初说话唐识也能听见。

但她还是等大货车的噪音消失,才继续开口。

"如果我以后真的遇到更好的人,我就假装看不见。但是,唐识,至少在我的世界里,你无人能及,你就是最好的、独一无二的那颗星。

"唐识,我是不是还没有告诉过你,我这一生最幸运的事,就是年少遇你。"

宋初说完,抬起头,双目对视。

空气似乎凝住几秒,宋初问:"想娶我吗?"

唐识把她重新拥进怀里,力道比刚才大了不少:"想。"

做梦都想。

尽管查资料的时候唐识了解到,领证的流程不算烦琐。

但他没想到,今天结婚的人有这么多。

所以,光是在各个窗口排队,就花费了大量时间。

两人从民政局出来,已经是下午五点。

他们领证之前,朱莺韵和唐识商量,虽然不是婚礼,但毕竟是领证的日子,要不要领完证两家人一起吃顿饭。

唐识尊重宋初的意见,领证这天,他们还是更想过二人世界。

两人从民政局出来,已经有些累了。

宋初看着手里的小红本,恍惚了一下。

唐识伸手捏了捏她的脸:"傻了?"

唐识本来只想逗逗她,没想到小姑娘却一脸认真地点了点头:"像做梦一样。"

有种不真实感。

唐识低头:"盖完章本儿都拿了,这时候可不能不认账啊。"

说完,唐识牵起宋初的手,以十指紧扣的模样。

宋初一直以为,领证的时候,会有仪式感十足的宣誓,他们会在工作人员的见证下，把余生许诺给彼此。

可现实和想象的差距不是一般的大。

走流程的时候，工作人员甚至都来不及抬头看来领证的人，盖完章就直接"下一个"。

想起刚才排长队的模样，两人十分默契地在民政局门口大笑起来。

两人今天也没有什么特别的安排，就这么牵着手沿着街道往前走，走到一条新兴的街口。

这条街很热闹，街两边的建筑都是古色古香的，地板是仿古的青石板。

近几年南川大力发展旅游业，这条街就是在这样的风口下建的。

走到一排娃娃机前，宋初看向唐识："你是不是想玩？"

唐识："？"

下一秒，唐识就明白了宋初的意思，便配合着她点了点头："嗯，非常想。"

宋初微微蹙了蹙眉，一副真的很为难的样子："你都这么说了，那我就勉为其难陪你玩一会儿吧。"

唐识被她的样子逗笑了，微微弯腰，唇停在她耳边："那谢谢老婆。"

他说话的时候喷洒出热气，弄得她耳郭周围都有点痒。

听到"老婆"这个称呼，宋初耳尖一下子就红了。

唐识见状，很低地笑了声："老婆，耳朵红了。"

唐识忽然想起他们第一次一起坐公交车，因为司机急刹车，加上车上人多，他们之间的距离变得很近。

那个时候宋初也是这样红了耳尖。

宋初第一次见他是七月份，并且一见钟情。

在公交车上的时候，他还问她是不是热。

现在看来，那个时候她是在害羞。

宋初娇羞着一张脸，轻轻推了推他："不想理你了。"

宋初走到一台娃娃机前，唐识立刻追上来。

唐识一只手从后面环着她的腰，另一只手举起手机扫了娃娃机上的二维码。

唐识声音很低："初初，叫声老公，给你买币。"

宋初这下连带着脸都红了。

她本来想用自己手机扫的，但从民政局出来，手机就一直在唐识那儿。

宋初沉默片刻，随后声音很低地喊了声："老公。"

唐识喉结上下动了一下，没太扛得住。

见唐识半天没反应，宋初以为他没听见。

想起刚才唐识逗她的样子，她干脆破罐破摔，转身面向他，双手攀在他脖子上，踮脚，学着他刚才的样子，刻意将声音放低："老公，给我买币好不好？"

唐识这个瞬间突然明白，宋初平时很少撒娇的原因了。

她完全是在替他考虑。

唐识赶紧扫了码，换了游戏币，就跑到一边去了。

宋初技术不太好，加上心没法静下来，所以一百多个游戏币，什么都没钓到。

玩了一会儿，宋初就觉得没劲了。

唐识问："饿了没，带你去吃饭？"

唐识带宋初到了一家火锅店。

宋初去了洗手间，唐识找位置坐下。

刚点好菜，有人在他对面的位置坐下，问他要联系方式。

唐识直接拿起今天下午刚拿到的小红本，甚至还能让人听出点炫耀的意思："不好意思，结婚了。我老婆挺凶的，我把联系方式给你，她打我无所谓，主要是怕她打你。"

"……"

这句话刚好被回来的宋初听到。

宋初看到女生悻悻离开，脚步甚至有些慌乱。

宋初走到刚才女生的位置坐下："我哪有那么凶……"

唐识："初初不凶，一点都不凶。"

"……"

这会儿乖得像刚才造谣的人不是他一样。

两人回到家已经很晚了。

本来两人打算今天领完证后，回去陪陪宋茂实的，但现在这个点，宋茂实已经休息了。

两人就回了唐识半年前买的公寓。

宋初先去洗了个澡，洗完澡出来，唐识替她吹头发。

等半干的时候，宋初想让他早点休息："好了，你也快去洗吧。"

五分钟后，洗手间传来淅淅沥沥的水声。

宋初想起刚才她和唐识吃完饭，还去逛了一趟超市。

因为金额的问题，唐识还随手往他们的购物袋里装了一盒避孕套。

水声越来越大，宋初也能感觉到自己的脸越来越烫。

她目光不可控制地看向浴室，还能看到里面氤氲的雾气。

宋初双手紧了紧，唇不自觉地抿成一条线。

今天算新婚之夜吧？他是怎么想的呢？

等会儿他出来，自己要干什么？

宋初一不小心走神了好久，直到听到浴室那边有动静。

几秒钟后，浴室门开了。

唐识下面穿了长裤，但上半身就这么暴露在空气里。

刚洗完澡，未干的水珠沿着他的肌肉纹理往下流，水珠里似乎还折射了房间的灯光。

他的头发也还在滴着水，眉眼干净的他，此时像电影里最旖旎的那一帧。

宋初赶紧别开眼，不好意思再看下去。

她和唐识虽然住在一起，但唐识一向懂得分寸，从来没有这样出现在她眼前。

今天大概是有了持证上岗的底气。

唐识喊了她一声："初初？"

宋初能听到唐识越来越近的脚步声，她下意识把身体又往一边转了点，同时还低着头假装看手机。

宋初手指在手机屏幕上胡乱滑动："夜里凉，你快把衣服穿好。"

下一秒，眼底投下一片阴影，很快阴影又没了。

唐识在她面前蹲下来，语气甚至还带了些遗憾："啊，我以为初初喜欢我这样呢……"

语气和平时完全不一样，有点懒洋洋的痞味。

宋初闻言，把头埋得更低了："……我才没有。"

唐识今晚本来没想做什么的，但看到宋初现在这副样子，忽然起了逗她的心思。

他从半蹲的姿势变成站直，弯腰，额头抵着她的额头。

头发上的玫瑰香萦绕在鼻尖，他嗓子哑了哑："我看到初初耳朵红了，以为初初喜欢这样呢。"

说话间，唐识的唇已经不受自己控制地吻在了宋初红透的耳尖。

柔软的唇瓣慢慢往下，到了耳垂。

宋初刚刚感受到耳垂处的湿，唐识的唇已经落在了她的唇瓣上。

唐识本来只想逗逗她，最后却是自己先失了防线。

唐识慢慢试探，舌尖感受到一阵凉风后，立刻被温暖包围。

他本来搭在椅子两边的手，一只从下往上托着她的脸，另一只扣住她的后脑勺。

吻逐渐加深，却始终温柔。

宋初想起明天早上八点的飞机，算上去机场的时间，早上不到六点就得起床。

她脑袋往后退了退，语气里带着未散的情欲："你、你干什么……"

她下巴被唐识托着，一睁眼就能看到唐识炙热的目光。

或许是目光灼人，宋初干脆把头偏向一边。

唐识的声音在这时传来："新婚之夜，洞房花烛，你说我干什么？"

或许是因为紧张，或许是被吻得缺了氧，宋初呼吸有些急，也乱："可是……明……"

话没说完，她感受到脖颈间被牙齿轻轻磨了一下。

呼吸更乱了。

宋初："唐识……明天要早起。"

唐识今晚本来也没打算对她干什么，但现在自己挑的火，把自己憋得有点难受了。

后半夜的时候，宋初闹了脾气。

"对不起啊，累着初初了。"

"……"

宋初把手抽出来，哼了一声，转身朝卧室的床边走去。

这一声听不出来怒意，反而带着点撒娇的味道。

唐识看着把自己藏在被子底下的姑娘，无声地弯了弯唇。

他钻进被子里，被子里的人感受到他的靠近，把自己身体往外面挪了挪。

才动了一下，她整个人就被唐识捞回了怀里。

宋初正想有动作，就被唐识一句"初初别动，不然等会儿又得帮我了"吓得定住了。

怀里的人安静下来，搂着她腰的手紧了紧，在她头顶落了一个吻："初初晚安。"

被唐识这一番折腾，宋初以为今天睡不着了，没想到躺上床后没多大会儿就沉沉睡去。

第二天，她是被阳光晃到眼睛醒来的。

醒来的时候，她下意识看了一下时间，已经十一点了。

宋初从床上弹起来，身边空荡荡的。

她伸手试了试另外半边床的温度，早就凉了。

宋初："……"

昨晚的一切，对于宋初来说，还是像一场梦。

身旁早就没有温度的床，也让她怀疑自己是不是做梦了。

唐识推门进来，手里端着一碗粥："还这么气呢。"

"……"

唐识弯腰把她抱起来："去刷牙，然后吃早餐。"

宋初顺势挂在他身上："我们误了飞机了。"

唐识"嗯"了声："慢慢来，时间我改了，下午才出发。"

飞机在北川落地是晚上七点。

刚出机场，宋初就看到于琬了。

陈晋和林校来北川出差，一群人好不容易有机会聚在一起，所以行李都没来得及送回家，就被于琬带到了吃饭的地方。

刚到包厢，唐识就清了清嗓子："好朋友都在，刚好宣布个事儿。"

陈晋看唐识的表情，觉得应该不是好事："你别说了。"

唐识："？"

陈晋大概是觉得拂了兄弟面子，赶紧补了句："要不吃完饭再说。"

唐识完全忽视了陈晋，从兜里掏出两个红本："宣布一下，我和初初，领证了。"

"……"

包厢里突然变得很安静。

宋初也有点意外，哪有人还把结婚证随身带着的。

而且看唐识这样，似乎早有预谋。

今天收拾行李的时候，她记得自己明明把结婚证放进了行李箱里。

于琬之前一点风声都没听到。

或者说，之前他们得到的消息都是先办婚礼再结婚。

现在唐识突然把两本证摆在他们面前，她有点接受不过来。

林校和陈晋的反应也没好到哪儿去。

他们的油纸伞工作室最近有了起色，在北川这边有个客户要谈，回来出差顺便见一下老朋友。

没想到会收到这样的喜讯。

虽然知道他们俩最后一定会走到一起,但结婚证毫无预兆地摆在他们眼前的时候,还是觉得有点意外。

三个人都是在现实生活中第一次看到结婚证,拿着唐识和宋初的红本本看了又看。

最后,于琬感叹了句:"柠檬树下你和我。"

陈晋像能把那两个本看出花来:"狗哥,今年晒结婚证,明年是不是就晒娃了?"

于琬帮腔:"狗哥,争取三年抱俩。初初,我要当孩子干妈。"

宋初被调侃得有些不好意思,身体不自觉往唐识身边靠了靠。

唐识帮她说话:"好了,别乱说。"

还没等宋初谢谢他,下一秒,唐识慢悠悠地又开口了:"证都领了,改个口。"

其余三人心领神会:"嫂子。"

"……"

宋初悄悄掐了一下唐识的腰:"你不要说话了。"

陈晋一向擅长热场子:"就是,狗哥,把嫂子整害羞了,嫂子一生气,今晚你得睡沙发。"

于琬看向宋初,想起什么似的:"初初,狗哥肯定给你求婚了吧。"

说着,于琬语气里满是遗憾:"求婚场景应该还挺浪漫的,错过了。"

说完,于琬还重重叹了口气。

宋初听完,沉默了一下:"以后琬琬被求婚的时候,就知道了。"

林校:"就是,那个时候,就是独属于琬琬的浪漫了。"

陈晋也替于琬有点着急:"不过,琬琬是没遇到什么喜欢的人吗?母胎单身都多少年了,叔叔阿姨不催你?"

于琬听到这句话,眼底有一抹情绪快速闪过,只一瞬便恢复如常。

"这种事情急不来嘛,哪有那么容易遇到的。"

……

饭局结束得早。

大概是考虑到唐识他们刚从南川回来,今天吃饭的地方离他们住的地方挺近。

三个人没打扰新婚的他们,虽然后面还安排了节目,但知道他们昨天刚领证,就把后面的活动取消了。

十月的北川,白天热得像熔炉,夜里的风已经带了深秋的凉意。

唐识牵着宋初的那只手松开,正要把外套给她,宋初却又把他的手牵起来:"没那么冷。"

唐识笑着把宋初的手握紧。

她的手不算小,但和他的比起来,小得跟个小朋友的一样,能被他很轻易地包住。

他把宋初的手握着揣进兜里:"这样暖和点。"

两人沿着回家的那条街走。

沿街都是商店和路灯,北川的夜也总是亮如白昼。

南川也如此,但可能因为有家乡滤镜,宋初总觉得,南川的夜比北川的更有烟火气一些。

街边有人在演唱,宋初透过人群看去。

演唱的小姐姐是北川大学的学生,也算学校的风云人物,今年应该大二。宋初回学校参观时看到过她的海报。

唐识牵着宋初走到了人群里,然后挤到了人群最前面。

等小姐姐演唱完,唐识松开了宋初的手,走上前。

和小姐姐交谈了几句,小姐姐便起身,把钢琴的位置让了出来。

唐识朝宋初看过来,唇靠近话筒:"接下来一首 kiss the rain(《雨中印记》),送给我最特别的人。"

宋初高中的时候,没有在现场看他弹琴。

后来有人录了视频,她也在视频里听到了曲子。

但她对音乐方面了解不多,一直不知道这首曲子的名字。只知道这首曲子,会经常在课间的时候听到。

原来叫 kiss the rain。

随着缓慢悠扬的琴音,暗恋唐识那段时间的所有细节都在脑子里一一展现。

流光夏日里的第一次见面,第一次放学一起回家,第一次一起躲雨,第一次在雨夜被他捡回家……

最后一个音符落下,唐识在她走神间已经来到她面前。

还是旁边的小姐姐叫她:"学姐?"

宋初看向说话的人,是刚才唱歌的小姐姐。

她认识宋初也不奇怪,学校以前公示国家奖学金的时候,宋初的名字总排在最前面。

不过当下，宋初没有过多纠结她为什么认识自己。

小姐姐眼里带了点羡慕："学姐，你男朋友好帅。我在一个国际期刊的医学板块见过他，果然，优秀的人都在一起了。"

小姐姐说完就很识趣地走开了。

唐识也牵着宋初走出了人群。

他语气有些无奈："唐太太，你这个眼神，会让我飘飘然的。"

也不怪他这么说。

宋初眼里的爱慕直白赤裸，唐识平时说情话她都会害羞，此时的爱意却坦荡直白。

往前走着的宋初停下，抱住他："可我就是好喜欢你。

"以前都只敢偷偷看你，有时候甚至连偷偷看你都不敢，怕被发现。"

可是现在，她可以毫不掩饰地表达自己的心意，无论是从嘴里说出来，还是从眼睛里跑出来，都可以。

那个时候所有的小心翼翼，都是因为，她从来不是他世界里的确定因素。

她不敢越界，所以连目光流向都要控制。

可是现在，她有了底气。

就算爱意再直白热烈，她也确信能在他那里得到回应。

唐识轻轻在她脑袋上拍着："*kiss the rain* 的作者，被人们称为最擅长描绘爱情的音乐家。我之前只觉得是个噱头。可是初初，我们之间，好像就是关于夏天和雨天的。

"我突然有点认可这个头衔了。"

两个人没在外面闲逛多久，就回了家。

回到家里，坐了两个小时飞机，又参加了一场聚会的宋初，已经累得根本不想动了。

她只想赶紧洗个澡睡觉。

她连客厅的灯都没开，径直往卧室走去。

她虽然和唐识同居了挺久，但两人一直都分房睡。

见她要开自己的卧室门，唐识赶紧拉住人："去哪儿？"

宋初脑子混沌，没听出唐识话里的意思："行李明天再收拾吧，你也早点……"

后面的"休息"还没来得及说出口，整个人就被唐识扯进了他的卧室里。

唐识关了门，将她抵在门上："都领证了，还想让我守空房？"

下一秒，唐识又控诉了句："昨天买的东西，不能浪费。"

不能浪费。

宋初能感受到唐识呼吸已经紊乱："不是……"
唐识没等她说完，一只手扣着她的后脑勺，低头便吻了下去。
他的舌尖描绘着她唇瓣的形状，一步一步引导着她。
这个吻带了极强的情绪，和昨晚的温柔处于两个极端。

等宋初觉得肺里的空气快被抽干，唐识才放过她。
唐识头更低了一些，气息喷洒在她的脖颈处，带来一阵令人发软的酥麻感。
宋初没来得及说话，唐识又吻了下去。
她刚想说话，最后却连简单词语都没办法说出来。
终于在她脑子被吻晕的时候，唐识再次放过了她。
可他的手没停，她能感受到衣服已经被解开了。
宋初稳住呼吸，双腿有点发软，手抵在唐识胸口："我还没洗澡……不舒服……"
唐识手上的动作停了一瞬："一起洗。"
唐识以为他能够克制住自己，他还是高估自己了。
宋初根本不想跟他说话了。
她吃痛，脑子里突然冒出唐识平时穿着白色衬衫的样子。
那个时候的唐识有多温柔，现在的唐识就有多像野兽。
在浴室把宋初折腾累了，他把宋初抱回卧室。
就在宋初以为自己能休息的时候，唐识把她身上的睡衣褪了。
他把她压在身下，卧室只开了一盏睡眠灯。
情欲未褪的她，看起来格外诱惑人。
唐识趴在她耳边："初初，你好像，还没有说过我爱你……"

宋初在"我爱你"和"够了"之间一遍一遍转换，直到她累得一点力气都没了，唐识终于肯停下。
借着睡眠灯的灯光，他看到宋初脸上的泪痕。
他吻在她鼻尖上："初初，帮你洗澡？"
宋初想摇头，也想说话，可发现自己没什么力气，嗓子也疼。
最终，她只能任由唐识把她抱去浴室。
唐识先放好了热水，小心翼翼把她抱进浴缸。
他看着她身上那些深深浅浅的痕迹。
"初初，对不起。"
宋初已经累得睡着了，没回应他。

第二天，宋初醒来，不用看时间她都知道自己醒得很晚。

宋初和唐识领证之后，日子好像回到了正轨。

她和唐识各自忙工作，忙起来的时候，甚至三五天都见不了面。

宋茂实和朱莺韵经常给她打电话，问她和唐识婚礼打算什么时候办。

一开始她也没太在意，她和唐识都忙，婚礼的事两个人也没聊过。

后来和于琬聊天，于琬也总有意无意地问她和唐识的婚礼什么时候办，自己什么时候能当上伴娘，有没有想过婚礼是户外还是室内……

渐渐地，宋初也慢慢把婚礼的事放心上了。

但唐识一直没主动提，她也就不好意思说了。

这天，宋初难得可以按时下班。

说好要来接她的唐识，也因为一场突如其来的车祸，留在了急诊帮忙。

宋初给于琬打了电话，约了于琬一起吃饭。

于琬比宋初晚半个小时下班，她从公司过来接到宋初，已经七点钟了。

两个人很久没去过学校旁边的那条街了，都有点馋那条街上的糕点和小吃。

于是，于琬的车半个小时后停在了北川大学的停车场。

两个人从街头吃到街尾，最后吃到肚子塞不下了，就在街边随便找了一家奶茶店，一人点了一杯奶茶。

点完，两人找了位置坐下，宋初后知后觉："琬琬，咱俩喝得完吗？"

于琬眨眨眼："应该喝不完。但是工作累了一天了，花钱就是为了开心嘛！"

"……"

两个人拿了奶茶，决定出去走走消消食。

走到广场的时候，被一阵哄闹声吸引了。

似乎有人在表白。

于琬想着反正也无聊，就拉着宋初过去凑热闹。

走近了才发现，原来不是表白，是求婚。

女生被包围在一片花海里，男生单膝在她面前跪下。

男生说的话真诚也浪漫，朋友们在旁边起哄，女孩子感动又娇羞地伸出手，光秃秃的无名指上，从此多了一个闪闪发光的承诺。

没热闹可看，还不太想回家的两个人，干脆在广场找了个地方坐下。

她们找的地方比较安静，相比起刚才的极致热闹，现在安静得让人有点失落。

于琬戳了戳宋初的胳膊："初初，狗哥跟你求婚的时候，是不是也这样？"

于琬的话让宋初发了愣。
唐识好像没跟她有一个正式的求婚。
她和唐识好像没经过什么波折就在一起了，没有声势浩大的表白；决定要结婚也是一样，就是在一个很平常的日子，两家家长坐下来，一个下午就把订婚的事情定了；结婚也是，他说去领证，她就说好……
好像一切都是自然而然，水到渠成。
宋初低头，眸子轻轻垂下来，盯着地上自己的影子，声音很小："好像，没有求过婚。"
……

宋初没了再继续逛下去的兴致，让于琬把她送回家了。
往家走的时候，她们遇到一对正在吵架的年轻情侣。
女孩子在闹情绪，大概是在控诉男生得到就不珍惜。
今天晚上，遇到了幸福和不幸福。
宋初叹了口气。
唐识还没回来，她先去洗了澡。
洗完澡出来，吹完头发，房间里又瞬间安静下来。
她突然想起刚才那个女孩子的那句"你们男人是不是得到了就都不珍惜了"，又叹了口气。
她倒不是觉得唐识是新鲜感褪去，得到了就不珍惜了。
可她就是觉得有点不太开心。
就算她性子再温暾佛系，首先也是个女孩子，也会期待不经意的仪式感，会期待有浪漫的求婚。
出神间，她听到卧室门传来动静。
唐识满身疲惫地回来了，宋初起身，唐识习惯性地先抱了抱她："我先去洗个澡。"
……

两个人坐在床上，聊今天的日常。
聊到同事的时候，唐识说顾昔结婚了，一个月后办婚礼。
宋初本来想，唐识要是不提婚礼的事，她也就顺其自然。但这会儿听到他的同事也要办婚礼了，她就不太忍得住。

她往唐识肩膀上靠了靠:"唐识,我觉得我有点亏。"
她这句话没头没脑,唐识没懂。
宋初在他肩膀上蹭了蹭:"我们呢?什么时候办婚礼?"
唐识捏了捏她的脸:"不着急。"
话已经说到这份上,宋初也不是能步步紧逼的性子,兴致缺缺地"哦"了声,没再说话。
唐识伸手揽着她:"不高兴了?"
宋初其实也没不高兴。
以前她甚至也想过不办婚礼。
但有些话听多了,就希望自己在结婚这件事上被重视,该有的流程都得有。
宋初也没藏着掖着:"没有不高兴,就是……我也挺期待婚礼的,但是你都没提过。"
唐识:"那现在聊聊,初初理想中的婚礼是什么样子的?"
很多女孩子甚至从初中开始,就幻想自己以后的婚礼。
宋初初中的时候,已经开始为学费发愁做兼职了,没有精力想这些。
后来遇到唐识,也没觉得他们会有以后,没敢有过多的幻想。
宋初想了好半天,没有一个结论。
她一脸无辜地看向唐识:"没想好。"
"没关系,慢慢想。"
唐识的这句"慢慢想",让宋初对婚礼有了点期待。

但整整一个月过去,唐识没再主动提起这件事,每次她主动提起,唐识也会不动声色地将话题很轻松地盖过去。
顾昔的男朋友是南川人,所以婚礼也决定在南川办。
宋初和唐识提前几天就回了南川,想陪陪家人。
去参加顾昔婚礼的前一天晚上,宋初选完衣服,目光落在了浴室门口。
唐识在洗澡,隐隐约约的水声,让宋初更加心烦意乱。
没多久,唐识洗完澡出来,直接被宋初连人带枕头给扔出去了。
"……"
唐识站在卧室门口蒙了会儿,脑子里闪过刚才看到她手机屏幕的一幕。
上面应该是婚庆公司的视频广告。
他一瞬间就明白了。
……

把唐识扔出去之后，宋初等了半天没能等到敲门声。

更气了。

果然，男人得到了就不珍惜了。

现在连哄都懒得哄了。

宋初越想越气不过，想干脆出去骂他一顿也好。

于是，她气呼呼地开门。

门刚一打开，宋初就看到抱着被子和枕头站在门口的唐识。

"你怎么……"

话还没说完，唐识冲她一笑："知道你会出来找我。"

因为他洗完澡没多久，头发还是半干的程度。

一身深灰色家居服，让唐识比平时看起来"乖"了很多。因为被宋初赶出来，看起来甚至还有些可怜巴巴的。

宋初看着他这副样子，有点心软。

两人应该开开心心去参加同事婚礼，宋初决定等明天顾昔的婚礼结束，再找唐识算账。

而唐识也很默契地装傻，假装不明白她为什么生气。

宋初一整晚都没怎么睡着，快天亮的时候才入了眠。

没睡多久，她就被闹钟叫醒。

在顾昔的婚礼上，宋初甚至都算不上一个配角。

但整场下来，她已经觉得精疲力竭。

唐识的朋友和同事，都在调侃唐识，说顾昔比他后谈恋爱，连婚礼都办了，什么时候才能吃到唐识的喜糖。

唐识笑而不答，大家的注意力被来敬酒的新郎新娘吸引，这个话题也就这么翻了过去。

说者无意，但宋初接下来吃任何东西都食不知味。

唐识中途被一个电话叫走了，事情似乎很急的样子。

唐识的朋友，宋初认识不少，所以唐识走之后，宋初也没感觉到尴尬。

只是，前一天晚上本来就没怎么休息好的宋初，这会儿处在觥筹交错的环境下，她觉得自己已经没什么力气了。

好不容易熬到婚礼结束，已经晚上九点。

宋初走出酒店，想自己先吹吹风再回家。

走到马路边，接近十二月的风灌进衣领，让宋初打了个寒噤。

她裹紧衣服，往马路边走去。

宋初站在路边吹了几分钟,点开手机的打车App。

打的车过来之前,她遇到一个卖花的小女孩,直直朝她走来。

宋初刚想说自己不买花,小女孩就直接拿出一枝玫瑰,递到她面前:"漂亮姐姐,送给你。"

宋初不太忍心就这么把花收下,小女孩就又开口了:"有人付过钱了。"

"……"

宋初顺着小女孩的目光看去,看到站在不远处,一身长款羽绒服的唐识。

小女孩不知道什么时候跑开了,唐识一步一步朝宋初走过来。

他把手里的热咖啡放在她手里,低头为她细心整理围巾:"怎么不给我打个电话?"

宋初捧着热咖啡,汲取着热量:"我想着你应该还在忙。"

唐识牵起她的手,往前走。

两人走过几个公交车站,路上都被鲜花装点。

虽然南川的冬天不如其他省份冷,但大冬天的,也不知道为什么会有这么多花来装点南川的街道。

走到第三个公交站的时候,唐识停了下来:"初初,坐公交车回家吧?"

"好。"

等了几分钟,熟悉的204路公交车在两人面前停了下来。

因为不是下班高峰,车厢里人很少。

大概过了半个小时,在南川一中站的时候,唐识就牵着宋初下了车。

现在是寒假,学校很安静。

就连学校周边的店铺都显得有些冷清。

学校大门口有保安在值班,唐识之前打过招呼,两人登记了一下身份信息就进了学校。

他们已经很久没有回来了。

借着灯光,也能分辨出,学校和之前大不一样。

扩建了一些教学楼,新建了一个篮球场,以前一进门的桂花道,现在也变成了盆景。

两人轻车熟路走到以前的教学楼下。

唐识问:"要不要去教室看看?"

宋初摇头,提醒道:"我们没有钥匙。"

一般来说,学校放假,都会把该锁的门窗锁好,保护好学生和学校的财产。

他们没钥匙,根本进不去。

宋初话刚说完，唐识举起手，手指上挂着一把钥匙，在宋初眼前晃了晃。
"问老潘要了钥匙。"

两人去了教室。
以前他们上课的教室，现在已经用作了别的用途——放置一些坏掉的课桌椅。
开了灯，这间教室并没有宋初想象当中的杂乱，也没有积满灰尘。
桌椅摆放得整整齐齐，而且刚才一开门进来的时候，宋初就闻到了花香味。
这会儿开了灯，宋初才看见，满教室全是鲜花。
教室被各式各样的鲜花装点，有成束的，小竹篮的，缠了灯串的……
宋初后知后觉——
刚才一路上看到的那些用来装饰城市街道的鲜花，估计也是唐识安排的。
宋初曾经跟唐识提过，希望被求婚的时候，有晚风，有繁星，有满目的鲜花，有他……

唐识关了灯。
黑暗中，宋初听到"啪嗒"一声，抬头就看到一片深邃的星空。
唐识打开了提前准备好的投影仪，一张张照片展现在眼前。
从他们青涩的少年时期，到唐识回来之后每一次聚会于琬给他们拍的合照。
中间唐识在国外，那段时期的照片没有。
屏幕暗了几秒，才又重新亮起来。
是唐识在国外拍的一些风景照，还有和他老师的合照……还有一些他穿着白大褂在台上演讲的照片。
照片一张张放映完，出现了一段短视频。
唐识说，短视频里出现的人，是他在国外这几年，认识的比较重要的朋友。
宋初听着短视频里，唐识的朋友用蹩脚的中文说出来的祝福，顿时红了眼眶。
她曾经跟唐识说过，在十七八岁的年纪，没有跟唐识表白，不是她的遗憾。
她遗憾的，是唐识出国的那段时间——
那段时间，她不知道唐识的成长，不知道唐识的经历，没有见过唐识看到的风景，也没有参与他那段时间的喜怒哀乐……
她没有想到，有一天，唐识会用这种方式，让她参与到他的过去。
宋初靠在唐识肩上，两个人什么话都没说。

时间像是静止般。

周遭宁静也热闹。

两人交缠在一起的呼吸声，风从窗缝里灌进来的声音。

因为这栋教学楼靠近街道，耳边传来车子跑过和街边小摊喇叭里的叫卖声。

两人在上学时候宋初坐的位置坐下。

上学的时候，唐识没能做成宋初的同桌。

想起一个多月前，和于豌在街上看到的求婚场景。

相比之下，她的求婚就比别人安静许多。

可是她满足于这种安静。

她好像看到十六七岁的自己，走过一段悠长又枯燥的路。

不知道走了多久，终于看到一道微弱的光。

少年站在路灯下，冲她笑。

他们一起养的猫咪站在少年脚边，一人一猫看着她，眼睛都亮晶晶的。

少年朝她伸出手。

他说："带你去我的过去和未来看看。"

她从想象中抽离出来。

低头看着唐识。

充斥在她整个暗淡青春的那个少年，此时已经长成了大人的模样。

她听见他说。

"初初，嫁给我。"

透过眼前款式简约的钻戒，宋初的思绪飘回到高中时期。

教室里是书页翻动的声音，初夏的阳光裹挟着微尘。

头顶是老旧的风扇，鼻息间萦绕着青柠檬和西瓜味雪糕的味道。

她无数次转身偷偷注视的少年，此时真诚而虔诚地把银色的戒指圈套在她的无名指上。

曾经她以为，唐识这样的人，只是短暂出现在她世界的一道光。

时间到了就会消失不见，她可能这辈子都不会再遇上。

无数个暗夜里，他都是她可望而不可即的存在，是她能看到却没有办法珍藏的、闪闪发光的星星。

可是。

此时此刻。
那颗星星坠落在她怀里,永久地照亮她的世界。
长路的尽头,是他。
她的暗恋故事,终于可以宣布,尘埃落定,圆满无憾。
在戒指的银圈停下的那一刻,眼前的投影也变成大片大片的星光。
盛大,温柔。
像他一样不可替代。
投影的最后一帧画面,是一句拉丁语:
Per Aspera Ad Astra

穿过逆境,抵达繁星。

- 正文完 -

番外一
和我谈一场双向奔赴的恋爱吧

林校是被太阳光线晃到眼睛醒来的。

她眼睛尚未睁开,手习惯性地往床头摸手机。

只是才稍微一动,整个身体就像散架似的,肉扯着疼。

"……"

脑子第一时间责怪陈晋,怎么任由她喝醉。

而且这个疼法,她应该还干了类似于"酒后爬树"这样丢脸的事。

林校睁开眼睛,看到躺在旁边的陈晋。

"……"

她愣了一下,然后发现陈晋上半身是没穿衣物的。

她脑子一瞬间炸开,一些回忆涌进脑子里。

画面生香,风光旖旎。

她怎么也没有想到,参加完宋初的婚礼,回杭城的第二天,就发生了这种事。

林校慌了神,掀开被子检查了一下,半梦半真的那些记忆得到证实。

这下,林校脑子里像是被扔了一枚杀伤力极强的炸弹,把脑子炸得粉碎。

第一反应,穿上衣服走人。

不知道是因为害怕还是因为尴尬,总之在反应过来的时候,她人已经跑出了酒店。

林校抬头看着眼前的建筑物,依旧觉得像做梦一样。

头顶飘过大簇大簇的云,林校叹了口气。

他们现在……要怎么面对彼此?

她这些年，一直以朋友的身份和他相处，就连丢下在北川的事业，义无反顾陪他来杭城做不赚钱的油纸伞，她也只敢说是看到了这个行业有发展前景。

她一直小心地维护着彼此之间的那层纸，没想到在猝不及防下，那张纸破了。

林校唯一庆幸的是，陈晋这些年一直忙事业，没有时间想感情的事。

所以这件事发生，他们不必对不起任何人。

林校回了工作室。

她立刻让小助理给自己安排了出差，这一去就是半个月。

但林校依然觉得不够。

只是，目前最长的出差只有去海城。

林校心想，大不了等半个月到期，就找借口在海城多待一段时间。

甚至可以回北川……

因为经常出差，所以工作室都备有日常出差需要的东西，行李箱拎着就可以随时走。

等林校冷静下来，她和小助理已经到环城高速了。

小助理看她慌慌张张的，问："校校姐，是不是海城那边出什么事了？"

林校摇头："没有。你也知道我的脾气，就是合作不赶紧敲定下来容易着急。"

回完话，林校就盯着车窗外出了神。

小助理也识趣地没再开口。

快要到机场的时候，小助理提醒林校："校校姐，你手机响了好多次了，要不要回一个过去？"

小助理刚说话，林校的手机又响了。

只一声，林校就把电话挂断了。

她不知道陈晋打来电话是为了什么，她也没有勇气接。

她怕陈晋说大家都是成年人了，就算是有过一次也不代表什么。

也怕陈晋说他们要不坐下来好好聊聊，听听她的想法，而她现在脑子一片空白，能有什么想法？

她更怕陈晋要对她负责，而她不想要一个只想对她负责而没有任何感情的陈晋。

林校的电话打不通，陈晋就将电话打到了林校助理那儿。

因为林校没接，小助理也不敢接，一直等到电话自动挂断，小助理直接把手机关机了。

  飞机在海城落地,已经是一个半小时之后的事。
  林校以为下了飞机,一开机就能看到陈晋催命似的消息和未接来电。
  但手机出奇地安静,最后一个未接来电,是在安检前打来的。
  林校自诩是一个勇敢的人,可这件事,她居然害怕得当即逃跑。
  而另一个当事人,似乎也没有要缠着她的打算。
  林校看着安安静静的手机,情绪复杂。
  一方面,她希望陈晋和她都忘记这件事,另一方面,她又希望陈晋说,他爱她,所以愿意对她负责……
  林校从来不敢自作多情。
  她一向温柔,却也有傲骨。
  她不允许自己卑微,也不允许自己做出什么尴尬又丢脸的事。

  手机屏幕会在两分钟后自动熄屏,她直到手机熄屏才有反应。
  她嘴角划过一丝自嘲。
  要是陈晋对她有感情,按照陈晋的性子,早就表白了,不至于这么多年一点表示都没有。
  她记得,陈晋和张清柠在一起,就是陈晋主动的。
  她和陈晋几乎每天厮混在一起,陈晋要是喜欢谁,她的直觉比陈晋自己都要敏锐。
  他们的朋友圈子也几乎都是重合的,彼此都认识。
  可是有一天,陈晋突然之间就通知她,他有女朋友了。
  女朋友是她从来没听他提起过的张清柠。
  那一瞬间,林校觉得天都塌了。
  就算是一个刚认识不久的人,他都能光速表白。
  所以,如果喜欢,任何事情都不能变成他没有表白的借口。
  而这么多年,陈晋一直对她没有任何表示,那就已经足够说明问题了。
  ……

  林校从酒店出来没多久,陈晋就醒来了。
  昨天他们都喝醉了,但是陈晋醉意不深,一醒来就知道昨晚发生了什么事。
  身边早就没了林校的影子。
  他不知道该怎么办,可是他知道,他得给林校一个交代。

他们从小一起长大，后来又经历了这么多，早就成了彼此世界里不可或缺的人。

只是，除了朋友和"亲人"，陈晋从来没有想过，和林校还会有别的关系。

但这件事发生了，他不能当个浑蛋。

他立刻就给林校打了电话，打了好几个都被挂断。

后来他就发消息，林校一条都没回过。

他甚至不知道林校对这件事是一种什么样的态度。

他知道，林校在这边，没有什么可以交心聊天的朋友。

所以他赶紧去了工作室，才知道她出差去了海城。

或许林校想一个人静静，把这件事捋清楚。

陈晋也没再敢找她。

出差半个月，应该足够她想清楚要怎么处理了。

……

在海城的半个月，林校要么就去见合作方，要么就是拉着小助理到处吃吃吃买买买。

除非是工作上的事，否则她一个电话都不接，一条消息都不回。

她以为自己的私人号上，会有陈晋的消息。

可是在第十五天时，她终于忍不住登录私人微信的时候，发现手机还是安安静静的。

要不是她和宋初、于琬的姐妹群有消息弹出，她都怀疑自己是不是登错号了。

林校把手机往床上一扔，后悔自己心存希望。

她也不知道自己在气什么，但就是忍不住生气。

林校给小助理订了回杭城的机票。

陈晋昨天晚上一直睡不着，现在看到只有林校的助理一个人回来的时候，心慌了一下："校校呢？"

"校校姐回北川了，说是好久没回家了。"

陈晋垂眸，心底有什么情绪一闪而逝，快到他都来不及抓住。

"回家看看也好。对了，她这几天心情怎么样？"

小助理回忆了一下："挺好的。"

去看了电影，海城出名的商场都逛了个遍，平日里注重身材管理的林校，居然每天都会去发现海城的小吃，每次都吃到撑才肯停下……

小助理还说："平时校校姐沉迷工作，都没见她身边有什么异性。但这次去海城，我们逛街的时候，我才发现，校校姐桃花挺旺的。"

"……"

"这次跟我们合作的那个项目组长，好像也是北川人，跟校校姐聊得还挺开心的，还和校校姐坐同一航班回北川。我觉得再过不久，就可以让校校姐请客了。"

"……"

大概是林校平时把心思藏得太好，小助理根本没深想林校身边很少有异性的原因。

陈晋和林校也一直客客气气的，根本不会有人把两人凑对。就连热衷于给他们介绍对象的老人家，也从来没想着撮合一下两人。

没来由地，陈晋觉得心里有点烦躁。

幸好此时林校的助理也没再继续往下说。

……

林校是一个高度负责的人，以前就算打着点滴，也能强硬地让助理把电脑带到医院去，顺利地开完一场视频会议。

自从来杭城，两人也不是没吵过架。

但每次林校还是能非常理性地处理工作和私人情绪，从来没有因为个人原因耽误过工作。

陈晋以为，这次也一样。

但三天过去，五天过去，十天过去……陈晋甚至没等到林校的一条关于工作的消息。

第十五天的时候，陈晋收到了林校发来的辞职信。

陈晋脑子里第一时间出现了一句话——是不是她跟那个项目组长有进展，决定留在北川发展了？

陈晋并没有觉得这个想法有什么问题。

他觉得自己，只是担心林校走了之后，工作室的一些项目会进度缓慢。

并不是担心她身边有别人。

在两人来杭城之前，陈晋就跟林校说过。

如果觉得不喜欢油纸伞这份工作了，他可以随时把人放回北川，放回属于她的那片天地。

可当真的打开林校的那封辞职邮件时，他犹豫了。

在大脑没反应过来之前，陈晋就已经拨通了林校的号码。

这次没像前几次那样被挂断，只响了一声便被接起来了。

林校没说话,在等陈晋先开口。

陈晋也没想到林校能接他电话,一瞬间不知道该说什么了。

最终,还是林校先打破了沉默:"批离职有问题?"

语气很冷。

其实林校的语气和平常比起来,并没有什么变化。

但陈晋莫名觉得,她这种冷静和他熟悉的那种,是完全不一样的。

但具体是哪里不一样,陈晋又说不上来。

陈晋抬手揉了揉眉心,胡乱扯了个理由:"嗯,有问题。

"海城那边的合作方工作室的人我们都没你熟悉,得你亲自跟进。"

"……"

林校根本不吃陈晋这套,只沉默了几秒:"陈晋,这个合作之前是你一直在跟进的,我只是过去签了合同……"

林校话还没说完,陈晋就赶紧打断:"可是那边说了,只信任你。"

"陈晋,没必要,行吗?"

这话当然是陈晋乱说的。

他有一种很强烈的感觉,要是这次放林校走了,他们再有交集就难了。

陈晋在林校面前态度难得强硬:"……你要是觉得累了,想在北川多待一段时间,我可以给你批长假,在家里休息够了再回来,行吗?"

林校没回他的话,陈晋莫名想抓住一些正在流失掉的、他甚至来不及想清楚是什么的东西。

"校校,还有一个解决方法。我现在回北川。"

"……"

陈晋没给林校反应的时间:"就这么定了,你想在家休息多久都行,记得回来就可以。这边还有点事,先挂了。"

挂断电话,林校举着手机的动作迟迟没变。

半晌,林校才有反应。

她机械地眨了眨眼,看着外面暗下来的天色,一向很有主意的她,在这个当下,忽然不知道该怎么办了。

宋初忙着幸福,和唐识的蜜月旅行到现在还没结束,两人还在南川。

于琬不知怎的,一股脑也跑去南川了。

她是刚从杭城回来那天才知道,从小对家庭极度依赖的于琬,已经办完了工作的交接手续,去南川一周了。

也是那天她才知道,于琬不像他们想象之中那么没心没肺。

还真是人以群分吗?

宋初、于琬和她,都是搞暗恋的大冤种。

以前她还能随时把于琬和宋初约出来,现在她只能一个人消化并解决这些事……

吃晚饭的时候,林母问林校,是不是和陈晋闹矛盾了。

林校也不知道这算不算闹矛盾,但也不想让他们操心这些事,只说:"没有,我待几天就回去了。"

林母知道自己女儿从小有主见,年轻人之间的事她也不好插手,也不好再问。

但她没想到,林校口中的"待几天",一晃眼一个月过去,林校对回杭城的事只字不提。

林校一直在家待着,就算有人约也不出门。

哪怕人家直接到家里找她了,她也总是一副兴致缺缺的样子。

时间久了,找林校的人就越来越少。

这天,有一个林校的高中同学给林校打电话,叫苏为。

苏为高三毕业就出国了,昨天回国,想说约几个高中玩得比较好的同学出来聚一下。

林校下意识拒绝,林母实在看不下去,直接把林校给赶出去了。

林校:"……"

林校问苏为要了具体地址。

聚会的地点是一家处在闹市区的湘菜馆。

装修偏复古,就连包厢的名字都是"××阁"。

林校在"凝烟阁"门口看到了苏为。

苏为变化很大,要不是他叫住她,她都没认出来。

上学那会儿,苏为个子矮,人也瘦瘦的,看起来就很好欺负。

现在跟那会儿根本就判若两人。

上学的时候,苏为和他们几个关系都不错,是能一起逃学打游戏的那种关系。

尽管很多年没见,也没感觉到有多生疏。

苏为组的这个局,真的只叫了关系好的几个人。

大家都没怀别的什么目的,所以整场下来,也没让林校有疲于应对的感觉,气氛还算融洽。

苏为是极少数知道林校喜欢陈晋的人。

苏为给林校打电话约她的时候,让她把陈晋也叫上,林校拒绝了。

在包厢点菜的时候,苏为问了句:"校姐,还没拿下呢?"

林校一下没反应过来,看到苏为的表情时,立刻懂了:"没呢。准备放弃了。"

"放弃了?"苏为这些年在国外,断断续续也和林校有点联系,知道林校不会轻易放弃,"发生什么事了吗?"

林校不想多说,用菜单拍了一下苏为的头,道:"你爹的事,不该问的别问。"

苏为见林校表情不太好,也严肃起来:"要是陈晋做了让你难过的事,我立刻把人揍一顿。"

林校本来想笑的,但对上苏为严肃的表情,也正经起来:"没有。一句两句说不清楚,就是吧,我觉得这么多年追在他屁股后面跑,挺没劲的。"

苏为给她倒酒:"我校姐说什么都对,男人而已,不要就不要了。我认识好多比他好的,有需要给你介绍。校姐喜欢有腹肌的还是喜欢事业有成的?喜欢皮肤白的还是黑的?"

果然,正经这种事,对喜欢插科打诨的苏为来说太难。

吃完饭,苏为他们还安排了第二场。

林校不想去酒吧,太吵。

但因为在饭桌上喝了酒,苏为怎么都要把她送回去。

他自己找了个代驾:"是我把你叫出来的,当然也要原封不动把你送回去。"

林校没再推辞。

到家门口,林校按了门铃。

林母出来开门:"怎么丢三落四的不带钥匙?"

林校:"……"

怕不是忘了我是被您赶出来的。

苏为看着门开了,跟林母打了个招呼就走了。

林校有点累,直接上楼了。

林母继续跟陈晋打视频电话。

陈晋不敢联系林校,也一直没见林校回去。

这几天就开始联系林母。

刚才他听到几个人说话,知道今天林校出去了,还是一个男人送她回来的。

陈晋试探着问:"阿姨,送校校回来的,是熟悉的人吗?"

他们的朋友,长辈几乎都认识。

而且林校没回来之前,林母说她是出去和高中的朋友聚会。

所以,要是熟悉的人,林母也会认识。

上学的时候,苏为没少来林校家蹭饭。

但变化实在太大,林母也是远远看了眼:"我不认识,会不会是你们高中朋友的朋友?"

陈晋嘟囔了句"无事献殷勤",和林母又随便聊了几句就把电话挂了。

挂断电话之后,陈晋总觉得心里有点不舒服。

烦躁,害怕,还有一些莫名其妙的、说不清又道不明的情绪。

彼时的陈晋,还在公司加班。

林校的助理看他刚才还在想方设法打探林校消息,现在又一副魂不守舍的样子,打趣道:"老板,你是不是吃醋了?"

这话说得陈晋一愣。

吃醋吗?

他很快否定自己。

他凭什么吃林校的醋?

这想法刚冒出来,陈晋又愣住了。

他就是在生气,就是在吃醋。

第一反应不是为什么吃醋,而是气愤自己在看到她和别的男人接触的时候,连吃醋的身份都没有。

陈晋捞起椅子上的外套,脑子里唯一的想法就是去见林校。

只是刚打开手机里订机票的 App,他忽然清醒。

就算现在能一秒杀到北川去见到她,他能说些什么呢?

他想问问送她回家的那个男人是谁,但是,用什么身份?

"一夜伙伴"吗?

陈晋最终把车开回了家。

他在小区的车库,坐在车里抽了一支又一支烟。

不知不觉天就亮了。

陈晋笑了笑,有些自嘲。

他自诩没心没肺,上学的时候打架受伤,手缝了七针都能一夜无眠睡到第二天。

后来来杭城，有一段时期累到几乎每天只能睡三四个小时，他也没觉得有压力，没觉得需要用烟来舒缓的地步。

陈晋驱车到工作室，刚好接到老师的电话。

老师叫徐复林，是省级非物质文化遗产传承人，他最开始就是跟着徐老先生学艺。

哪怕徐老远在云城，在杭城的陈晋也会抽出时间，每年至少去云城三次。

一次为了学艺，一次为了陪伴孤家寡人的徐老，一次就是为徐老庆生。

每年林校也会一起去。

陈晋像是终于找到了直接联系林校的理由，挂断和徐老的电话后，陈晋立刻拨通了林校的电话。

"有事？"林校语气不出意外地冰冷。

陈晋组织了一下语言："老师下周生日，你……"

"我会去的。"

陈晋知道林校不会因为他们的事情不去，但心总是飘着的，要得到她确切的回答，陈晋才能放得下心来。

一周后，在家咸鱼了将近两个月的林校，终于开始收拾行李。

就连一直很挂念女儿的林母，都十分积极地帮忙收拾。

送她去机场的路上，林母还不忘催婚。

"你赶紧去工作，去认识一些新的人，争取下次给我带个女婿回来。"

林校在事业上比较果断，雷厉风行。

但在生活中，林校一向温和，对于林母每天好几遍的催婚，她一次也没急过。

林校没想到的是，在机场的T2登机口，看到了陈晋。

明明也才两个月没见，林校却觉得已经走出这个人的生命很久了。

林母也没想到，远在杭城的陈晋，会一脸憔悴地出现在北川机场。

当着林母的面，林校没给陈晋冷脸，一脸平静地跟他打了招呼。

但到底是过来人，林母看着两人，就察觉到两人之间微妙的气氛："好好相处，在异乡，能有个随时可以照应自己的人，不容易。不要因为工作上的事情闹别扭。"

林校看了陈晋一眼，她不想在林母面前撒谎。

倒是陈晋，点了点头："阿姨放心吧，我们从小到大也吵过不少次。"

上了飞机，陈晋直接在林校身边坐下来。

不用想也知道，是林母把她的航班信息告诉陈晋的。

林校一坐下就直接装睡，没有搭理身边似乎披星戴月从杭城坐了十几个小时车到北川，只为和她坐同一架次航班的陈晋。

陈晋好几次想开口，但看到林校拒绝一切交流的姿态，也就悻悻闭了嘴。

他也是临时决定的。

那会儿他已经因为工作熬了一个大夜。

在他趴在办公室桌上睡了两个小时醒来后，看到窗外阳光斜斜打在眼前，那一瞬间，他忽然想冲动一次。

也许是因为太累，飞机起飞没多久，陈晋也闭着眼睛沉沉睡去。

一直到飞机落地滑行，陈晋都还没有要醒来的征兆。

林校无奈，推了推陈晋，将近两个月的时间，林校对他说了第一句话："醒醒，到了。"

徐老家在乡下，下了飞机还要换乘一趟地铁，然后再去火车站。

但火车也只能到县城，之后还要再转两趟车，才能到徐老居住的村子。

做油纸伞对环境和材质的要求很高，何况徐老并不向往都市的繁华，年轻的时候就在企福县定居下来。

两人到徐老家的时候，已经晚上九点。

推开能发出"吱呀"声响的木质大门，两人看到徐老正戴着老花镜，专心致志糊伞面。

糊伞面是很细致的工作。

要是油纸伞面有图案，糊伞面的时候，需要很仔细地将图案顺序摆好，再完整拼回去，接下来的工序才是撕夹层、提伞。

听到有动静，徐老抬头往门外看了一眼，见是两人，低头继续手头的工作："饿了吧，给你们做了饭，可能冷了，自己动手热热。我快糊完了，你们先吃饭。"

陈晋原本也是个娇生惯养的小少爷，但自从自己出来创业，已经练就了一身做饭的本领。

他侧头看了眼林校："你陪老师聊会儿天，我去热。"

十来分钟而已，陈晋已经把饭菜热好。

出来叫他们吃饭的时候，林校正在和老师手晾晒在侧院的伞。

徐老本来已经吃了晚饭，但两个他喜欢的小辈来，徐老又去村子里的小卖部打了酒，让两人陪他喝点。

吃完饭，两个人陪着徐老去散了会儿步。

头顶的天空繁星满布,是车水马龙的都市里,少见的景象。

也是这个时候,徐老开了口:"吵架了?"

"……"

徐老一直是极有分寸感的人,说完这句,找了借口先回去了,留下两人在马路上,身披着星光面面相觑。

陈晋这次先开口了:"聊聊?"

林校正在做一个决定,她怕现在和他聊了,自己又会忍不住。

于是,她几乎是不带任何犹豫地拒绝了陈晋的"聊聊"。

但是她不好拂了徐老面子,和陈晋在路边沉默地站了差不多半个小时才回去。

明明转了很多趟车,她早就精疲力竭,可偏偏躺在床上,怎么都睡不着。

像是底下铺着的凉席,铺满了火星子,烫得她翻来覆去,睡意全无。

……

第二天是徐老生日。

睡不着的林校,在天色蒙蒙亮的时候就已经爬起来了。

走到院子里打水洗脸,看到陈晋的时候,一瞬间了然,他昨天大概也没有睡好。

本来是约好九点出门去镇上订蛋糕的,但两人都醒得比较早,直接约着去了。

徐老从来不主张铺张浪费,哪怕是八十岁生日也没有大操大办。

所以两人订了一个款式简单的单层蛋糕,做起来也不费时间,两个小时后就回去了。

厨房交给陈晋,林校陪着徐老在院子里聊天,顺便帮忙剥点蒜。

徐老看了眼厨房:"吵架了?"

林校手上剥蒜的动作没停:"不算吧。"

徐老笑了下:"那就是受委屈了,在和他冷战?"

林校不说话了。

徐老知道自己猜对了。

"知道我为什么这么喜欢油纸伞,胜过喜欢现代各式各样甚至更加牢固的伞吗?"

林校摇头。

徐老:"因为它们从材料的选择,到每一个结构的制作,再到最后成型,都需要手工。它来之不易。它需要耗心耗时耗力,所以会让人更珍惜。

"人和人之间的感情也一样,需要这场关系里的每一个角色都付出给不到旁人的感情。那样，这场关系才会被珍惜。

"就像油纸伞，因为对它有感情，所以在它坏的时候，第一反应不是丢掉，而是修复。

"你们之间，不是廉价机械的现代伞。"

徐老看林校的表情，知道她把话听进去了。

他把最后一句话说完："再好的油纸伞，时间长了都需要修复的。"

言止于此。

林校低头，手上剥蒜的动作已经不知不觉停下来了。

再抬头，林校双眸清明，笑得很甜："知道啦，回去就和他谈谈。"

在厨房忙活的陈晋，透过有岁月感的木框窗户，刚好看到女孩这一幕。

他听不清她说了什么，但印象里，他已经很少见她这样笑了。

因此，陈晋心情也不知不觉地好了不少，眼神不受控制地往她身上飘。

他以前从来没有发现，她笑起来这样好看。

他的注意力从来不在她身上。

两人从小一起长大，每一个成长的重要节点都有彼此陪在身边。

所以，哪怕身边总有人夸林校漂亮，陈晋也从来没有放在心上过。

大概是潜意识总觉得"来日方长"。

工作室最近正在转型。

只做油纸伞，工作室肯定存活不下去。

杭城旅游业发达，加上近两年年轻人疯狂迷上手工制作。

于是，工作室又拓展了一个体验板块，来工作室参观的年轻人，感兴趣的话，可以自己动手制作油纸伞。

当然，游客手里的油纸伞是半成品。

所谓的 DIY 也不过是游客亲自调色，在伞面作画。

这个体验板块最近正在落实，所以两人在徐老这儿并不能多留。

陪徐老过完生日，两人第二天就回了杭城。

陈晋听到林校说要回杭城的时候，是惊喜的。

他甚至都打算好了，要是林校不跟他回去，他就一哭二闹三上吊，林校最受不了他这样。

出了杭城机场，来接他们的车已经在路边停了一个小时。

林校的小助理看到来的人还有林校，立刻跳起来："校校姐，你终于回来啦！"

林校莞尔:"总要回来一趟的。"
有些事拖着不说,不代表没发生过,也不代表她不在意。
总要回来做个了断的。
……

游客体验这个项目真正彻底落实下来,已经是两个月以后。
恰逢十一黄金期。
从十一长假来游玩的游客的反馈来看,体验板块这个项目还不错。
工作室规模不大,但这些年下来,也有了十几个人。
十一长假结束后,因为可喜的数据,工作室的人决定去庆祝一下,算是犒劳一下十一假期忙成狗的自己。
中途,林校找了个借口出来,偷偷把单买了。
结完账,她直接走出了饭馆。
她在饭馆门口站了一会儿,吹了会儿晚风。
旁边有个抽烟的小姑娘,看起来年纪不大,她目光在小姑娘身上多停了几秒。
小姑娘察觉到林校的视线:"来一支吗?"
林校看着她的眼睛:"多大的小屁孩学人抽烟?"
小姑娘被教育了也不恼:"今天满二十了。"
她朝林校走去,手里的烟盒和打火机一并举到林校眼前:"总觉得你需要抽支烟。"
"……"
林校算是一个乖乖女,从小到大做过最叛逆的事,大概就是放弃北川的一切,义无反顾跟着陈晋到了杭城。
她犹豫了一下,接过烟盒,抽出一支,用打火机点燃之后,还给了小姑娘:"谢谢。"
林校学着小姑娘的模样抽了一口,立刻被呛得咳嗽起来。
小姑娘忽然笑起来,只是还没来得及教教她,就已经被同伴喊走了。
林校没办法接受烟味,不太能理解那么多人对它如此不可自拔。
林校没再抽,直接把烟放在旁边的垃圾桶上按熄,然后丢进了垃圾桶里。

林校低头看着地上自己的影子,眼神放空,似乎在做一个很大的决定。
五分钟后,她拿出手机。
她和陈晋的聊天界面,终于不再停留在六月。

她发：【出来一趟吧，聊聊。】

没几分钟，陈晋就出来了。

两人沿着马路走。

谁都没有开口，沉默了好久，林校看着眼前的两道影子，忽然停下。

她从来不敢和陈晋对视。

两人视线要是不小心碰到一起，她也会是率先移开的那个。

但今天林校很勇敢，她直视着他的眼睛："陈晋，我喜欢你。"

林校也没有想到，那么多年隐忍又心酸的喜欢，在这种情况下说出来了。

一点她想象中的仪式感都没有。

当然，也没有她想象中的心跳加速和紧张。

她只是在平静地阐述一个事实——

林校喜欢陈晋的事实。

陈晋不知道该用什么词来形容此刻的心情。

其实从那天林校从酒店逃跑，一直逃跑了将近两个月，他也能隐约感觉到点什么。

但两个人实在太熟，他脑子里更多的想法是林校和他一样，不知道要怎么面对彼此这么多年的友谊。

林校似乎深呼吸了一下："从很早以前就开始了。因为想和你考同一所初中，所以小考时空了好多数学题没做；每次看到你为别的女孩子做点什么，我心里都非常不开心，都黑暗地想她们需要人这样帮忙，是不是断手断脚？

"后来，想和你考同一所高中。但是陈晋，你成绩真的好差啊，然后我又傻乎乎的，在中考的时候，又空了好多好多题。

"再后来，我就想，如果我继续追着你跑，我会不会变成一个普通人……我不是没有办法忍受自己的普通，只是觉得，你应该不会喜欢一个普通的我。我想去一所好的大学，和你一起。

"所以，每次看到你不求上进，我都会非常生气，都会像个说教老师一样管着你……其实我高中学习也非常吃力了，但是为了给你补习，我每天都喝着一杯又一杯的咖啡，拼了命吃透那些晦涩难懂的知识点。"

也是奇怪，高二开始，陈晋就变得异常努力。

林校还挺欣慰。

但是后来她知道，陈晋这么努力，也只是因为那会儿他喜欢的一个女孩子说，她不喜欢不求上进的男生。

但是再难过，林校第一反应还是庆幸，至少他有了学习的动力。

后来的陈晋，成绩慢慢从年级大榜的垫底位置，到前两百，前一百，前五十，前十……

可他再也没有提过喜欢那个女孩子的事。

林校看着陈晋："你觉得我为什么会抛下北川的一切来这儿？"

半响，林校回答了自己的问题："当然不是因为你。

"我来这儿不是为了捆绑你，束缚你。我只是为了我年少时期的那份执念。所以你也不用自责，因为我抛下北川那么多，说到底，其实是为了我自己。"

林校说着说着，一些记忆涌进脑海。

她努力稳了稳情绪。

原来自己远没有想象中平静。

也是，执着了那么久的东西，如今要说放弃，怎么也得掉两滴眼泪表示表示。

半响，林校的声音再次响起："至于那件事……你也不用对我负责，都是成年人，我不缺你这份负责。

"但是，陈晋。我跑了这么多年，好累。

"所以，到此结束吧。"

我对你的喜欢，到此结束吧。

因为聚会的地点选在闹市，街道两边都是店铺。

林校转身离开的那一瞬间，旁边的店刚好响起梁静茹百转回肠的歌声：

努力为你改变 / 却变不了预留的伏线 / 以为在你身边那也算永远
……

可惜不是你 / 陪我到最后 / 曾一起走却走失那路口
……

可遗憾的是，她没有资格听后面那句"感谢那是你，牵过我的手"。

陈晋的世界里，从来就没有她。

他也从来没有想过，要牵她的手。

徐老说得对，她和陈晋之间不是冰冷的现代伞。

再好的油纸伞，时间长了都需要修复。

但是再好的手艺，再好的伞，修复的次数久了，也有无力回天的时候，难逃被淘汰的命运。

她和陈晋之间，好像一直是她在努力。

她太累了，她的不知好歹，这么多年也该结束了。

陈晋想伸手拉她，可是他要用什么样的身份挽留？

尽管那一瞬，他感受到了跳动着的那颗心脏似乎要炸裂，他也没有资格去阻止她。

何况。

他也确实情绪大于理智地伸手了，却阴错阳差没有抓住。

这是注定。

因果业障，都是要还的。

……

从那天晚上之后，林校就搬回了北川。

陈晋也很识趣，没再频繁联系林母，试图打听林校的消息。

回北川后，林校和唐识、宋初约过一次饭。

大概陈晋和他们说过他们之间发生了什么事，又或许林校的某些情绪表现得太过明显，两人并没有问她为什么突然回北川。

林校在离开杭城之前，就往北川的公司投递简历了。

本来谈好她回北川后有一周的休息时间，但她没给自己任何缓冲的时间，第二天就去上班了。

没过几天，公司里都知道了——市场部来了一个很拼命的人，每天来得最早加班到最晚。

很多人都说林校野心很大，说公司里谁谁谁的地位岌岌可危。

只有林校知道，自己只是需要超负荷的工作来麻痹自己，填满自己，让她没有时间和精力来想其他事。

她和陈晋都十分默契地在努力过好自己的生活，没有再打扰对方。

时间就在疲惫中被追赶到了十二月底。

公司很人性化，元旦三天不强制员工加班，但是加班的话，会有额外一万块钱的奖金。

林校不出意外选择了加班。

她对跨年没有了任何期待。

加班的人不多，就算有加班的人，也熬不过"卷王"林校。

到了午夜，距离零点还有五分钟的时候，李泓从办公室出来了。

李泓是林校的老板，比林校大五岁。

他走到林校的工位上，把手里的其中一杯热咖啡递给她："我这个老板都没你拼命。"

林校目光从电脑屏幕移开，接过咖啡："努力工作不是员工该做的吗？"

李泓笑："努力不差这一时半会儿，去天台一起跨个年？"

林校犹豫了一下，李泓指了指她手里的咖啡："我这孤家寡人的，没人一起跨年，收了我的咖啡，就等于接受了贿赂。走吧。"

林校没再说什么，跟着李泓去了大楼天台。

从天台上看，这座城的万千灯火尽收眼底。

他们正对面大楼的屏幕上，已经开始播放倒数数字。

没一会儿，周围楼层的倒数声也响起来。

"十、九、八……"

倒数完，新年的钟声敲响，紧接着就是人们的欢呼声。

林校和李泓相视一笑，咖啡杯碰了碰。

"新年快乐。"

李泓很贴心地把外套给林校披上："其实你也到年纪了，身边怎么没个人照顾？"

林校眼神望向远处，没回答李泓的问题。

林校不是对感情迟钝的人，李泓对她的暗示她不是不懂。

可是，她还有个放不下的人，如果因为要忘掉陈晋，而给别人释放暧昧不清的信号，对谁都不公平。

李泓也是聪明的人，没再纠缠，只说："这么晚了，你一个女孩子，一个人回家也不安全，送你回去。"

李泓已经到了要结婚的年纪，在商界摸爬滚打许多年，也懂得怎么权衡利弊。

所以在林校明确拒绝他之后，他也就另找他人。

二月份，春节放假之前，全公司的人都收到了李泓的喜糖。

李泓的新婚夫人很漂亮，落落大方，为人处事也恰到好处，站在他身边很配。

林校有些唏嘘。

李泓之前跟她说过，他们之间并没有爱，只是彼此觉得合适，也懒得再浪费时间找别人，相亲之后又见了三次，就迅速扯证。

但现在看他们分发喜糖的样子，又觉得他们之间像是爱了很多年一样。
……

除夕那天，林校一大早就被林母叫起来，让她一起去买菜。

林校是在做晚饭的时候，才知道陈晋今年要回来过年。

林母说："已经和你陈叔叔他们商量好了，今年就在咱家过年。阿识和初初，还有你在南川的唐叔叔和朱阿姨应该也快到了……还有阿晋那孩子，这么多年一直在杭城忙，今年工作室终于不忙，一家人能吃顿团圆饭了。"

自从回北川，林校有意避开，没有听到过关于陈晋的任何消息。

现在这么冷不丁地听到，她手一抖，碗都摔碎了一个。

她不可避免地想起，也是一个这样热闹快乐的夜晚，张清柠故意摔碗，陈晋毫不犹豫地站在了她这边。

尽管这件事并不是主要原因，但陈晋还是和张清柠分手了。

这么护着她的人，却没有半点和她恋爱的心思。

林校心里闪过一阵苦涩，还没来得及蔓延，就听到有人按门铃。

唐识和宋初到了。

两人帮着准备晚饭，话题也天南地北地聊，很快把林校心里那一点点苦冲淡。

陈晋是晚上六点半到的。

虽然才分开了几个月，林校还是觉得他变了好多。

一直注重形象的他，头发变成了利落的寸头，好像也清瘦了不少。

大概是开车回来之前还在忙工作，眼底一片青色，整个人看起来竟然有种苍老的风霜感。

两人浅浅打了招呼。

餐桌很快热闹起来，仿佛他们之间的冷淡，在今晚的大团圆热闹前微不足道。

今天所有人都喝了不少酒。

但谁都不是当年初出校园的少年，现在的他们，酒量深得有时候自己都会惊讶一下。

吃完饭，长辈都去了客厅看春晚。

年轻的小辈都在二楼打麻将。

林校在厨房收拾，陈晋犹豫了一小会儿，在外面阳台抽了支烟后，转身进了厨房。

厨房里只有水流声和锅碗瓢盆碰撞的声音。

林校有意避着他，他也不觉得尴尬。
在厨房忙完，陈晋也没围在她身边，直接去了二楼。

陈晋工作室大概真的步入正轨，这次在北川待了挺久的。
林校都放完假回公司上班了，也没见他回杭城。
林母操心女儿的终身大事。
她知道林校喜欢陈晋，但自从去年六月林校跑回家待了两个月，她也能察觉到一些端倪。
加上一直追着陈晋跑的林校，一声不吭跑回北川，她就算再笨，不知道中间发生什么事，也知道他们之间的结局。
于是，林母操心完过年的事之后，就开始操心女儿的终身大事，就连相亲网站都注册了好几个，也托朋友留意条件适合的单身人士。
林校之前是非常拒绝的，这几个月老妈也没少给自己安排相亲，但她每次都拒绝了。
只是老妈似乎铁了心，非得逼着她去见面。
林校拗不过，心里盘算着，反正就去走个流程，到时候说觉得不合适就行。

下了班，林校直接去了约好的地方。
这家店还挺难找的，走过弯弯绕绕的长廊，林校被侍者引上了一艘船。
看到船里的人，林校有些不好意思："路上有点堵车，不好意思。"
男人很绅士，替她温了一壶茶，倒在紫砂的茶杯里递过去："没关系，我也刚到。"
林校又说了声"不好意思"，毕竟，温一壶茶的时间，不能算"刚到"。
林校拒绝了男人送她回家的请求，吃完饭，林校也没给他任何继续往下接触的机会，把吃这顿饭的钱给了男人："毕竟以后不会再见了，不能白占了您的便宜。"
一口一个"您"，意图明显得很。

林校刚到家门口，就看到坐在台阶上抽烟的陈晋。
陈晋见她过来，把抽了一半的烟按熄，猛地站起来，看起来气势汹汹，说话的语气倒是平静得很："去相亲了？"
林校点头："嗯。"
"人怎么样？"
"跟你有关系吗？"
不等陈晋再说话，林校已经冷淡地丢了一句"晚安"。

陈晋下意识张嘴，但终究还是一个字都没有说出来。
确实也不关他的事。
但今天他听到林阿姨说校校去相亲的时候，心塌陷了一块。
他没有办法想象，以后林校为人妻为人母的样子。
分开的这几个月，他也想了很多。
他似乎没有办法接受，她以后的一颦一笑都与他无关……
陈晋在冷风里站了许久，一直到手机振动，他才回过神来。
"陈先生吗？您约了明天签租房合同，现在跟您确认一下时间。"
"上午九点，于恒国际一楼咖啡厅见。"
陈晋已经打算把工作室搬到北川来。
他这次回来，也不只是为了过年，主要是为了忙这件事。
她已经朝他奔赴了这么久，朝他走了九十九步。
最后这一步，他也该迈出。

林校知道陈晋把工作室迁到北川，已经是七月。
从新年开始，到七月结束。
陈晋为这事往返杭城和北川无数次，期间还会专门抽出空，要么就是为了陪林校逛个街，要么就是为了陪她吃顿饭。
林校刚开始还会无视他，或者勒令他别再跟着自己。
到后来，陈晋脸皮实在太厚，赶也赶不走，林校也慢慢接受他忽然出现在自己身边，也开始收陈晋从杭城带过来的或者在北川买的礼物。
陈晋告诉林校工作室正式落地北川的时候，她震惊了一下。
让她更震惊的是，陈晋告诉她："校校，工作室改名了。"
从以前的"纸伞之家"，变成了林校名字的首字母缩写。

LX，林校。
Love Xiao。

工作室选址在近郊，这一幢独栋小办公楼前，有满池的荷花。
风一吹，水面泛起波澜，荷叶被推着离开了原本的位置。
林校看着陈晋，语气有些懒懒的："陈晋，你什么意思呢？"
陈晋也不扭捏："想告诉你，我喜欢你。"
他对自己的心意有些后知后觉，但幸好没有晚到把这份心意带到棺材里。
陈晋手里不知道什么时候多了一个天鹅绒的盒子，他打开，里面安静地躺着一条项链："校校，别相亲了，跟我在一起吧？"

林校盯着项链看了几秒:"你这是干什么呢?"

　　听不出任何情绪。

　　陈晋倒也坦荡:"追你呢。"

　　林校也纠结过,要不要给陈晋机会。

　　但这几个月来,陈晋无数次风尘仆仆出现在她面前,她就知道,自己只能重蹈覆辙。

　　只是,他们之间,努力的不再是她一个人。

　　林校忽然笑了。

　　她说:"我很难追的。"

　　陈晋也笑:"校校这么好,应该的。"

　　林校收下项链:"追人嘛,再接再厉,礼物我就收下了,毕竟得给追求者一点甜头。"

　　陈晋帮她戴上:"追求者会努力的。"

　　林校嘴角上扬,笑容跟此时头顶的太阳一样晃眼。

　　上天待她不薄,曾经她用整个青春追逐的少年,终于回头。

　　他朝她张开双臂,对她说:

　　"跟我谈一场双向奔赴的恋爱吧。"

番外二
没有办法停止我的爱

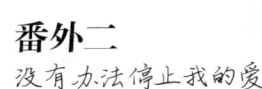

宋初和唐识婚礼结束,周之异在北川一刻都没有多留,搭乘凌晨的飞机,飞回了南川市。

他没有参加她的婚礼,只是远远地看了她一眼。

所以来的时候什么都没带。

他偷偷拍了她穿婚纱的样子,走的时候,也只带走了手机里那张偷拍的照片。

走的时候,周之夏问:"就这么离开了?"

周之异看着远处或明或暗的灯火,叹了口气。

与其说是离开,不如说是逃离。

在这场没有回应且永远不会有回应的爱里,他是个彻头彻尾的胆小鬼。

他始终没有办法看着她盛大地爱别人。

从南川赶过来,也只是不想错过她最幸福的模样。

收到请柬那天,天气好得不得了。

微风暖阳。

他心里的情绪,和天气完全相反。

他知道宋初一定会嫁给她喜欢的人,但这一天真的来临,他又不知该作何反应。

那一张薄薄的卡片,鬼知道他是用了多大的勇气才敢翻开。

他心里一直在祈祷——这只是一场梦。

一场梦罢了。

但请柬上紧紧挨着的两个名字,又让他不得不清醒。

那天，周之异盯着请柬上的两个名字，发了很久的呆。
不知不觉，晚霞被巨大的夜幕吞噬，他才回过神。
对着巨大的夜空，他叹了口气。
是啊，她要结婚了。
和她最喜欢的人。

机场里的广播响起，他该去过安检了。
周之夏订了第二天的机票，没跟他一起走。
……

周之异本来以为，自己累了一天，回到家连澡都不用洗，能倒头就睡。可他还是高估自己了。
他是零点到达南川机场的，回到家已经是凌晨两点。
没有困意的他去了浴室，随后躺在床上依旧无比清醒。
他和宋初告别的时候，说自己去国外交流两年。
但其实他只是到了她从小长大的城市，和朋友开了一家律师事务所。
即使没有办法和你在一起。
我还是想以另一种方式离你近一点。
他忽然想起，自己已经很久没有叫过她的名字了。
房间里不知道安静了多久，传出一声很轻很浅的："宋、初。"
十秒钟后，又响起一声："宋、初。"
十分钟后："宋、初……"

其实，宋初嫁给唐识，他并没有感觉到有多难过。
但周遭安静下来的时候，他还是忍不住想哭。
他无法克制地想起宋初的婚礼现场。
他看着她和唐识交换戒指，看着她被唐识亲吻，看着她脸上洋溢出的幸福的笑……
周之异的心脏，后知后觉地感受到，他刚收到请柬时那抹迅速消失的、说不清道不明的情绪——失落。

宋初和唐识交换戒指的那个瞬间，就像电脑中了病毒一样，在他脑子里循环播放。
戒指戴上了，他们也就套牢了彼此的一生。
从那一个瞬间开始，宋初的余生，就真正和他毫无关系了。

周之异不知道在床上躺了多久,天空传来一道闷雷。

风起,雨落。

大雨毫无预兆地砸下来,砸在窗户上。

周之异的视线终于离开天花板,转到了窗外。

窗外万千灯盏,却没有他想要的归处。

也不知道叫了几声宋初,周之异听见自己说:"记得要幸福。"

周之异是在回南川的第七天,收到于琬消息的。

周之异身边的所有朋友都知道,他有一个很喜欢的人。

但没有人知道,也有一个人,像周之异喜欢宋初那般,喜欢着他。

以前于琬跟宋初和林校说,她不知道偷偷喜欢一个人的感觉。

她说谎了。

和宋初喜欢唐识、林校喜欢陈晋一样,她也偷偷躲在被子里掉过好多眼泪。

她偷偷地喜欢周之异,很久很久了。

她其实没想打扰周之异的,因为她知道,周之异整个人的心思都在宋初身上。

直到宋初婚礼那天。

宋初已结婚,无论是于琬还是周之异,都很清楚地知道,周之异和宋初之间,再无半点可能。

所以,公司领导说有来南川分部的机会,于琬立刻递交了申请。

于琬追周之异追得很大张旗鼓,不到一个星期,周之异身边的同事和朋友都知道了——周之异身边,有一个很可爱的"直球选手"。

于琬性格很好,慢慢地和周之异的同事和朋友都混成一片。

之前,周之异身边的同事也好,朋友也好,都给周之异介绍过对象。

周之异也曾经试着走出来。

这么多年,周之异不是没有谈过恋爱。

但他发现自己根本没办法忘记宋初,没有办法把宋初这个人,甚至"宋初"两个字从生命里抹去。

渐渐地,大家心照不宣,周之异恐怕很长一段时间都没办法接受新的人了,所以也没再给他介绍过女孩子。

于琬的出现,他们倒还挺开心的,总觉得周之异脱单有望。

时间久了,大家就自然而然地形成一种默契——

每次事务所聚餐或者朋友聚会,他们都一定会叫上于琬。

于琬到南川的第二年,圣诞节。

周之异在一个经济纠纷案上打了一场非常漂亮的仗,事务所的同事们张罗着晚上去聚个会,替他庆祝。

周之异性格也很好,就算在一个陌生环境里,也能很快地和大家玩在一起。

这种聚会他一般都会参加,从来没有缺席过。

但今天周之异没和大家一起庆祝,买完单就自己走了。

于琬因为临时加个班,到的时候周之异已经没在了。

于琬知道今天周之异不开心。

今天宋初发了一条朋友圈,庆祝小公主的出生。

周之异肯定也看到了那条朋友圈。

于琬和大家打了招呼,想去周之异家看看。

但她又怕太唐突,在去的路上还是给周之异发了消息:【今天圣诞节,要一起出来喝酒吗?】

周之异没回。

于琬到了周之异家小区门口,就发现他坐在马路边。

周之异看到她,随即把目光移开。

于琬去对面超市买了啤酒,递给他一罐。

于琬举起啤酒:"圣诞快乐。"

周之异和于琬碰过杯后,就开始沉默地喝酒。

脚边多了几个空的啤酒罐的时候,周之异终于开口说话:"其实,你为什么喜欢我呢?"

喜欢到被明确拒绝过那么多次,还要一次又一次地飞蛾扑火,一次又一次给他伤害她的机会。

于琬学着他的样子猛灌了一口酒:"记不清了。"

周之异眼神落在虚空处,像是想起了什么往事。

他一开始,也没觉得自己会喜欢宋初的。

毕竟第一次见面宋初就在哭,看上去就挺伤春悲秋的。

不是他喜欢的类型。

后来也不知道为什么,一喜欢就这么久。

或许是酒精的作用,周之异话开始多了起来:"你说,我这么帅这么优秀,宋初以后要是想起我,会不会觉得遗憾?"

他根本没想要回答,自顾自把话接下去了:"喜欢才会有遗憾,她又不喜欢我,怎么会有遗憾呢?"

周之异又灌了自己一口酒:"其实也挺好的,有遗憾就会难过……她要幸福,不要难过。这么看来,就算她这辈子都想不起我这个人来,也挺好的。"

周之异想起什么,忽然笑了,但更像是在自嘲:"我这人还挺尿的。要是以前的我,只有一条宗旨——我喜欢谁,就一定要搞到手。现在居然尿得只要她幸福就好,就连为她来南川都不敢告诉她。"

周之异在北川和宋初告别的时候,说自己要出国。

他骗了她。

他来到了她从小生活的城市,安了家。也算是在某种意义上,离她更近了一点。

周之异好像真的喝多了,平时那么一个情绪不外露的人,这会儿声音哽咽:"昨天晚上我梦到她了。十七八岁的样子,穿着一身白裙,跑过花丛,裙摆带起一阵阵的花香,然后笑着对我说喜欢我……"

他似乎说不下去,索性闭了嘴。

于婉在这个时刻突然意识到,周之异所有的情绪——开心、失落、难过……都只关于宋初。

别人很难取代宋初在他心里的那个位置。

也是周之异让于婉知道——

原来,真正爱一个人,是愿意放弃一切的。

哪怕是自己的幸福,哪怕是爱着的那个人。

哪怕那个人从此和我的人生没有半点关系,也没有办法停止我的爱。

周之异终于说出了这场谈话的目的:"于婉,你别喜欢我了。你还有很多的故事,我这辈子……应该就这样了。别在我这种人身上耽误你百花齐放的人生。"

于婉下意识想反驳。

对我来说,有你的人生就是百花齐放的人生。

但看到周之异眼角的泪,她又觉得一切都没必要了。

他不可能在心里给她腾位置,她又何必再纠缠下去?

于婉冲周之异笑了下,再次举起啤酒:"知道了,这次听你的。"

……

于琬是在元旦节那天跟周之异道别的。
那天难得出了太阳，世界一片明亮。
于琬交给了周之异一封信，很薄。
于琬说："我走了你再看，第一次写信，还怪不好意思的。"
她说得很轻松，轻松到周之异以为她短短几天就已经放下。
于琬走后，他打开了那封信。
只有短短两行话：
既然没办法成为你的故事，就不做你以后故事的旁观者啦！
后会无期，周之异。

周之异抬头看了眼天空。
清澈透亮，纯净得没有一丝杂质。
他从来没有想过，自己这样的性格，可以这样持续而炽热地爱一个人。
也从来没有想过，"爱而不得"这几个字会应验在自己身上。
他曾经尝试过从宋初的世界里走出来，可是失败了。
或许现在这个结局，对于琬和他都好。

伴随着冬日里难得温柔的风，低沉的男声喃喃道：
"后会无期。"

番外三
我余生的每一个黄昏，都只属于你

01

北川进入夏天的时候，宋初和唐识已经为婚礼准备了四个多月。

本来还有订婚仪式的，但宋初了解了一下备婚流程之后，果断把订婚的流程给省略掉了。

她以前参加过一场又一场的婚礼，每一场婚礼都充斥着幸福和浪漫，也就让她忽略了备婚过程这么冗杂且累。

唐识似乎有写不完的论文和参加不完的交流会。

但准备结婚的事也没让宋初操心太多，大多数还是他操心。

从婚纱摄影的采集，到婚庆公司信息的收集，还有设计印制喜帖和伴郎伴娘的伴手礼……

甚至连新娘的捧花选择，唐识都没马虎。

宋初对捧花倒是没多大执念，但看唐识挑选得比自己都要认真，比自己都要在意，宋初也逐渐对所有事情都重视起来。

宋初一直以为，婚纱只有一套，加上敬酒服，最多不过两套。

唐识带她去试礼服的时候，她真正累到了怀疑人生的感觉。

试礼服就花了整整两天的时间。

好不容易试完，刚通宵写完论文的唐识，一大早就拉上宋初去见了他们的婚礼策划。

在婚礼的准备上，唐识操心的事比她多得多。

唐识从来不让她看婚礼的现场布置。

和策划见面，也只是为了和宋初确定一些现场的细节。

婚礼的前一天晚上，身为伴娘的林校和于琬，和新娘一样睡不着。
林校和陈晋的工作室有起色了，正是最忙的时候。
两人是在婚礼前一天的凌晨赶回北川的。
林校到的时候，于琬正在试伴娘服，林校也加入了她们。
尽管已经试了很多次，但每次穿这些礼服还是会有不一样的幸福感。
因为新娘、伴娘都要早起化妆，三个人干脆不打算睡觉了。
凌晨四点，化妆师上门给新娘化妆，化完妆，宋初换上婚纱，天色已经不知不觉亮了。

清晨的阳光不带任何攻击性，透过窗户，折射到宋初身上。
那一瞬间，宋初整个人都像是在发光。
于琬化完妆换完衣服，就已经跑去张罗堵门的事了。
房间里只剩下林校和宋初。
林校轻轻抱了抱宋初："新婚快乐。恭喜初初得偿所愿。"
宋初问："你和阿晋怎么样了？"
林校放开宋初，耸肩："毫无进展。"

接亲的队伍到的时候，已经快九点。
因为唐识和宋初都事先打过招呼，所以伴郎团没怎么被为难，玩了几个简单的小游戏，发了几个红包，唐识就接到了他的新娘。
宋初一袭精致华丽的婚纱，站在紧闭的大门前。
旁边是看起来比她还要高兴的宋茂实。
在他眼里，从小宋初没怎么幸福过，如今终于算是找到了自己的归宿，他的确没有办法不高兴。
面前的门缓缓打开。
作为新娘的宋初，今天是第一次看到自己的婚礼现场。

唐识像是把整个银河系都搬到了她眼前，却不显得杂乱。
可整个现场，最引人注意的不是点点的灯光和繁星，而是河流状的道路尽头，那一块背景板上的月亮图案，旁边点缀着简单镂空的星星图案。
月亮散着清辉，氤氲着黄昏般盛大的浪漫。
宋初总说，唐识是她的星星。
可唐识从来没有告诉过她，她是她的月亮。

在外婆去世的那段时间，所有人都觉得他像表面那般冷静，都相信了他说的"没有遗憾"这样的话。

只有她，跋山涉水，带着风和土的味道，出现在他面前，说"你喝醉了我照顾你"。

也只有她，带他去废弃了的游乐场，给了他一个安静的地方，任由他发泄着充斥在脑子里的那些情绪。

她似月光般皎洁，也温柔。

她挽着宋茂实的手，一步一步靠近她的星星。

他们的婚礼，省略掉了很多烦琐的流程。

本来唐识是不想省略掉的，但在家里排练流程的时候，宋初突然来了句"我觉得我比宾客更关心什么时候能吃饭"，于是流程一删再删。

唯独，没有删掉旁人眼中矫情枯燥的婚礼誓词。

有一些话，他们想当面说给彼此听。

宋初拿着话筒的手都在颤抖。

"我们经历过生死，原本以为婚礼这样的小场面，我一定也能淡然面对，可我低估了心里巨浪翻天的喜欢。

"我曾经以为，你是上天赐给十七八岁的我的一份绚丽却短暂的梦，从来没敢想，梦醒了，你依旧在我身边。

"曾经我的每一篇日记都关于'你'，从此以后，每一篇都关于'我们'。"

唐识就算是第一次拿手术刀都没现在这么紧张。

他说话的时候，声音都带着细微的颤，尤其是他看到宋初手上那条发旧泛白的红绳，更加控住不住自己了。

那条红绳，和她身上的婚纱很违和，可她在这样的日子里，依旧舍不得把它摘下来。

唐识声音一哽："你总说我是你的星星，今天我想告诉你，你是我的月亮。你在我的世界，永悬不落。

"初初，能在你的生命中出现，是我的运气。"

最后，唐识的目光落在那条红绳上：

"赤绳早系，白首为约。"

02

唐识和宋初的蜜月地点只有两个——北川和南川。

宋初曾经一个人走过了很多街道，吹了很多风，都是为了在不经意间邂逅他的曾经。

于是，他带她去了曾经就读的学校，学校的荣誉墙上甚至还有他的照片。经过这么多年的风雨，照片早就泛旧发白。

他带宋初走过了他曾经走过的大街小巷，吃以前自己很喜欢吃的路边摊，去自己曾经逃课也要去的网吧……

这些事在结婚前，他也带宋初做过，但感觉终究是不同的。

蜜月的第二站，是南川。

唐识说，喜欢要有始有终。

他们开始于南川，终于修成正果，他们也想把这份圆满在南川完成。

唐识带宋初去玩了山地车，一起坐了 204 路，去李云清和陈如馨曾经一起开的小餐馆里吃饭，见了在南川没办法去北川参加他们婚礼的朋友……

宋初带唐识去了一家藏在巷子里的音像店。

上学的时候，宋初就很喜欢来这家音像店。

老板似乎也不求能赚钱，只是因为有个很喜欢的人，梦想就是开一家音像店，后来老板心里那个人去世了，老板就开了这家店，算是替心里那个人圆了梦。

这也是为什么，在音像店早就被淘汰的时代，这家店还能坚持到现在。

宋初看到《不能说的秘密》，看向唐识："你第一次主动跟我说话那天，刚好下雨，我耳机里刚好放了这首歌。"

从唐识离开之后，她一度以为，周杰伦想唱的是那句年少的遗憾：

回忆的画面 / 在荡着秋千 / 梦开始不甜

时至今日，她也忽然明白。

年少的美好和遗憾，同等重要。

或许，歌最想说的，就是那一方最美好的屋檐。

每一种离别和遗憾都有意义。

也是分开的那一段时间，宋初努力追赶，终于变成足以和他相配的人。

再相遇的时候，有足够的底气站在他的身边。

宋初拿了一个耳机戴在头上，把旧唱片里的歌循环了一遍又一遍。

唐识笑她："怎么听不腻？"

在南川待了三天，唐识带宋初走完了和他们的点滴有关的大街小巷。

最后一个地方，是他们去春游的郊外。

两人手牵着手。

高中时期一起来郊游时看到的那棵桑树，已经变得粗壮高大了不少。

此时眼前也是盛大而温柔的晚霞，有些浪漫，藏都藏不住。

唐识想起那次郊游之前，自己还教宋初骑自行车，但宋初一个小学霸，偏偏学这个很慢。

说起这个的时候，宋初一脸意味深长地看着唐识："其实我学得还挺快的，半天没到就学会了。"

此刻正值傍晚。

白天夏日的燥意在晚风中慢慢消散，眼前霞光万道，宋初想起了什么，眉眼一动，松开挽着唐识的手："去桑树下吧，给你拍张照。"

唐识虽然不明所以，还是乖乖走到桑树下站着。

宋初举起手机，跑到不远处的空地，那是当年她借着拍晚霞的名义，偷拍唐识的位置。

她看着手机屏幕里的少年。

和当年一样，少年眉眼温润，白衣黑裤，自成一幅画。

唐识见她在发呆，走过来，手在她脑袋上胡乱揉了一把："想什么呢？"

宋初知道唐识看过她手机了，也看到她手机里发给"1010"的那些话："唐识，看过我朋友圈没？"

唐识刚想回答看过，每次她发朋友圈他都有认真在看，但随即明白过来，宋初问的应该不是这个，便摇摇头。

宋初打开微信，点进了自己的主页。

她往下划拉，找到了当年的晚霞图，配的文案是：黄昏不属于我。

她把图片放大，可以看到图片最下方有一小团黑色的阴影，不仔细看还以为是由于光线投射形成的。

这会儿唐识仔细看，是小半个脑袋。

宋初把当年那张原图找到，拿给唐识看："以色列诗人阿米亥说，上帝每天都说有傍晚，有早晨，但上帝从来不说黄昏。因为黄昏只属于相爱的人。"

所以那个时候，她只能无奈写下"黄昏不属于我"。

那个时候的少女心事，敏感得只能放进玻璃罩，小心翼翼地保护起来。

夏天的遇见，让悸动的种子像蒲公英一样被吹进风里，她只能把这些种子手忙脚乱藏进口袋。

而此时，此刻。

她在爱里,终于不再是一个患得患失的胆小鬼。

一阵晚风吹来,唐识心里一动,莫名有些哽咽。
"我余生的每一个黄昏,都只属于你。"

- 全文完 -